鴨長明研究

表現の基層へ

木下華子 著

勉誠出版

鴨長明研究——表現の基層へ　目次

目次

第二部　和　歌

索引

凡例

本書において引用した本文のうち、特に注記を付したもの以外は、次の書による。いずれの場合も、任意に句読点・濁点を付し、適宜漢字を当て、送り仮名を補うなどの表記を改めた箇所がある。また、各種傍線・符号等は、全て稿者によるものである。

一 鴨長明の著作

・『方丈記』は、現存最古の写本である大福光寺本を用い、本文の引用は、その翻刻を収める大曽根章介・久保田淳編『鴨長明全集』（貴重本刊行会、平成一二年）による。兼良本は、『方丈記兼良本・十六夜日記遠州本』（古典文庫、昭和三一年）による。江戸時代の諸注釈書については、梁瀬一雄編『方丈記諸注集成』（豊島書房、昭和四四年）によった。

・『無名抄』は、東京国立博物館蔵梅沢記念館旧蔵本の複製である復刻日本古典文学館『無名抄梅澤本』（日本古典文学刊行会、昭和四九年）に基づき、翻刻を収める『鴨長明全集』を参照する。梅沢本独自の脱文については、東京大学総合図書館蔵阿波国文庫本『無名抄』［函架番号：E三一・六八四］により補い、（ ）を付した。阿波国文庫本の引用は、平成九年度～一一年度科学研究費補助金研究報告書『日本古典文学におけるモチーフインデックス化とその索引データベース化の研究』附載「阿波国文庫本『無名抄』翻刻及び索引」（研究代表者小島孝之、平成一二年三月）による。なお、論旨のために、梅沢本の章段編成に基づいて章段番号を付した箇所がある。

・『発心集』は慶安四年板本・神宮文庫本とともに、『鴨長明全集』を用いる。
・長明の『正治後度百首』の本文・歌番号は、彰考館蔵本〔函架番号:巳拾四〕を翻刻した『鴨長明全集』による。
・その他、長明の和歌の本文・歌番号は、『鴨長明全集』による。

二　鴨長明の伝記・説話資料

『源家長日記』は、冷泉家時雨亭叢書『源家長日記　いはでしのぶ　撰集抄』所収の同書の翻刻（一部）を載せる『鴨長明全集』による。『吾妻鏡』は校訂増補国史大系『吾妻鏡』による。『月講式』は、陽明文庫蔵本を翻刻する『鴨長明全集』による。『十訓抄』は新編日本古典文学全集『十訓抄』を参照しつつ、片仮名本を翻刻する『鴨長明全集』に、『文机談』は岩佐美代子『文机談全注釈』（笠間書院、平成一九年）による。

三　歌学書・歌論書類

『俊頼髄脳』（冷泉家時雨亭叢書『俊頼髄脳』所収の定家本を翻刻）、『袋草紙』（新日本古典文学大系『袋草紙』）、『袖中抄』（橋本不美男・後藤祥子『袖中抄の校本と研究』）、『古来風躰抄』（歌論歌学集成第七巻）、『和歌初学抄』『和歌色葉』『古今集注』『拾遺抄註』『顕注密勘抄』（日本歌学大系）、『柿本人麻呂勘文』（『群書類従』第一九輯）、『八雲御抄』（片桐洋一編『八雲御抄の研究』）、『新古今和歌集抄出聞書』『美濃の家づと』（『新古今和歌集古注集成』）。なお、『古今集勘物』は、竹岡正夫『古今和歌集全評釈』を参照の上、復刻

日本古典文学館『古今和歌集　清輔本』を翻刻した。

四　和歌の本文および歌番号は、特に注記しない限り、『新編国歌大観』による。

五　その他

『日本霊異記』（ちくま学芸文庫『日本霊異記』）、『催馬楽』（新編日本古典文学全集『神楽歌　催馬楽　梁塵秘抄　閑吟集』）、『伊勢物語』『大和物語』（新編日本古典文学全集『竹取物語　伊勢物語　大和物語　平中物語』）、『宇津保物語』（新編日本古典文学全集『うつほ物語』）、『蜻蛉日記』（新編日本古典文学全集『土佐日記　蜻蛉日記』）、『枕草子』（三巻本は新編日本古典文学全集『枕草子』、能因本は田中重太郎『枕草子全注釈』、堺本は古典文庫第五九九冊『堺本枕草子・斑山文庫本』）、『源氏物語』（新編日本古典文学全集『源氏物語』）、『紫式部日記』（新編日本古典文学全集『和泉式部日記　紫式部日記　更級日記　讃岐典侍日記』）、『大鏡』（新編日本古典文学全集『大鏡』）、『書斎記』『池亭記』（新日本古典文学大系『本朝文粋』）、『往生要集』『往生拾因』（大正新修大蔵経八四巻、ただし『往生要集』の書き下し文は日本思想大系『源信』による）、『大日本国法華経験記』『高野山往生伝』（日本思想大系『往生伝　法華験記』）、『今昔物語集』（新日本古典文学大系『今昔物語集』）、『閑居友』（新日本古典文学大系『宝物集　閑居友　比良山古人霊託』）、『小右記』（大日本古記録『小右記』）、『春記』（増補史料大成『春記』）、『玉葉』（図書寮叢刊『九条家本玉葉』）、『山槐記』（増補史料大成『山槐記』）、『明月記』（国書刊行会本『明月記』）、『古事談』（新日本古典文学大系『古事談　続古事談』）、『三井往生伝』（続天台宗全書・史伝2『日本天台僧伝類Ⅰ』）、『宇治拾遺物語』（新日本古典文学大系『宇治拾遺物語　古本説話集』）、『愚管抄』（日本古典文学大系『愚管抄』）、『一言芳談』（日本の思想5『方丈記・徒然草・一言芳談集』）、『撰集抄』（小島孝之・浅見和彦編『撰集抄』）、『元亨釈書』（新訂増補国史大系『日本高僧伝要文抄　元亨釈書』）、『雑談抄』（簗瀬一雄編著・碧沖洞叢書七）、『園城寺伝記』（大日本文教全書『園城寺伝記　寺門伝記補録』）、『三国伝記』（中世の文学『三国伝記』）、『曽我物語』（日本古典文学大系『曽我物語』）、『看聞日記』（図書寮叢刊『看聞日記』）、『薬師寺縁起』（『続群書類従』二七輯下）、『雍州府志』（新修京都叢書第十『雍州府志』）。なお、『宝物集』については、平仮名古活字三巻本（古典文庫『宝物集　三巻本』）・片仮名古活字三巻本（山田昭全・大場朗・森晴彦『宝物集』）・第一種七巻本（大日本仏教全書『撰集抄　発心集　宝物集』）・第二種七巻本（新日本古典文学大系『宝物集　閑居友　比良山古人霊託』）による。法然関係の資料は日本思想大系『法然　一遍』による。

序説

はじめに

本書で取り上げる鴨長明は、『方丈記』『無名抄』『発心集』の作者にして、歌人・音楽家でもあった人物である。文学史上では、中世初頭の代表的作家の一人と認識される存在であろう。

日本文学史及び文学研究において、言葉による作品は、まず大きく韻文と散文に二分され、さらにその中で細分化されたいくつもの領域（ジャンル）に収められて整理される。その領域を表す名前が、和歌・説話・物語・軍記などというものであろう。ならば、家居の記としての『方丈記』、歌論・歌学書である『無名抄』、仏教説話集『発心集』、そして数多くの和歌を残した彼は、現行の文学史・研究の枠組みにおいては、数多くの領域にまたがったジャンル横断的な作者だと言える。

古来、言葉や作品をめぐる領域的な意識は、確実に存在した。長明自身、『無名抄』において、

古人云、仮名に物書くことは、歌の序は古今の仮名の序を本とす。日記は、大鏡のことざまをならふ。和歌の言葉は、伊勢物語ならびに後撰の歌のことばをまねぶ。物語は、源氏に過ぎたる物はなし。（仮名筆）

と記すが、ここには、「歌の序」「日記」「和歌」「物語」という四つの領域が明確に現れていよう。しかし、その一方で、『徒然草』の作者であり和歌においては二条派四天王の一人だった兼好、膨大な和歌と歌論書『正徹物語』の他に紀行『なぐさみ草』を残した正徹など、中世にはジャンルの枠を超えた作者が多く見受けられる。長明と同時代を生き、中世前期を代表する「歌人」である藤原定家もまた、『松浦宮物語』をはじめとして多くの物語を創作していたという。いや、中世に限らずとも良いかもしれない。『源氏物語』の作者である紫式部も、『栄花物語』前編の作者と目される赤染衛門も、当代においては歌人としても十分に認識された存在であった。つまり、作品は、同一の作者が生み出したものであっても、それぞれの領域（ジャンル）に分別・整理されることによって、自ずと個別に認識されるものであるが、作者の側に目を転じれば、彼らは領域を超える多面的・総合的な存在だということである。

このような視点から、鴨長明に関する研究史を概観してみると、数多く積み上げられてきた先行研究の中心は、『方丈記』『発心集』の作品研究及び伝記研究にあり、和歌・歌論の側面から長明の営為を捉える試みは少ないことに気付く。同じ一人の作者であっても、それぞれの作品は、『方丈記』研究、説話文学としての『発心集』研究、和歌文学研究というように、別々の研究領域に収められ、研究の担い手も異なるのだから、当然の帰結かもしれない。長明の諸作品におけるこのような現状は、領域（ジャンル）によって細分化・専門化されたところから研究が出発するという、現在の文学研究の前提が生み出すものであろう。その前提が、個別の作品や領域ごとの文学史的考察において有用・必須のものであることは、言を俟たない。しかし、先述したように、それらの作品を生み出す作者たちは、思った以上にジャンル横断的である。ならば、長明という一人の作者にこだわって、その諸作品を総合的に研究することから、新しく見えてくるものがあるのではないか。

作者がジャンル横断的な存在であるならば、作品の基盤となる言葉は、領域による規制を受けつつも、その枠の中にとどまるものではあるまい。言葉は領域を越えて結び合い、相互交渉によって新たな言葉や概念を生成し、作者の戦略や構想を体現しながら、作品を形作ってゆくのではないだろうか。そのような言葉を紡ぐ作者の表現意識や作品構想とは、いかなるものなのだろう。

本書では、このような問題意識の下に、長明の著作である『方丈記』『無名抄』『発心集』及び様々な和歌作品を分析・考察する。そこから、長明がいかなる意図の下に作品を作り出し、何を実現しようとしたのか、その文学史的意義を明らかにしたい。それは、中世において、作者たちが言葉を綴って作品を生み出すという行為が、どのような価値観や論理に支えられ、導かれて、何を生み出すのか、その普遍的な側面を捉えることに繋がり得ると考えている。

鴨長明略伝

(一) 都にて――出生から四〇代まで――

冒頭に当たり、鴨長明の生涯を略述しておこう。

長明は、平安時代末期、賀茂御祖神社（下鴨社）正禰宜惣官鴨長継の次男として生まれた。母は、長継の前の禰宜であった鴨惟文の二女と推定される。[1] 長兄は長守（ながもり）。長明の名も、もとは「ながあきら」と読んだ。生年は未詳。没年については、晩年の知己であった僧禅寂が長明没後三五日の夜に講演した『月講式』の記事から、建保四年（一二一六）閏六月一〇日没と考えられている（九日説もある）。生年については、久安四年（一一四八）、仁平二年（一一五二）、同三年（一一五三）、久寿元年（一一五四）、同二年（一一五五）等の諸説が存在した。(2) ただし、『山槐記』永暦元年（一一六〇）八月二七日条に、長継が「生年二十二歳云々」と記されており、そこから逆算すると、長継は保延五年（一一三九）生まれ。長明が諸説のうち最も遅い久寿二年生だとしても、長明の誕生時、長継は一七歳という若さになる（しかも、これ以前に長守が生まれている）。この長継の年齢上の理由から、長明の生年を最も遅い久寿二年に引き下げて考える説が通説となり、(3) ここから享年が六二歳と推定されてきたのであった。

先行研究もたびたび指摘するように、通行の長明伝における年齢は、このような生年推定に基づき、そこに『方丈記』に見える年齢表記を機械的に当てはめることによって算出されたものである。例えば、『方丈記』において、長明が自らの出家時を「イソヂノ春」と述べているため、久寿二年（一一五五）生で考えると、五〇歳は元久元年（一二〇四）となる。長明の後鳥羽院歌壇における活躍の跡が見えなくなるのが、ちょうど元久元年（一二〇四）あたりであり、差し当たって元久元年・五〇歳での出家とされてきたわけである。ただし、すでに指摘されるよう、「イソヂ」や「ムソヂ」といった表現を検討すると、五〇歳・六〇歳という正確な年齢を表すわけではなく、かなりの幅の年齢を含み込むものだ。(4) そのようなことを鑑みると、長明伝における年齢は、その前後の時期を含めた一定の幅の中で解釈しておくべきものだろう。近年、生年を仁平三年（一一五三）とする説も出されたが、こちらも『方丈記』に見える年齢表記を根拠としており、『方丈記』の数詞が正確である保証がない以上、これまでの通説に対して優位に立つものではない。(5) よって、本書では、生年は未詳、ただし久寿二年頃の出生を想定できるかと考えておく。以下、年齢・年代の表記は、久寿二年を生年としての計算に基づく、目安としての年齢である。

応保元年（一一六一）、七歳頃か、中宮叙爵によって従五位下。承安二年（一一七二）から翌年、一八〜一九歳の頃、父長継を失う。父方の祖母（長継の父季継の妻）の家を継承し、妻子もいたかと思われるが（方丈記・鴨長明集）、三〇代のはじめには離別、祖母の家も去らざるを得なくなった（方丈記）。二〇代頃の事跡としては、安元元年（一一七五）に高松院北面菊合に列席（無名抄）、治承四年（一一八〇）六月から一一月の福原遷都の折には新都福原に赴いている（方丈記）。養和年間（一一八一〜八二）には家集『鴨長明集』を自撰、これは賀茂重保撰『月詣和歌集』の撰集資料として提出されたようで、寿永元年（一一八二）には同集に四首採られた。さらに、文治四年（一一八八）に奏覧された『千載和歌集』に一首入集、勅撰集歌人となる。建久二年（一一九一）には三月三日に催された「石清水若宮社歌合」に出詠。なお、文治五年（一一八九）七月以後建久二年（一一九一）の間に成立した『後白河院北面歴名』に長明の名が確認できるため、この頃、後白河院の下北面であったことになる(6)。また、二〇代から三〇代にかけての時期に、俊恵と和歌の師弟関係を結び、彼の主催する歌林苑にも出入りした。さらに、琵琶を中原有安に師事し、秘曲「楊真操」を許されるに至ったという（文机談）。有安とは後白河院の下北面における同僚でもあった。俊恵・有安の教えや歌林苑の逸話は、『無名抄』に多く書き留められている。

三〇代後半から四〇代前半にかけての事跡は不明だが、四六歳頃と思われる正治二年（一二〇〇）、後鳥羽院に召し出され、同年九月三〇日の「院当座二十四番歌合」に出詠。また、翌一〇月一日の「院当座歌合」や同年後半開催かと思われる「石清水若宮歌合」に出詠し、この年の冬に詠進される『正治後度百首』の歌人となった。翌建仁元年（一二〇一）は、三月一六日の「通親亭影供歌合」、同二九日の「二条殿新宮撰歌合」、八月三日の「和歌所影供歌合」、同一五日の「和歌所撰歌合」、九月一三日の「和歌所影供歌合」、一二月二八日の

「石清水社歌合」に出詠していることが確認でき、『三百六十番歌合』にも五首の入集を果たしている。同年秋に後鳥羽院の仙洞御所に和歌所が再興された折には、八月に追加任命された地下歌人三人のうちに入り、和歌所寄人となった。和歌所での仕事ぶりは実に精励であり、『新古今集』の撰進過程においては、昼夜を問わず、忠勤に励んでいたという(源家長日記)。明けて建仁二年は、三月に行われた「三体和歌」の他、五月二六日の「仙洞影供歌合」に出詠。翌建仁三年は、三月末の大内の花見(明月記)、六月一六日の「影供歌合」、七月一五日の「八幡若宮撰歌合」への参加・出詠が確認できる。また、一一月二三日の藤原俊成九十賀では、賀宴の最後の歌会に一首を詠進している。

正治二年以降の数年間は、長明にとって、いわば「活躍期」とも言われる時期であったが、『方丈記』の「イソヂノ春ヲムカヘテ、家ヲ出テ、世ヲ背ケリ」に拠ると、五〇歳前後の頃、院歌壇から出奔、後に出家したと思われる。その経緯は『源家長日記』に詳しい。長明の和歌所での忠勤に対し、後鳥羽院は下鴨社摂社である河合社の禰宜職をもって報いてやろうとしたが、下鴨社正禰宜惣官鴨祐兼の妨害が入る。河合社禰宜への人事異動が叶わなかった長明は院歌壇から失踪、しばらくはどこにいたのかは不明だったが、後に大原に移って出家したという。

(二) 後鳥羽院歌壇出奔から大原在住期にかけて――五〇代前半――

(一)に述べたように、従来、長明の出奔の時期は元久元年(一二〇四)とされてきた。久寿二年(一一五五)生であれば、出家したという「イソヂノ春」は元久元年。さらに、前年の建仁三年(一二〇三)は、年末まで後鳥羽院歌壇での事跡をたどることができるが、元久元年には歌合・歌会等への参加や詠進を見出せず、院歌壇に参加していたかどうかも危ぶまれる状況であるため、出奔したと考えても差し支えはなさそうな時期である。確かに、翌元久二年（一二〇五）三月二六日に行われた『新古今集』の竟宴には長明がいた形跡がない。しかし、同年六月一五日に後鳥羽院の五辻御所で行われた『元久詩歌合』には、俗名「鴨長明」で三首を詠進している。ならば、元久二年六月一五日までは長明は出家していないことになり、この点に関する不審は残るのだが、ひとまず元久元年の出奔と考えておくというのが、先行研究の基本姿勢であったと思われる。(7)

対して、近年、田渕句美子によって、長明の出奔時期を元久二年（一二〇五）とする説が提唱された。『明月記』の記事によると、『元久詩歌合』は、もともと後京極良経主催で企画され、出題と歌人の選定は（名目上）定家に任されていたのだが、五月三日に企画を知った後鳥羽院によって、院の主催に切り替えられた。漢詩・和歌ともに作者が増員され、後に加わった歌人には、院の他、家長・長明などがいる。(8) 上記の経緯を見る限り、長明の追加は後鳥羽院の意思によって行われたと考えるべきだろう。同月一二日には結番が完了したが、披講は六月一五日である。披講が一ヶ月延期された理由は、院御所で詩が披講されるのは初めての試みであったため、忌月である五月を避けるということだったらしい。(9) 田渕が述べるよう、まさしく、「後鳥羽院肝いりで行われた晴れの詩歌合」であり、すでに前年に院歌壇を出奔していた長明を、後鳥羽院の意志で出詠させるのは不自然であろう。

また、『源家長日記』は、後日譚として、後鳥羽院から「てならひといふ琵琶を持たりし、たづねよ」との命を受けた家長が、大原へ消息を送ったところ、長明が和歌とともに琵琶「手習」を献上したという話を語る。『文机談』は、長明が院に献上した「紫藤の小比巴一面」が「手習」と号されて「後には院御師範定輔の大納言」が賜ったと伝え、『琵琶秘曲伝授記』には、元久二年六月一八日、後鳥羽院が藤原定輔から「啄木」

の伝授を受けた際に、定輔に下賜された琵琶が「手習」であったと記されている。[10]

つまり、長明の出奔は、元久二年六月一八日以前でなければ、琵琶「手習」をめぐる一連の言説の辻褄が合わないことになろうか。『源家長日記』は、長明の出奔から出家の経緯を、「(＊出奔後)いづくにありとも聞こえで、程経て十五首歌詠みてまいらせ」、「その後出家し、大原に行ひ澄まし侍りと聞こえし」と記す。その大原在住の長明に、家長は琵琶の問い合わせを行ったわけだが、五月一二日以前に『元久詩歌合』の四首を詠進し、五月中旬以降に出奔、いずれかの地から一五首の和歌を院に届け、その後に大原に入り、そこから琵琶「手習」に関するやり取りが行われて、六月一八日に定輔に「手習」が下賜されたとなると、気忙しすぎるような印象も受ける。しかし、これは『源家長日記』『文机談』『琵琶秘曲伝授記』全ての記述を正確なものだと考えた上での想定である。例えば、『源家長日記』には、家長の意図による虚構も多く含まれるのだから、長明の出奔や「手習」の献上にまつわる情報が操作されていることも十分に考えられよう。[11]よって、本書では、田渕の説に随い、長明の出奔は、『元久詩歌合』に詠進の後であったと考えておきたい。

なお、長明の遁世については、文永一一年(一二七四)成立(後に増補・修訂)とされる楽書『文机談』に異伝が記されている。中原有安の弟子だった長明は、琵琶の三秘曲のうち、一番下の楊真操までしか伝授されていなかった。しかし、ある時、賀茂の奥で人々を集めて「秘曲づくし」を行った際、感に堪えかねた長明は、最秘曲である啄木を数回にわたって演奏してしまう。もちろん、楊真操までの伝授しか受けていない長明には、啄木を弾く資格はない。この一件がどこから漏れ出たのか、楽所預であった藤原孝道の耳に入り、孝道は激怒。長明が「身に伝へざる秘曲」を偽って演奏したというのは「おもき犯罪」であると、後鳥羽院に訴え出たのだった。後鳥羽院も世の人々も、このようなことは「世の好悪」ではないと長明に同情的であったが、孝道は強硬な態度を崩さず、長明はとうとう京を去って修行の道に赴いたというものである。

音楽家長明の逸話として興味深いものであるが、『文机談』は、都を去った長明が伊勢の二見の浦に「方丈の室」を結び、「件の記録」（『方丈記』のことか）を書いたとする。長明には、伊勢・熊野へ旅行した時期があり、その折に『伊勢記』を記したと考えられているが、『文机談』にはこの『伊勢記』が素材として流入し、『方丈記』と取り違えられているようである。この秘曲尽くし事件を、積極的に長明伝に取り入れる立場としては、今村みゑ子の元久元年開催説と磯水絵の元久二年開催説があるが、[12]『文机談』の話は、後日談において事実との齟齬及び同時代資料である『源家長日記』の情報との乖離がはなはだしく、秘曲尽くし事件をそのまま長明伝に組み込むには慎重にならざるを得ない。[13]今後も、検討すべき課題である。

さて、『方丈記』の言を信じるならば、長明は大原で、「ムナシク大原山ノ雲ニ臥シテ、又五カヘリノ春秋」すなわち五年の歳月を過ごしたらしい。大原での長明については、「ムナシク」という表現から、自らが望む心境に達するには至らなかったらしいということしか分からなかったが、近年、今村みゑ子によって新しい見解が提出された。[14]それは、これまで長明三〇代のこととされていた伊勢・熊野旅行とその所産である『伊勢記』の成立を、長明出家後の大原在住期に位置付けるというものだ。伊勢・熊野旅行には、「証心」という法師が同行していたことが、『夫木和歌抄』『菟玖波集』から知られるが、今村に拠ると、この「証心」は、従来唱えられてきた藤原俊経の法名ではなく、『朗詠要抄』に中原有安の朗詠の弟子として載る「證心」だと考えられる。有安の弟子の証心法師は、散逸『大原集』の撰者かと目され、彼は大原に居住する僧であった可能性が高い。ならば、長明と証心の交流は大原において行われ、それが伊勢・熊野旅行に結実したことになる。

なお、今村は、『文机談』において、秘曲尽くし事件の後、長明が「洛陽を辞して修行のみちにぞ思ひ立ちける。たまくしげ二見の浦といふ所に方丈の室を結びてぞ、残り少なき春秋をば送り迎へける」とあることと、この伊勢・熊野旅行を結び付け、元久元年（一二〇四）春に長明が大原で出家した後に催した秘曲尽くしで藤原孝道に訴えられ、琵琶「手習」を後鳥羽院に召し上げられたことをきっかけに、その直後の秋に伊勢修行に出たと結論する。しかし、先述したよう、長明の出奔は元久二年五月中旬以降の可能性が高い上に、成立が遅く事実とも齟齬がある『文机談』の情報を、そのまま長明伝に直結させるのは危ういように思われる。同行の証心法師との交流が大原で暖められた可能性が高いのならば、この伊勢・熊野旅行は、長明が大原に住んだ五年間のことと考えておくのが穏やかではないだろうか。

(三) 日野——五〇代後半から没年まで——

大原で五年ほどの月日を送った後、長明は日野に移る。『方丈記』には、日野に住み始めてから「五年ヲ経タリ」とあるので、『方丈記』擱筆の建暦二年（一二一二）から逆算すると、承元二年（一二〇八）頃と考えられようか。日野は都の東南、笠取山地を背景とする山里で、日野氏の菩提寺である法界寺が営まれていた。長明が大原から日野に移るに際しては、日野氏出身の禅寂（俗名日野長親）の斡旋があったとするのが、昨今の定説である。

日野移住後であろうか、承元三年（一二〇九）か翌四年頃には、『新古今集』の切継も完了したと考えられる。(15) 長明は、切継を経た『新古今集』に触れていたと思しく、『無名抄』には、自らの入集歌数を「すべてこのたびの集に十首入りて侍り」と記した。うち一首は、彼の後鳥羽院歌壇における最後の事跡と考えられる『元久詩歌合』での詠、「袖にしも月かかれとは契りおかず涙は知るやうつの山越え」（新古今集・羇旅・九八三）

である。

また、『吾妻鏡』建暦元年（一二一一）一〇月一三日条によると、この年、長明は飛鳥井雅経とともに鎌倉へ下向し、三代将軍源実朝と数度の会見を行っている。(16) 会見の内容を伝える史料は残されていないが、実朝がこの六年前に出来上がったばかりの『新古今集』に接し、和歌の道へと邁進していたこと、『新古今集』の撰者である雅経が間に立っていることを考えれば、話題の大半は歌にまつわることであったかと考えられる。

この会見からおよそ半年後、建暦二年三月下旬に『方丈記』は完成した。その記すところによると、日野の庵に置かれたものは、閼伽棚、阿弥陀如来と普賢菩薩それぞれの絵像、法華経、「和歌、管絃、往生要集ゴトキノ抄物」を収めた黒い革張りの箱が三つ、「折琴」「継琵琶」各一張であった。つまり、仏道・和歌・管絃の三つが、最後まで長明の傍らにあったものということになろう。この箱に収められた和歌の抄物は歌論書『無名抄』に、『往生要集』とそれに類する抄物は仏教説話集『発心集』に結実したと推測される。両書の成立の時期は不明だが、長期間に渡って少しずつ書きためられ、日野の庵でまとめられたというような執筆経緯だったと考えられようか。(17) 日野の庵の生活の様は『方丈記』の内部にしか見出せないが、これらの執筆活動と仏道修行、四季折々の美景を感受しながらの管絃の演奏、山の番小屋の少年との遊行といった、まさに閑居の気味を楽しむものであったのだろう。

日野に移り住んだ後だと思われるが、長明は禅寂に『月講式』の作成を依頼した。二〇代後半の家集『鴨長明集』は、「朝夕に西そむかじと思へども月待つほどはえこそ向かはね」（一〇五）という月への愛慕を示す歌で閉じられている。また、和歌所出奔の後に、後鳥羽院に届けられた一五首の歌の中には、「夜もすがら一人み山の真木の葉にくもるもすめる有明の月」（建仁元年八月十五夜和歌所撰歌合・六九／新古今集・雑上・一五二三）を改作したものがあった。(18) おそらく、その生涯を通して、月には深い思い入れがあったのだろう。しかし、『月講式』の完成を待たずに長明は没した。日野の庵においての最期であったかと思われる。没後三五日、建保四年(一二一六)七月一四日の夜、禅寂は追善供養として『月講式』の講演を行い、後世菩提に廻向したという。

長明その人と作品に対する後世の享受・評価についても記しておこう。長明の死後、早くに『閑居友』が『発心集』を引き、『十訓抄』が出奔の経緯と『方丈記』に触れ、『沙石集』が『無名抄』を引用している。その人物像は「和歌管絃ノ道ニ人ニ知ラレタリケリ」(十訓抄)とされる歌人・楽人の側面、方丈の庵を結んだ閑居の人の側面が大きい。歌人としては、『瑩玉集』『文字鏁』『四季物語』といった長明仮託とされる歌学書・歌論書の存在も注意される。また、室町時代の後半には、「鴨長明が石の床」に後鳥羽院が二度の御幸を行ったとされたり(ささめごと)、宗長が「鴨長明閑居の旧跡」を訪れたり(宗長手記)と、長明が庵を結んだ日野の外山に旧跡と称される場所ができ、関心が向けられていることがわかる。江戸時代に入ると、その旧跡は「(長明)方丈石」(扶桑隠逸伝・名所都鳥など)と呼ばれ、大きな石が置かれていたようだ。そこには、後代、好もしい遁世者の姿としての長明像が掘り起こされ、広く享受されていた様がうかがわれる。

本書の構成

本書は、歌論書『無名抄』を取り上げる第一部、和歌作品を論じる第二部、『方丈記』の作品研究としての第三部、長明の営為や思想を文学史の中で展望する第四部から成る。

鴨長明については、数多くの先行研究が積み重ねられているが、それらは『方丈記』『発心集』の作品研究と伝記研究に重きを置く傾向が強い。しかし、長明はその一生を歌人として過ごし、『新古今和歌集』撰集のために設置された後鳥羽院の和歌所の寄人でもあった人物である。長明にとって、歌人たることは重要なアイデンティティーであったと考えられるが、その方面の研究は余り進んでいない。従って、まず、歌論的随筆であり韻文と散文の両性質を併せ持つ『無名抄』を、長明の文学活動の本質を端的に体現する作品と位置づけ、それに関する諸論考を第一部に置いた。第一章「自らを物語る――「セミノヲガハノ事」から――」では、「歌語のプライオリティー」と「物語としての自己実現」を切り口として、『無名抄』という作品が持つ性質をあぶりだし、『無名抄』を長明理解の重要な鍵として位置付けることを試みる。第二章「鴨長明の和歌観――「式部赤染勝劣事」「近代歌躰」から――」では、作品中最も長大な章段である「式部赤染勝劣事」「近代歌躰」の二章段を取り上げ、比喩の用い方・「幽玄」の使用法など叙述方法の分析から、長明の和歌観を読み解き、同時代における意義を考察する。また、『無名抄』の執筆動機についても、その解明を試みるものである。第三章「伝本研究」は、いまだ体系だった伝本研究が行われていない『無名抄』について、主要な写本と板本を調査し、その系統と成立を明らかにする。

第二部では、長明の和歌作品を分析・考察する。長明の和歌の師は、『金葉和歌集』の撰者源俊頼の息・俊恵である。俊恵は白河の自房を歌林苑と名付け、そこには歌人たちが集って歌会や歌合を行っていた。長明は二十代の後半には俊恵に師事し、歌林苑にも出入りしている。このような背景を踏まえ、第一章「始発期――俊頼・俊恵・歌林苑――」では、長明の和歌体験の始発期において重要な役割を果たした俊恵と歌林苑について、特に源俊頼の影響という観点から考察する。第二章「『正治後度百首』の構想」では、正治二年（一二〇〇）冬に詠進された後鳥羽院の第二度百首こそが、長明が和歌所寄人に登用され、歌壇の構成員となるに至った最大の階梯だったと考え、和歌表現の分析からその構想を繙く。第三章「予言する和歌——「くもるもすめる」詠をめぐって——」では、長明の代表歌「夜もすがら一人み山の真木の葉にくもるもすめる有明の月」（新古今集・雑上・一五二三）を取り上げる。古注釈以来紛糾する歌の解釈を定め、さらにこの歌が収められる『源家長日記』の叙述意図を解明することによって、当該歌が長明の代表歌たる地位を獲得するに至った経緯を明らかにする。

第三部は、『方丈記』の作品研究に関する諸論文を収める。序章では、広本（古本系・流布本系）・略本と多岐に渡る『方丈記』の伝本を概略し、先行研究を整理しつつ、広本『方丈記』の構成を確認する。第一章「「世ノ不思議」への視線」は、『方丈記』の前半に位置する五大災厄について、長明がどのような視線で災害を捉え、叙述しようとするのかについて、仏教説話画などにも視野を拡げつつ考察する。第二章「『方丈記』が我が身を語る方法」は、『方丈記』中で、作者長明が我が身を振り返って人生を概括する箇所に着目し、『源氏物語』や『法門百首』といった先行作品との関連から、長明が『方丈記』を綴る際の一方法を見出す。第三章「終章の方法」は、研究史において最も難解かつ論争の対象となってきた『方丈記』終章を読み解き、思想史的位置付けを行う。第四章「成立の場と享受圏をめぐって」では、第三章・第四章で試みた『方丈記』の読者像の追跡を行い、作品の成立と享受に深く関わる環境として、日野家と法界寺の文化圏に着目する。

第四部は、鴨長明の営為を文学史の射程の中で検討するものである。第一章「『発心集』の泣不動説話」は、板本巻六―一・神宮文庫本巻三―一に載る三井寺の証空と泣不動の霊験譚を、泣不動説話の文学史の中で読み解くことで、『発心集』の独自性を解き明かし、それがもたらされた背景を安居院流唱導との関連において考察する。第二章「鴨長明の「数寄」」では、院政期から鎌倉初頭に特徴的に見られる、世俗的価値観を超越した物事への愛好精神である「数寄」を取り上げ、「数寄」の持つ観念性と実態との架橋を行う。同時代に流行した実地見聞への志向と「数寄」との関わりに着目し、『無名抄』『方丈記』『発心集』の各作品を横断して現れる長明の「数寄」を分析することによって、同時代における長明の営為の意義が明らかになろう。本章は、「数寄」という同時代に共有された一つの思想を素材とし、ジャンルの枠組みを超えて、長明の思考方法の実態とそのような方法が生み出された土壌や歴史的必然性を探るものである。このような論考をもって、鴨長明の営為を総合的に捉え、新たな文学史的位置付けを目指す本書の締め括りとしたい。

注

(1) 今村みゑ子「鴨長明の父と母、および勝命のことなど」(『国語と国文学』八七―一号、平成二二年一月)。『平安遺文』「山城大徳寺真珠庵文書」に載る、仁平二年(一一五二)七月二五日に「鴨御祖社禰宜従四位上鴨県主」が二女の「川合社禰宜長継県主妻」に蓼倉の領田を譲渡したとの記事に基づく。

(2) 細野哲雄『鴨長明伝の周辺・方丈記』(笠間書院、昭和五三年)。

(3) 細野前掲書(注2)。

(4) 例えば、『方丈記』中の年齢表記を抜き出してみると、以下のようになる。

・予モノヽ心ヲ知レリシヨリ、ヨソヂアマリの春秋ヲ送レル間ニ、世ノ不思議ヲ見ル事、ヤヽタビ〳〵ニナリヌ。
・スベテアラレヌ世ヲ念ジ過グシツヽ、心ヲ悩マセル事、三十余年也。
・スナハチ、イソヂノ春ヲムカヘテ、家ヲ出テ、世ヲ背ケリ。
・ムナシク大原山ノ雲ニ臥シテ、又五カヘリノ春秋ヲナン経ニケル。
・コヽニ六ソヂノ露キエガタニヲヨビテ、更ニ末葉ノ宿リヲ結ベル事アリ。
・カシコニ小童アリ。時々来タリテ相ヒトブラフ。若シツレ〳〵ナル時ハ、コレヲトモトシテ遊行ス。カレハ十歳、コレハ六十。

・コノ所ニ住ミ始メシ時ハ、アカラサマト思ヒシカドモ、今スデニイツトセヲ経タリ。

これらの表記については、すでに、三木紀人『大原山ノ雲』など――発心集作者遠望――」(『説話文学研究』一〇号、昭和五〇年六月)が、「出家をめぐる方丈記の記述は冒頭からその透明度について慎重を要するものである事は明瞭で、そればかりか、長明が方丈記に数詞を多用しているのは厳密を期すための配慮か漢文的な誇張表現なのかという事にまで問題は広がる」と指摘するが、これほどに切りの良い数字が並ぶと、正確な年齢を反映させているというよりも、文飾のためのものである可能性が高いのではないか。三木前掲論文が指摘するが、次の慈円(一一五五〜一二二五)の歌、

・秋を経て月をながむる身となれり五十の闇をなに歎くらん　(老若五十首歌合・二五三/新古今集・雑上・一五三九)

が、建仁元年(一二〇一)四七歳の折のものであり、また、藤原隆信(一一四二〜一二〇五)は、

・ながめても六十の秋は過ぎにけり思へばかなし山の端の月　(正治初度百首・一二四八/新古今集・雑上・一五四〇)

のように「六十の秋」と詠んだ正治二年(一二〇〇)、五九歳である。

この二人は、他にも同様の詠歌があり、慈円は、正治二年四六歳時点で、「あまつ風おくればかへる年波に五十の袖をぬらしつるかな」(正治初度百首・六七三)と詠み、隆信は、建久九年(一一九八)一二月から正治元年(一一九九)三月の間に詠出した『御室五十首』においても、「いたづらに今年もけふになりにけり何をまつとか六十経ぬらん」(四三七)と詠むが、この時の年齢は、五七〜五八歳である。

他の歌人を探してみると、順徳天皇の護持僧であった行意(一一七一〜一二一七)は、建保三年(一二一五)四五歳の折に、「あらたまの年さへ老の波による五十ふけひのうらみをぞする」(建保名所百首・吹飯浦・一〇五八)と詠んだ。また、時代が少し下るが、宝治二年(一二四八)の『宝治百首』では、道助法親王(一一九六〜一二四九)が、「あはれまた末の松山六十にもちかづく年の越えむとすらん」(二三五九)と詠む。「六十に近付く」と詠む道助は、この時まだ五三歳である。

ここまで、「イソヂ」「ムソヂ」に対して実年齢が下回る・その年代に乗っていない例を挙げたが、上回ると判断できる歌もある。源頼政(一一〇四〜一一八〇)は、承安二年(一一七二)六九歳の折に、「むそぢあまり過ぎぬる春の

花ゆゑに猶惜しまるる我が命かな」（暮春白河尚歯会和歌・六）と詠むが、六〇代も終わりかけようとしている六九歳を六〇歳余りと表現する。

このように、「〇ソヂ」という表現は、かなりの幅の年数を含む概算的なものであり、『方丈記』の年齢表記もまた、長明本人の正確な年齢を反映するものとは考えないほうがよいだろう。

（5）五味文彦『鴨長明伝』（山川出版社、平成二五年）。この説は、『方丈記』中の「コヽニ六ソヂノ露キエガタニヲヨビテ、更ニ末葉ノ宿リヲ結ベル事アリ」「カシコニ小童アリ。時々来タリテ相ヒトブラフ。…（中略）…カレハ十歳、コレハ六十」によって、『方丈記』擱筆時の建暦二年（一二一二）に長明が六〇歳だったと考え、そこから逆算して生年を導き出したものである。五味は同書において、長明の父親である長継の年齢を記す『山槐記』永暦元年（一一六〇）八月二七日条の「生年二十二歳云々」の表記に対し、『山槐記』の他の記事では日付をはじめとして「二十」は「廿」と記されているため、この箇所は「三十二」あるいは「四十二」の写し間違いだとする。従って、細野前掲書（注2）などが懸念する長明出生時（または兄長守の出生時）における長継の年齢の若さの問題は解決し、従来の久寿二年（一一五五）説から生年を繰り上げ、『方丈記』の年齢表記を擱筆時の建暦二年に当てはめて、そこから仁平三年（一一五三）を生年と考えるという論理展開である。今、『山槐記』の伝本の問題に立ち入る準備はないが、注4で述べたように、『方丈記』の年齢表記は幅を持って捉えるべきものであり、『方丈記』を根拠として生年を確定する方法には限界があると考える。『山槐記』の本文に問題があって長継の年齢が引き上がった場合、それは長明の生年の可能性が久寿二年以前にも考え得ることを意味するものであり、『方丈記』の年齢表記の正確さの問題とは次元を異にするものである。

（6）小松茂美「古筆学運歩　右兵衛尉平朝臣重康はいた――「後白河院北面歴名」の出現――」（『水茎』六号、平成元年三月）。今村みゑ子『鴨長明とその周辺』所収「長明の通称――「南大夫」・「菊大夫」をめぐる――」（和泉書院、平成二〇年。初出は平成一三年一月）。

（7）長明の出奔については元久元年（一二〇四）説と後述の元久二年説の他に、五味前掲書（注5）が建仁三年（一二〇三）の春という説を出している。建仁三年の長明については、先述したように、三月末の大内の花見（明月記）、六月一六日「影供歌合」、七月一五日「八幡若宮撰歌合」、一一月二三日の藤原俊成九十賀と、一年を通じて院歌壇における事跡を確認できる。このような状況から見ると、建仁三年説はほぼ考えられない。

（8）『明月記』元久二年四月二九日条には、題を「水郷春望」「山路秋行」とすることと、出詠依頼の書状を送った歌人・詩人各一〇名（良経と定家を含む）が記されているが、その中に長明の名はない。後鳥羽院主催に切り替わった『元久詩歌合』は、最終的に歌人・詩人各一九名（ただし、詩人は二名分の作者名を欠く）で結番されており、増員された歌人九名の中に長明がいたと考えられる。当該詩歌合の経緯は、明月記研究会編「『明月記』（元久二年五月〜閏七月）を読む」（『明月記研究』一〇号、平成一七年一二月）、田渕句美子『新古今集　後鳥羽院と定家の時代』（角川選書、平成二二年）に詳しい。

（9）『明月記』元久二年五月一〇日条、「家長朝臣来臨。殿下詩歌合於㆓院御所㆒可㆑被㆑合之処、詩於㆓御所㆒未㆑被㆑講。仍被㆑忌㆓五月㆒延引了云々」。

（10）『図書寮叢刊　伏見宮旧蔵楽書集成一』所収「琵琶秘曲伝授記 部類 建久―正和」（宮内庁書陵部、平成元年）。

（11）第二部第三章「予言する和歌――「くもるもすめる」詠をめぐって――」において、『源家長日記』の長明譚における虚構を明らかにしている。

（12）今村みゑ子「「秘曲尽くし」と琵琶「手習」」（『鴨長明とその周辺』、和泉書院、平成二〇年。初出は平成二年六月）、磯水絵『説話と音楽伝承』所収「秘曲づくし事件をめぐって　その一」（和泉書院　平成一二年。初出は昭和四九年五月）。

（13）『文机談』の成立は長明没後から半世紀以上を経ており、同時代の成立である『源家長日記』よりも信憑性が薄い。加えて、長明の出奔譚を載せる『十訓抄』は、序に拠れば建長四年（一二五二）一〇月中旬の成立であるが、長明の出家の経緯について、『源家長日記』と同様、河合社禰宜事件を挙げている。『方丈記』についても「仮名ニテ書キ置ク物」としており、現存最古の大福光寺本の状況とも合致する。このような『十訓抄』の長明説話を鑑みると、やはり『文机談』の語る長明伝について、その真偽という意味では、かなり劣るものと考えざるを得ない。長明は、『方丈記』で日野の暮らしにおいて、「水ノ音ニ流泉ノ曲ヲアヤツル」と記した。流泉（石上流泉とも）は啄木に次ぐ琵琶の秘曲であり、『文机談』が伝える、長明が伝授を許された楊真操にはまさっている。このようなことを考えると、長明が秘曲を演奏したという、秘曲尽くし事件に類したことは実際にあったのだろう。少なくとも、『方丈記』を読む立場からすれば、そのように解釈することは可能である。『文机談』の長明譚は、このような素材をもとに、長明に関する情報を取り合わせて作られたものなのではないか。「秘曲づくしの事件と、忘れられた遁世の真相、若い頃の伊勢旅行、晩年の草庵および『方丈記』など、長明をめぐるさまざまな事実をとりまぜ、いわば短絡的に関連付けて構成したものかと疑われる」とする三木紀人『閑居の人　鴨長明』（新典社、昭和五九年）の説は、首肯すべきものだと思われる。

(14) 「鴨長明の伊勢下向をめぐって――元久元年の旅か――」（『国語と国文学』九一―三号、平成二六年三月）。

(15) 田渕句美子「『新古今和歌集』の成立――家長本再考――」（『文学』八―一号、平成一九年一月）。

(16) 『吾妻鏡』の本文は、「鴨社氏人菊大夫長明法名蓮胤。依雅経朝臣之挙、此間下向。奉謁将軍家。及度々云々。而今日当于幕下将軍御忌日。参彼法花堂。念誦読経之間。懐旧之涙頻相催。註一首和歌於堂柱。草モ木モ靡シ秋ノ霜消テ　空キ苔ヲ払ウ山風」。磯水絵『説話と音楽伝承』所収「秘曲づくし事件をめぐって　その二」（和泉書院、平成一二年。初出は昭和五一年六月）は、飛鳥井雅経が、この年の九月二四日に三条殿で行われた任大臣大饗習礼に出席していることから、二人の出発はその翌日以降まもなくであろうと推測している。また、『新古今集』の撰者名注記によると、長明歌に最も多くの合点を付したのは、この鎌倉下向において長明と実朝の間を取り持った雅経であり、院歌壇における長明の人間関係が窺われるところである。

なお、五味前掲書（注5）は、長明の鎌倉下向について、『無名抄』「関ノ清水」に載る「建暦のはじめの年十月廿日余りの比、三井寺へ行きて、（＊円実房）阿闍梨」に対面したとの話を引き、これが「長明とする以外には考えがた」く、そうなると一〇月一三日に鎌倉にいた長明が同月二〇日過ぎに三井寺で人に会ったとは考え難いため、この建暦元年一〇月一三日の『吾妻鏡』の記事は貼り間違いであり、実際の下向年時は建暦二年一〇月のことであったかとする。

しかし、『無名抄』「関ノ清水」においては、「或人」からの聞き書きから、長明その人の体験へと話が切り替わったとする根拠を本文中に見出すことはできず、三井寺で円実房阿闍梨と対面したのは、章段冒頭に出てくる「或人」だと読むほうが、文脈上自然であろう。日本古典文学大系『歌論集　能楽論集』所収の久保田淳校注「無名抄」（岩波書店、昭和三六年）、簗瀬一雄『無名抄全講』（加藤中道館、昭和五五年）、三木前掲書（注13）、歌論歌学集成第七巻所収の小林一彦校注「無名抄」（三弥井書店、平成一八年）、久保田淳訳注『無名抄　現代語訳付き』（角川ソフィア文庫、平成二五年）の先行研究も、全て、「或人」の所為だと解釈している。確かに、本章段には、冒頭の「或人云」の結びに相当する「と」（引用の格助詞）が本文中に見当たらないという問題はあるが、このように、「云」に対応する「と」を備えない章段は、「貫之家」「業平家」「周防内侍家」「俊頼基俊イドム事」「腰句ノ終ノテ文字難事」「基俊僻難スル事」「女ノ歌ヨミカケタル故実」「俊成清輔歌判有偏頗事」等、実に多くあり、本章段というよりも、むしろ『無名抄』の文体的特徴と言える。

また、本章段は、「優になんおぼえ侍し」のように、直接体験を表す過去の助動詞「き」が本文中に用いられるが、「〇〇云」となる聞き書きの中で、発話者の体験に「き」を使う例は、本章段の他にも「業平家」「範兼家会優ナル事」「頼政歌道ニスケル事」「清輔弘才事」「俊成清輔歌判有偏頗事」などに見出される。

従って、『無名抄』「関ノ清水」においては、建暦元年一〇月二〇日過ぎに三井寺で円実房阿闍梨と対面したのは「或人」と考えられ、長明は直前の一〇月一三日に鎌倉にいたとしても問題はない。長明は、鎌倉から帰還した後に、「或人」からその話を聞いたということだろう。『吾妻鏡』の問題に立ち入る準備はないが、『無名抄』の側には長明の鎌倉下向を建暦二年に引き下げる必然性はないと考え、本書では、従来の通り、建暦元年のこととしておく。

(17) 『無名抄』の成立については、建暦二年三月擱筆の『方丈記』の前とするもの、『方丈記』成立以後とするものがある。前者は簗瀬前掲書（注16）・五味前掲書（注5）、後者は久保田淳『無名抄　梅澤本』解題（復刻日本古典文学館シリーズ、日本古典文学会、昭和四九年）・三木前掲書（注13）・小林前掲書（注16）である。ただし、久保田は、『無名抄　梅澤本』解題においては、『無名抄』が『方丈記』に先行するか遅れるかはにわかに決めがたいとの但し書きをつけており、後の『無名抄　現代語訳付き』でも、同様の立場を取る。本書では、第一部第二章「鴨長明の和歌観」において『無名抄』の成立に触れる。実朝との会見をその動機に持つものがあると思われる章段もあるが、「関ノ清水」が記す「建暦のはじめの年十月廿日余りの比、三井寺へ」行ったとする「或人」の話を考えると、建暦元年一〇月一三日前後の実朝との会見後にも、『無名抄』に結実する和歌の抄物は書き続けられたことになる。全体の分量・多岐にわたる内容を考えれば、『無名抄』は長い期間に渡って少しずつ書きためられたものであり、今見られるような形になったのは、鎌倉下向よりも後のことではなかろうか。

(18) 「すみわびぬげにやみやまの真木の葉にくもるといひし月を見るべき」（源家長日記・三三）。

第一部

『無名抄』

第一章　自らを物語る
――「セミノヲガハノ事」から――

名を聞くよりやがて面影は推し量らるゝ心ちするを、見る時は又かねて思ひつるまゝの顔したる人こそなけれ。

（『徒然草』七一段）

はじめに

鴨長明とは、その名前から自然と一定のイメージが喚起される人物である。「神経質」「閉鎖的」「片意地な偏狭な男」(1)、「激情的」「没理智的」(2)、「人一倍濃厚な情念を持って、恨み多い人生に長く耐えて生きてきた」(3)などが、一般的に流布している長明のイメージだろうか。もちろん、様々な資料から確認されるように、これらの長明像は架空のものというわけではない。(4)しかし、イメージと実際の人物が決して同一ではないように、これらの長明像が長明の全てを描き尽くしているわけでもない。むしろ、こうした長明像が定着すればするほど、無意識のうちにそれが作品解釈に持ち込まれ、解釈を左右する不幸な事態を招き寄せることにもなりかねない。

長明の作品として、最も広く認知されているのは『方丈記』であろう。草庵の遁世者としての長明像が広く流通する所以でもある。しかし、長明は、源俊頼の息・俊恵に和歌を師事し、家集を編み、様々な歌会・歌合の場にも名を連ねた人物だった。正治二年（一二〇〇）以後は、後鳥羽院歌壇に身を置き、『新古今和歌集』を撰進する和歌所の寄人にも任命されている。まぎれもない歌人であろう。『方丈記』が、おそらく彼の終の住処となった日野の方丈の庵に「黒キ皮籠三合」が置かれ、その中には「和歌、管絃、往生要集ゴトキノ抄物」が入っていたと記すところから見ても、和歌とは、長明にとって最後まで自身の拠り所であり、手放すことができぬものだったと思われる。歌人であることは、長明にとって、ある種のアイデンティティだったと言っても差し支えあるまい。そのような長明の歌人としての知識・経験・和歌観などを書き綴った作品が、第一部で取り上げる『無名抄』である。先述したような長明像の流布の故か、『無名抄』については、『方丈記』や仏教説話集である『発心集』との比較という観点から語られることが多い。しかし、まず必要なことは、長明は歌人であるという観点に立ち、『無名抄』を和歌に纏わる一つの自律した作品として、作品内の文脈に即して読んでいくということであろう。そのようなことを念頭に置きつつ、本章では、『無名抄』「セミノヲガハノ事」(5)を足掛かりとして、『無名抄』という作品の特質をあぶり出してみたいと思う。

一　「瀬見の小川」の歌

まず、「セミノヲガハノ事」について、全文を掲げる。

（光行賀茂社の歌合とてし侍りしとき、予、月の歌に(6)）

いしかはやせみのおがはのきよければ月もながれをたづねてぞすむ

とよみて侍りしを、判者にて師光入道、「かゝる河やはある」とて負けになり侍りにき。思ふ所ありてよみて侍りしかど、かくなりにしかばいぶかしく覚え侍りし程に、その度の判者全て心得ぬこと多かりとて、又改めて顕昭法師に判せさせ侍りし時、此歌の所に判して云く、「いしかはせみのおがは、いともきゝ及び侍らず。たゞしおかしく続けたり。かゝる河などの侍るにや。所の者に尋ねて定むべし」とて事を切らず。後に顕昭にあひたりし時、此事語り出でゝ、「これはかも河の異名なり。当社の縁起に侍り」と申ししかば、驚きて「かしこくぞおちて難ぜず侍りける。さりとも顕昭等がきゝ及ばぬ名所あらむやはと思ひて、やゝもせば難じつべく覚え侍りしかど、たれが歌とは知らねど歌様のよろしく見えしかば、所おきてさやうに申して侍りしなり。これすでに老の功なり」となむ申し侍りし。其の後此の事をきゝて、禰宜祐兼、おほきに難じ侍りき。「か様の事はいみじからむ晴れの会もしは国王大臣などの御前などにてこそよまめ。かゝる褻事によみたる、無念なることなり」と申し侍りし程に、隆信朝臣此の河をよむ。又、顕昭法師、左大将家の百首の歌合の時これをよむ。祐兼云、「さればこそわれいみじくよみいだされたりと思はれたれど、世の末にはいづれか先なりけん、人はいかでか知らむ。何となく紛れてやみぬべかめり」と本意ながり侍りしを、新古今撰ばれし時、この歌入れられたり。いと人も知らぬ事なるをとり申す人などの侍りけるにやと、全てこの度の集に十首入りて侍り。これ過分の面目なるうちにもこの歌の入りて侍るが生死の余執ともなるばかりうれしく侍るなり。あはれ無益の事どもかな。

よく知られている話だが、およその話の筋をまとめると次のようになる。賀茂別雷社での源光行主催の歌合で、長明は鴨川の異名「石川瀬見の小川」という言葉を用いて和歌を詠み、師光判では負、顕昭の再判で持となる。その後、長明は顕昭に「瀬見の小川」の意味・出典を伝え、顕昭を感心させた。しかし、下鴨社の禰宜祐兼は、褻の歌合で下鴨社の縁起にあるような大切な言葉を詠出した長明の不注意さを非難する。その後、顕昭や藤原隆信が晴の歌合で「瀬見の小川」を詠み、祐兼は最初の詠作者が長明だったことなど後世では不明になると残念がった。しかし、後に長明の歌は『新古今集』に入集し、長明は「生死の余執ともなるばかり」喜ぶのだが、この感慨に浸る自らに対して「あはれ無益の事どもかな」と、名誉の空しさを述懐し、自讃譚ともいえる章段は全く逆の印象を残して終わる。

ここで、「瀬見の小川」という歌語に関連する資料を確認しておこう。

①みそぎするせみのを川の清き瀬に君がよはひを猶祈る哉　　　　（類従本源順集・「祝」）

②いしかはやせみのをがはのきよければ月もながれを尋ねてぞすむ　　（新古今集・神祇・一八九四・鴨長明）

鴨社歌合とて人人よみ侍りけるに、月を

③『袖中抄』（文治元年〈一一八五〉から二～三年、一一八〇年代後半成立）

セミノヲガハ

ミタラシノタエヌニシルシイシカハヤセミノヲガハノキヨキナガレハ

顕昭云、セミノヲガハトハ、考二或書一云、大神御社賀茂者日向曽之峯天降坐神、賀茂建角身命也。神倭石寸比古之御前立上坐而宿二坐大倭葛木山之峯一、自レ彼漸遷至二山代国岡田之賀茂一、随二山代河一下坐。葛河与賀茂河所レ会立坐見二廻賀茂川一而言、雖二狭小一然石河清川在、仍号二石河瀬見小川一。自二彼河一上定二坐久我国之比山基一従二尓時一名曰二賀茂一也……

④『六百番歌合』　祈恋　四番　（建久四年〈一一九三〉）

左　　顕昭

・石川や瀬見の小川に斎串立て祈ぎし逢ふ瀬は神にまかせつ　（六六七）

右勝　　信定

・思ひかねその木の本に木綿かけて恋こそ渡れ御津川の橋　（六六八）

左右共申二無難之由一。

判云、左歌、いぐしたてなんどしてことごとしくは侍れど、終句に、神にまかせつといへる、にほひなくや聞ゆらん。右歌、末句宜しくきこゆ、勝とす。

⑤『千五百番歌合』（判者は顕昭、建仁三年〈一二〇三〉）

千二百二十五番　左　　隆信朝臣

・いしかはやせみのをがはのながれにもあふせありやとみそぎをぞする　（二四四八）

右　　三宮

・ものおもふこころのうちにやどりきぬふじのたかねもむろのやしまも
（二四四九）

左歌は左大臣家の百首歌合に、祈恋に、石河やせみのをがはにいぐしたてねぎしあふせは神にまかせつ、とよめる歌侍りき。その作者達さだめておぼえられ侍らん。但、長承のころほひ、顕輔卿歌合に、こひわびておつる涙の玉ならばちはこのかずもつきやしなまし、藤雅親歌なり。そののち保延のころ、家成卿歌合に、君こふる涙のたまをぬきおきてももくるまにもつみて見せばや、藤宗国歌なり。基俊判云、さきの歌合に、なみだの玉ちはこの歌あり、今の歌合に、涙の玉もも車あり、わすれて詠ずるにても、こひねがひてよめるにても、千箱百車是同じ事なり、古歌ふたたびよむは歌合にゆるさぬ事なり、遼東のゐのこにたとふべしといへり。然者、此左歌すでにこのとがををかせり。

右歌は思ひにかかる心に、ふじのね、むろのやしまをともにやどされたる、めづらしく、たくましき風情なり。うたがひなき勝に定められ侍るべし。

『無名抄』成立以前に「瀬見の小川」を詠み込んだ和歌は少なく、管見では①②④⑤の四例[7]にとどまる。長明以前では①の源順の和歌があるが、この和歌は群書類従本順集にしか見えず、実際に順が詠んだものか信憑性に疑問が残る。また、『無名抄』に「隆信朝臣此の河をよむ。又顕昭法師、左大将家の百首の歌合の時これをよむ」とあるのは、『六百番歌合』の顕昭詠④と『千五百番歌合』の藤原隆信の詠⑤を指す。その顕昭は③の『袖中抄』で「セミノヲガハ」を立項し、「顕昭云」、つまり自らの説として『無名抄』と同じ鴨川古称説[8]を紹介している。

これらについては、久保田淳・三木紀人・小林一彦らの先行研究(9)によって以下のように指摘されている。『袖中抄』では「顕昭云」として「瀬見の小川」の出典が語られており、長明から顕昭へ伝えられたという情報伝達の経緯がうかがえない。また、『千五百番歌合』での顕昭は、隆信の歌を批判するに際して『六百番歌合』の自詠を引いており、ここでも長明及び長明の和歌には一切言及しない。しかし、『無名抄』によれば、「瀬見の小川」という語を和歌に詠み込む先鞭を付けた人物は長明であり、歌語「瀬見の小川」の先取権・発掘者たる栄誉（これらを「プライオリティー」と称する）は長明に属するはずである。自らが教えを受けた長明のことを無視する顕昭の姿勢は、長明のプライオリティーを我が物とすることに他ならない。以上が、先行研究における共通理解であろうか。確かに、『無名抄』の記事から『千五百番歌合』の判詞を読むと、顕昭には分が悪い。しかし顕昭の意図は、長明に属すべきプライオリティーを横取りすることにあったのだろうか。

二　歌語のプライオリティー

『千五百番歌合』の判詞を見ると、顕昭は『六百番歌合』の自詠を引いた後、「長承のころほひ…」（傍線部a）と続けて、「恋わびて落つる涙の玉ならばちはこの数も尽きやしなまし」（長承三年〈一一三四〉藤原雅親、「中宮亮顕輔家歌合」本文では、下句「千箱の数に貫きもしなまし」）、「君こふる涙の玉をぬきおきてももくるまにもつみて見せばや」（保延二年〈一一三六〉藤原宗国）という二首の類同歌を挙げている。これに対する基俊の判詞は、宗国の和歌に対して「千箱百車是同じ事なり」と述べており、問題の焦点は、用語の一致というよりも、「涙を玉に貫くその数の多さ（千箱・百車）＝恋心の深さ」という趣向の一致にあると言えよう。顕昭がこの例を引いたということは、それが自分の判詞の趣旨に適っていたことに他ならない。顕昭の問題意識、即ち「このとが」（傍線部b）は、時間的に近接した歌合で隆信が自詠と趣向の一致した歌を詠んだことへの批判だったのである。両者の歌は「石川瀬見の小川」「逢ふ瀬」と言葉が一致するのみならず、

顕昭…「石川瀬見の小川に斎串を立つ」→恋人との逢瀬を賀茂御祖社に祈る
隆信…「石川瀬見の小川で禊する」→恋人との逢瀬を賀茂御祖社に祈る

と、一首の趣向が完全に一致する。もちろん、和歌の中心に据えられた言葉が「石川瀬見の小川」という一般性の低いものであったことが両者の趣向が一致した最大の原因だが、これと先行研究が指摘するプライオリティーの問題は次元を異にしよう。つまり、『千五百番歌合』の判詞では、長明の和歌に言及することのほうが不自然なのである。なお、③の『袖中抄』でも「ミタラシノ……」と先行歌が呈示されており、ここからも顕昭がプライオリティーの横取りを意図していないことは明らかだろう。

では、長明自身の問題意識はどこにあるのだろうか。本章段についてはすでに、簗瀬一雄の「賀茂御祖社禰宜職を背景とする祐兼・長明の確執」があるとする見解や、松村雄二の「「石川やせみのをがは」の歌が、世間から不当な扱いを受けながらも、最後には『新古今集』に採取され、ひどく面目をほどこしたという、その逆転劇の次第を述べる」「自己の輝かしい栄光の和歌体験の一端」と位置づける見解がある[10]が、これらを視野に入れながら考えてみたい。

祐兼は長明の河合社禰宜への就職を妨害した人物であり、本章段においても好意的に描かれているとはとても言えない。祐兼は、褻の歌合で下鴨社の由緒ある言葉を詠出した長明の軽挙を非難し、一旦はその危惧通りに事態が進行する。顕昭と隆信が「瀬見の小川」を詠んだ『六百番歌合』『千五百番歌合』は、「賀茂社歌合」

などとは比べようがない晴の場であり、祐兼の「世の末にはいづれか先なりけん、人はいかでか知らむ」の言葉通り、長明の和歌は全く目立たない位置に置かれてしまった。しかし、長明の和歌は『新古今集』に入集し、事態は逆転する。勅撰集入集が歌人にとって最大の晴の場であることは疑いようもなく、長明の和歌は三者の中で最も脚光を浴びる位置に立ったのである。実は、この「逆転」は祐兼の非難があってこそ生まれるものであり、祐兼は逆転劇そのものを成立させるキーマンであると言えよう。そういう意味では祐兼が戯画化され、その根底に下鴨社にまつわる二人の確執が横たわっている可能性は高い。また、長明にとっては「自らの逆転劇」を語っているに他ならず、自らの輝かしい和歌体験を強く印象づける自讃譚であろう。

しかし、長明にとっての「輝かしさ」の内実とは何なのか、もう少し踏み込んで考えてみたい。長明の語り口からは、たとえ祐兼に語らせているとは言っても、顕昭や隆信によって自らのプライオリティーが忽せにされたという感は否めない。事実、『無名抄』における最大の問題は、「いづれか先なりけん」という長明・顕昭・隆信の先後関係、すなわち歌語「瀬見の小川」における長明のプライオリティーの確保にある。その後の『新古今集』入集について、入集までの過程は「いと人も知らぬ事なるを、とり申す人などの侍りけるにや」と省筆されているが、「とり申す人」がいて『新古今集』に入集したということは、「瀬見の小川」に対するプライオリティーが他者によって承認されたことを意味しよう。加えて、この他者は勅撰集という和歌世界での最高の権威かつ後世の規範となるものであった。つまり、『新古今集』入集という事実は、「瀬見の小川」を詠み込んだ一連の和歌の中で長明の和歌が特に評価され、さらに、勅撰集という特別な存在が長明のプライオリティーを保証したという二重の意味を背負うのである。だからこそ、「生死の余執ともなるばかりうれしく侍るなり」という尋常ならざる喜びが書き綴られるのだろう。

祐兼の戯画化。不当な逆境から面目を施し、世間に認められるという逆転劇。いずれも本章段を構成する重要な要素である。しかし、問題はこれにとどまらない。彼の和歌体験がいかなる起伏を経て栄光に至ったかという逆転劇、つまり話の筋の中には、歌語におけるプライオリティーが自らの栄誉に直結するという長明の精神構造が垣間見えるのである。

三　歌語と自己との関わり

このようなプライオリティーへのこだわりは、長明にとって何を意味するのだろうか。このことを考えるために、歌語を扱い、長明が自らを語り、かつ自讃的という「セミノヲガハノ事」と類似した章段「マスホノスヽキ」「エノハ井」を見てみよう。

「マスホノスヽキ」は、「ますほの薄」という歌語に関心を寄せていた登蓮法師が、その実態を知る者の存在を知るやいなや、摂津渡辺に赴き、その説を聞いて秘蔵していたという話である。それに続き、その説を長明が襲ったことと、秘説の内容が明らかにされる。

……この事第三代の弟子にて伝へ習ひて侍り。この薄同じ様にてあまた侍り。ますほの薄、まそをの薄、まそうの薄とて三種侍るなり。ますほの薄といふは穂の長くて一尺ばかりあるをいふ。かのますかゞみをば万葉集には十寸のかゞみとかけるにて心得べし。まそをの薄といふは真麻の心なり。これは俊頼朝臣の歌にぞよみて侍る。まそう《を歟》の糸をくりかけてと侍るかとよ。糸などの乱れたるやうなるなり。まそうの薄とはまことにすわう也といふ心也。ますわうの薄といふべきを、ことばを略したるなり。色深き薄の名なるべし。これ古集などに確かに見えたることなけれど、和歌のならひ、かやうの古事をもちゐるも又世の常のこと也。（人）あまねく知らず。みだりにとくべからず。

この話は長明の体験談ではない。また、源俊頼の「花薄まそほの糸をくりかけて絶えずも人を招きつるかな」（散木奇歌集・四一七）という先行歌があるため、長明が和歌に詠み込む先鞭を付けた歌語でもない。その点では「瀬見の小川」とは異なる。しかし、傍線部の「この事第三代の弟子にて伝へ習ひて侍り」「みだりにとくべからず」という叙述からは、「ますほの薄」に関する秘説に連なる自己という認識を見出すことができよう。また、『無名抄』には見えないが、『夫木和歌抄』によると、長明自身が「ますほの薄」を題材に和歌を詠じている。[11] 一般性の低い特殊な歌語にまつわる説を紹介し、自らもそれを題材に和歌を詠じ、秘説に連なる自己を語るという点では、「セミノヲガハノ事」と同じ傾向にあると言えよう。

続いて、「エノハ井」は、源有賢が葛城遊覧の際に豊浦寺の榎葉井を実見した話を聞いた長明が、源通親邸の人麻呂影供の折りに「榎の葉井」という語を歌に読み込み、俊成に賞賛された話である。

……ちかく土御門の内大臣家に月ごとに影供せられけることの侍りし比、しのびて御幸などのなるときも侍りき。その会に古寺月といふ題によみてたてまつりし、

ふりにけるとよらの寺のゐのは井になをしらたまをのこす月かげ

五条三位入道これをきゝて、「やさしくもつかうまつれるかな。a 入道がしかるべからん時取り出でんと

思ひ給へつることをかなしくせんぜられにたり」とてしきりに感ぜられ侍りき。このこと催馬楽のことばなれば、たれも知りたれど、bこれよりさきには歌に詠めること見えず。cその後こそ冷泉の中将定家の歌に詠まれ侍りしか。

「榎の葉井」という語を和歌に詠み込むことについて、
・俊成が自分に先を越されたと悔しがっている。（傍線部ａ）
・自分より先に歌に詠み込んだ者はいない。（傍線部ｂ）
・定家が詠んだのは自分より後だ。（傍線部ｃ）
と記されている。これらからは、長明が、催馬楽にある「榎の葉井」という語について、自らが和歌に初めて詠み込んだというプライオリティーを明示していることが読み取れよう。

なお、『夫木和歌抄』によると、長明以外に「榎の葉井」を詠んだ和歌が一首ある。

題不知　催馬楽　　読人不知
・かづらきやとよらの寺のにしにあるえのは井にこそしら玉しづく　（一二四六二）

＊『催馬楽』「葛城」
葛城の　寺の前なるや　豊浦の寺の　西なるや　榎の葉井に　白璧沈くや
真白璧沈くや　おしとと　とおしとと　しかしては　国ぞ栄えむや
我家らぞ　富せむや　おおしとと　としとんと　おおしとんと　としとんと

しかし、この読人不知歌は催馬楽の傍線部を和歌の韻律に整え直しただけのものである。これに対して長明の和歌は、「もはや古びてしまった豊浦寺の榎の葉井であるが、月だけは今なお催馬楽のことばのごとく、白玉のように美しい光を榎の葉井にそそぎ続けている」と、催馬楽の歌詞を生かしつつ、一首の中で催馬楽とは別の世界を構築している。つまり、長明は「榎の葉井」という催馬楽の言葉を自詠の中で歌語として再生したのであり、それが俊成に「やさしくもつかうまつれるかな」と評価され、「かなしくせんぜられにたり」と嘆息されたのである。これは時の歌壇の第一人者によって、再生の成功と歌語「榎の葉井」に対する長明のプライオリティーが保証されたことを意味しよう。

これらの三章段に共通するのは、「ある言葉に関する伝承に連なる自分」、「それを歌語として再生する自分」という、自らと歌語との関係を重視する意識であり、それを確認したいという欲求ではないだろうか。この時、ある言葉を詠み込んだ和歌が他者の評価を得ることで、まず再生の成功が保証される。そして成功が保証されたことによって、歌語に対する自らのプライオリティーが確保されるのである。この構造が明確に現れているのが「セミノヲガハノ事」「エノハ井」であろう。これに対して「マスホノスヽキ」は、秘説という閉ざされた世界・限定された空間に自分を連ね、その閉鎖性・限定性によって自らと歌語の関係が保証されることになっていよう。(12)つまり、他者を介在させるという開かれた方法か、秘説という閉じられた方法かの違いはあるにせよ、この三章段は、作者である長明が自らの体験を語ることで、自分自身と歌語との関係を立証するものとなっている。それは、捉え直せば、自分と和歌との関わりや和歌における自らの足跡を、(13)歌語という側面から記録しているということになるであろう。

四　「自らが主人公になる」話

　ところで、このような筆者本人と和歌との関わりを記す話は、歌学書・歌論書においてはかなり特殊である。同じく「瀬見の小川」を取り上げる『袖中抄』を見てみると、この項では「顕昭云」として一説が呈示されるだけだが、『袖中抄』全体のスタイルは、顕昭が自説を述べ、先行の諸説を引用し、比較検討を施すものとなっている。顕昭が顔を出すのは「自説の提出」「諸説の比較検討及び判断」という局面のみであり、自らが一話の登場人物となることはない。それに対して『無名抄』は長明自身の体験談であり、両者の差異は、筆者自身が歌話に登場するか否かというところにも見て取れよう。

　『無名抄』は、その取り扱う内容から歌論書・歌学書に分類されることが多い。[14]これらの書物は、和歌への理解を深め、実作に役立てるために、古来著名な和歌や歌語を取り上げて解釈を施したり、先行する諸説を紹介して比較検討を行うというものである。その過程で和歌や歌語にまつわる様々な言説が取り上げられるため、いわゆる和歌説話も多く採録されることになるが、通常、説話内の登場人物は詠作者や和歌にまつわる者である。歌論・歌学書の筆者は言説を採録する立場にあるため、言説の外側に位置し、筆者本人が一話の主人公となることは稀だ。つまり、筆者自身が主人公となる「セミノヲガハノ事」は、歌論・歌学書群の中で異色な話だと考えられるのだが、『無名抄』全体に視野を広げると、長明自身が登場する章段、殊に自讃譚が非常に多いことに気付く。今ここに列挙してみると、以下のようになる（章段名は梅沢本に拠る。●は自讃譚）。

○隔海路論　○晴歌可見合人事　●セミノヲガハノ事　●千載集ニ予一首入ヲ悦事

○不可立歌仙之由教訓事　○マスホノス丶キ　○キデノ山フキ並カハヅ
●艶書ニ古歌カク事　○歌ノ半臂句　○案過テ成失事
●静縁コケウタヨム事　●エノハ井　●会歌ニスガタワカツ事　●寂蓮顕昭両人心事
○式部赤染勝劣事　（○近代歌躰）[15]　○新古歌

梅沢本は全八三章段に分かれるため、そのうちの一七話、およそ五分の一の章段に長明自身が登場することになる。『無名抄』以前では、『袋草紙』に筆者である清輔が登場するが、それは上巻全一二〇話のうち八話、雑談に限ると全六一話のうち六話である[16]。数字の比較だけでは必ずしも十分ではないが、ここからも『無名抄』における長明の体験談の多さの一端がうかがえよう。つまり「筆者自らが主人公になる」という歌学書一般からの逸脱は、そのまま『無名抄』の一面となっていると考えて差し支えあるまい。

この長明本人の登場・自讃譚の多さという性質に、早くに注目したのが松村雄二である[17]。松村は『方丈記』を「世間からはじき出され、決定的に疎外された「恨み」の経験をその底に引きずった挙句の、長明の必死の自己確立の書」とした上で、彼の唯一の在俗時の栄光である和歌体験を書き記した『無名抄』は、世俗での名誉の不毛さを確認したはずの出家者長明の内部に残る「〈妄執〉の影」であり、『方丈記』で達成された「自己の個我を世間に対置」する隠遁者としての「必死の自己確立」の「裏側に引きずっていた世に容れられた追憶の書」、「自分に恨みを与えた世間に対して、実は自分はその世界でこれだけの事をやったのだぞという自讃の書」だと定義した。自讃譚への着目という視点は実に首肯すべきものである。しかし、『無名抄』が「筆者自らが主人公になる」という性質を持つことを、恨みを与えた世間との関係や『方丈記』との対置を主眼として、読み解いてよいものだろうか。

確かに、「自らが主人公になる」という叙述のあり方を考える時、長明の人生における和歌体験の如何はその重要なモチーフとなりえよう。ここで注意しておきたいのは、和歌体験の全てが、彼の人生における栄光の歴史だったわけではなく、むしろ、その反対のケースも多いということである。彼は河合社禰宜事件によって『新古今集』の完成前に歌壇から飛び出しているし、歌壇での評価も高くはない。歌壇を席巻していた新風についても、理解・実践できていたかは怪しい。(18)また、河合社禰宜事件の際の「長明は年はたけたりといへども、身をこうなきものに思へる故にや、社の奉公日浅《やカ》し」(19)（源家長日記）という祐兼のせりふからは、自らを無用者と任じた長明が神官修行を怠っていたことがわかるが、この間の長明の所為とは和歌・管絃の営みだった。和歌は、長明の長年の望みであった下鴨社復帰への道を阻む役割まで果たしているのである。

和歌に打ち込んだ時間の長さ、思いの深さに相反するように、現実の出来事は和歌と自らの関わりを負の側面へと追い込んでゆく。和歌世界における自らの営為は中途半端なものであるし、加えて、長明には子孫も弟子もいない。他者からの視線や評価は自己を規定する際の大きな手掛かりとなるが、あれほど打ち込んだ和歌との関係に正の評価をもたらすものを、彼は自らの外部に持たないのである。このような長明の立場からすれば、和歌との正の関係を確立するためには、自らの手で自己の体験を洗い直すしかあるまい。この時、自讃譚は和歌との関係に正の評価を与えるものとして非常に有効であったと考えられるし、歌語におけるプライオリティーなどは、証拠を提示しやすいという点でも絶好の素材だったと言えよう。このような意味において、長明の自己確認欲求とは、「自らが主人公になる」という叙述のあり方を支える大きな要素であったと考えられる。

しかし、そのような内面的動機が存在していても、それを世間への恨みや『方丈記』との関係に一足飛びに結び付けるわけにはいかないだろう。それこそ、冒頭に述べた「挫折多い人生を送った出家者」とでもいうような長明像の敷衍に陥ってしまうからである。『無名抄』については、「一種の郷愁」とでも言うべき「かつて自らも身を置いた和歌界へのなつかしさ」が「全編にほのかに漂う」ものとする久保田淳の指摘もある。[20]松村自身、『無名抄』の自讃譚を「一見沈静された筆運びの中に書き記した」ものとするが、そのような静かな筆致と「妄執」「恨み」という性質には、やはり距離を感じざるを得ない。

例えば、自らの栄誉を語った「セミノヲガハノ事」には「生死の余執」や「あはれ無益の事どもかな」という、名誉の空しさを認識し、自分自身を突き放す叙述が存在する。この「生死の余執」は歌論・歌学書では見られない類の言葉なので、この箇所は非常に特殊な印象を与えるもの、長明の出家者意識の表れとして問題となってきた。しかし、長明の作品全体を見渡すと、『発心集』に頻出する言葉であり、[21]また、『方丈記』の最終章段での閑居の自讃を批判する叙述、「仏ノ教ヘ給フ趣キハ、事ニ触レテ執心ナカレトナリ。今、草庵ヲ愛スルモ、閑寂ニ着スルモ、サバカリナルベシ。イカヾ要ナキ楽シミヲ述ベテ、アタラ時ヲ過グサム」[22]も念頭に浮かぶ。つまり、「生死の余執」は執心という観点から自照する長明の傾向を端的に表す言葉であり、『無名抄』が長明の手になるものである以上、そこに登場することはそれほど不自然ではない。また、「会歌ニスガタワカツ事」「寂蓮顕昭両人心事」に見える三体和歌の話では、「抑も人の徳をほめんとするほどに、我ため面目ありし度の事を長々と書き続けて侍るがをかしく、されどこの文の得分に自讃せう〳〵まぜてもいかゞ侍らむ」と、人を誉めるのに自分の面目を語るのは奇妙な話だがと前置きしながらも、結局は自讃への承認を求める叙述を残している。こちらも「セミノヲガハノ事」とともに典型的な自讃譚だが、そこには出家者としての意識を見て取ることはできない。「自らが主人公になる」その他の章段に至っては、このような謙辞すら存在しない。

つまり、出家者長明の意識から『無名抄』を読み解くのは、「セミノヲガハノ事」の末尾の一文でもって『無名抄』全体を規定することではないだろうか。むしろ、出家者としての意識の表出らしきものは「セミノヲガハノ事」にしか見られないという視点に立ち、『無名抄』を和歌に関する言説という枠組みの中で見直していくことこそ必要な作業であろう。では、そのような観点から見た場合、『無名抄』の「自らが主人公になる」話には、どのような特徴が見出されるのだろうか。

五　物語としての自己実現

先述したように、歌論書・歌学書における「自らが主人公になる」話は『無名抄』が嚆矢というわけではなく、『袋草紙』に先例が見える。その中の一つ、『無名抄』にも共通話が載る「このもかのも」の話を見てみよう。

予、応保二年三月六日に昇殿す。「来たる十三日、中宮の御方に貝合の事有るべし。仍りて俄かに仰せ下す所なり。同七日に和歌の題二首を賜ふ」と云々。「同日に講ぜらるべし。風情を廻らし早く初参すべし」と云々。仍りて吉凶を択ばず、件の夜簡に付け了んぬ。御所は高倉殿。翌日、御会。東向きの御所。月卿両三、雲客数十なり。これを講じて座を立たずして、また題二首を出ださる。範兼これを出だす。「躑躅路を夾む」と云々。「恋」。これ予を試みんが為なり。即時におのおの篇を終ふるなり。名を隠して歌合はするなり。予殊に召に応じて咫尺に籠むるなり。然りといへどもなほ恐れを成して位階に勝らず、範兼・雅重等の下に居り。御簾を上げられ、次第に歌を講ず。かれこれ相ひ互ひに難陳す。範兼は殊に張本となりて勝負を定む。これを問ふに、僻有りといへども口入すること能はず。而して半ば講ずるの後、勅定に云はく、「清輔は今夜和歌の沙汰を致さじと思ふか」と云々。少しき鼻を突く気なり。心々に恐々として紕繆を相ひ待つの処、躑躅の歌に「このもかのも」と詠む歌出で来。範兼難じて云はく、「このもかのもは筑波山の外は詠むべからず。かの山は八方に面有り。面の方に景有るの故なり。何ぞ平地の路に然るべきや」と。顕広云はく、「然なり。近き歌合にもかくの如く難ずるか」と。予云はく、「基俊の判か」と。顕広この時承伏して「然なり」と云ふ。範兼傍若無人に成りて、「然らば負けとなす」の由を称す。時に予云はく、「然りといへども、事の外の僻事なり」と。ここに重家の云はく、「基俊が書き置ける事を、末生の僻事と称し難きなり」と。予が云はく、「基俊が説を末生の今案をもつて難ぜば、尤も然るべし。基俊より先達のもし申す事有らば如何」と。人々尤も興有り。証歌有らば出だすべしと責められ、暫く隔滞す。頻りにその責め有り。予申して云はく、「躬恒が仮名序には、「漢河に烏鵲の与利羽の橋を渡して、このもかのも行きかふ」と書きたる様に覚悟す、如何」と。時に主上より始め奉りて、満座鼓動して簾中に及ぶ。範兼少しく興違ふの気有り。仍りて勝に定め了んぬ。範兼・顕広が同心の時虎の如く、証文を聞きて復た鼠の如きなり。この事今夜のみに非ず、後日も世間に鼓動して感歎極りなしと云々。ただし万葉集には「是面」と書き顕せり。然れば普通の事なり。知りたるは高名ならず、知らざるが不覚なり。後に聞くに、中院右府入道の云はく、「和歌によりて昇殿を聴され、翌日御会に参じては覚えなるかな」と深く感歎すと云々。後日、九条大相国の許に参ずるに、この事を云ひ出だされて云はく、「道を嗜むをもつて昇進す、自愛すべきかな」と云々。深く感有り。予云はく、「承暦の歌合の時、通宗朝臣昇殿す」と云々。

申されて云はく、「いまだ先蹤を承り及ばず、いよいよ目出たき事」と云々。両丞相感歎し、いよいよ面目を増せるなり。

応保二年（一一六二）、初めて昇殿した清輔は中宮の方での歌会に出席するが、その場で改めて二つの歌題が出される。その内の「躑躅路を夾む」という題に、「このもかのも」という語を詠んだ歌が披講された際、藤原範兼が「このもかのも」は筑波山以外で詠むべきではないと難じた。顕広（俊成）もこれに同調し、基俊の判が先例としてあることを指摘する。範兼が、その歌を負けにしようとしたところ、清輔がこれに反駁し、躬恒の仮名序「漢河に烏鵲の与利羽の橋を渡してこのもかのも行きかふ」を証文に挙げ、ここに形勢は逆転、「満座鼓動して簾中に及ぶ」ほどに場の雰囲気は高まり、清輔は大いに面目を施した。さらに後日、中院右府入道雅定と九条相国伊通に絶讃され、清輔が「いよいよ面目を増」したというのが話の大筋である。

この話の骨格は、

・歌合の場で、歌語をめぐり、不当な評価が下される。
・それに対して清輔が異を唱えるも、証拠を出せと責められる。
・清輔は、評価を覆す証拠を出す。
・皆に認められた清輔が、歌人として大いに面目を施す。

という逆転劇である。その逆転劇は天皇をも感動させ、世間に広まり、さらに雅定・伊通の称賛を得た。これは、清輔の面目と歌人としての価値を他者が承認したことを意味しよう。しかも、雅定・伊通両名は、自ら歌合を主催するような当代の文化人であり、承認を得るに相応しい他者であった(23)。

そうなると、『袋草紙』当該話のプロットは、不当な評価を自らの知識で払いのけ、権威有る他者に認められるという点で、『無名抄』「セミノヲガハノ事」と大きく共通する。ただし、「セミノヲガハノ事」は、不当な評価を下された自詠が顕昭に認められた後に、最終的に『新古今集』入集という形で権威ある存在に評価されるという和歌の評価に関する逆転劇の中に、顕昭や隆信の和歌によって忽せにされかけた長明のプライオリティーが『新古今集』入集によって保証されるという逆転劇が存在する二重の構成となっている。つまり、長明は、逆境からの逆転劇とそれを承認する他者の存在という『袋草紙』のプロットを取り込みながら、自らの体験を、二重構造を持った逆転劇へと仕立て上げている可能性が考えられるのである。

また、後者の流れでは、祐兼の非難が逆転劇を成立させる不可欠な要素となっていたが、これについても共通性の高い話が『袋草紙』に、しかも「このもかのも」から短い話を二つ挟んだ後に見える。

能宣、父頼基に語りて云はく、「先日、入道式部卿の御子の日に、宜しき歌仕りて候ふ」と。頼基これを問ふ。「如何」と。能宣曰はく、

「千とせまでかぎれる松もけふよりは――

世もつて宜しと称す」と云々。頼基暫く詠吟して、傍なる枕をとりて能宣を打ちて云はく、「慮外なり。昇殿して帝王の御子の日有るの時は、何れの歌を詠むべき。あな、わざはひの不覚人かな」と云々。能宣、須臾に起ちて逐電すと云々。

こちらは、大中臣能宣が敦実親王の子の日の御会で、「千とせまで限れる松も今日よりは君にひかれて万代や

経む」（拾遺集・春・二四）と詠み、賞賛を浴びたが、それを父頼基に告げたところ、頼基は枕で能宣を打ち、「天皇の治世長久を言祝ぐ子の日の歌で、これほどのものをすでに披露してしまったら、お前が昇殿して天皇に捧げる機会にはどうするつもりか」と言って、能宣の浅はかさを非難したというものである。

この頼基の非難は、秀歌とは、天皇の御前という最たる晴の場、対天皇という枠組みで披露すべきだという意識に基づいている。だからこそ、最高傑作を別の場で披露してしまった能宣に対して「わざわひの不覚人」とまでなじるのである。この頼基の意識と、「下鴨社の由緒ある詞なのだから国王や大臣の前といった晴の場で歌に詠むべきだ」とし、賀茂社歌合という褻の場で詠出した長明を「無念なること」と難じた祐兼の問題意識は、その構造を全く一にしていよう。ここでも長明は、先行の『袋草紙』に見られる問題意識を取り込み、祐兼の発言をその方向へと強調することによって、逆転劇の要素への戯画化を図ったのではないだろうか。

本章段に限らず、『無名抄』が取り上げる話は、先行の作品群との共通性が高い。「題心」や「式部赤染勝劣事」は『俊頼髄脳』と、「コノモカノモノ論」「女ノ歌ヨミカケタル故実」「式部赤染勝劣事」「頼實ガスキノ事」は『袋草紙』とほぼ同一の内容の話である。その他にも「晴歌可見合人事」に見える天皇や女院などの御前で詠む歌に忌語を入れてはいけないという話は、『俊頼髄脳』『袋草紙』に同趣旨の話が載る。このような例からも、『無名抄』執筆に当たっての長明の視点が『俊頼髄脳』や『袋草紙』といった先行する歌学書・歌論書の影響を受けている事は明らかだろう。ならば、「セミノヲガハノ事」において、長明が『袋草紙』を参考にして、自らの体験をより劇的な自讃譚へと仕立て上げたと考えることは十分に可能だ。

このように見てくると、瀬見の小川の歌が『新古今集』に入集するまでの過程について、「いと人も知らぬ事なるをとり申す人の侍りけるにや」と省筆されていることも納得がいく。だいたい、長明は和歌所の寄人だったのだから、撰歌の場に立ち会い、自詠について撰者に事情を告げる機会があったとの想像は許されるだろう。実は、当該歌に合点を付けているのは飛鳥井雅経のみであり、後に源実朝に長明を推挙したのが雅経だったという二人の関係の近さを考えれば、「とり申す人」は雅経である可能性が高い。そうなると、この省筆は長明の意図的な朧化と考えて差し支えあるまい。撰歌の過程に自らが関与していないことになれば、長明の和歌が『新古今集』に入集したことは、皆が認める自然な成り行きということになる。そうなれば、和歌への評価やプライオリティーの所属の正当性が、より純然たるものとして立ち現れてくるのではないだろうか。(24)

つまり、本章段は『袋草紙』に見えるプロットや問題意識を取り込みながら二重の逆転劇という筋立てを作り上げ、時には朧化という手段を用いて、自らの和歌体験を実に効果的に演出してみせたものだと考えられるのである。感情がありのままに吐露されたものでないからと言って、本章段の根底に流れる長明の切実な思いが揺らぐわけではない。むしろ、和歌世界における自らの営為を意味あるものとして残したいという思いが切実であるからこそ、そこに作為や演出が存在するのだろう。さらにそれは、長明にとって和歌がいかに特別な存在であったか、どれほど執着していたかを裏打ちするものでもある。このような作為性への自覚を通して再認識された和歌への執着に対し、長明は「生死の余執」という言葉を用い、作為に満ちた叙述を通して行われた自己実現に対する自照として「あはれ無益の事どもかな」という言葉を書きとどめた、とも考えられようか。

事実と意識的な演出に明確な境界線を引くのは不可能である。たとえ一話を構成する全ての要素が事実であったとしても、それが言葉で語られるという時点で、おそらくは自分がそうだと思いたいような筋の中に事実が織り込まれていくというのが、言葉による営為の本質だろう。『無名抄』の「自らが主人公になる」話は、そのような述作を行うことによって、和歌世界における自らの営為を意味あるものとして残すという長明の自己実現の文学だったと言えるのではないか。その自己実現は激した感情の発露ではなく、先行作品の視点や文体、プロットをも吸収して、冷静で緻密な筆運びの中に構想された物語であった。「自らが主人公になる」話はこのようにして生成され、そして、最終的には『無名抄』を特徴付ける大きな側面となったと考えられるのである。

以上、本章では、『無名抄』が、作者による「物語としての自己実現の文学」という特質を備えていることを見出した。それは、第四節にも示した通り、歌論書・歌学書というジャンルにおいてはかなり特殊なものである。このような特殊性を支える動機として、本章では、自己確認欲求とでも言うべき長明の心情を取り上げたが、果たして作者個人の内的な動機のみで、このような作品が構想されるものであろうか。少々疑問が残る。『無名抄』は、自らが歌論書・歌学書であることを自覚している。そして、歌論書・歌学書は、明確な読者対象を持つ相伝書・指南書としての性格が強い。[25]ならば、『無名抄』も、伝えられるべき対象を想定しつつ書かれたものであり、作品を成立させる環境（外的な動機）が如上の特殊性を導いたと考えることはできないだろうか。これらの疑問については、次章の分析を通し、改めて考察を行うこととする。

注

（1）市古貞次校注『方丈記』解説（岩波文庫、平成元年）。

（2）簗瀬一雄「鴨長明略伝」（『鴨長明研究』、加藤中道館、昭和五五年。初出は昭和一三年四月）。

（3）新潮日本古典集成・三木紀人校注『方丈記　発心集』解説（新潮社、昭和五一年）。

（4）長明の出奔の経緯が詳述される『源家長日記』建仁三年条の記事や、『方丈記』の「……心ヲナヤマセル事、三十余年也。其間、折〳〵ノ違ヒ目、自ヅカラ短キ運ヲサトリヌ」からは、挫折多い人生というのが事実であったことがわかる。また『十訓抄』巻九所載説話や『文机談』所載の秘曲尽くし事件は、現在の長明像が死後半世紀のうちに成立していたことの証左になっていよう。

（5）『無名抄』の章段は後人が付したと考えられるが、便宜上、現行の章段名を用いる。

（6）『無名抄』本文の引用は、梅沢本によるが、梅沢本独自の脱文については、梅沢本系統の本文に近い性質を持つ東京大学総合図書館蔵阿波国文庫本『無名抄』により補い、（　）を付した。

（7）源実朝に「君が代もわが世もつきじ石河やせみの小川のたえじと思へば」（金槐和歌集・六七五）があり、長明の鎌倉下向との関連も考えられる。ただし、実朝の許には、元久二年（一二〇五）九月に、同年三月に竟宴が行われた『新古今集』がもたらされている。竟宴段階の『新古今集』に、長明の当該歌が入集していたかどうかは不明だが、その後、切継途中の段階の『新古今集』が実朝に届いていた可能性は高いだろう。同様に、顕昭・隆信の「瀬見の小川」詠の載る『六百番歌合』や『千五百番歌合』についても、実朝は披見していたと思われる。建暦元年（一二一一）一〇月の長明との対面によって、実朝が「瀬見の小川」という歌語に初めて触れたとは考えにくいが、長明が対面の場で、「瀬見の小川」を話題に上げた可能性は否定できない。『無名抄』と長明の鎌倉下向については、第二章に後述。

（8）『袖中抄』では「或書云」となっているが、現存『釈日本紀』所引『山城国風土記』（逸文）とほぼ同文であることが確認されている。

（9）久保田淳『新古今和歌集全評釈』第八巻（講談社、昭和五二年）、同『新古今和歌集全注釈』第六巻（角川学芸出版、平成二四年）、三木紀人『鴨長明』（講談社学術文庫、平成七年）、小林一彦「長明伝を読みなおす――祐兼・顕昭・寂蓮らをめぐって――」（『中世文学』四二号、平成九年六月）。

（10）簗瀬一雄前掲書（注2）、及び松村雄二「『無名抄』の私性――『方丈記』との関連」（『共立女子短期大学文科紀要』一九号、昭和五〇年一二月）。

（11）「日をへつついとどますほの花薄袂ゆたげに人招くらし（四四二〇）」「白妙のますほの糸をくりさらしまがきにさぼすはなのをすすき（四四二一）」「秋ふるす霜より後の菊の色をかねてますほの尾花にぞみる（四四二二）」。また、左注に「伊勢記に云」として、「三種の薄といふこと人の語りしを思ひいでて、心みによめると云云」とある。
(12) 山田洋嗣「古寺の情景――「秘」が伝えられる時――」(『日本文学』四四―七号、平成七年七月)に詳しい。
(13) 『無名抄』の回想性については、久保田淳『西行　長明　兼好――草庵文学の系譜――』(明治書院、昭和五四年)、三木紀人前掲書(注9)、簗瀬一雄前掲書(注2)が指摘。
(14) 久保田淳前掲書(注13)は、冒頭の『俊頼髄脳』の引用から、当初の執筆意図は髄脳の類を書くものだったとする。
(15) 「近代歌躰」は「或人問云」「或人答云」と問答体の形を取り、回答者「或人」は長明と目されているが、一人称が用いられていないため、ここでは( )を付した。
(16) 新日本古典文学大系『袋草紙』の脚注の分類に基づく。なお、「予これを案ずるに」のような先行する説への検討は除いた。「連歌を詠みかけられた時の対応のしかた」「基俊の延喜五年四月十八日奏覧説」、雑談では「著名歌人が歌合・勅撰集に入らないこと」「人の知らない歌は自詠とするとよいこと」「清輔、歌により昇進する」「歌をめぐる言談には言葉に心すべきこと」「永実の当意即妙。清輔の自讃談」「清輔の自讃談。「このもかのも」論争」がこれに相当。
(17) 松村雄二前掲論文(注10)。
(18) 『無名抄』の「近代歌躰」の段には、長明自身とおぼしき人物の「御所の御会に仕りしには、ふつと思ひもよらぬことをのみ人ごとによまれしかば、この道ははやく底もなく際もなきことになりにけりと怖ろしくこそ覚え侍りしか」という所感が述べられている。
(19) 『源家長日記』建仁三年条。
(20) 久保田淳前掲書(注13)。
(21) 『発心集』流布本(板本)巻一―五「生死ノ執」(一―五「生死ノ執心」)、一―八「生死ノ会執」(一―八「生死ノ余執」、四―八「名利ノ余執」(五―五「名利ノ余執」)、五―二「生死ノキヅナ」、六―九「名利ノ余執」、七―五「年比ノ余執」、跋文「昔余執」。( )内は、それに対応する異本(神宮文庫本)の巻・話数を示す。なお、巻一は、流布本・異本ともに断執をテーマに説話が編成されており、長明が「執を断つ」ということにいかに敏感であったかがわかる。
(22) 「サハカリ」については諸本「障リ」。また諸注釈書に従い「ノベテ」を「述べて」でとる。

(23)　俊成が「心にくき人にはおもひて侍るめれ」と基俊に語った話が『無名抄』「三位基俊ノ弟子ニナル事」に載る。

(24)　岸上慎二・橋本不美男・有吉保共編『校訂新古今和歌集』（武蔵野書院、昭和三九年）。

(25)　源俊頼の『俊頼髄脳』は関白忠実の命で高陽院泰子に奉られた。六条藤家のものでは、藤原清輔の『奥義抄』は初め崇徳天皇、後に増補して二条天皇に、『和歌初学抄』は摂政基房に献上されたと考えられている。また、顕昭の場合、著作の多くは仁和寺御室である守覚法親王に奉られている。御子左家では、藤原俊成の『古来風躰抄』の奉献先は式子内親王に比定する説が有力であり、定家の『詠歌大概』は後鳥羽院の皇子である梶井宮尊快法親王と考えられている。

第二章　鴨長明の和歌観
――「式部赤染勝劣事」「近代歌躰」から――

はじめに

『無名抄』研究において、最も注目を浴びてきた章段は、「近代歌躰」と言ってよい。いわゆる長明の幽玄論を載せるものとして有名である。しかし、章段全体は、

問答1　「中比の躰」と「今の世の歌」の争いについて
問答2　「今の世の歌」が新出のものであるかどうかの是非
問答3　二つの躰のよみやすさと秀歌の得やすさについて
問答4　二つの躰の勝劣について
問答5　「幽玄」という躰はいかなるものか

という五つの問答から構成されており、「幽玄」「幽玄の躰」についての説明は最後の一問答である。そこまでの四つの問答は、「中比の躰」と「今の世の歌」という一見対立的な二項を用いて、歌の様の歴史的推移や善し悪しを論じるものだ。つまり、「近代歌躰」とは、長明が歌の様とはいかなるもので何を良しとするのかを

述べた章段であり、そのうちの一つが「幽玄論」であったということだろう。

ところで、文体に着目すると、「近代歌躰」は質問と回答を交互に繰り返す問答体を用いている。これは藤原清輔の『袋草紙』や俊成の『古今問答』等にも見られる、歌論書・歌学書の特徴的な文体だが、そのような意味では、直前の「式部赤染勝劣事」もよく似た体裁である。こちらは、「或人云」として『俊頼髄脳』の記事が引用され、それへの不審が述べられた後、長明の解釈が展開されるものだ。先行作品・先人の言を引用し、問題点を整理して私説を述べるという方法は、『袋草紙』『袖中抄』等に多く見えるもので、こちらも実に歌論・歌学的だと言えそうである。即ちこの二章段は、歌にまつわる自説の展開を十分に意識して書かれた、長明の和歌観に直結する章段だと考えられるのだ。本章では、このような観点から、「式部赤染勝劣事」と「近代歌躰」を連続したものとして分析し、長明の和歌観と方法を見出してみたい。

一　「式部赤染勝劣事」

「式部赤染勝劣事」は、『俊頼髄脳』に載る藤原公任・定頼父子のやり取りを素材に、和泉式部と赤染衛門の歌人としての優劣の問題、及び、和泉式部の二首の歌①「津の国のこやとも人をいふべきにひまこそなけれ葦の八重葺き」、②「暗きより暗き道にぞ入りぬべき遥かに照らせ山の端の月」の優劣を論じたものである。長くなるが、以下に全文を引用する。

A或人云はく、「俊頼の髄脳に、定頼中納言、公任大納言に式部赤染とが劣り勝りを問はる。大納言云はく、

『式部は①こやとも人をいふべきにとよめるものなり。一つ口にいふべからず』と侍りければ、中納言重ねて云はく、『式部が歌には②遙かに照らせ山の端の月と云ふ歌をこそ、世の人は秀歌と申し侍るめれ』と云ふ。大納言云はく、『それぞ世の人のしらぬ事をいふよ。暗きより暗きに入ることは、経の文なればいふにも及ばず。末の句は、又もとに引かれてやすくよまれぬべし。こやとも人をいふべきにと言ひて、ひまこそなけれ葦の八重葺きと言へるこそ、凡夫の思ひ寄るべきことにもあらね』と答へられける由はべめり。

Bこれに二つの不審あり。［不審1］一には、式部をまされる由ことはられたれど、そのころのしかるべき会、晴の歌合などを見れば、赤染をばさかりに賞して式部はもれたること多かり。［不審2］一には、式部が二首の歌を今見れば、遙かに照らせといふ歌は詞も姿も殊の外にたけ高く、又景気もあり。いかなれば、大納言はしかことはられけるにや。かたく〳〵おぼつかなくなん侍る」といふ。

C予、心みにこれを会尺す。式部赤染が勝劣は、大納言一人定められたるにあらず。世こぞりて式部をすぐれたりと思へり。しかあれど、人のしわざは、主のある世にはその人柄によりて劣り勝ることあり。歌の方は式部さうなき上手なれど、身の振る舞ひ・もてなし・心もちゐなどの赤染には及びがたかりけるにや。紫式部が日記といふ物を見侍りしかば、「和泉式部はけしからぬ方こそあれど、うちとけて文走り書きたるに、その方の才ある方もはかなき言葉の匂ひも見え侍めり。歌はまことの歌よみにはあらず。口にまかせたることゞもに、必ずおかしき一節、目とまる、よみそへ侍めり。されど、人のよみたらん歌難じことはりゐたらん、いでやさまでは心得じ。たゞ口に歌よまるゝなめり。恥づかしの歌よみやとはおぼえず。丹波の守の北の方をば、宮殿などわたりには匡衡門とぞ侍る。ことにやごとなき程ならねど、まことにゆへ〳〵しう、歌よみとてよろづのことにつけてよみちらさねど、聞こえたる限りは、はかなき折節のことも、それこそ恥づかしき口つきに侍れ」と書けり。かゝれば、その時は人ざまにもち消たれて、歌の方も思ふばかり用ゐられねど、まことには上手なれば、秀歌も多く、ことにふれつゝ間のなく詠み置くほどに、撰集どもにもあまた入れるにこそ。曽禰好忠といふ物、人数にもあらず、円融院の子日の御幸に推参をさへして、嗚呼の名をあげたる物ぞかし。されど、今は歌の方にはやむごとなき物に思へり。一条院の御時、道〳〵の盛りなることを江帥のしるせる中にも、「歌よみには道信、実方、長能、輔親、式部、衛門、曽禰好忠」と、この七人をこそはしるされて侍めれ。これも自らによりて、生ける世にはおぼえもなかりけるなるべし。

Dさて、式部が歌にとりての劣り勝りは、公任卿の理のいはれぬにもあらず、今の不審の僻事なるにもあらず、これはよく心得て思ひわくべきことなり。

d1 ア歌は作り立てたる風情、巧みはゆゝしけれど、その歌の品を定むる時、さしもなきこともあり。ア又思ひ寄れる所は及びがたくしもあらねど、うち聞くにたけもあり、艶にもおぼえて、景気浮かぶ歌も侍りかし。イされば詮は、歌詠みのほどをまさしく定めんには「こやとも人を」といふ歌をとるとも、イ式部が秀歌はいづれぞと撰むには「遙かに照らせ」といふ歌のまさるべきにこそ。

d2 例へば、ウ道のほとりにて等閑に見付けたりとも、黄金は宝なるべし。ウいみじく巧みに作り立てたれど、櫛針などの類ひは更に宝とするにたらず。又、心ばせをいはん日は、エ黄金求めたる、更に主の高名にあらず。エ針の類ひ、宝にあらねど、これ、物の上手のしわざとは定むべきがごとくなり。

しかあれど、大納言のその心を会せらるべかりけるにや。もしは又、歌の善悪も世々にかはる物なれば、その世に「こやとも人を」といふ歌の勝る方もありけるを、即ち人の心得ざりけるにや。後の人定むべし。

全体の概要を述べておこう。Aで「或人」からの質問として『俊頼髄脳』における和泉式部と赤染衛門の勝劣の話が引用される。それは、藤原定頼が父公任に和泉式部と赤染衛門の歌人としての勝劣を問うたというものであり、公任は和泉式部を歌人として遙かに勝る存在とし、その根拠として、和泉式部の①「津の国のこやとも人をいふべきにひまこそなけれ葦の八重葺き」を挙げた。すると、定頼は、世人は②「暗きより暗き道にぞ入りぬべき遥かに照らせ山の端の月」を和泉式部の秀歌と言っているとして、公任が和泉式部を優れた歌人とした根拠に疑念を示す。それに対して公任は、それは世人の不見識だと退け、②歌は法華経の経文に拠ったもので簡単に詠まれるものであるのに対し、①歌は凡人が思い至ることのできるレベルのものではないと答えたのであった。「或人」の問いはBに続き、引用話についての二つの不審を述べる。[不審1]は、歌会や晴れの歌合等では赤染衛門が賞賛され、和泉式部は漏れているという事実と公任評との齟齬についてである。[不審2]は、二首の歌を比べると、①歌よりも②歌のほうがはるかに優れたものに思えるが、何故公任は①歌を賞賛するのか、ということであった。[不審1]についての長明の考えはCで、そして[不審2]についての考えはDで述べられることになる。

二　引用された『俊頼髄脳』

まず、この章段の出発点であるA『俊頼髄脳』の記事について検討してみよう。『俊頼髄脳』と『無名抄』の引用箇所はほぼ同内容であるが、『俊頼髄脳』はその最初に「歌のよしあしを知らん事は、殊の外の大事なめり」との一文を掲げる。即ち、このエピソードは歌の善し悪しを判断することの重大さを述べたものということになろう。実際、筆の重きは、赤染衛門と和泉式部の優劣についてではなく、和泉式部の代表歌二首の優劣についてに置かれている。それぞれの歌について、詳しく見てみたい。

①津の国のこやとも人をいふべきにひまこそなけれ葦の八重葺き　（後拾遺集・恋二・六九一）

性空上人のもとによみてつかはしける

②暗きより暗き道にぞ入りぬべき遥かに照らせ山の端の月　（拾遺集・哀傷・一三四二）

①は、「こや」に摂津国の歌枕である「昆陽」と「来や」、「ひま」に葦の八重葺きの隙と人目の隙を掛け、「摂津国の昆陽ではないけれど、あなたに来てほしいと言うべきなのでしょうが、その摂津国の葦の八重葺きの小屋に隙間などないように、人目の隙がなくて、来てほしいなどとは言えません」というもの。②は、法華経・化城喩品の「従レ冥入二於冥一永不レ聞二仏名一」をもとに、「煩悩の闇から闇へと迷い込んでしまいそうな自分を、山の端にかかる月が遥か彼方を照らすように導いてほしい」と性空上人に願ったものである。

和泉式部が赤染衛門に勝るとした公任の根拠は①歌にあったが、それは②歌を評価する世人の考えとは大き

く異なるものであった。二首はともに勅撰集入集歌だが、俊頼と同時代までの秀歌撰等への入集状況は、

①麗花集・後六々撰

②後十五番歌合・麗花集・玄々集・新撰朗詠集・後六々撰

と、②歌のほうが多い。また、時代は下るが、②歌は『古本説話集』や『無名草子』等の作品では、次のように引用されている。

○『古本説話集』上―七

また、書写の聖の許へ、

暗きより暗き道にぞ入りぬべきはるかに照らせ山の端の月

と詠みて奉りたりければ、御返事に、袈裟をぞつかはしたりける。病づきて失せむとしける日、その袈裟をぞ着たりける。歌の徳に後の世も助かりけむ、いとめでたき事。

○『無名草子』

書写の聖のもとへ、

暗きより暗き道にぞ入りぬべきはるかに照らせ山の端の月

と詠みてやりたりければ、返しをばせで、袈裟をなむ遣はしける。さて、それを着てこそ失せ侍りにけれ。そのけにや、和泉式部、罪深かりぬべき人、後の世助かりたるなど聞き侍るこそ、何事よりもうらやましくはべれ。

両者は、傍線部のように、②歌の返事として性空上人が袈裟を送り、それを着て亡くなった和泉式部の後世が救われたという歌徳説話として構成されており、この歌が名歌として名をいかに馳せていたかが窺われるものである。加えて、『発心集』巻六―一〇（神宮文庫本では巻四―七）には、室の泊の遊女が、この②歌を詠じて少将聖に結縁する話が載る。少将聖は俗名源時叙、生没年は未詳だが、源雅信（九二〇～九九三）の子で一九歳で出家し、長和二年（一〇一三）に大原勝林院を開いた。②歌が載る拾遺集の成立が寛弘二年（一〇〇五）から同四年（一〇〇七）あたりだと考えられるので、この歌が遊女たちの口の端に上るまでに流布し、少将聖在世中にこのような事実があったと見るのは、少々疑わしい。むしろ、『古本説話集』等に見える歌徳説話の流布が先にあり、その後に成立したものではないかとも思われるが、真偽はともかくとして、②歌の広い享受の様が理解される話になっているのは間違いないだろう。

つまり、定頼の言、乃至は俊頼が定頼の口を借りて言わせた内容とは、世人の評価そのものであったと考えられる。しかし、それに対して、公任は「それぞ世の人のしらぬ事をいふよ」と、世人が歌の良否をわかっていないと断じる。その理由は、②歌の「暗きより暗き道にぞ」は法華経の経文であり、下句もまた、上句に引っ張られて簡単に出てくるものだが、①歌の「こやとも人をいふべきに」と言って「ひまこそなけれあしのやへぶき」とした詞続きは凡人が着想しうるようなことではない、というものであった。この公任の台詞において鍵となるのは、「凡夫の思ひ寄るべきことにもあらね」とされた「思ひ寄る」力（四角囲み）であろう。(1) 即ち、詞から詞へといかに思いを及ぼし、展開させてゆくかという着想力・連想力が、歌の良否を分けるということである。そのような意味において、法華経の経文に寄り添った②歌は退けられたのであった。

①歌に関する詠歌状況を見ると、先行歌として見出せるのは、次の一首である。

・津の国の葦の八重葺きひまをなみ恋しき人に逢はぬころかな　（古今六帖・一一五八）

「ひま＝人目の隙」がないので恋人に逢えないとする古今六帖歌に式部は学んだのであろう。しかし、「こや」に摂津国の歌枕である「昆陽／来や」を、摂津国の景物である「葦」を用いて「ひまこそなけれ」に「幾重にもなった葦葺きに隙間がない／人目の隙間がない」を掛け、「津の国」に始まる言葉の連想と掛詞を用いて一首を展開させる手法は、まさに和泉式部の「思ひ寄る」力によって作り上げられたものであった。さらに、上句で「こやとも人を言ふべきに」といったん男を誘う風情を示しながらも下句で「ひまこそなけれ」と逢えない断りを言ってのける、その巧みな修辞と起伏に富んだ一首の構成力は、式部の歌人としての力量の高さを顕著に表していると言えよう。公任が激賞してみせた①歌の価値とはこのようなものであったと思う。

三　二つの不審

続くBにおいて示された二つの不審は、先行の歌論書・歌学書でも疑問とされていたものであった。［不審1］に見える歌会・歌合等での赤染衛門の高評価と公任評との齟齬については、すでに『袋草紙』に示されている。清輔は、『俊頼髄脳』と同内容の公任・定頼の問答に続けて、次のように記した。

而して江記に云はく、「良暹云はく、『オ式部・赤染共にもつて歌仙なり。ただし赤染は鷹司殿の御屏風の歌十二首中十首は秀歌なり。また賀陽院歌合の時秀歌多し。屏風のごときは式部かの人に及ぶべからず』と云々」。カ予これを案ずるに、仰ぎて大納言の説を信ずべし。何ぞ良暹の儀に付かんや。キただし誠にも歌合の如きは赤染慥かなる歌読なり。また式部の歌度々の歌合に入らず。いはゆる、花山院ならびに長元等なり。ただし長元歌合の時、中宮亮為善・権亮兼房・大進義通・蔵人橘季通・源頼家・平経章有り。この輩の歌入らずと云々。

清輔は、『江記』の引用として、式部・赤染両人とも歌仙だとする良暹の説（傍線部オ）を挙げ、自らは式部を勝るとする公任の説を信じる（傍線部カ）と記す。しかし、続いて、歌合の場においては良暹の説の通り、赤染衛門は確かに勝れた歌人であり、「花山院ならびに長元等」の歌合に和泉式部の歌が入っていなかったことを述べる（傍線部キ）という展開には、公任説の正統性を標榜しながらも、事実との矛盾において、どこか納得しきれない清輔の心象がにじみ出ているように思われる。末尾に、「長元歌合」（長元八年五月一六日に関白左大臣頼通の賀陽院第で開催）には為善・兼房等の然るべき歌人が入っていなかったことを述べ、和泉式部が漏れた理由の説明とするのも、その矛盾を何とか解消しようとする態度の表れなのかもしれない。

『無名抄』では、［不審1］についての解答はCに示されている。長明は、歌会・歌合での出詠状況や評価と公任説との齟齬を、和泉式部の人柄の問題として論じた。その論拠として用いられたのが、『紫式部日記』における和泉式部・赤染衛門評、及び、円融院の子日の御幸に推参して「嗚呼の名」を挙げた曽禰好忠の話である。即ち、人の評価とは、在世中はその人柄に大きく左右されるため、「けしからぬ」方があり、「身の振る舞ひ・もてなし・心もちゐなど」の点において赤染衛門には及ばなかった和泉式部は、歌会・歌合などでの同時代の評価が低かったのだと結論づけたのであった。

続く［不審2］は、和泉式部の二首の歌における優劣の問題である。この点は、『俊頼髄脳』の段階ですでに疑問視されていたと思しい。俊頼は、定頼・公任の問答を記した後、以下のように続けている。

天徳の歌合にも、「ねざめざりせば」といへる時鳥の歌は、えもいはぬ歌にて侍れど、「人ならば待てといはましを」といへる歌は、この頃の人の歌にとりて、文字つづきなどてつづげにて、わろ歌とも申しつべき歌なるを、同じ程の歌と定められたり。これらを思へば、今やうの人のよしあしといへるは、そらをそろしき事なめり。さりとて、やはとて、人まねに申すなめり。

俊頼が挙げた「天徳の歌合」の例とは、晴儀歌合の典型とされる天徳四年（九六〇）の内裏歌合・十四番のものである。この時、左歌は壬生忠見の「さよふけてねざめざりせば時鳥人づてにこそ聞くべかりけれ」、右歌は藤原元真の「人ならば待ててふべきを時鳥二声とだに聞かで過ぎぬる」であった。実頼の判では、「いづれも同じほどの歌なれば、持にぞ定め申す」として持となっているが、その後の評価としては左の忠見詠が圧倒的に高い。『拾遺抄』『拾遺集』ともに撰ばれ、『金玉集』『前十五番歌合』『三十人撰』『深窓秘抄』『和漢朗詠集』『三十六人撰』と多くの秀歌撰に入った左歌に対し、右歌は勅撰集入集も果たしてはおらず、和泉式部の二首の歌同様、同時代と後世の評価が乖離する例だ。これに対して、俊頼は傍線部のように、昔の評価と今の評価との差異について、末の世を生きる今様人が歌の善し悪しを論じるのは実に恐ろしい事だとまとめたのであった。思えば、和泉式部の①歌は、いわゆる俊頼の嗜好にかなう、地名から連想される掛詞を用いて一首を組み立てるような詠みぶりである。(2) にも拘わらず、このようなまとめが付されたことについて、冒頭文が「歌のよしあしを知らん事は、殊の外の大事なめり」と始まっていたことも思い合わせると、俊頼にとって、公任評はかなりの意外性を伴った重さがあったということだろう。

『俊頼髄脳』において上古と末世の間隔へと収斂されたこの疑問は、『袋草紙』では取り上げられてはいない。ただし、「和歌は人の心々なり」という一文が話の冒頭に置かれている。式部・赤染の優劣同様、式部の二首の歌の優劣についての評価は、「人の心々」つまり人それぞれだということであろうか。ならば、清輔もまた、公任の述べる二首の優劣について、なにがしかの違和感を感じていたとも考えられよう。

つまり、『無名抄』における二つの不審は、歌の道の先人たちもどこか納得しきれない問題なのであった。これらへの回答に際して、長明はCの冒頭で「予、心みにこれを会尺す」と置く。この一文からは、このような問題に切り込んで自説を示す姿勢と、歌論・歌学の伝統に連なろうとする長明の意気込みを読み取ることもできよう。

問題は、このような歌論史上の問題に、長明がいかに回答してみせたかである。［不審1］の回答であるCは、歌会・歌合での評価と公任評との齟齬を、和泉式部と赤染衛門の人柄の問題として論じた。そして、［不審2］の回答となったDだが、ここで用いられた方法については、次節で詳しく見ていくことにする。

四　長明の方法と歌への認識

結論を先に述べれば、長明は公任評と［不審2］を両立させたのであった。①を評価する公任評は和泉式部の歌人としての力量、②を評価する［不審2］は一首の価値を言うものとして考えようとしたのである。

まずd1を見てみよう。ここでは一見、歌を傍線部ア「作り立てたる風情」「巧み」といった人為的な技巧・趣向としての側面と、点線部ア「たけ」「艶」「景気」といった一首全体から喚起される美的情趣としての側面とに分けて考えているようだ。「作り立てたる風情」「巧み」は和泉式部の①の歌が評価される所以であり、「思ひ寄る」力（四角囲み）によって生み出されることがわかる。詞から詞へと思いを及ぼし、展開させる着想力・連想力が優れた歌を作り上げるということだろう。

続いて、d2で長明が用いた比喩を見てみる。傍線部ウ「いみじく巧みに作り立て」た①歌は「櫛針などの類ひ」であり、宝ではないが、「心ばせ」（四角囲み）＝心の働きにおいては傍線部エ「物の上手のしわざ」だと評価する。経文に拠った②は、点線部ウ「黄金」だが、「心ばせ」においては「道のほとりにて等閑に見付け」たもので点線部エ「主の高名」ではない。歌人の営為が、「①物の上手が心を働かせて巧みに作る／②特別に心を働かすこともなく道端で見付けた」と喩えられ、詠み出された歌の価値が「①宝たりえない櫛針／②宝たる黄金」とされているわけだ。

つまり、長明は、①を評価するポイントを、結果としての技巧や趣向よりも、詠作時の「思ひ寄る」力や「心ばせ」、着想や創意工夫という心の働きの問題に置いている。出来上がった歌の価値を二項対立的に考えるのではなく、位相をずらし、歌を、詠み出す際の歌人の心の働きと詠み出された一首の価値という二面から考えようとしているのだ。

このような表現と思考方法は何から生まれるのだろう。巧みに作り立てる工芸の比喩で想起されるのが、建久年間に展開された藤原俊成の言辞である。

○『民部卿家歌合』跋文（建久六年〈一一九五〉）

大方は、歌は必ずしも、絵の処の者の色々の丹の数を尽くし、作物司のたくみの様々木の道を撰りするゐたる様にのみ、詠むにはあらざる事なり。ただよみもあげ、うちもながめたるに、艶にもをかしくも聞こゆる姿のあるなるべし。

○『慈鎮和尚自歌合』十禅師十五番判詞（建久末年頃）

大方は、歌は必ずしも、をかしき節を言ひ、事の理をいひきらんとせざれども、本自詠歌といひて、ただよみあげたるにもうちながめたるにも、何となく艶にも幽玄にも聞こゆる事あるなるべし。良き歌になりぬれば、そのことば姿のほかに景気のそひたるやうなる事の有るにや。

○『古来風躰抄』（建久八年〈一一九七〉の初撰本、建仁元年〈一二〇一〉の再撰本）

歌の良きことを言はんとては、四条大納言公任の卿は金玉の集と名づけ、通俊卿後拾遺の序には「詞縫物のごとくに、心海よりも深し」など申ためれど、必ずしも錦縫物のごとくならねども、歌はたゞよみあげもし、詠じもしたるに、何となく艶にもあはれにも聞こゆる事のあるなるべし。

これらは全て、傍線部のように、和歌の価値を技巧・趣向といった面のみで判断することを退けている。その際に用いられたのが、「絵の処の者」「作物司のたくみ」「錦縫物」といった比喩のありかたであった。『無名抄』は、このような俊成の方法を意識的に取り込んだのではなかろうか。また、俊成は、点線部のように歌を「よみあげ」「うちながめ」「詠じ」るという具体的な場に引き戻し、その際、受け手には、「艶」「をかし」「幽玄」「あはれ」といった美的情趣が体感される、そのような事実があることを示す。(3) 比喩のありかたに重なりを認めるのならば、点線部の表現は、和泉式部の②「暗きより――」の歌を評価する『無名抄』の「うち聞くにたけもあり、艶にもおぼえて、景気浮かぶ歌」(点線部ア)に影響を与えていよう。(4)

ただ、この時、一つの疑問が残る。俊成は、「必ずしも」という限定された形ではあるが、歌について、美術工芸に喩えられるような言辞を退けた。長明は、それを歌を詠み出す際の心の働きに転移することで、肯定してみせた。その差は何に根ざすのか。

例えば『古来風躰抄』だが、歌を「錦縫物」に喩えることを退けた時、俊成の念頭にあったのはどのようなものだろう。一つは当然『後拾遺集』の序文だが、「錦」も「縫物」も糸による作り物であることを思えば、『無名抄』に載る俊恵の発言が想起されようか。(5) 『無名抄』を見渡すと、俊恵には、織物や糸・装束といった比喩を用いて歌を説明する傾向があることがわかる。「歌ノ半臂句」では、第三句に置いた枕詞を「半臂の句」とし、「半臂はさせるようなき物なれど、装束の中に飾りとなる物」と評価する。半臂は、束帯の時に袍と下襲の間につける胴衣で、必要なものではないのだが、飾りとなるものだ。これに喩えて、積極的な意味を持つわけでも景を喚起するわけでもない休め詞を「半臂の句」と呼んだと思われる。また、「案過テ成失事」では、考えすぎて大仰なものになった表現を「糸を縒る人のいたくけうらに縒らんと縒り過ぐしつれば、節となるがごとし」として撚糸の喩えで批判した。さらに、「俊恵定歌躰事」では、通常の良い歌を「固文の織物」（縦糸と緯糸を固くからめ文様を沈めて織る）に、極めて優れた歌を「浮文の織物」（縦糸に緯糸をからめない浮き織り。文様が浮き上がって見える）と表現する。優れた歌が持つ「空に景気の浮かべる」という性質を、文様がどのように見えるかという比喩で表そうとしたものだろう。

比喩とは、その対象をどのような存在として認識するか、認識させようとするかに深く関わるものではなかろうか。読み手・聞き手を詠歌へ導く歌論・歌学であれば、なおさらだ。俊恵は、「俊恵定歌躰事」で、詞を上手に続ければ自然と一首の姿が出来上がり、そこから浮文のように心象的な景が立ち上がるのだと言う。ここには、歌が詞によって組み上げられるという認識が端的に表れている。その詞続きがわざとらしくなった失敗例は、「石を立つる人のよき石をえ据へずして、小さき石どもを取り集めてめでたく差し合はせつゝ立てたれど、いかにもまことの大きなる石には劣れる」と石立ての比喩で説明された。続けて、「良き歌」として大江匡房と能因の歌を挙げ、前者を「白き色」、後者を「能書の書ける仮名のし文字」という喩えで評価する。

これらに通底するのは、歌とは人が詞によって織り成す・組み上げるものであり、だからこそ、人為性・人工的な構造物であることを感じさせない自然さを求める姿勢である。これは俊恵に限ったことではない。俊恵の父親・俊頼も、『俊頼髄脳』において、いかに「思ひ寄る」か、詞を「続」けるかの重要性を説き述べた。

恋の歌をも詠み、身のことをもいはむと思はむには、思ひ寄るべきことは、なにとかあらむ。夏びきの糸ともささがにの糸とも思ひ寄りなば、思ひ絶ゆとも、かき絶ゆとも、繰るにつけても繰り返しとも、心細しとも、また、心長しとも、思ひ乱るとも、かきみだるとも、わが手にかけ倭文機にかけても、折節にしたがひて言ひ流しつれば歌めきぬる物なり。また、杣山とも杣河ともとりかかりつれば、木の暗とも、夕暮とも、日の暮れ方にとも、おとす筏の過ぎやらずとも、又、海の舟などにかかりぬれば、続きは多かる物ぞかし。

恋歌や述懐歌を詠む際、どのような景を用いて心象を仮託するかを、様々な歌語を用いて述べた箇所だ。着想した詞の縁から歌語を連ねていけば「歌め」くこと、そのような歌語は無尽にあることが記されている。藤原清輔が言う、「古き詞のやさしからむを選びてなびやかに続くべきなり」（和歌初学抄）なども同様だろう。

これらから学ぶ者は、歌をどのように認識するだろうか。題の本意や詠む内容を思い、それに適う素材や語を選んで、詞をなだらかに連ねていけば、和歌らしくなる。この時、歌は詞を組み合わせた構造物となろう。その極端な形が、俊頼の言として顕昭の『古今集注』に記された、「我ハ歌詠ミニハアラズ。歌作リナリ。カクイフ心ハ風情ハ次ニテ、エモイハヌ詞ドモヲ取リ集メテ切リ組ムナリ」だったのではないか。

ならば、『無名抄』や『古来風躰抄』の比喩の問題からは、以下のような和歌に対する認識が導き出されよう。『無名抄』に見える俊恵の発言、学ぶ者を導こうとする方法は、歌を、詞や句という部分を組み合わせた構造物と認識する要素論的な和歌観に発している。これを「分析的認識」と名付けておく。このような考え方が俊恵・俊頼・清輔等の歌論に現れることに着目すれば、分析的認識とは、次の章段「近代歌躰」が言う「中比」の歌人たちの和歌観の一つの特徴だと言えるだろう。対して、『古来風躰抄』が、歌を「錦縫物のごとくならねども」と述べた時、このような分析的認識・要素論的な和歌観は上手く退けられるのではないか。ならば、建久年間に繰り返しなされた「歌はたゞよみあげもし、詠じもしたるに、何となく艶にもあはれにも聞こゆる事のあるなるべし」等の発言については、享受者が、歌を、分析的認識を超越した一首全体という存在で体感し、受けとめざるを得なくなるような書きぶりだと考えられよう。これを「一体的認識」と言っておく。それは、『古来風躰抄』において、俊成が、歌の「姿」という一首として統一された全体の形を主題に据え、それを身に付けさせようと意を砕いたこととも反しない。そして、このような認識が俊成の発言に明らかなことを見れば、一体的認識とは、「近代歌躰」における「今の世」の歌人の考え方と理解することができる。

ならば、『無名抄』については、次のように言えるだろう。巧みに作り立てる美術工芸の比喩を用いて解説された和泉式部の①「津の国の――」の歌は、分析的認識に基づいて詠作時の心の働きを捉えることで、歌人の力量を表すものとして評価された。また、「うち聞くにたけもあり、艶にもおぼえて、景気浮かぶ歌」（点線部ア）とした②「暗きより――」の歌の評価には、全体的存在として一首を受けとめる一体的認識が垣間見える。歌に関する二つの対立的認識が、次元を異にするとはいえ、ともに肯定され、両立しているということだ。さらに、この二つの認識は、分析的認識が「中比」の歌人、一体的認識が「今の世」の歌人の考え方を表すものとの理解が可能であり、続く「近代歌躰」への水脈を為すと捉えられるのである。

五　「近代歌躰」の意図

「近代歌躰」は、「はじめに」で述べた通り、以下の五つの問答、

問答1　「中比の躰」と「今の世の歌」の争いについて

問答2　「今の世の歌」が新出のものであるかどうかの是非
問答3　二つの躰のよみやすさと秀歌の得やすさについて
問答4　二つの躰の勝劣について
問答5　「幽玄」という躰はいかなるものか

から構成される。この章段については、新風・幽玄に対する認識の浅さなど、新風歌人になりきれない長明という観点からの指摘も多い。(6)ところどころに長明の実感が窺われるのは事実だが、質問者の設定が「末学」＝初学者であることを思えば、実感の正直な告白という見方は少々危険だろう。問答体を用い、歌論への自覚が明らかな「近代歌躰」は、もっと意図的な含みを持って綴られたものではないだろうか。

その意図は、問答1に早く表れている。「中比の躰」と「今の世の歌」の争いの是非を問われた「或人」は、「この世の歌仙の大きなる争ひなれば、たやすくいかゞ定めん」と謙遜しつつも、「この事を人の水火のごとく思へるが心も得ずおぼえ侍る」として、二者を争わせる考え方に疑念を呈する。つまり、長明の筆は、二者の対立と選択には向かっていない。そして、「まことには心ざしは一つなれば、上手と秀歌とはいづ方にも背かず」「ゑせ歌どもに至りては又いづれもよろしからず」として、二者は上手と秀歌を求める「心ざし」において一致するとし、両者の良き歌・似非歌を公平に捌く。どちらが詠みやすく秀歌を得やすいかという問答3では、「中比の躰は学びやすくして、しかも秀歌はかたかるべし」「今の躰は習ひ難くて、よく心得つればよみやすし」として、それぞれの一長一短を記す。二者の勝劣を問う問答4でも、「必ず勝劣を定むべきことかは。たゞ、いづ方にもよく詠めるをよしと知りてこそは侍らめ」と、どちらの歌躰でも良いものは良いという姿勢を貫く。これらから、この章段が二者の対立の解消を意図していることは明らかだろう。

そのような意図を汲みつつ問答2を見ると、対立の解消の鍵が『古今集』であることがわかる。ここでは「今の世の躰」を新出とすることの是非が問われるが、答えは「中古の姿も古今より出でたり。この幽玄の様もこの集より出でたり」という、二者はともに『古今集』から出た歌躰だというものだった。歌の本体を『古今集』と仰ぐ考え方は、同時代に共有されている。両者の相違が本質的なものではなく表象的だとして対立を解消しようとする考え方は、『古今集』の下に二者が統合されることで可能になるのだろう。

では、「幽玄」の語についてはどうだろう。ここでもう一度、問答1を見てみる。勅撰集に基づいた和歌史観を展開し、『拾遺集』以降、歌の様は一つになって風情も尽き、詞も詠み古されたと説明した直後、長明は「今の人、歌の様の世々に詠み古されにけることを知りて、さらに古風にかへりて、幽玄の躰、なを学ぶことの出できたるなり」と記した。今の世の人々が「古風」にかえって「幽玄の躰」を学んだとするこの一文は、「今の世の歌」とは「幽玄」という歌体であり、「幽玄」と「古風」は分かちがたいものであることを、読者に強く印象づける。また、「近代歌躰」における言葉の用い方を見てみると、「今の世の歌」は「幽玄の躰」「幽玄の様」と言い換えられ、問答4では「かやうつらの歌、幽玄の境にはあらず」として、「今の世の歌」のすぐれた境地を指すものとして用いられていた。このような言葉のスライドは、「今の世の歌」を「幽玄」なる語で象徴しようとする長明の意識的な方法だろう。もちろんそれは、「幽玄」の語が『古今集』真名序で用いられ、歌合判詞の中でも、古風さ・遥けさを思いやるものとして使われてきたことと無縁ではない。このような伏線があってこそ、問答2における「幽玄の様」即ち「今の世の歌」が『古今集』から出たということが、無理なく理解されるのだと思われる。

俊成の歌論を幽玄論とすることへの批判は、小島吉男(7)が早くに提唱し、藤平春男(8)・山本一(9)ら等が展開して久しい。藤平の論に従うと、「艶」も「をかし」も「あはれ」も歌合判詞に用いられた度数は、「幽玄」よりもはるかに多い。そして、『民部卿家歌合』『慈鎮和尚自歌合』『古来風躰抄』の発言にしても三者に共通するのは「幽玄」ではなく「艶」なのである。このような状況を考えると、「近代歌躰」における「幽玄」の語とは、新風歌人たちの詠みぶりを「幽玄」とする共通認識がすでにあり、それを長明が踏まえたということではなく、自らの説を展開するために意図的に選び取ったものだと考えられるのである。

六　「幽玄」の機能

以下、「近代歌躰」における「幽玄」の役割を考えてみたい。まず、『無名抄』以前に「幽玄」と新風歌人を結びつけたものとして、顕昭の『古今集注』を見てみよう。顕昭は、在原業平の詠「月やあらぬ春や昔の春ならぬ我が身一つはもとの身にして」（巻一五・七四七）の注に、「カヤウニイヒソラシタルヲ業平ガ歌ノ幽玄ナルコトニ言ヒテ、ソノ様ヲマネバムト思ヘル人モアレド」として、業平詠を幽玄だと評価し、歌の様を学ぼうとする人の存在を記した。『古今集注』当該部分は文治元年（一一八五）に注進されており、建久年間の俊成の発言よりは前である。ここで、『慈鎮和尚自歌合』十禅師十五番判詞を再度見てみたい。

詠歌といひて、ただよみあげたるにもうちながめたるにも、何となく艶にも幽玄にも聞こゆる事あるなるべし。良き歌になりぬれば、そのことば姿のほかに景気のそひたるやうなる事の有るにや。…（中略）…常に申すやうには侍れど、かの月やあらぬ春や昔のといひ、結ぶ手のしづくに濁るなどいへるなり、何となくめでたく聞こゆるなり。

点線部「何となく艶にも幽玄にも聞こゆる」歌の例として業平詠を挙げた俊成は、棒線部「常に申すやうには」としているので、この業平詠を「良き歌」（四角囲み）の象徴とし、それを「幽玄」と組み合わせる物言いは以前からあったと思われる。ならば、『古今集注』の傍線部は俊成を指すとするのが妥当だろう。注意したいのは、六条藤家の顕昭においても、件の業平詠に対する俊成の考え方を、「幽玄」という美的概念と組み合わせて認識していたということだ。ならば、長明も含めて建久年間の俊成の発言を経た歌人たちには、俊成の和歌観において、この業平詠は「幽玄」だという共通理解があっただろう。

加えて、この業平詠は、俊恵も各別の「良き歌」と評価していたことを、長明は『無名抄』「俊恵定歌躰事」に記している。

俊恵云、「世の常の良き歌は、例えば固文の織物の如し。よく艶すぐれぬる歌は、浮き文の織物などを見るが如く、空に景気の浮かべる也。

ほの〳〵と明石の浦の朝霧に島隠れゆく舟をしぞ思ふ

月やあらぬ春や昔の春ならぬ我身一つはもとの身にして

これこそは余情うちこもり、景気空に浮かびて侍れ。

俊成・俊恵における歌の評価は点線部「艶」、波線部「景気」などで重なり、ほぼ同様だ。また、長明は「近代歌躰」において、「幽玄の躰」を「詮はたゞ詞にあらはれぬ余情、姿に見えぬ景気なるべし。心にも理深く、詞にも艶きはまりぬれば、これらの徳はをのづから備はるにこそ」と定義したが、すでに指摘されるよう、(10) 波線部の「余情」「景気」は俊恵が業平詠に用いた評語、「詞にあらはれぬ」「姿に見えぬ景気」は、俊成が「良き歌」の性質とした「ことば姿のほかに景気のそひたる」（慈鎮和尚自歌合）と呼吸が通う。点線部の「艶」も同様だ。

稿者は、幽玄の定義において長明が影響を受けた俊恵・俊成の表現が、「良き歌」の象徴としての「月やあらぬ――」の業平詠に付されていたことに注目したい。業平詠は俊恵・俊成にとって歌人が目指すべき歌の象徴であり、互いの評価が一致する。即ち、業平詠を仲立ちとして、俊恵の説と俊成の説は結び付くのである。それは、「中比」と「今の世」の説が、目指すべき境地を同じくすることを意味しよう。だからこそ長明は、「近代歌躰」の問答1において、二つの歌躰は「まことには心ざしは一つ」と言い切ったのではないか。

まとめると、『無名抄』「近代歌躰」は、前節で見たように、「今の世＝幽玄」を「古風」と分かちがたいものとして読者に意識させ、「中比」と「今の世」の歌躰がともに『古今集』に発することを導くものとして、「幽玄」の語を用いていた。その背景には、良き歌の象徴としての業平詠を「幽玄」と評する同時代の共通認識があったと考える。「中比の躰」と「今の世の歌」の両立を図るに際し、今の世の歌人たちの詠みぶりを表す言葉として「幽玄」を用いれば、その言葉は「月やあらぬ――」の業平詠を呼び起こし、それが古今集歌であることを経由して、二者の出所となる『古今集』にたどり着くだろう。当然、「幽玄」が『古今集』真名序で用いられたことも、このような経路を導く要素となる。また、この業平詠に俊恵と俊成が良き歌として同じ評価を与えているため、「中比の躰」と「今の世の歌」は、目指すべき境地を共有することになる。即ち、「幽玄」の語は、二つの歌躰の出自と到達点を一致させる役割を果たしていると考えられるのだ。「近代歌躰」において、長明が二つの歌躰の両立を試みるに際し、「幽玄」は真実重要な鍵となる言葉だったと言えよう。このような『古今集』と深く結びついた幽玄論が、「近代歌躰」の最終局面において、「心も及ばず詞も足らぬ時、これにて思ひを述べ、わづかに三十一字がうちに天地を動かす徳を具し、鬼神をなごむる術にては侍れ」と、『古今集』仮名序を下敷きにした歌徳論へ収斂していったのは、実に自然な成り行きだったと思われる。

終わりに

以上、『無名抄』「式部赤染勝劣事」と「近代歌躰」に見える長明の和歌観が、「中比」と「今の世」の対立する二つの考え方を両立し、肯定するものだということを明らかにしてきた。そこには、これまで言われてきた、余情論を抜け切れない曖昧な幽玄論とでもいうような和歌観を遥かに超える、作り込まれた緻密さとしたたかな意図を見出せると考える。

このような自説を展開する一つの動機としては、風巻景次郎に指摘があるが、『吾妻鏡』建暦元年一〇月一三日条が記す鎌倉下向が考えられよう。(11)「中比」と「今の世」を両立させる長明の姿勢が、「今の世の歌」が席巻する都の歌壇を目指すとは想定しにくいのである。歌の家の人間でもなく、歌論を残す必然性を持たない長明が、『無名抄』のような書物を綴った動機の一部として、鎌倉下向に備えた手控えのようなものを考えることができるのではないか。また、対立する二派それぞれの状況を整理・分析して統合を図るという方法は、長明が都の歌壇事情に広く精通している印象を鎌倉の人々に与えることを可能にする。(12)長明がこの二章段で示した和歌観とは、そのような目論見とも結びつくものかもしれない。

しかし、成功だったとは思えない鎌倉下向の後も、『無名抄』として結実する和歌の抄物は書き続けられた。例えば「関清水」には、「或人」が「建暦のはじめの年十月廿日余りの比」に三井寺へ赴いたという記述があり、事実とすれば、これは源実朝との会見の後である。『無名抄』はそもそも、長期間にわたって少しずつ書き溜められた性質の書物であろうから、全体の執筆動機を鎌倉下向のみで括ることはできない。ならば、『無名抄』が書き残された背景には、もう少し内面的な動機が存在するのではないか。

長明は、俊恵の弟子として育った「中比」の環境と、和歌所寄人として身を置いた「今の世」の後鳥羽院歌壇の両者を体験した歌人である。しかし、歌壇の中枢に参画することは叶わない落伍者的な存在でもあった。長明自身、このような自らの体験と記憶とに整合性を付け、自己確認を図る必要があったのではないか。第一章で述べたように、『無名抄』は、全八三章段中一七章段という五分の一程度が筆者の体験談になるという、歌論書・歌学書には珍しい特徴を持つ。中でも「セミノヲガハノ事」「マスホノス丶キ」「エノハ井」「会歌ニスガタワカツ事」などの章段が自讃譚的な要素を持つことは、それは和歌世界における自己の営為を確認したいという長明の欲求が、執筆の一つの動機であったことを窺わせるものだろう。「中比」と「今の世」という自らが体験した二つの認識の対立を解消し、両立させる姿勢は、自身の経験や時間に肯定的な評価を与えたいという長明の内面的欲求とも響き合う。

鎌倉下向に伴う功利的な動機と和歌世界での自己確認を希求する内面的動機。これらは、必然性を持たない『無名抄』という作品を成立させた大きな原動力なのではないか。そのような意味において、『無名抄』に見える和歌観とは、新古今時代そのものを同時的に写し取ったというよりも、新古今時代を経験した歌人が、熱狂的な時間の終焉の後にその時代を振り返って整理し、意味付けを行おうとした一つの思考方法の軌跡だと言えるのかもしれない。「式部赤染勝劣事」「近代歌躰」の二章段から見えるものは、『無名抄』の本質と強く関わっているのである。

注

（1）この公任の台詞について、『俊頼髄脳』では、「それぞ、人のえ知らぬ事をいふよ。くらきよりくらき道にぞといへる句は、法華経（＊原文「法起経」を校訂）の文にあらずや。されば、いかに思ひ寄りけむとも覚えず。末の、はるかに照らせといへる句は、本にひかされて、やすく詠まれにけん。こやとも人をといひて、ひまこそなけれといへる詞は、凡夫の思ひ寄るべきにあらず、いみじき事なり」と、二度「思ひ寄る」という言葉が用いられており、より強調された形になっている。同話を引く『袋草紙』も同様である。

（2）池田富蔵『源俊頼の研究』（桜楓社、昭和四八年）、田仲洋己『中世前期の歌書と歌人』所収「源俊頼の周辺」（和泉書院、平成二〇年、初出は平成六年五月）等に指摘がある。

（3）渡部泰明『中世和歌の生成』三章「古来風躰抄」一節「序文をめぐって」（若草書房、平成一一年）は、このような事実の突き付けを、「和歌について何かを語ることを拒否しつづけ、もって読み手を挑発しつづけよう」という「戦略的な発言」とし、読み手は、「いやでもよみあげる歌を聞いた際の、具体的な体験に思いを凝らさざるをえない。身をもって感ずる以外にない一回的な感覚の側へと、引き寄せられていく」と論じる。

（4）歌合判詞が歌論書・歌学書に影響する例として、上覚の『和歌色葉』四「詠作旨趣者」が、「当世の英才の判の詞云く」として、俊成の『民部卿家歌合』跋文（本章の引用箇所）を載せることや、『無名抄』「千鳥鶴ノケゴロモヲキル事」における長明の考えが『建春門院北面歌合』（俊成判）の判詞に拠ることなどが挙げられる。

（5）『無名抄』の成立は『古来風躰抄』の後だが、俊恵の発言時期はもっと前である。現在、俊恵の言をまとめて伝えるものは『無名抄』のみであるが、散佚した書物の存在も考え合わせれば、その説は同時代には広く知られていただろう。例えば、『後鳥羽院御口伝』が伝える「五尺のあやめ草に水をいかけたるやうに、歌は詠むべし」という俊恵の説は、『和歌色葉』四「詠作旨趣者」の「五尺のかづらに水をいてゆう〳〵とよみながし、五句の姿すくやかに腰をはなれず続くべし」という一文と重なり合う。また、弘安二年（一二七九）～同九年（一二八七）の間に成立したと思われる『代集』は「髄脳・口伝等」の項目に「俊恵が秘伝」と記す。

（6）藤平春男著作集『新古今とその前後』所収「顕昭・順徳院・上覚・長明と俊成・定家」「鴨長明の文学」（笠間書院、平成九年。笠間書院から昭和五八年に出版された同題の書を一部改訂）、武田元治『「幽玄」――用例の注釈と考察――』（風間書房、平成六年）等。

（7）小島吉雄「本邦中世の文学観」（『日本文学論大系V』雄山閣、昭和一九年）。

（8）藤平春男著作集第一巻『新古今歌風の形成』第二章Ⅰ「藤原俊成」三「〈幽玄論〉批判」（笠間書院、平成九年。明治書院から昭和四四年に出版された同題の書を一部改訂）。

（9）山本一「幽玄――和歌的なものの周縁――」（『日本文学』四三―七号、平成六年七月）、「『六百番歌合』判詞の「幽玄」」（『国語と国文学』七四―一一号、平成九年一一月）。いずれも、『藤原俊成――思索する歌びと――』（三弥井書店、平成二六年）に所収。

（10）久保田淳校注・日本古典文学大系『歌論集　能楽論集』「無名抄」（岩波書店、昭和三六年）、武田前掲書（注6）。

（11）風巻景次郎全集第八巻『中世圏の人間』所収「随筆・法語」（桜楓社、昭和四六年。初出は昭和三〇年一一月）。

（12）浅田徹氏のご教示による。

第三章　伝本研究

はじめに

本章では、『無名抄』の伝本整理を試みる。『無名抄』の伝本は、最古写本である東京国立博物館蔵梅沢記念館旧蔵本（以下、「梅沢本」）の他、天理図書館蔵呉文炳氏旧蔵本（以下、「呉本」）、天理図書館蔵竹柏園旧蔵本（以下、「竹柏園本」）、静嘉堂文庫蔵本（以下、「静嘉堂本」）等の写本、寛政二年（一七九〇）・文化九年（一八一二）の板本など多くのものがあるが、諸本間には異本といえるほどの大きな差はない。現在、梅沢本と呉本の二本が書写年代も鎌倉時代と古く、すぐれた古写本とされているが、(1)通行する『無名抄』の翻刻や注釈書の底本は、以下のように様々である。

・梅沢本――『鴨長明全集』（貴重本刊行会、平成一二年）
　　　　└久保田淳訳注『無名抄』（角川ソフィア文庫、平成二五年）
・呉　本――日本古典全書『方丈記』所収本（朝日新聞社、昭和四五年）
　　　　└歌論歌学集成第七巻所収本（三弥井書店、平成一八年）
・静嘉堂本――日本古典文学大系『歌論集　能楽論集』（岩波書店、昭和三六年）

・竹柏園本――日本歌学大系三巻所収本（風間書房、昭和三一年）

ここからもわかるように、この作品については体系だった伝本研究は行われておらず、様々なテキストが流布しているのが現状である。本章は、このような『無名抄』の伝本と系統の問題に対して、調査の結果を報告するものである。

一　『無名抄』の諸本

『国書総目録』に載る『無名抄』の伝本は、約四〇本の写本と三種類の板本である。本章では、先行研究を参照しつつ、主要と思われ、稿者が本文全体の異同を確認したもの一四本（写本一三本、板本一本）を主として取り上げる。以下に一四本の簡略な書誌を述べるが、その過程で管見に入った六本を加え、全体では二〇本を考察の対象とした。

（１）東京国立博物館蔵梅沢記念館旧蔵本【函架番号：三一八二】

――「梅沢本」「梅」と略称――（『復刻日本古典文学館』の複製による）

重要文化財指定。復刻日本古典文学館シリーズ（日本古典文学会）の一冊として複製があり、『鴨長明全集』に全文翻刻と影印が収められている。以下、久保田淳による復刻日本古典文学館の解題によって摘記する。写本一冊。列帖装（六折）。桐箱に収められており、「無名抄　鴨長明真筆」と打ちつけ書きで墨書。本書は縦二四・七糎、横一六・二糎。表紙は本文料紙と共通で斐紙。外題・内題なし。墨付八三丁。末尾の遊紙が後表紙と見なされる。一面の行数は概ね一〇行（八行～一一行の範囲内）。和歌は改行し、概ね二字下げ、一首を上句・下句に分けて二行に記す。章段の区切りは朱の合点で示す。目録はなく、見出しは漢字片仮名交じりで朱書。一行を取る場合がほとんどだが、行間に細く書かれる場合もある。この見出しは本文と同筆と見られる。奥の遊紙の上に「墨付八十三枚」と記した、縦一三・二糎、横二・二糎の美濃紙が貼り付けられている。奥書はないが、鎌倉時代の書写。

（2）天理図書館蔵呉文炳氏旧蔵本［函架番号：九一一・二　イ二一七］

――「呉本」「呉」と略称――（呉文炳著『国書遺芳』による）

呉文炳著『国書遺芳』に写真版で全文が収められ、吉田幸一による解題が添えられている。また、日本古典全書『方丈記』所収本と歌論歌学集成七巻所収本の底本である。以下、『国書遺芳』と小林一彦による歌論歌学集成第七巻の解題によって摘記する。写本一冊。胡蝶装（九折）。縦二三・八糎、横一五・七糎。表紙は古代裂濃茶地に薄茶唐草模様、中央に題簽「無名抄」とある。内題、「無名抄」。料紙は鳥の子。墨付九八丁。一面九行。和歌は改行し、二字下げ、一首を上句・下句に分けて二行に記す。目録はなく、見出しは一行を取って書く。全体に擦り消しや重ね書きによる本文の訂正が見られる。奥書はないが、書写年代は鎌倉期を下らない。

（3）東京大学総合図書館蔵阿波国文庫本［函架番号：E三一・六八四］

――「阿波国本」「阿」と略称――

平成九年度～一一年度科学研究費補助金研究報告書『日本古典文学におけるモチーフインデックス化とその索引データベース化の研究』附載阿波国文庫本『無名抄』翻刻及び索引（研究代表者小島孝之、平成一二年三月）

に全文の翻刻が載る。写本一冊。袋綴。縦二七・七糎、横一九・七糎。栗皮色の紙表紙の中央に「無名抄」と書かれた題簽を貼付。題簽は黄地に金砂子散らし、金泥で薄を描く。料紙は楮紙。墨付六八丁。前後に各一丁の遊紙がある。一面一〇行。和歌は改行し、一字上げで、一首一行書き。目録はなく、見出しは漢字片仮名交じりで、章段のはじめの行間に書き入れられる。奥書はないが、江戸時代中期頃の書写か。巻頭に、「阿波国文庫」「陽春／廬記」「南葵／文庫」の三つの朱印がある。即ち、阿波藩主・蜂須賀家の「阿波国文庫」の本が、幕末・明治の国学者で『古事類苑』の編纂に関わった小中村清矩（号は陽春廬）の蔵書となり、その後、旧紀州徳川家当主・徳川頼倫の私設図書館「南葵文庫」に入って、大正一二年（一九二三）の関東大震災で全焼した東京帝国大学付属図書館復興のため寄贈された図書の一冊となったことがわかる。

（4）天理図書館蔵竹柏園旧蔵本［函架番号：九一一・二・イ八九］

――「竹柏園本」「竹」と略称――（『天理図書館善本叢書』和書之部四四巻による）

『天理図書館善本叢書』和書之部四四巻に影印版で全文が収められ、解題が添えられている。また、日本歌学大系三巻の所収本の底本である。以下、『天理図書館善本叢書』によって摘記する。写本一冊。列帖装（五折）。「無名抄古寫本」の題簽をもつ帙に収められている。縦二三・五糎、横十四・五糎。外題（直書き）、「長明無名抄」。表紙右下に同筆で「尊（興）」とある。見返し右下に「傳領賢紹」と墨書。内題なし。墨付六六丁。一面の行数は概ね九〜一〇行（八行・一一行の面もあり）。和歌は改行し、二字下げで一行書き。目録はなく、見出しは一行を取って書く。見出し・本文全て、漢字片仮名交じりである。末尾に以下の奥書を有す。

応安四年辛亥三月立筆了　助筆尊任
老比丘尊（興）
此本ハ同朋宝蔵房維圓法印本也先年書写処
不終功経年序為後学少生又新書写之

これによると、本書は南北朝期の応安四年（一三七一）の書写本であり、奥書および表紙に「尊興」と記されていることから、尊興が書写主体者・所持者であったと考えられる（「興」の字は明瞭に読解できず、先行研究に従った）。表紙・奥書と本文は別筆と考えられるので、本文書写が尊任、表紙・奥書と本文中の校異・補入が尊興と推定される。また、奥書三・四行目からは、維圓法印の所蔵本を尊興が写し始めたが中絶してしまったので、応安四年三月に改めて尊任に書写させたものかと考えられる。見返しにあるように、この本を伝領したのは賢紹であるが、尊興・尊任・維圓・賢紹ともに未詳。

(5) 東京大学総合図書館蔵相良為続筆本［函架番号：E三一・六八六］——「相良本」「相」と略称——

写本一冊。袋綴。縦二四・四糎、横一七・一糎。表紙は渋を刷いた陸奥紙で、中央に「無名抄」と書かれた鳥の子紙の小短冊の題簽を貼付。内題、「無名抄」。料紙は楮紙。墨付七五丁。一面九行。和歌は改行し、約半字下げて一首を一行に書く。目録はなく、見出しは本文中に一行を取って書く。末尾に以下の奥書を有す。

写本云

鴨長明抄云々
元亨四年五月十八日於久我殿御壇所書了
梁心之本をうつす也
主藤原為続

さらに、この裏に、鳥子紙に記した以下の内容の極め書が貼付されている。

無名抄
相良左衛門尉為続正筆
新菟玖波集作者手跡徹書記門人

これによると、元亨四年（一三二四）に久我殿の御壇所で書写された本（乃至はそれを親本とするもの）を梁心が所持しており、それを相良（藤原）為続が書写したものが本書となる。相良為続（一四四七〜一五〇〇）は肥後人吉城主で、『新撰菟玖波集』の作者。巻頭に「陽春／廬記」「南葵／文庫」および読みえない陰刻の三つの朱印があるため、先の阿波国本同様、小中村清矩の旧蔵本が南葵文庫を経て、関東大震災後の東京帝国大学付属図書館復興のために寄贈されたものと考えられる。

また、相良本の持つ奥書は、「於久我殿」以降が多少変化した形で以下の諸本にも見出される。

［一］（5.1）国立公文書館内閣文庫蔵永禄一二年奥書本［函架番号：二〇二―一五］

——「永禄本」「永」と略称——

「鴨長明抄云々／本云／元亨四年五月十八日　於久我殿御垣所書之／永禄十二年四月十日書之／源直頼（花押）」

[二]（5.2）天理図書館蔵平仮名本［函架番号：九一一・二・イ一二三］

——「天理本」「天」と略称——

（5.3）国立歴史民族博物館蔵高松宮家伝来禁裏本［函架番号：H六〇〇—一二三一］

——「高松宮本」「高」と略称——

「鴨長明抄云々／本云／元亨二二年五月十八日於久我殿」

天理本は『天理図書館稀書目録』に拠ると室町末期の書写、高松宮本は明和八年玉函の書写である。それぞれを見比べると、[一]の「御垣所」では意味が通じず、また、[二]の状態から「御壇所」の語が付け加えられて相良本の形になったとは考えにくい。現存するこの系統の諸本の中で、最も古いものが相良本であることも考慮に入れれば、相良本に見える「御壇所」がそもそもの形だったと思われる。

（6）国立公文書館内閣文庫蔵林羅山旧蔵本［函架番号：二〇二—一三］

——「内閣本」「内」と略称——

写本一冊。袋綴。縦二六・五糎、横一九・七糎。無地薄茶色の紙表紙で、左肩に「無名抄」と打ち付け書き。外題右肩に読み得ない朱の書き入れがある。扉題、「無名抄」。料紙は楮紙、匡郭と界線が引かれた紙を用いる。墨付五五丁。一面一二行。和歌は改行せず、本文中に詰めて書く。目録・見出しはなく、章段の区切りは朱の合点で示す。本文中に和歌の一部が呈示される場合や、関連する和歌が存在する場合、行間に歌一首を朱で注記する。奥書はないが、江戸時代初期の書写か。表紙右肩に「昌平坂／学問所」の印、扉に「林氏／蔵書」「浅草文庫」「日本／政府／図書」の各朱印、巻末に「昌平坂／学問所」の印と「江雲渭樹」の朱印がある。よって、本書は林羅山（一五八三～一六五七）の旧蔵本であることがわかる。

（7）筑波大学附属図書館蔵本［函架番号：ル二〇五―一三八］――「筑波本」「筑」と略称――

写本一冊。袋綴。縦二三・二糎、横一六・三糎。紺と練色の打曇り表紙で、左肩に「鴨長明無明抄」と書いた金揉箔散らしに薄が描かれた小短冊の題簽を貼付。目録題、「無名鈔」。料紙は楮紙。墨付九四丁。一面八行。和歌は一字上げて、一首を一行に記す。巻頭に目録を有し、本文中にも一行を取って見出しを書く。見出しの上に「一」と記し、右肩に通し番号をふる。「題可意得事」から「範兼家会優事」までは朱点・朱線が施されている。巻頭に「岡田眞／之蔵書」「石□□正／図書之記」（□は字と重なって判読不能）の朱印、巻末に読み得ない陽刻の朱印がある。末尾に以下の奥書を有す。

此鴨明抄はかもの長明入道か作也たかつかさの前の殿より
東宮へまいらせらるゝを給りて書写侍也下さるゝ時の仰
に云此抄并後鳥羽院都の外にてあそはさるゝ御抄
とは御秘蔵の物也すへて人に見せられすしかれともこ
とにおほしめさるゝ子細有により御免あり本主前関白い
そき申さるいまた御書写なしはやく書件の写本にて
のとかにあそはさるへしとそ

弘安七年十二月九日
或人の本には無明抄云々御本の説につきて鴨明抄と
書畢正応五年九月宰相典侍経子にゆるし侍中風にて
手わなゝきいへるほとにいよ〳〵鳥の跡乱侍めり
同年神無月十六日　前参議　在判

さらに、扉には古筆鑑定家・朝倉茂入の極め札が貼り付けられている。

由己　無明鈔目録ノ発端半枚又一枚半筆
圭韻　右之外ハ上ノ一筆也

これによると、本書の書写者は大村由己と圭韻の二人。冒頭の一・二丁のみが由己でそれ以外は圭韻の筆ということになる。大村由己（?～一五九六）は、豊臣秀吉の右筆で軍記作者・連歌作者でもあった人物。圭韻は不詳。また、奥書に見えるように、本書は鷹司基忠（たかつかさの前殿・前関白）から後の伏見天皇（東宮）に進上された本を、弘安七年（一二八四）に飛鳥井雅有（前参議）が書写したという系統のものである。さらにその本は、正応五年（一二九二）、伏見天皇の内侍であった藤原経子（宰相典侍経子）に許されたとあり、伏見天皇の周辺での『無名抄』の享受の跡を示すものとなっている。

この奥書は、

（7.1）宮内庁書陵部蔵松岡本［函架番号：二〇六―五九九］――「松岡本」「松」と略称――

（7.2）山口県立図書館蔵本［函架番号：五九］――「山口本」「山」と略称――

（7.3）梁瀬一雄氏蔵本――「簗瀬本」と略称――

にも見出され、一つの系統を成すと考えられる。なお、山口本には契沖による朱の書き入れが施されている。（応永一五年〈一四〇八〉橘遠房の書写、原本は未見）(2)

（8）岩国徴古館蔵本［函架番号：一八―一六］――「岩国本」「岩」と略称――

写本一冊。袋綴。縦二五・九糎、横一九・七糎。薄茶色の紙表紙で、左肩に「無名抄鴨長明作」と記した明るい朱色の題簽を貼付。料紙は楮紙。墨付六五丁。巻頭に一丁分の遊紙がある。一面一一行。和歌は二字下げで、一首を上句・下句に分けて二行に記す。目録はなく、本文中に一行を取って見出しを書く。歌人等固有の人物名に対し割り注を施す。末尾に以下の奥書を有す。

慶長四年八月三日一校了

同十一日再校了給歟

書写者は不明、慶長四年（一五九九）の書写である。

(9) 静嘉堂文庫蔵本［函架番号：二〇一八三・一・五〇二・一八］

――「静嘉堂本」「静」と略称――

写本一冊。袋綴。縦二五・四糎、横一八・五糎。薄い紺色の紙表紙。題簽が剥落した跡に「無名抄」と打ち付け書き。料紙は楮紙。墨付八四丁。一面九行。和歌は一字下げて記す。一首を一行に記す、一首を上句・下句に分けて二行に記す、一首を二行に記すが後ろの本文を追い込んで書く、の三通りがある。目録・見出しはないが、章段毎に改行。「琳賢基俊をたはかる事」の章段までは、旧蔵者の松井簡治博士のものかと思われる鉛筆の書き入れがある（頭注部分に見出し、行間に別本の本文の書き入れ・読み仮名・濁点等）。奥書はないが、江戸時代初期の書写。巻頭に「静嘉堂現蔵」「松井氏／蔵書印」の二つの朱印と「八雲軒」（陰刻）の藍印、巻末に「藤原」（陰刻）と「安元」（陽刻）の二つの藍印がある。従って、本書は江戸時代前期の大名であった脇坂淡路守安元（一五八四〜一六五三）の旧蔵本である。

(10) 蓬左文庫蔵本［函架番号：一〇七―四六］

――「蓬左本」「蓬」と略称――

写本二冊。袋綴。縦二三・三糎、横一六・二糎。内曇りの鳥子紙表紙で、上冊は中央に「無名抄上」と記した鳥子紙小短冊の題簽を貼付。下冊は題簽が剥落したあとに、墨で「異名抄」（「異」を朱でミセケチ、右に「無」と朱書）と打ち付け書き。目録題、「無名抄」。料紙は楮紙。墨付は上冊が四七丁、下冊が四三丁。一面九〜一〇行。和歌は概ね二字下げで上句を一行に書き、下句は本文と同じ高さに記して、後ろの本文を追い込んで書く。上冊の巻頭に目録をまとめて掲げるが、順番が混乱している。見出しはないが、章段毎に改行し、冒頭に「一」と記す。本文中の空白や貼紙が存在する。末尾に以下の奥書を有す。

本云
　永享十一年七月十四日書功畢狂言綺語
　　仏乗因転法倫胤而已
　永正十三年七月廿三日書写畢吉祥

これによると、親本は永享一一年（一四三九）に書写されたものであり、それを永正一三年（一五一六）に写したのが蓬左本だということになる。

⑪ ノートルダム清心女子大学黒川文庫蔵本［函架番号：G一二九］ ――「黒川本」「黒」と略称――

写本一冊。袋綴、料紙の天地を糊で貼り合わせている。縦二二・五糎、横一六・五糎。薄茶色の紙表紙の上に薄様の紙を貼る。表紙の左肩に「長明無名抄　飛鳥井栄雅筆」と打ち付け書き。料紙は楮紙。墨付七一丁。一面一一行。和歌は二字下げで、一首を上句・下句に分けて二行に記す。目録はなく、見出しは漢字片仮名交じりで朱書。一行を取るものと行間に細く書かれるものとがある。この見出しは本文と同筆と見られる。章段の区切りは朱の合点で示す。なお、最終の二丁分は料紙・筆ともに別であり、見出しも墨書。末尾に「右此一帖ハ飛鳥井栄雅卿筆也」との識語があり、これによれば、本書は飛鳥井雅親（法名栄雅、一四一七〜一四九〇）の書写本ということになる。巻頭に「黒川真前蔵書」「黒川真頼蔵書」「黒川真道蔵書」「仁和寺／皆明寺」の四つの朱印がある。「仁和寺／皆明寺」については不明だが、当該本は、江戸時代の歌人・国学者である黒川春村・真頼・真道らの黒川家蔵書の中で歌書類を中心とした典籍を、正宗敦夫の差配によってノートルダム清心女子大学が購入したうちの一冊である。

――「多和本」「多」と略称――

(12) 多和文庫蔵本 [函架番号：五・九]

写本一冊。袋綴。縦二六・三糎、横一九・一糎。渋皮色の紙表紙で、左肩に「無名抄」と書いた白地に淡墨と青の墨流しが施された小短冊の題簽を添付。題簽の右肩には、巻子の軸に「このかみたはのふくらにをさむ」と記す形の、多和文庫創始者松岡調（一八三〇～一九〇四）による朱印が捺されている。料紙は楮紙。墨付六〇丁。巻頭に一丁の遊紙がある。一面一一行。和歌には合点を付すが、改行はせず、本文中に詰めて書かれる。目録・見出しはなく、章段毎の改行もない。全体に朱点・朱引が施されている。巻頭に「香木舎文庫」(朱)、「多和／文庫」(青紫)、「集古／清玩」(緑) の印がある。末尾に以下の奥書を有す。

本云

周梚本承知所持則置重而書写

元亀第四六月一八日書之

守硯子　宗徳

本書の親本は、元亀四年（一五七三）に、承知所持の周梚本を宗徳が書写したものであるが、本書自身は江戸時代の書写と思われる。周梚・承知・宗徳は未詳。

(13) 宮内庁書陵部伏見宮文庫蔵本［函架番号：伏・一一八］――「伏見宮本」「伏」と略称――

写本一冊。袋綴。縦一四・〇糎、横二〇・〇糎。紺地の紙表紙で、左肩に「長明無名抄」と書いた白地に銀箔を散らした小短冊の題簽を貼付。内題、「長明無名抄」。料紙は薄様の楮紙。一面一一行。和歌は一字下げで、一首を上句・下句に分けて二行に記す。目録・見出しはなく、章段毎に改行し、冒頭に朱で丸印を付ける。末尾に以下の奥書を有す。

本云
　正和元年五月廿九日以大納言法印定為自筆本書写之
　同六月七日校合訖
　明応庚申二月中旬染筆
　　弓藝
　慶長四年八月写之一校訖
　享保十五庚戌年
　　六月八日　写之　祐公
　享保十六年辛亥
　　池坊老僧
　十一月中旬写之　専好

これによると、本書のそもそもの親本は、二条為氏息で二条派の歌僧であった定為の自筆本である。それを、定為存命中の正和元年（一三一二）に書写、そこから明応九年（一五〇〇）、慶長四年（一五九九）、享保一五年（一七三〇）と三度に渡って転写され、享保一六年（一七三一）に華道家元である池坊の第三世専好（一六八〇～一七三四）によって書写されたものが本書となる。

(14) 三手文庫蔵今井似閑奉納本［函架番号：哥──弐A──三三七］　──「三手本」「三」と略称──

板本合一冊。袋綴。渋みがかった藍色の紙表紙で、左肩に「無名抄」と打ち付け書き。縦二六・六糎、横一九・二糎。内題・目録題ともに「無名抄」。料紙は楮紙。墨付八一丁。一面一一行。和歌は概ね二行下げで、一首を上句・下句に分けて二行に記す。本来は最初（「題心」に相当する段には見出しがない）から「俊成入道物語」までが上冊、「頼政哥道にすける事」から「とこねの事」までが下冊であったが、それを一冊に合綴している。そのため、目録はそもそもの冊の冒頭に位置している。見出しは一行を取って書く。本文末尾に以下の奥書を有す。

鴨長明抄云々
　　　　　　婦屋仁兵衛
本云
元亨二二年五月十八日於久我殿

よって、本書は婦屋仁兵衛板ということになるが、「鴨長明抄云々／本云／元亨二二年五月十八日於久我殿」は

（5）相良本の系統の書写奥書と一致する。板本の『無名抄』には、本書のような刊記不明のものの外に、寛政二年（一七九〇）と文化九年（一八一二）の二種類の版があるが、「 」内の部分はどちらの版にもある。なお、板本は全て同版（ないしは覆刻）であるため、三手本に代表させて検討する。

また、本書には、全体を通して朱で別系統の本文が書き入れられている。これは、旧蔵者であった今井似閑の手によるものだろう。この書き入れは、（7.2）山口本の本文とそこに施された契沖による朱の書き入れに一致する。(3) 覚え書きのようなものの表記までもが一致するので、今井似閑が参照した本は、師であった契沖の書き入れ本＝山口本であったことは間違いない。即ち、三手本の書入本文は（7）の系統のものということになる。なお、一丁目の袋の中に折り畳んだ紙が一枚入っており、多少の異同はあるものの、(4)（7）の奥書と同じものが書かれている。

二　奥書

『無名抄』には、成立過程に大きく関与するような異本は指摘されていない。しかし、諸本を見比べていくと、いくつかの系統に分類を行うことが可能である。

先ず、奥書から二つの系等を抽出してみよう。

・「元亨四年五月十八日於久我殿」を含む奥書を有する
　　――相良本・永禄本・天理本・高松宮本・三手本・簗瀬本

・「此鴨明抄は」に始まって、「弘安七年」「正応五年」の年次を含む長文の奥書を有する

――筑波本・三手本書入本文・松岡本・山口本以後、前者を元亨四年奥書本、後者を弘安・正応年間奥書本と呼ぶこととする。それ以外の諸本は奥書を持たない、或いはその本に独自の奥書を持つものである。

三　本文

続いて、本文の分析に移ろう。以下、主要な異同箇所（脱文）をA～Yとして掲げ、それを表にしたものを後ろに掲げた。該当箇所の章段名・丁・本文は梅沢本に拠って挙げる。梅沢本の本文のみを掲出する場合、傍線部を持たない伝本があることを示している。梅沢本に脱文がある場合は、後ろにそれぞれ呉本・阿波国本・筑波本の本文を挙げて該当箇所に傍線を付し、（　）内に略称を記した。表では、傍線部の有無を○×で表している。なお、表の見やすさを優先したため、丁番号と掲出順が前後する箇所がある。

A　「題心」　2オ

これらはをしへならふへき事にあらす（梅）

・又かすかにて優なる文字ありこれらはおしへならふへきことにあらす（呉）

B　「題心」　3オ

初雪なとをはまたす（梅）

・はつゆきなとをはまつこころをよみてしくれあられなとをはまたす（呉）

C

「セミノヲカハノ事」11オ

いしかはやせみのおかはのきよけれは月もなかれをたつねてそすむ（梅）

・光行賀茂社哥合とてし侍しとき予月の哥に

いしかはやせみのおかはのきよけれは月もなかれをたつねてそすむ（呉）

D

「不可立哥仙之由教訓事」14オ

さはあれと所〳〵にへつらひありきて（梅）

・さはあれとゝころ〳〵にへつらひありきて人にならされたちなは哥にとりて（呉）

E

「井テノ山フキ並カハツ」19ウ

なにともなくなんかりて侍る（梅）なにともなくかりとり侍し（呉）

・なにともなくかりとり侍しほとにいまはあともなくなむなりて侍る（阿）

F

「静縁コケウタヨム事」41オ

我ひか事はきらめ（梅）

・わかひか事をおもふか人のあしく難し給ふか事はきらめ（呉）

G
「近代哥躰」67オ
すへて哥口伝髄脳なとにもかたき事ともをは（梅）
・すへて哥のすかたは心えにくき事にこそふるき口伝髄脳なとにもかたき事ともをは（呉）

H
「題心」3オ
又鹿のねなとは聞に物心ほそくあはれなるよしをはよめともまつよしをはいともいはすか様の事ことなる秀句なとなくはかならすさるへし（梅）

I
「セミノヲカハノ事」12オ
さやうに申て侍りしなりこれすてに老のくうなりとなむ申侍し（梅）

J
「女ノ哥ヨミカケタル故実」31ウ
ふかくおもふそといふ心にもまたうしつらしといふ心にも（梅）

K
「女ノ哥ヨミカケタル故実」32オ
心つきなきよしにいひたらんにこそ心をやりたる（梅）

L

「近代哥躰」67ウ

ふかくしのひたるけしきをさよとほの〱みつけたるは（梅）

M

「哥風情似忠胤説法事」16ウ

あへてよまれんとなんかたり侍し（梅）

・あへてよまれんとなんかたり侍し能〱はからひとりなを〱風情をたしなむへきか（筑）

N

「関ノ清水」21オ

あさりたいめして（梅）

・阿闍梨に対面していひけれは（筑）

O

「案過テ成失事」39オ

愚詠の中に（梅）

・哥の感過ぬれは失となる事あり愚詠の中に（筑）

P

「為仲ミヤキノ、萩ヲホリテノホル事」79ウ

のほりけれは（梅）

・都まてさかりなるへき比をはからひてのほりけれは（筑）

Q
「隔海路論」５ウ
野をへたつる恋にも山をへたつる題にももしは里をへたて河をへたつるにももちゐんとやする（梅）

R
「セミノヲカハノ事」11ウ
又あらためて顕昭法師に判せさせ侍し時（梅）

S
「アサモカハノ明神」22ウ
神になれるとなんいひつたへたるいとけふあること也（梅）

T
「哥詞ノ糟糠」37オ
たゝうき世のはかなさをといはまほしき也（梅）

U
「案過テ成失事」40オ
をのつからいてくる物なれはほとにつけつゝもとめうることもあれと（梅）

V
「範兼家会優ナル事」45ウ
かひ〳〵しき心地していさましくなんありし（梅）

W

「式部赤染勝劣事」　57ウ

哥のかたは式部さうなき上手なれと身のふるまひもてなし心もちゐなとのあかそめには（梅）

X

「俊恵定哥躰事」　70オ

いかにもまことのおほきなるいしにはをとれるやうに（梅）

Y

「業平本鳥キラルヽ事」　81オ

かのとくろのめのあなよりすゝきなんひともとおひいてたりける（梅）

表1　主要異同一覧（本文）

伏見宮	多和	蓬左	静嘉堂	内閣	竹柏園	三手書入	山口書入	山口	松岡	筑波	三手	高松宮	天理	永禄	阿波国	岩国	相良	呉	黒川	梅沢	
○	○	○	○	○	○	○	○	○	○	○	○	○	○	○	○	○	○	○	×	×	A
○	○	○	○	○	○	○	○	○	○	○	○	○	○	○	×	○	○	○	×	×	B
○	○	○	○	○	○	○	○	○	○	○	○	○	○	○	○	○	○	○	×	×	C
○	○	○	○	○	○	○	○	○	○	○	○	○	○	○	○	○	○	○	×	×	D
○	○	○	○	○	○	○	○	○	○	○	○	○	○	○	○	○	○	×	×	×	E
○	○	○	○	○	○	○	○	○	○	○	○	○	○	○	○	○	○	○	×	×	F
○	○	○	○	○	○	○	○	○	○	○	○	○	○	○	○	○	○	○	×	×	G
○	○	○	○	○	○	○	○	○	○	○	○	○	○	○	○	○	○	×	○	○	H
○	○	○	○	○	○	○	○	○	○	○	○	○	○	○	○	○	○	×	○	○	I
○	○	○	○	○	○	○	○	○	○	○	○	○	○	○	○	×	×	×	○	○	J
○	○	○	○	○	○	○	○	○	○	○	○	○	○	○	○	×	×	×	○	○	K
○	○	○	○	○	○	○	○	○	○	○	○	○	○	○	○	×	×	×	○	○	L
×	×	○	×	×	×	○	○	×	○	○	×	×	×	×	×	×	×	×	×	×	M
×	×	○	×	×	×	○	○	○	○	○	×	×	×	×	×	×	×	×	×	×	N
×	×	×	×	×	×	○	○	○	○	○	×	×	×	×	×	×	×	×	×	×	O
×	×	×	×	×	×	○	○	○	○	○	×	×	×	×	×	×	×	×	×	×	P
×	×	○	○	×	○	○	○	○	○	○	○	○	○	○	○	○	○	○	○	○	Q
○	×	○	○	×	×	○	○	○	○	○	○	○	○	○	○	○	○	○	○	○	R
×	×	×	×	×	×	○	○	○	○	○	○	○	○	○	○	○	○	○	○	○	S
×	×	○	×	×	○	○	○	○	○	○	○	○	○	○	○	○	○	○	○	○	T
○	×	×	×	×	○	○	○	○	○	○	○	○	○	○	○	○	○	○	○	○	U
○	×	×	×	×	○	○	○	○	○	○	○	○	○	○	○	○	○	○	○	○	V
○	×	×	○	×	○	○	○	○	○	○	○	○	○	○	○	○	○	○	○	○	W
○	×	×	×	×	×	○	○	○	○	○	○	○	○	○	○	○	○	○	○	○	X
○	×	×	×	×	×	○	○	○	○	○	○	○	○	○	○	○	○	○	○	○	Y

まず、A～Gを見てみよう。ここは、梅沢本の脱文を抽出したものだが、黒川本の脱文箇所は梅沢本に完全に一致していることがわかる。実際、黒川本の本文は、用字のレベルまで梅沢本との一致率が高く、両者は非常に近い関係にあると考えられる(5)。この二本を梅沢本系としておく。

続いてH～Lに目を向けると、呉本のみの脱文もあるが、相良本・岩国本は呉本と同一の系統と考えて差し支えはないだろう。全体的な本文の傾向を見ても、この三者に共通する異同はとても多い。この三本を呉本系とする。

このように、梅沢本系と呉本系には各々独自の脱文が存在するのに対し、これ以外の諸本は、そのどちらをも補った混淆態の本文である。梅沢本・呉本が鎌倉時代にさかのぼる古写本であることを鑑みると、梅沢本系・呉本系が古本系の本文であり、混淆態の本文を持つ諸本（混淆本系）は後発のものだと位置付けることができよう。この混淆本系の諸本は、以下の四つに分類が可能である。

第一群と第二群は、阿波国本・永禄本・天理本・高松宮本・三手本である。A～Gの梅沢本系の脱文、H～Lの呉本系の脱文については、どちらも補われた形になっているが、M～Pは全てなく、Q～Yは全て存在する。ただし、阿波国本以外の四本は、全て元亨四年奥書本であることに加え、阿波国本のみがBを欠いているため、阿波国本と他の四本とは別して扱うべきものだと考える。第一群を阿波国本、第二群を元亨四年奥書本の四本としておきたい。なお、第二群の持つ元亨四年の奥書は、第一節で述べたように、呉本系に属する相良本に共通し、相良本の形が現存諸本の中では最も古い。従って、この第二群は呉本系に近い位置にあると予測しておく。

第三群は、筑波本・松岡本・山口本・山口本書入本文・三手本書入本文の弘安・正応年間奥書本である。M

～Pを見ると、この系統のみが持つ本文があるが、それらは古写本である梅沢本・呉本の両系統に全く見られない。そうなると、この部分は増補されたものと判断すべきだろう。これらの中で山口本のみはMを欠いており、他本とは距離がある。

第四群は、竹柏園本・内閣本・静嘉堂本・蓬左本・多和本・伏見宮本のグループである。Q～Yを見ると、多少のばらつきは存在するものの、他の諸本にはない欠脱がある程度まとまって見出される。従って、同一のグループにまとめて差し支えないと思われる。この中で、内閣本と多和本は最も近く、続いて蓬左本・静嘉堂本が同じ圏内にある。竹柏園本・伏見宮本は少し遠くなろうか。また、MNを見ると、先の増補系の本文を蓬左本が取り込んでいるところがあるのがわかる。

ここまでの分析を踏まえると、諸本の分類については、以下のような見通しが得られる。

1 梅沢本系――梅沢本・黒川本
2 呉本系　――呉本・相良本（＊元亨四年奥書本）・岩国本
3 混淆本系
（1）阿波国本
（2）元亨四年奥書本――永禄本・天理本・高松宮本・三手本
（3）弘安・正応年間奥書本――筑波本・松岡本・山口本・山口本書入本文・三手本書入本文
（4）竹柏園本・内閣本・静嘉堂本・蓬左本・多和本・伏見宮本

四　章段・見出し

前節で得られた見通しを、章段の区切り方と見出しの付し方で確認してみよう。見出しは後人の手によるものと思われるが、(6)鎌倉期の古写本である呉本が一行を取って見出しを記すことから見ても、かなり早い段階から存在したと考えられる。従って、伝本を整理するには有効だと判断した。

以下、章段に関する主要な異同一〇箇所を①～⑪として掲げ、それを表にしたものを後ろに載せた。三手本と山口本は、朱の書き入れに従った場合を「三手書入」「山口書入」として別に挙げた。見出しを持たない内閣本・静嘉堂本・多和本・伏見宮本・高松宮本、巻頭に目録を持つものの順序が混乱している蓬左本については対象から外している。

①「題心」の見出し。　②「我与人」の見出し。
③「頼政哥俊恵選事」と「ニホノウキス」の分割（二章段に分割＝○、一章段に統合＝×）。
④「マスホノス丶キ」の見出し。
⑤「俊頼基俊イトム事」、「腰句ノ終ノテ文字難事」、「琳賢基俊ヲタハカル事」の区切り方（三章段に分割＝○、「琳賢基俊ヲタハカル事」を切り離して二章段に分割＝△、一章段に統合＝×）。
⑥「黒主神ニ成事」の見出し。　⑦「エノハ井」の見出し。
⑧「隠作者事」の見出し。　⑨「近代哥躰」の見出し。
⑩「新古哥」の見出し。
⑪「業平本鳥キラル丶事」と「ヲノトハイハシトイフ事」の分割（二章段に分割＝○、一章段に統合＝×）。

表2　主要異同一覧（章段・見出し）

	①	②	③	④	⑤	⑥	⑦	⑧	⑨	⑩	⑪
梅沢	題心	我与人	○	マスホノスヽキ	○	黒主神ニ成事	エノハ井	隠作者事	近代哥躰	新古哥	○
黒川	題心	我与人	○	マスホノスヽキ	○	黒主神ニ成事	エノハ井	隠作者事	近代哥躰	新古哥	×
呉	ナシ	我与人	×	ますほのすゝき	○	黒主神に祝事	えのはゐ事	隠作者事	近代古躰	取古哥	○
相良	ナシ	我与人	×	ますほのすゝき	○	黒主神に祝事	ゑのは井事	隠作者事	近代古躰	取古哥	×
岩国	ナシ	我与人	×	ますほのすゝき	○	黒主神に祝事	えのは井事	隠作者事	近代古躰	古哥をとる	×
阿波国	題ノ心	我与人	○	薄ノ三名ノ事	○	黒主神ニナル	エノハ井トヨラノ寺	隠作者事	近代ノ哥躰	新古哥取事	○
永禄	ナシ	我与人	×	ますほのすゝき	○	黒主神に祝事	ゑのは井の事	隠作者事	近代古躰	取古哥	×
天理	ナシ	我与人	×	ますほのすゝき	○	黒主神に祝事	ゑのは井の事	隠作者事	近代古躰	取古哥	×
三手	ナシ	我与人	×	ますほのすゝき	○	黒主神に祝事	ゑのは井の事	隠作者事	近代古躰	取古哥	×
筑波	題可意得事	小因幡哥事	○	十寸穂薄事	×	黒主成神事	榎葉井事	作者密判事	近代哥躰事	ナシ	×
松岡	題可意得事	小因幡哥事	○	十寸穂薄事	×	黒主成神事	榎葉井事	作者密判事	近代哥躰事	ナシ	×
山口	ナシ	我与人	○	十寸穂薄事	△	黒主成神に祝	榎の葉ゐの事	作者密判事	近代哥躰事	取古哥	×
山口書入	題可意得事	小因幡哥事	○	十寸穂薄事	×	黒主成神事	榎葉ゐ	作者密判事	近代哥躰事	ナシ	×
三手書入	題可意得事	小因幡哥事	○	十寸穂薄事	×	黒主成神事	榎葉事	作者密判事	近代哥躰事	ナシ	×
竹柏園	題心	我与人	○	マスホノスヽキノ事	○	黒主神ニナル事	エノハ井ノ事	作者ヲカクス事	近代謌躰	新古今 哥イ	×

まず、①と⑩を見よう。章段の見出しの付し方が三つに分かれている。

①(ア)「題心」　＝梅沢本・黒川本・阿波国本・竹柏園本

(イ) 見出しナシ　＝呉本・相良本・岩国本・永禄本・天理本・三手本・山口本

(ウ)「題可意得事」　＝筑波本・松岡本・山口書入・三手書入

⑩(ア) 新古哥＝梅沢本・黒川本・阿波国本・竹柏園本

(イ) 取古哥＝呉本・相良本・岩国本・永禄本・天理本・三手本・山口本

(ウ) ナシ　＝筑波本・松岡本・山口書入・三手書入

それぞれの伝本を先の分類と照合すると、

(ア) [1] 梅沢本系、[3] (1) 阿波国本、同 (4) 竹柏園本

(イ) [2] 呉本系、[3] (2) 元亨四年奥書本

(ウ) [3] (3) 弘安・正応年間奥書本

となり、見出しにおいても、古本系の諸本である梅沢本系・呉本系には明確な差が見られることが確認できる。しかし、後発の本文である混淆本系は、一括したグループとして捉えることはできず、阿波国本・竹柏園本は梅沢本系に、元亨四年奥書本は呉本系に含まれ、弘安・正応年間奥書本は独自の性質を有していることがわかる。以下、混淆本系の諸本について、もう少し詳しく見ていくこととする。

[3] (1) 阿波国本 (2) 元亨四年奥書本

先述の通り、①⑩では、阿波国本は梅沢本系に、元亨四年奥書本は呉本系に性質が近い。これを、③⑥⑨で

確認すると、次のようになる。

③(ア)「頼政哥俊恵選事」と「ニホノウキス」を二章段に分割する。

　1 梅沢本系、3 （1）阿波国本（3）弘安・正応年間奥書本（4）竹柏園本

(イ)「頼政哥俊恵選事」と「ニホノウキス」を一章段に統合する。

　2 呉本系、3 （2）元亨四年奥書本

⑥(ア)章段の見出しが「黒主神ニ成事」

　1 梅沢本系、3 （1）阿波国本（3）弘安・正応年間奥書本（筑波本・松岡本・山口書入・三手書入）

　　（4）竹柏園本

(イ)章段の見出しが「黒主神に祝事」

　2 呉本系、3 （2）元亨四年奥書本

(ウ)章段の見出しが「黒主成神に祝」

　3 （3）弘安・正応年間奥書本（山口本）

⑨(ア)章段の見出しが「近代哥躰」

　1 梅沢本系、3 （1）阿波国本（3）弘安・正応年間奥書本（4）竹柏園本

(イ)章段の見出しが「近代古躰」

　2 呉本系、3 （2）元亨四年奥書本

これらの例でも、阿波国本と梅沢本系、元亨四年奥書本と呉本系は同一の性質を有している。やはり、混淆本系の諸本において、（1）阿波国本と（2）元亨四年奥書本は別系統のものであり、阿波国本は梅沢本系に近

く、元亨四年奥書本は呉本系に近いと考えられる。

なお、④⑦⑩に目を向けると、阿波国本は独自の見出しを有することがわかる。④は阿波国本のみが「薄ノ三名ノ事」、⑦も阿波国本のみが「エノハ井トヨラノ寺」と「トヨラノ寺」という要素を加えている。⑩は「新古哥取事」として、梅沢本系と呉本系を混ぜたような形となっている。これらは、阿波国本が混淆本系の中でも独立した一系統を成すことの証左となろう。

また、見出しを持つ諸本のうち、本文が漢字片仮名交じりである竹柏園本を除くと、漢字片仮名交じりの見出しを付すのは、梅沢本系の梅沢本・黒川本の他は、阿波国本のみである。さらに、⑪を見ると、「業平本鳥キラル丶事」と「ヲノトハイハシトイフ事」を分割するのは、梅沢本・呉本の古写本の他は阿波国本のみとなる。この部分の梅沢本の本文は、「をのとはいはしすゝきおひけり／とそつけゝるそのゝをは……」となっており、「をのとはいはしすゝきおひけり」の右肩に朱の合点を付し、右の行間に見出しを朱書する。呉本は、「をのとはいはしすゝきおひたり／とそつけゝる」の後ろに一行を取って見出しを記す。梅沢本・呉本は章段の分割の位置が異なるわけだが、阿波国本の見出しの位置は梅沢本と同じである。このようなところでも、阿波国本が梅沢本に近いことが確認されるのだが、特に⑪の例は、阿波国本は梅沢本の性質を受け継いだ古態を留めている可能性を示唆するものと考えられる。

3 （3）弘安・正応年間奥書本（4）竹柏園本

弘安・正応年間奥書本は、①⑩においては（ウ）として独自の見出しを持っていた。これを先の③⑥⑨で確認すると、弘安・正応奥書本は（ア）の形を取り、1 梅沢本系に含まれる。しかし、弘安・正応年間奥書本は、他にも、②⑤⑧にその独自性がうかがわれる。②「小因幡哥事」⑧「作者密判事」はこの系統に独自の見出しであり、⑤では三つの章段を一括して「腰句手文字事」という見出しを付す。従って、弘安・正応年間奥書本は、混淆本系の中でも独立した一つの系統として考えるべきだろう。なお、山口本は、奥書から見ると弘安・正応年間奥書本だが、①②⑩は呉本系、③④⑦⑧⑨は弘安・正応年間奥書本と一致、⑥は両系統が混ざったような形である。奥書のことも併せて考えると、弘安・正応年間奥書本に含め、その中でも呉本系統に近いとするのが妥当だろう。

竹柏園本は、①③⑥⑨⑩で梅沢本系と同じ性質を示していたが、⑪は呉本系と共通する。あくまでも章段・見出しのレベルにおいてであるが、竹柏園本は梅沢本系に近い本を親本としていたことが窺われよう。

以上、章段・見出しという側面から、第三節で示した諸本分類の妥当性を検証した。また、このプロセスにおいて、3（1）阿波国本は1梅沢本系に、3（2）元亨四年奥書本は2呉本系に近いことが確認され(7)、阿波国本については、混淆本系の中でも古態性の強い本文であるという見通しが得られた。

五　総論

ここまでの分析をもとにすると、諸本には次のような系統分類を施すことができる。

第一類（梅沢本系）

東京国立博物館蔵梅沢記念館旧蔵本
ノートルダム清心女子大学黒川文庫蔵本(8)

第二類（呉本系）

天理図書館蔵呉文炳氏旧蔵本
東京大学総合図書館蔵相良為続筆本
岩国徴古館蔵本

第三類（混淆本系）

第一群

東京大学総合図書館蔵阿波国文庫本

第二群（元亨四年奥書本）

国立公文書館内閣文庫蔵永禄奥書本
天理図書館蔵平仮名本
国立歴史民族博物館蔵高松宮家伝来禁裏本
三手文庫蔵本（板本）

第三群（弘安・正応年間奥書本）

筑波大学附属図書館蔵本
宮内庁書陵部蔵松岡本
山口県立図書館蔵本（書入本文を含む）

三手文庫蔵本書入本文

第四群

天理図書館蔵竹柏園旧蔵本
国立公文書館内閣文庫蔵林羅山旧蔵本
静嘉堂文庫蔵本
蓬左文庫蔵本
多和文庫蔵本
宮内庁書陵部伏見宮文庫蔵本

第一類・第二類はともに古写本の系統だが、それぞれに長文の脱文がある。長明の自筆本が存在しない以上、どちらがより古態を留めるのかは一概に判断できる問題ではないが、多少示唆的な異同も存在する。「近代哥躰」の段で、時代が下るに従って珍しい風情が得にくくなると説明される箇所を取り上げよう。梅沢本と黒川本の本文は、「こほりにとりてめつらしき意こをそへ」（梅・62オ）である。傍線部は意味が取りにくいが、前後が「雲のなかにさま〳〵の雲をもとめ」「にしきにことなるふしをたつね」なので、文意としては「氷を詠むに際して、珍しい意趣を添える」というようなものだろう。この傍線部は諸本では次のようになる。

こゝろ（呉）、心（相・岩・三・永・天・高・山）、心はかり（静）、
意々（阿）、イロ（竹）、いと（内・多）、色（筑・松）、いこ（伏）

梅沢本のルビは、「意」は「イ」と訓むべきという指示だろう。(9)「近代哥躰」では、この直後にも「むかしをへつらへる意《イ》こともなれは」（梅）として、全く同様の語が出てくるため、梅沢本書写者の誤写とは考えにくい。

なお、こちらについては、諸本は、

こゝろ（呉・竹・静・三・天・高・山・松）、心（内・筑・岩・蓬・多・伏・永）(10)、

意々（阿）、意々《本ノマヽ》（相）、意こ（黒）

となる。これだけ諸本間で異同が出るということは、書写者が文意を取れずに迷っているということだろう。梅沢本の「意こ」とその変形した形（「意々」「イロ・色」「いと」）か、呉本の「こゝろ」かというのが大きな差だが、「こゝろ」や「心」がそもそもの形であった場合、文意が通じないとは考えにくく、このような異同は生じないのではないか。

梅沢本の書写態度については、次のような箇所が参考になる。

a 「マスホノスゝキ」（18オ）　まそう《を歟》のいとをくりかけてと侍かとよ

b 「哥人ハ不可証得事」（43オ）　するゐの世の哥仙にていますかる《本ノマヽ》へきうへに

c 「俊成入道物語」（47オ）　俊頼は《本ノマヽ》まのなくおもひいたらぬくまなく

d 「仮名筆」（76ウ）　心のおよふかきりはいかにもやはらけかきてちからなき所はか《ま歟》なにてかく

ａは三種の薄のうち「まそをのすゝき」を説明する部分である。親本に「まそう」とあるのでそのまま写したが、「まそを」の表記とあるべきかということだろう。ｄは和文においては出来る限り真名を使うべきではなく、仮名で和らげて書き、それができない所のみ「まな」で書くとあるべき部分である。この部分も、親本にあった「かな」をそのまま写し、「まな」とあるべきかということを傍記で表している。ｂｃは書写者にとって意味が取れなかった箇所であるが、「本ノマヽ」忠実に書写している。このように、意味が取りにくい箇所や明らかに間違っている箇所も、梅沢本は本行本文でそのまま書写しており、親本に対してかなり忠実な書写態度を持っていると言えよう。

話を「意こ《イ》」に戻そう。このような梅沢本の書写態度を見る限り、梅沢本の親本（より執筆時に近い時期の写本）の段階では、本文は「意こ《イ》」乃至は「意」の字を含むものであった可能性が高い。この時、呉本の「こゝろ」は「意」を訓読した形だと考えられるが、ここからは、より積極的に意味を汲み取ろうとする書写態度が垣間見えるのではないだろうか。(11) 呉本の本文には、

ｅ　「哥ヲイタクツクロヘハ必劣事」（38オ）

しつのをかかへしもやらぬをやまたにさのみはいかゝたねをかすへき　（梅沢本他諸本）

傍線部「しつのめ」（呉・相・岩・永）

ｆ　「道因哥ニ志深事」（51オ）

優して十八首をいれられたりけるに……今二首をくはへて廿首になされたりけるとそ　（梅沢本他諸本）

傍線部「廿八首」（呉）／点線部「卅首」（呉）

のように、長明の執筆段階ではあり得なかったと思われる箇所も存在する。eについては、『季経集』の本文は「しづのをが返しもやらぬ小山田にさのみはいかが種をかすべき」（四）であり、「しづのめ」が「田」を「かへす」というのは、和歌では例を見ない。fについては、『千載集』における道因の入集歌数は二〇首である。従って、諸本の言うような、「一八首に二首を加えて、最終的には二〇首を入集させた」とするのが正しい。『千載集』の伝本は一系統に属すると考えられるため、道因の歌が三〇首も入集している伝本は存在せず、ここは呉本の誤写と見るべき箇所である。梅沢本と呉本の古態性については、本文全体の精査をもって慎重に判断すべきものであるが、このような両者の書写態度を勘案すると、梅沢本により強い古態性を認められるように思う。

第三類は、第一類・第二類の混淆態の本文を持つ諸本である。第一群の阿波国本は、本文全体を見渡すと、三類本の中で最も第一類の本文に近い。以下のような例が典型である。

g「隔海路論」（5ウ）

かのいそなる人をこのうみまてみわたす　（梅・黒・阿）

傍線部「このうらにて」（諸本）

h　「近代哥躰」（68ウ）

をろかなるやうにてたえなることはをきはむれはこそ心もおよはす詞もたらぬ時これにておもひをのへ（梅・黒・阿）

傍線部「ことはり」（諸本）

gは梅沢本の本文では、「あちらの磯にいる人をこの海まで見渡す」となり、意味が通じにくい。諸本の「この浦で見渡す」のほうがわかりやすいだろう。hは歌の徳を説明する箇所だが、歌は「愚かなようで優れた詞を極めるから、心も及ばず詞も足らぬ時に、歌で思いを述べ」とする第一類の本文では、「ことはをきはむ」「詞もたらぬ」と矛盾する事態になるが、諸本の「ことはり」（理）で解釈すれば、文意も取りやすい。阿波国本は第三類の混淆本系の本文であるにも拘わらず、このような箇所で第一類の本文を踏襲している。前述した「近代哥躰」の「意こ《イ》」の異同においても、阿波国本は「意々」という梅沢本・黒川本（第一類）に近い本文を採っていた。第四節でも指摘したが、阿波国本は書写年代は下るとはいえ、第一類にかなり近い古態性を保った本文であり、注目すべきものだと考えられる。

第二群は、相良本以外の元亨四年奥書本の諸本である。奥書・章段のあり方は第二類、本文は第三類第一群の特徴と重なる。この元亨四年奥書本の一本に三手文庫蔵本（板本）があるが、『無名抄』の板本は全て同板ないしは覆刻である。従って、板本は全て第三類第二群に含まれることになる。なお、前述の「近代哥躰」の「意こ《イ》」の異同において、第二群の諸本は全て呉本の本文と一致していたが、全体を通して、以下の如く、第二類の本文と一致する傾向が高い。

i　「哥ヲイタクツクロヘハ必劣事」（37ウ）　なにゝてもなきこものになるなり　（諸本）
　傍線部「物」（呉・相・永）「もの」（岩・三・天・高・山）

j　「五日カツミヲフク事」（79オ）　あさかのぬまの花かつみといふ物あらんそれをふけ　（諸本）
　傍線部「あらは」（呉・相・岩・永・天）「あらば」（三・高）

従って、この第二群は、第三類の諸本の中では第二類に近い本文だと言える。

第三群の弘安・正応年間奥書本は、本文の性質としては増補系であり、古態性においては劣るものだが、特筆すべきは、鎌倉時代においては伏見院や飛鳥井雅有の周辺、江戸時代においては契沖とその門下という、その享受圏である。契沖が当該系統の本を選んだのは、伏見院周辺での享受を物語った奥書が本文の価値を保証したということでもあろうか。伏見院サロンでの『無名抄』の享受は、伏見宮貞成親王（後崇光院）の『看聞日記』永享五年（一四三三）一〇月一四日条の記事、「十四日、晴、内裏和歌抄物御用之由被仰下之間、五帖進之、詠歌口傳秘抄為秀卿自筆、累代秘蔵之本也、・詠歌大概・和歌十躰抄大通院御筆、・僻案鈔・無名抄鴨長明作、五帖進了、……」に見える、貞成親王が「内裏」（後花園天皇）に進上した「無名抄鴨長明作」との関連も考えられて興味深い。

第四群は、竹柏園本や蓬左本のように書写年代が古いもの、二条派の定為の手許にあった本を祖とする伏見宮本のように素性のはっきりしているもの等あるが、残念なことには全体的に欠脱が多い。[12] なお、竹柏園本は諸本中唯一、漢字片仮名交じり文であり、奥書にも見えるように寺院内で享受されている。第三群と同様、

『無名抄』の享受の問題に関連する伝本である。

伝本の概況は以上の如くであるが、最後に系統を簡単に図示すると次のようになる。

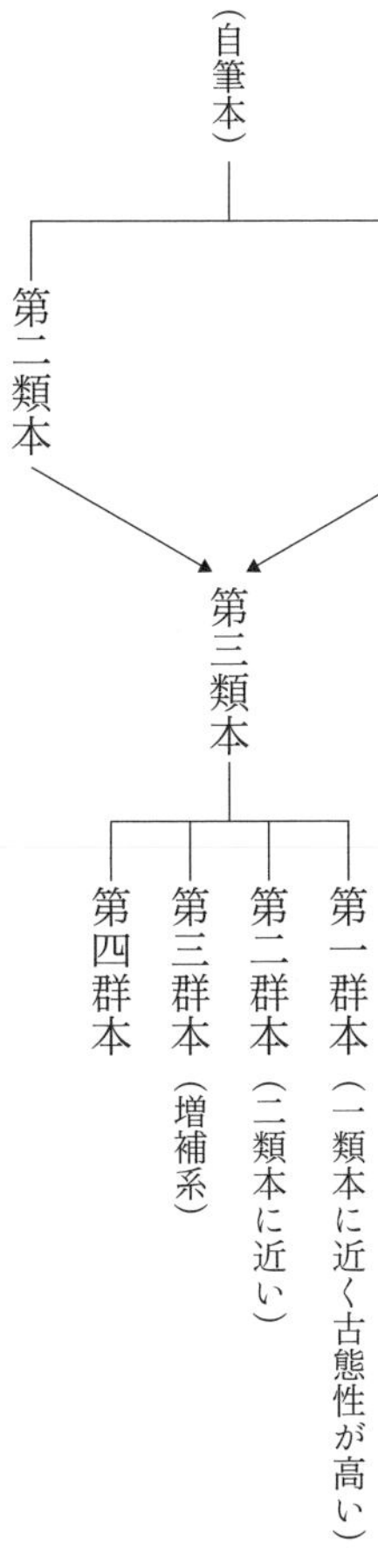

今回取り上げることのできなかった伝本も数多くあり、本文の性質と享受圏の関係など、残された問題は多い。今後の課題としたい。

注

（1）久保田淳による復刻日本古典文学館『無名抄　梅澤本』（日本古典文学会、昭和四九年）の解題参照。

（2）簗瀬一雄『無名抄全講』（加藤中道館、昭和五五年）の底本となったもの。

（3）久保田淳前掲書（注1）は、三手本の書き入れについて「契沖の書入れの写しかと思われる」と指摘する。

（4）⑦の奥書の「たかつかさ」が「たかつ〇《か歟》さ」、「わなゝきいへる」が「わなゝき侍」、「乱侍めり」が「似《本ノマ、》侍めり」となっている。また、「東宮」に「伏見院乎」、「弘安」に「後宇多院」と朱の傍書がある。この異同は、朱の傍書も含めて、山口県立図書館本の奥書と一致する。

（5）久保田淳は、前掲書（注1）で、黒川本が梅沢本に「近いように思われる」と指摘する。

（6）例えば、「寂蓮顕昭両人事」の章段では、長明の歌を詠み替えさせた人物について、本文中では「ある先達」としか記さないのに対し、見出しでは「顕昭」の名を充てる。

（7）見出しを立てない諸本のうち高松宮本は、目録と章段毎の改行を確認する限り、相良本と同様である。従って、章段のレベルでは、元亨四年奥書本は全て呉本系統に含まれることになる。

（8）黒川本は最終の二丁分が料紙・筆ともに別であり、この部分の本文は第三類第三群のものである。

（9）梅沢本では他に、「五日カツミヲフク事」の章段で「广官《チヤウくわン》」とルビがふられており、訓みを指示するものである。

（10）永禄本の本文は「心こともなければは」で、文脈が変わっている。

（11）呉本には補入・異本注記を表す傍書はあるが、「本ノマ、」「…歟」等の傍書は存在しない。

（12）久保田淳は、『古書肆100年　一誠堂書店』（一誠堂書店、平成一六年）において、日本古典文学大系『歌論集　能楽論集』所収の『無名抄』（底本は静嘉堂文庫蔵本）の翻刻・校注作業に当たっていた折のことを回顧して、以下のように記している。

……結局いくつか見たのでありますけれども、静嘉堂文庫にございました八雲軒脇坂淡路守安元旧蔵の近世写本の『無名抄』というのを底本に選びました。そして、いくつかの本を校合しました。昭和三十六年だったと思いますが、仕事が終わりましてやれやれと思った頃、ちょうど新宿の伊勢丹で日本文学史展とかいったような展示がございました。するとそこに鎌倉時代書写の『無名抄』が展示されていたのです。もう、これにはびっくりいたしました。「しまった」と思いました。でももう仕事は終わってしまっているのです。どうして先生（＝久松潜一＊稿者注）はこういういい本の存在をおっしゃらなかったのだろうかと、ちょっと恨めしく思いましたが、これは当時梅沢記念館のご本だったと思います。後年、日本古典文学会でこの本の複製を作ることにかかわりまして、また先年この本を翻刻いたしまして『鴨長明全集』に収めることができました。少しは無念を晴らしたのですが、やはりあの本を底本にして注釈をしたかったと今でも思っています。

付記

旧稿（『東京大学国文学論集』5号所収論文）では、第三類本において、第二群を竹柏園本以下の諸本、第四群を元亨四年奥書本としている。しかし、元亨四年奥書本の諸本は、

・奥書による系統付けがはっきりしている。

・本文においても、古写本である呉本の系統を受け継ぎ、誤脱が少ない。

という特徴を有し、竹柏園本以下の諸本（旧稿第二群）よりも明確な分類基準と良質の本文を持つと判断される。分類においては、そのような諸本を先に掲出すべきだと判断し、本章では第二群を元亨四年奥書本、第四群を竹柏園本以下の諸本と訂正した。

また、本章を成すに当たっては、各地の図書館・文庫等の諸機関に貴重な史料の閲覧を賜った。ここに謝するとともに、主な機関名を以下に列記する（順不同）。

筑波大学附属図書館・東京大学総合図書館・山口県立図書館・宮内庁書陵部・国立公文書館内閣文庫・蓬左文庫・静嘉堂文庫・三手文庫・岩国徴古館・多和神社・ノートルダム清心女子大学附属図書館

第二部　和歌

第一章　始発期
――俊頼・俊恵・歌林苑――

はじめに

長明の和歌の師は、『金葉和歌集』の撰者源俊頼の息・俊恵である。長明は自らを「させる重代にもあらず」(無名抄)と言いながらも、俊頼の流れの末に位置することを強く意識していた。それは、『無名抄』が、「詞は題の心をよく心うべきなり。俊頼の髄脳といふ物にぞしるして侍るめる」と『俊頼髄脳』を引用しつつ、同書が最も心を砕いた「題詠」について語ることを冒頭に据えたことからも、十分にうかがわれるところである。

和歌史上における源俊頼の存在の大きさは計り知れないものがあろう。その和歌作品は後代の歌人たちに大きく評価され、西行・俊成・定家といった歌人たちが俊頼の影響を受けていることは、すでに指摘されている通りである。(1) また、歌論書である『俊頼髄脳』は、後の様々な歌学書・歌論書に引用され、「俊頼朝臣云」、「俊頼無名抄云」(2)、として様々な言説を形作っている。その歌作上の影響について、定家は『顕注密勘抄』で、以下のように評した。

俊頼朝臣はすべて証歌をひかへ道理をたゞして歌をよまぬ人に侍る也。其身堪能いたりて、いひと云こと、皆秀歌乃體也。帥の大納言の子にて殊勝の歌よみ、父子二代ならぶ人なきに似たり。又年老て後いよ〳〵此道に傍に人なしと思て、心の泉のわくにまかせて、風情の寄り来るにしたがひて、怖ぢず憚らず言ひ続けたるが、そしり難ずべきことわりも思ひ続けられず、「あなおもしろ、かくこそはいはめ」と見ゆれば、時の人も後の人も許しつれば、やがて先例証歌になりて用ゐ侍る也。

先例や証歌に縛られない俊頼の詠風は、心の赴くまま、融通無碍とでも言うべきものだが、その趣向の面白さゆえに、皆がそれを認め、俊頼の歌がそのまま先例・証歌になって後に受け継がれていく。つまり、俊頼が生み出す新しい趣向はそれほどに人々を魅了し、詠作面で享受されていったということだろう。

そのような影響が長明に及んでいたことは疑いない。従って、長明の和歌を考える上で、まず、源俊頼という存在に目を向けてみたい。さらに、俊恵は白河の自坊を歌林苑と名付け、そこには歌人たちが集って歌会や歌合を行っていた。長明は二十代の後半には俊恵に師事し、歌林苑にも出入りしていたと思われる。このような背景を踏まえ、本章では、長明の和歌体験の始発期において重要な役割を果たした俊恵と歌林苑について、特に俊頼の「恨躬恥運雑歌百首」との関係から考察することとする。(3) なお、本章で取り扱う俊頼の和歌については アルファベットの大文字、それ以外の和歌についてはアルファベットの小文字で通し番号を付す。

一　俊恵による俊頼詠の摂取

俊頼の家集『散木奇歌集』には、「恨躬恥運雑歌百首」と名付けられた述懐百首が収められており、成立は、『俊頼髄脳』が執筆された天永二年（一一一一）〜永久三年（一一一五）頃、俊頼が六〇歳前後の作かと考えられる。(4) その中の一首を見てみよう。

A　難波潟あしまの氷けぬがうへに雪ふりかさぬおもしろのよや　（散木奇歌集・恨躬恥運雑歌百首・一五〇〇）

一首の大意は、「難波潟の蘆の間に氷が張り、その氷が解けぬまま、上に雪が降り重なった。なんとまあ、辺り一面が真っ白で実に趣深い世の様だよ」というところだが、ここでは第三句の「けぬがうへに」に注目したい。この言い回しは、「けぬがうへに又もふりしけ春霞たちなばみゆきまれにこそ見め」（古今集・冬・三三三・読人不知／古今六帖・七三二）にしか先行例が見出せない特異な語であるが、後代に目を向けると、『為忠家後度百首』での俊成詠、『林葉集』の俊恵詠二首などを挟み、一三世紀に入ってから、多くの歌人たちが和歌に詠み込んでいることに気付かされる。

a　ころもがはむすぶこほりのけぬがうへにつもる雪をやとぢかさぬらん　（為忠家後度百首・氷上雪・五四五・俊成）

b　けぬがうへにふらで重なる白雪はこしの高根にてる月の影　（林葉集・冬・月照山雪・六一四）

c　けぬが上に友まつ雪は待ちつけてあはで年ふる身をいかにせん　（林葉集・恋・寄雪恋＝歌林苑・八三七）

d　けぬが上につもるばかりのなをかへていくよふりぬる雪のしら山　（正治後度百首・雪・七三九・賀茂季保）

e　けぬが上に降りしくみゆき白川の関のこなたに春もこそたて[(5)]　（壬二集・最勝四天王院御屏風和歌・白河関・一八八一）

f　たがためとまだ朝霜のけぬがうへに袖ふりはへて若菜つむらん　（拾遺愚草・建保三年内大臣家百首・朝若菜・一一〇六）

g　けぬがうへにふりにしかたのこしの空いづれの年の雪のしら山（明日香井集・釈阿九十賀屏風和歌・一一三〇）

h　ひらの山たかねの雪のけぬが上に又ふるものはあられなりけり　（後鳥羽院御集・外宮御百首・三六八）

それぞれの和歌の詠作年代を確認すると、古今集歌は平安初期・一〇世紀の頭までに、Aの俊頼詠は一二世紀初頭、aの俊成詠は保延元年（一一三五）頃、bcの俊恵詠は『林葉集』が自撰された治承二年（一一七八）までには詠まれている。d〜hは一三世紀初頭の新古今時代の詠である。

平安中期には埋もれていた歌語が、一二世紀初頭の歌人たちによって再発見され、特に『堀河百首』を大きな分岐点として後代に受け継がれていくという現象は、和歌史の重要な側面であるが、その現れがここにも十分にうかがえよう。また、俊頼詠と新古今時代の中間の時期に位置しているのが、『為忠家後度百首』の俊成詠a及びbcの俊恵詠である。俊成は、「（基俊ト八）かやうに師弟の契をば申したりしかど、よみくちにいたりては、俊頼にはおよぶべくもあらず。俊頼いとやむごとなき物なりとぞ」と『無名抄』が伝えるように、俊頼を評価していたことが知られるが、もう一人、俊頼詠の享受者として、彼の息である俊恵の存在は大きいのではないだろうか。

ここで、俊恵の和歌において、俊頼詠の影響下にあると思しきものを見てみよう。

歌林苑

i　よの中はいでや何かは夢ならぬ逢ひみぬをしもうつつと思はじ
（林葉集・恋・七五四）

「世の中は何が夢でないなどということがあろうか。いやいや、全ては夢のようなものだ。だから、恋しい人に逢えぬことも現実とは思うまい（夢なのだと思って自分を慰めているよ）」というものだが、この歌の初二句から想起されるのは、

B　よの中をいでやなにかはと思へどもしなへうらぶれなづみてぞふる
（散木奇歌集・恨躬恥運雑歌百首・一四八八）

である。(6)「いでやなにかは」は、俊頼詠・俊恵詠以外では六条院宣旨の「たのめおきし人の心もあさぢふにいでやなにかはまつむしのこゑ」（六条院宣旨集・五一）が見いだせるのみという、非常に特殊な語である。俊恵の歌は、初句に「よの中」の語を置くところから見ても、俊頼詠を摂取したと思しい。

同じく『林葉集』から、以下の二首を見てみる。

j　　　歳暮述懐　範兼卿会

なにしかは送りむかふと急ぐらん又こん年も同じうきよを　（林葉集・六二九）

前大僧正御許にて、おなじ心（「歳暮述懐」）

k　今年にて又こん年も見えぬれど猶こりずまに春ぞまたるる　（林葉集・六三一）

この二首は、年の暮れに今年一年を振り返り、その「うき」様から来年（又こん年）の有様を悲観的に予測するものである。現状の負の状態が、そのまま将来に敷衍されてしまうという発想に注目すると、俊頼が百首中で詠んだ、

C　さきのよも又もこんよの身のほどもけふのさまにて思ひしるかな　（散木奇歌集・恨躬恥運雑歌百首・一四九二）

との重なりが指摘できる。こちらも、現世の不幸な境遇を起点に前世・来世へと不遇の輪が廻っていくと詠むものである。語句の上では「又（も）こん」のみの一致にとどまるが、このような場合、一首を織りなす発想の枠組みを摂取したということになるだろうか。また、百首中にはCと同様、現世から来世へと不遇を敷衍していくものに、

D　やみのよにまたまどへとやかなしさをこれをこのよの思ひ出にして

（散木奇歌集・恨躬恥運雑歌百首・一五〇八）

がある。このような、負の要素をもって未来まで続く宿縁とする発想は、まさに「恨躬恥運雑歌」と名付けられた百首の面目を躍如せしむるものと言っていいかもしれない。俊恵は、そのような発想を自らの和歌に取り入れたのである。(7)

ところで、先のCにおいて、俊頼は「さきのよ」「又もこんよ」「けふのさま」と、前世・現世・来世の三世全てを一首に詠み込んでいるが、このような歌は、他に「此世より後の世までと契りつる契りはさきの世にもしてけり」（赤染衛門集・一三）が見いだせるだけである。そのような意味においては、このCはBの「よの中をいでやなにかは」と同様、俊頼独自とでも言うべき性質を持ったものであろう。ここで、一つの仮説が立てられるのではないだろうか。即ち、俊恵は、俊頼の独自性や新奇さといったものを十分に理解して自らの和歌に摂取していたのではないか、ということである。

例えば、次の歌を見てみよう。

E　はたけふにきびはむしゞめしゞめきてかしましきまでよをぞうらむる

（散木奇歌集・恨躬恥運雑歌百首・一五一四）

畑で黍をついばんでいる雀がやかましく声を立てているのだが、その雀に、世を恨む自らの姿を重ねたものである。初句に見える「はたけふ（畑生）」は、いわゆる畑であるが、この語は当該歌以外には次の俊恵詠にしか見いだすことができない。

l　畑生に麦の秋風吹きたちぬはや打ちとけね山時鳥　（林葉集・二三三）

後世にも享受の跡を見つけることができない、かなり特殊な語である。また、百首外であるが、

F　したひくる恋の奴の旅にても身のくせなれやゆふとどろきは　（堀河百首・一二二四／散木奇歌集・九九九）

に詠まれた「恋の奴（こひのやっこ）」という語は、『万葉集』に多く見られ、『古今六帖』にも「我が宿のひつにじやうさしをさめたる恋の奴のつかみかかりて」[8]（二一五八）とあるものだが、それ以降、俊頼まで詠まれた形跡がない。この語についても、俊恵は、

m　とりすがる恋の奴にしたはれて立ちとまりぬる旅衣かな　（林葉集・七九六）

と詠んでいる。「したふ」「恋の奴」「旅」という語の重なりから見ても、俊恵が俊頼詠を念頭に置いていたことは明らかであろう[9]。

つまり、俊恵における俊頼詠の摂取には、言葉のレベルにおいても発想のレベルにおいても、俊頼に独自なものに注目するという性格がうかがわれるように思う。俊頼が先例を作った語、再発見した語は、俊頼という

個人と強く結びついて、受けとめられるものであろう。発想にしても、個人に独自のものである場合、その存在と簡単に切り離すことはできないのではなかろうか。特に、その個人の痕跡が残り、強く意識されている時代においては。俊頼の系譜を最も強く意識していたのは、息子であり歌人であった俊恵であろう。即ち、俊恵は、「俊頼らしさ」を十分に理解して摂取していた可能性は高い。

さらに、ｃｉの歌は、詞書に[10]「歌林苑」（二重傍線部）と記されている。ここからは、俊恵の摂取が、歌林苑という場を共有する歌人たちの俊頼に対する共通理解を前提として行われたことが予想できるのではなかろうか。和歌における俊頼と俊恵の関係は、血縁という余りに当然の縁が前提となるためか、今までさほど指摘されてこなかったが、摂取というものを媒介とした親子関係、及び、俊恵と交流を持ち歌林苑に出入りしていた歌人たちが、場の共有を通してどのような連帯意識を持ちえていたのかなど、まだまだ考察の余地を残していると思う。そして、俊頼詠の摂取の場として注目すべき歌林苑には、俊恵の弟子である長明もまた、深い関わりを持っていた。その体験と記憶は、後に『無名抄』に叙述されることになるのである。

二　歌林苑歌人と俊頼

俊頼詠を摂取するという場において、俊頼詠の新しさ、摂取の眼目はどのようなものであったのか。そして、摂取を通して俊恵ら歌林苑の歌人たちは何を生み出していったのか。「秋沙」を素材とした俊頼の次の歌をもとに考えてみたい。

G　菅島をわたる秋沙の音なれやさゝめかれてもよをすぐすかな　（散木奇歌集・恨躬恥運雑歌百首・一四六七）

菅島を渡っていく秋沙（あきさ）の羽音を、世を過ごす自らがひそひそと噂されている状況に喩えたものである。秋沙はガンカモ科の水鳥、十一月頃に日本に渡来する冬鳥である。古くは『万葉集』に、「山のまに渡るあきさの行きてゐむその川の瀬に波立つなゆめ」（巻七・一一二二）と詠まれたが、それから院政期初頭まで和歌に詠まれることはなく、俊頼ら一二世紀初頭の歌人たちによって再発見されたとも言える歌材であった。俊頼から一〇歳ほど年下に当たる源仲正も、『夫木抄』に見出されるものではあるが、次のように詠んでいる。

n　山里百首　水鳥来寒　源仲正
鳴海がた秋沙渡ると見し程に磯の玉もはつららゐにけり　（夫木抄・七〇四二）

Gにおいて俊頼は、「わたる秋沙」という表現を用いている。これは、万葉歌の「山のまに渡る秋沙」に拠ったものだろう。nの「秋沙渡る」も同様だと思われる。ただし、万葉歌が山間の秋沙を詠むのに対し、Gとnは海辺の秋沙を詠む。この点は、俊頼・仲正の新味であろう。さらに着目したいのは、Gの俊頼詠が「わたる秋沙の音」という聴覚に拠った表現となっている点である。nの仲正詠は「秋沙渡ると見し程に」と視覚によって捉えられた秋沙の景であるから、聴覚による秋沙の表現は、まさに俊頼独自の新味ということになろう。

この「秋沙の音」であるが、鳥が立てる音には鳴き声と羽音がある。日本で見られる秋沙属の鳥にはミコアイサ、カワアイサ、オオカワアイサ、ウミアイサがおり、ミコアイサは海岸や河川、カワアイサ・オオカワアイサは湖沼や河川、ウミアイサは海岸、特に岩礁の多い荒海に多く生息するという。この中でミコアイサ以外の三種は、飛翔時に口笛のような羽音を立てることで知られている。[11] 少し時代が下るが、正治二年（一二〇〇）の『正治初度百首』中の一首、「早き瀬を渡る秋沙の羽風にも波をぞ立てぬ君が御代には」（九〇二・隆房）も、傍線部のように飛翔時の羽風に注目している。俊頼が着目した「音」とは、秋沙が飛翔する際に立てる羽音ではないかと考えておきたい。

また、歌中に詠まれた地名「菅島」については、後に西行が次のように詠んでいる。

伊勢のたうしと申す島には、小石の白の限り侍る浜にて、黒は一つもまじらず、向かひてすがしまと申すは、黒の限り侍るなり

・すがしまやたうしの小石わけかへて黒白まぜよ浦の浜風　（山家集・一三八二）

詞書を見る限り、「すがしま」の所在地は伊勢、紀伊のあたりであったと思しい。[12] 俊頼は、その生涯において、二度伊勢に下向している。想像をたくましくすれば、俊頼は伊勢下向の折に「すがしま」の辺りの海岸でウミアイサを見、その羽音を耳にしたのではなかろうか。Ｇの歌は、そのような実体験と万葉の知識をもとに詠み上げたものとも考えられるのである。

以後、秋沙は歌材として院政期の歌人たちに浸透していったようで、以下のような歌が詠まれている。

o　原の池につららゐにけり打ちむれて渡るあきさの今朝はおりゐる　（殷富門院大輔集・四八）

同じ心（「海辺霞」）を

p　秋沙ゐるうなかみがたを見渡せば霞にまがふしたのうき島　（頼政集・九）

q　すみのぼる月の光によこぎれて渡る秋沙の音の寒けさ　（頼政集・月前水鳥・二六三）

家集　歌林　俊恵

r　あはぢ島まつふく風のおろすかときけばいそべにあきさたつなり　（夫木抄・七〇三九）

同　長明

s　むれわたるいそべのあきさ音さむしのだの入江の霜のあけぼの　（夫木抄・七〇四〇）

俊頼のG及び仲正のnが海辺の秋沙を詠むという点で新味を有していることは先述した。oの殷富門院大輔詠は「原の池」とあって海辺の秋沙ではないが、水辺という点では同様である。「つららゐにけり」という語の重なりを見ると、nの仲正詠の影響下にあると思しい。また、俊頼が着目した「秋沙の音」については、qの頼政、sの長明の歌がいずれも秋沙の音を詠んでおり、俊頼詠の影響下にあると考えられる[13]。また、rの俊恵詠には「音」という語はないが、「松を吹く風の音かと聞いていたら、それは磯辺に秋沙が飛び立っているのだった」と詠むこの歌は、秋沙の飛び立つ音が松を吹く風の音になぞらえられていると解すべきである。つまり、俊恵・頼政・長明は、秋沙という歌材における俊頼独自の新しさを摂取したということになる。ただし、俊頼詠では、秋沙の羽音は噂話をする意の「ささめく」の見立てになっているが、これに対してqrsは秋沙の音を一首の眼目として捉え直しており、秋沙を景の要とする叙景歌となっている。ここに彼らの独自性が見出せるのではないだろうか。さらに、「家集　歌林」（二重傍線部）という『夫木抄』の詞書にも注目したい。連続して置かれているsの長明詠でも「同」となっており、この和歌が歌林苑で編まれた歌集（散逸した『歌苑抄』などか）に収められた詠であることがわかるが、頼政や長明が歌林苑に出入りする歌人であったということを踏まえると、俊頼の和歌が積極的に摂取された場として歌林苑を考えることは、あながち無理な想定でもないだろう。

もう一首見てみよう。

H　われといへばあたごの山にしをりするもぎきのえだのなさけなのよや

（散木奇歌集・恨躬恥運雑歌百首・一四二四）

第二句の「あたごの山」は「愛宕山」と「役に立たない」意の「徒（あだ）」の掛詞であり、一首の大意は、自らを愛宕山で道しるべとするためにもぎとられた木の枝のように役に立たないものとし、そのような自分に対する世の中のすげなさを嘆くものである。それにしても、何故、「あたごの山にしをりするもぎきのえだ」が「徒（あだ）」、つまり役立たずのものになるのだろう。俊頼には他にも、

I　枯れ果ててもぎ木になりし昔より焚き捨てられむ日をぞ数ふる

（散木奇歌集・一二七六）

という歌があり、「枯れ果て」た木が結局は「焚き捨てられ」てしまうという「もぎ木」のイメージは、Hが言うところの「徒（あだ）」に通うものがある。「もぎ木」が役立たずだというこれらの歌から連想されるの

は、彼が自らの家集に『散木奇歌集』と命名したことであろうか。この「散木」は『荘子』人間世第四の「散木也、以為レ舟則沈、以為二棺槨一則速腐」（散木とは、舟にすれば沈み、棺にすればすぐに腐るという役に立たぬ木である）からきたもので、そこには自らの詠作を「散木」（無用のもの）とする謙遜の意がこもると考えられている。[14]また、俊頼が没年までの二〇年近くを散位・前木工頭で過ごしたことを掛けるとも言われるが、[15]そこには不遇な沈淪の我が身を自嘲する眼差しを見出せよう。俊頼が、「もぎ木」を「徒（あだ）」なものとし、そこに自分自身を象徴させようとする背景には、このあたりの事情が反映しているのではなかろうか。

　加えて、場所として設定された「愛宕山」は、先行歌に、「愛宕山しきみの原に雪つもり花つむ人の跡だにぞなき」（好忠集・三三八）とあり、春になってもなかなか雪が消えず、訪れる人もない寂しい場所だったと考えられる。このようなイメージから、人跡もないような山中での「しをり（枝折）」など、道しるべの意味もなく、役に立たぬ「徒（あだ）」のものだという詠みぶりが導き出されたのだろう。

　さて、一首中に詠み込まれた「しをり（枝折）」であるが、この語は、古くは、「しをりしてゆかましものをあひづ山いるよりまどふ道としりせば」（古今六帖・八七四）、「しをりせむさして尋ねよ足引きの山のをちにて跡はとどめつ」（人丸集・二五一）など、傍線部のような道しるべが必要な状況において詠まれたものであった。「下紐は解けてや告げぬたまぼこのしをりも知らぬ空にわぶれば」（古今六帖・三三四五）も、「しをりも知らぬ」からこそ「空にわぶ」という状態が切実さをもったものとして導き出されるのであり、「しをり」は切望されるものとして詠まれている。必要な状況下で望まれるものという詠み方は、「しをり」を正の方向から捉えるものだが、この傾向は、和泉守の妻となって下向する女性と赤染衛門との贈答である「都路の心もしるくしをりして君だにあると思ふ道かな（左京命婦）」「しをるともたれかおもひし山みちに君しも跡をたづねけるかな

（赤染衛門）」（赤染衛門集・一八七、一八八）や、「死出の山しをりだにして見えよかし子におくれたる人のためにと」（定頼集・一〇〇）でも同様である。

しかし、Hにおいては事情が少々異なっている。ここでの「しをり」には、Iにも詠まれた焚き捨てられるのを待つだけの「もぎ木」、さらに人跡のない「愛宕山」といった語によって、「役立たずのしをり」という今までとは反転した負の方向からの意味付けがなされている。(16) 実用性を存在意義とするものが無用のものとなるのは、単なる否定にとどまらず、その存在意義を根幹から剥奪されるに等しい。つまり、役立たずの「しをり」とは、その存在意義すらも失ったものと言えようか。だからこそ、「しをり」たる「われ」に対して「なさけなのよ」というすげない世の中が待ちかまえているというつながりになるのであろう。そこには、役に立つべく生み出されたものが役立たずになるというアイロニーや哀愁を感じざるを得ない。Hは、今までとは異なる「しをり」の景を生み出した歌として考えることができよう。

ところで、後の和歌を見ると、Hのように、必要だったはずの「しをり」を役に立たないものとして詠む歌が多いのに気付く。しかも、その詠み手は、俊恵・頼政・教長・西行といった歌林苑歌人、及び彼らと交渉のあった人物である。

雪同（歌林苑）

t　ふる雪に嶺の立つ木も知られねばしをりし枝もかひなかりけり　（林葉集・六〇二）

u　しをりせし柴のさ枝もうづもれて帰る山路の雪にまよひぬ　（頼政集・二九二）

v　とふさきもしをりも雪にうづもれていづれわがこし山ぢなるらん　（教長集・五五三）

w　山深みしをりも雪にうづもれてもとのこしぢはいづくなるらん　（教長集・五六〇）
x　ふる雪にしをりし柴もうづもれておもはぬ山に冬ごもりぬる　（山家集・五三〇）
y　あともたえしをりも雪にうづもれてかへる山路にまどひぬるかな　（千載集・冬・四五八・実房）

これらの歌では、「雪に埋もれたしをり」という景が詠まれている。雪に埋もれた結果として「かひなかりけり」（t）、「まよひぬ」（u）などという状況が導き出されるわけだから、「しをり」の意味付けを反転させて詠むものとなっていよう。これらの歌がそのままHの俊頼詠を摂取したというのではかなり強引であろうが、「しをり」の意味を反転させるという発想には多少のつながりを認めてよいだろうし、先に見た俊頼詠の享受の状況を鑑みれば、牽強付会の難は免れようか。なお、Hの俊頼詠には雪との取り合わせは存在しなかった。一首の中で「雪に埋もれたしをり」の景を確立したのはこれらの歌であり、そこには単に享受にとどまらない、彼ら独自の和歌世界の構築がうかがわれるのである。

後に新古今時代に詠まれる「しをり」には、「雪に埋もれたしをり」という景は見受けられない。道しるべとなって人と人とを結ぶ「しをり」をせずに、積極的に憂き人の世との接触を断とうとする西行詠「しをりせでなほ山ふかくわけいらんうき事きかぬ所ありやと」（西行法師家集・五四〇／新古今集・雑中・一六四三）の影響下[17]になると思しき「しをりせで一人わけこし奥山に誰まつ風の庭に吹くらむ」（秋篠月清集・七八六）[18]や、「心をしをりにする」と詠む「かへりこばかさなる山の峰ごとにとまる心をしをりにはせむ」（拾玉集・一八四三）などと、院政期とは異なる面がうかがわれるものとなっている。また、「音しるき柴の小枝にしをりしてのきばの岡を人かよふなり」（隆信集・八八八）と、俊頼詠以前のように「しをり」を正の方向から捉えた歌も多く詠まれている。

つまり、俊恵・頼政・教長ら歌林苑を共有する歌人たちが生み出した「しをり」の景は、後世には享受されなかったわけである。しかし、それをもって彼らの営みを過小に評価するのは、少々短絡的であろう。先に挙げた歌群からは、俊頼詠によって「しをり」の新たな一面が拓かれ、それが「しをり」の詠み方の分岐点となったこと、歌林苑の歌人たちが「雪に埋もれるしをり」という新しい景を生み出したことが明らかである。彼らの営みは単なる享受にとどまらず、新たな景を生み出すという生産的なものとして捉えることができよう。さらに、それを可能にしたのは俊頼の息である俊恵を中心とする歌林苑という場であり、摂取という行為を通して、俊頼が歌作の場の精神的な紐帯、場を共有する者たちの連帯の証ともなっていたとも考えられるのではないだろうか。歌林苑歌人たちの俊頼詠の享受からは、そのような興味深い問題も垣間見えるのである。

注

（1）　西行との関係は、様々な注釈書や論文で指摘されているが、西行と俊頼を正面から取り上げたものとしては、西村真一「西行における源俊頼の影響」（『日本文芸論稿』第一号、昭和四二年七月）、稲田利徳「西行と俊頼」（『中世文学研究』一四号、昭和六三年八月）がある。

（2）　『俊頼髄脳』の一名であるが、院政期の歌学書等に引用される場合、『(俊頼) 無名抄』の名をもって呼ばれることが多い。

（3）　以下、「恨躬恥運雑歌百首」中の和歌の本文・解釈については、全て、木下華子・君嶋亜紀・五月女肇志・平野多恵・吉野朋美共著『俊頼述懐百首全釈』（風間書房、平成一五年）に拠るものである。

（4）　『俊頼述懐百首全釈』（注3）「解説」中の「総説」に拠る。

（5）　この和歌が詠まれた『最勝四天王院和歌』及び『家隆卿自歌合』では第四句が「ふりしけみゆき」となっている。

（6）この二首の関わりについては、柏木由夫「俊恵による俊頼の和歌摂取」（『平安朝文学表現の位相』、新典社、平成一四年）に指摘がある。
（7）西行も「あはれあはれこの世はよしやさもあらばあれこん世もかくや苦しかるべき」（山家集・七一〇）と、一四九二番歌と発想が共通する歌を詠んでいる。
（8）「家にある櫃に鎖さしをさめてし恋の奴がつかみかかりて」（万葉集・三八三八）の異伝歌か。
（9）「はたけふ」と「恋の奴」の語については、前掲の柏木論文（注6参照）に指摘がある。
（10）ここでは、俊恵を中心とした結社としての歌林苑ではなく、中村文「歌が詠み出される場所——歌林苑序説——」（和歌文学論集『平安後期の和歌』、風間書房、平成六年）で定義されたような歌作の場として捉え、そこに集う歌人たちを指す。
（11）清棲幸保『日本鳥類大図鑑』（講談社、増補改訂版は昭和五三年）による。
（12）『八雲御抄』では紀伊国の歌枕、『夫木和歌抄』では「すがしま、酢蛾、越後又紀伊」とする。
（13）なお、秋沙の音を詠む歌としては、他にも「たきつせにおつる秋沙の音なれや枝もならさぬみねの松風」（楢葉集・三二八・公覚法師）がある。
（14）富士谷御杖『北辺随筆』（日本随筆大成第一期十五所収、吉川弘文館、昭和五一年）、村上忠順『散木奇歌集標注』、関根慶子『中古私家集の研究』所収「散木集編撰の特質とその意義」（風間書房、昭和四二年）。
（15）竹下豊「晴の家集——堀河百首歌人の家集を中心に——」（『和歌文学論集　王朝私家集の成立と展開』、風間書房、平成四年）。なお、『散木奇歌集』伝本において、冷泉家時雨亭文庫蔵本の内題の大部分は「散木強哥（詞）什」であるが、今回の考察は「散木」部分のみのことであるため、ここでは取り上げない。
（16）本百首との相関関係が指摘される『堀河百首』の「暮れぬさき山をいでんといそぐまにしをりをせでも越えにけるかな」（旅・一四六九・隆源）も、山を越えるために必要な「しをりをせで」と「しをり」がない状況を詠んでいる。
（17）『山家集』一一二二番歌では、初句が「しをりせじ」となっている。
（18）良経には「しをりせで吉野の花やたづねましやがてと思ふ心ありせば」（秋篠月清集・三〇）や「しをりせでいりにしやまのかひぞなきたえずみやこにかよふ心は」（同・一五〇九）の歌もある。

第二章　『正治後度百首』の構想

はじめに

正治二年（一二〇〇）。萌芽しつつあった後鳥羽院の仙洞歌壇が、幾多の歌人たちを巻き込んで、急速に走り始めたその年。鴨長明もまた、一人の歌人として、仙洞での歌合に出詠する機会を得た。

時に長明は、散位従五位下、年齢は四六歳前後であろうか。同年九月三〇日に行われた「院当座二十四番歌合」が、現在確認しうる長明の院歌壇での最初の事跡である。この歌合において、長明は、「月契多友」「暮見紅葉」「暁更聞鹿」の三題ともに出詠、二勝一持の成績を残した。『無名抄』は、三首のうち「暁更聞鹿」題の一首、「今来むと妻や契りし長月の有明の月にを鹿なくなり」について、「事柄やさしとて勝ち」ながらも、当座で定家に難じられた話を載せる。とはいえ、この日、長明の歌は院の御感に叶ったのであろう。長明は、翌日一〇月一日に行われた当座歌合にも出詠、また、その年の冬に詠進される『正治後度百首』の歌人として選ばれたのであった。そして、翌建仁元年（一二〇一）には、仙洞御所に再興された和歌所の寄人となり、長明の生涯の中で、活躍期と言われる時期が到来するのである。

和歌所が設置される数ヶ月前、この年の二月八日に、後鳥羽院は近習の歌人達の力量を見極めようと和歌試を行っている。(1)このことからは、後鳥羽院が人間関係だけでなく、和歌の力量を重視していたことがうかがわれるが、『千載集』に一首の入集を果たしているとはいえ、(2)それ以降、さしたる実績を持たぬ長明が、寄人の一員となる幸運を得たのは、やはり、後鳥羽院に和歌の腕前を認められたからであろう。建仁元年中にも、長明はいくつかの歌合に参加しているが、百首というまとまった単位で自らの詠草を提出し、院の叡覧を仰いだ『正治後度百首』こそが、長明が和歌所寄人に登用され、新古今歌壇の構成員となるに至った最大の階梯だったのではないか。確たる後ろ盾も実績も持たず、召し出されてからの日も浅い。そのような不安定な境遇にある長明自身、この応製百首が院歌壇における自らの立場を大きく左右することを十分に承知していたに違いない。このような状況下で詠み出された百首は、どのような構想を有し、いかなる表現世界を作り出しているのだろう。このような問題意識の下に長明の『正治後度百首』を読み解いてみたい。それが本章の目的である。

一　本百首の特徴

本百首の二首目に、次の歌がある。

・晴れやらぬ心の空の朝霞雪気をこめて春めきにけり　（霞・二）

上句で、自らの「晴れやらぬ心」を朝霞の立ちこめる空に喩え、下句では、その朝霞が雪の降りそうな気配を包み込み、春めいてきたと詠むものである。この一首は、建久元年（一一九〇）一二月に詠まれた慈円の「晴れやらぬ心の末も哀れなりながむる宿の朝霧の空」（拾玉集・三七九二）を参考にしたと思しいが、気になるのは、「晴れやらぬ心」である。この語は、

（沈み侍りし頃、月を見て）
・今はただ月も眺めじ晴れやらぬ心たぐはば曇りもぞする　（林下集・二九六）
・夜もすがら苦しき恋は晴れやらぬ心まどひや明け暮れの空　（六百番歌合・七九二・経家）

のように、鬱屈した自身の心を空模様に比する表現だが、一体、当該歌が抱え込む鬱屈とは何なのだろう。ここで、『林下集』の詞書が参考になる。「沈み侍りし頃」とあることから、この歌は、永万元年（一一六五）から治承元年（一一七七）の実定の沈淪時代の詠と考えられよう。ならば、「晴れやらぬ心」とは官途の不遇に対する鬱屈と考えられる。

長明もまた、正治二年以前は活躍の場もないまま不遇を託っていたと思しい。『千載集』への入集は文治四年（一一八八）の三十代半ば頃だが、その後は、建久二年（一一九一）三月に石清水八幡宮の六条若宮で行われた「石清水若宮社歌合」に出詠したことが確認されるのみで、現存資料においては、三十代後半から四十代前半にかけての事跡がほとんど辿れないのである。「縁カケテ身ヲトロへ、……ミソヂアマリニシテ、更ニワガ心ト一ノ庵ヲムスブ」（方丈記）、「身をこう《（やカ）》なき者に思へる故にや、社の奉公日浅し」（源家長日記）などとあるように、無用者としての沈淪の日々を送っていたのだろう。このような状況を鑑みると、当該歌の「晴れやらぬ心」とは長明自身の不遇の記憶なのではないか。当該歌の四句目は「雪気をこめて」であるが、「雪気」と

は春まだ浅い中に残る旧年の冬の気配である。春のものである霞が「雪気をこめ」て「春め」くとは、院歌壇に召し出され本百首の詠進に預かるという幸運が今までの不遇を包みこみ、自らに「春」をもたらしたと解釈できよう。しかし、作中主体は今現在も「晴れやらぬ心」を抱えており、「雪気」は「朝霞」の中に「こめ」られながらも、確実に存在する。長明にとって今回の幸運は永続的なものではなく、将来の不安──それは過去の不遇に限取られたものであるが──を内包するものだったのではないだろうか。それが「晴れやらぬ心」であり、「雪気」であったと考えたい。

本百首にはこのような述懐性を帯びた歌、作中主体や一首の景が長明の境遇を反映していると思われる歌が多く収められており、二番歌も含めて今ここに掲げてみると、以下の一九首になる(3)。

A　春風の払ひもあへぬ嶺の雪をまづ消つものは霞なりけり　（霞・一）

B　晴れやらぬ心の空の朝霞雪気をこめて春めきにけり　（霞・二）

C　古里にかよふながめの道とぢて心もかすむ春の山住み　（霞・三）

D　鶯の谷の巣守やこれならん残れる雪にたぐふ一声　（鶯・八）

E　たちこむる霞をもりて谷川のひびきに消ゆる鶯の声　（鶯・九）

F　谷陰の老木の桜枝を無みともしく咲ける花をしぞ思ふ　（花・一二）

G　嶺わたる花の吹雪に埋もれてまた冬ごもる谷の陰草　（花・一三）

H　夏深き垣根に残る鶯もこの初声は哀れとや思ふ　（時鳥・一九）

I　宵〳〵にすむらんものを空の月雲より下は五月雨の比　（五月雨・二三）

J　五月雨は海人の小船の苫もりてうきねのうちにうきねをぞする　（五月雨・二四）

K　とにかくに月に心ぞなぐさまぬ姨捨山の五月雨の比　（五月雨・二五）

L　思ひ出でむ尾上の松の枝わけて月にとはるる苔の上臥　（月・三二）

M　たたきこし真木の板戸の音たえて風だにとはぬ雪の夕暮　（雪・四五）

N　露置きしすだの細江の小菅原冬は氷にむすぼほれつつ　（氷・四八）

O　ねぬる夜はむべさえけらし杉の庵の軒の垂氷の土につくまで　（氷・四九）

P　露深き刈田の庵の稲枕夢路の果ては鴫の羽がき　（暁・六二）

Q　山賤の野飼ひの道になれにけりおのが心と帰る春駒　（暮・六六）

R　今日もまた誰かはとふとながめやる岡辺の松にひぐらしの声　（暮・六八）

S　さびしさよ雲ともわかで暮れにけり小雨そほふる山陰の庵　（暮・七〇）

『正治初度百首』の折、『俊成・定家一紙両筆懐紙』において、俊成が「内府哥述懐多カリキ」[4]と指摘した源通親の百首中の述懐歌が一七首程度[5]であることを考えると、長明の本百首も、まさに「述懐多カリキ」ということになる。もちろん、「白雪をながめて年のつもりつついただける身の果てぞ哀しき」（一四五・範光）、「今よりやとだえはてなん古へは再び渡る雲のかけ橋」（五八五・家長）のように、本百首で述懐歌を詠む歌人は他にもいる。しかし、このように一九首にも渡るものは類を見ず、晴の応製百首という場においては、特異なものと言わざるを得ない。

ただし、百首、特に奉納百首という形態の詠草が、何らかの主張や訴嘆をその成立の動機とすることを考えれば、長明が本百首に訴嘆を込め、その奏上先である後鳥羽院の恩寵を願うことは、それほど不自然なことではない。問題は、それがどのような方法でなされたのか、その方法が後鳥羽院の享受にどのような影響を及ぼしたのか、ということである。

二　立ち上がる姿

ここで改めて、冒頭の三首（前出のA・B・C歌）を見てみよう。

A「春風の払ひもあへぬ嶺の雪をまづ消つものは霞なりけり」は、春風が払いきれぬ程に嶺に積もった雪、即ち旧年来の積雪を霞が消すと詠む。これは、霞が山の嶺をおおうことによって積雪が視界から消える「霞隔山雪」といった体のものであろう。このような景は、同時代に、「春風に谷の氷もとくればや霞に消ゆる嶺の雪かは」（御室五十首・五二・静空）、「春来ぬと今朝み吉野の朝ぼらけ昨日はかすむ嶺の雪かは」（正治初度百首・一三〇四・定家）などと詠まれており、早春の景として珍しいものではない。しかし、ここで気になるのは、二句めの「払ひもあへぬ」である。この「払ひ（も）あへず」という表現は、『永久百首』の顕仲の長歌、「…頭の霜も　払ひあへず　いかに年月　つもるらん…」（四一五）に始まり、俊成の「払ひあへぬ上毛の霜にいかにしてをしの青羽のかはらざるらん」（五社百首〈日吉〉・四六四）や、定家の「君にのみ思ひはかこつ袖なれど払ひもあへぬ山の露かな」（拾遺愚草員外・一字百首・八九）などを経て、正治年間には、

・蘆鴨の払ひもあへぬ霜の上にくだけてかかる薄氷かな　（正治初度百首・冬・二六四・式子内親王）

・上毛さへしらふの鷹に見ゆるかな払ひもあへぬみかりのの雪　（正治初度百首・冬・一八六七・静空）
・霜さゆる玉藻の床に氷して払ひもあへぬをしの声かな　（正治後度百首・氷・四七・後鳥羽院）
・今もまた翁さびにや狩衣払ひもあへぬ雪を見るらん　（正治後度百首・宴遊・三九四・具親）

の四首を確認することができる。当該歌も、このような流行を取り入れたものと言えるが、この表現は、顕仲詠では「頭の霜」と老いの述懐、具親詠でも「翁さび」と老いと関連する文脈に載せて詠まれている。また、定家詠では「袖」と「露」の取り合わせで恋の涙を詠み、「思ひをかこつ」と憂愁を訴える。その他は俊成の影響下にあり、鳥の羽におりた霜や雪、氷に閉ざされた鴛の寝床と、いずれも冴えわたるような冬の寒景を詠む。このような文脈の中に用いられる表現が当該歌にもたらす効果は、決して明るいものではない。上句に現れる「春風に払ひもあへぬ雪」とは、先述の二番歌・Bの「雪気」と同じく、春の到来すなわち後鳥羽院歌壇への出詠によっても、どうしても払拭しきれない自身の不遇感なのではないか。なお、A・Bの二首は、雪を霞が包み隠すという同じ構図を取っているが、Aの遠景は、Bの「晴れやらぬ心」の内景へ引き継がれていると読むことができよう。

C「古里にかよふながめの道とぢて心もかすむ春の山住み」では、春霞によって古里へと続く景色が閉ざされ、その霞の中に「山住み」の暮らしを送る作中主体の姿が浮かび上がる。三句目の「道とぢて」は、「道とぢて人とはずなる山郷のあはれは雪にうづもれにけり」（西行法師家集・二九八）と詠まれており、山里の閑居、いわゆる「山住み」に深く結びつく表現と考えられよう。また、この西行詠に見えるように、「道とぢて」とは、作中主体が身を置く空間と外界の遮断を意味する。当該歌の場合、「古里へかよふながめの道」が「とぢ」

るため、主体にとっての古里へ続く道、古里への想いが、春霞によって遮られるわけである。それは、今までの生活や人間関係を捨てた隠遁者の姿であり、A・Bに現れる不遇感を下敷きにすれば、この作中主体は、何らかの不遇によって今までの世界とは隔たった「山住み」に我が身を置いていると考えられよう。なお、「山里」等の語で「山住み」を表現することは珍しくないが、「山住み」そのものの語を用いるのは、当該歌以前に例を見ない。長明が、いかに「山住み」を強調したかったかがうかがわれる措辞である。

ところで、長明にとっての「古里」とは、他ならぬ賀茂御祖社（下鴨社）であるが、この頃、下鴨社正禰宜の地位にあったのは鴨祐兼である。本百首の直前、建久九年（一一九八）には、祐兼の長子祐頼が正五位下に叙され、長明の位階を超越していた。少し先になるが、『明月記』建仁二年（一二〇二）七月六日条には「今日御二幸鴨禰宜家一女房被二参加一例、事已尽二海内財力一耳」と、後鳥羽院の御幸に際して、祐兼が贅を尽くして院を歓待したことが記されており、その背後には祐兼による祐頼の猟官運動があったようだ。(6) このような状況下では、長明と「古里」下鴨社は、すでに隔てられたものであったと思しい。また、A・Bにおいては、「春風」「春めき」の語が、院歌壇への出詠や本百首の詠進という和歌における幸運を象徴していた。ならば、当該歌において「古里」と「山住み」の空間とを遮断する春霞もまた、同様の意味を持つと考えてよいのではないだろうか。しかし、長明が和歌によって身を立てようと励むことは、下鴨社との関係から見れば、後の河合社禰宜事件における祐兼の非難ではないが、「社の奉公日浅し」（源家長日記）という事態そのものである。和歌での自らの営為が下鴨社への道を閉ざす。それは、まさに今現在の長明と下鴨社の関係であったのではないか。これが、「古里にかよふながめの道」が「とぢ」ることであり、それでも和歌とは自らの心が庶幾するものに他ならないのだから、この「山住み」の作中主体は、道を閉ざす春霞によって「心もかすむ」ことになるのだと思われる。

　ここに、冒頭三首において「不遇なる山住み」の作中主体の姿が立ち上がったことが理解されよう。そして、このような主体の姿は、百首中で何度も繰り返される。山中で鶯の声を聞くD・Eで用いられた表現は、寂しい境遇に残された者を象徴する「鶯の谷の巣守」(D)であり、立ち込める霞の中からようやく聞こえてきた鶯の声は「谷川のひびきに消」えてしまう(E)。Fでは日の光の当たらぬ「谷陰」に生える、満足な枝もなくまばらにしか花が咲かない「老木の桜」を「思ふ」作中主体がいるが、この時、作中主体は老いさらばえた桜に自身の姿を見ていると考えられる。(7) 続くGでは、花吹雪に「埋もれてまた冬ごもる谷の蔭草」に作中主体の姿が投影されていよう。Jでは、「海人の小船」というよるべなさや心細さの象徴となる素材を用い、「浮き」と「憂き」を掛けて、小舟の「浮き寝」の中でさらに苫を漏る五月雨によって「憂き寝」を余儀なくされる状況を詠む。Kは月によっても心が慰められることのない「姨捨山」の山住み、Lは月より他に訪れる者もない山中の侘び寝、Mは「真木の板戸」と「風だにとはぬ」によって人跡の絶えた山里の閑居を象徴する。Nの「氷にむすぼほれ」た小菅原は、鬱屈を抱えた主体の象徴であろう。Oの「むべさえけらし」「杉の庵」、Pの「露深き刈田の庵」、Sの「小雨そほふる山陰の庵」の「さびしさ」は、いずれも侘びしき山住みを表す。Rの「ひぐらし」以外に誰も訪れぬ「岡辺の松」とは、訪う人もない侘び住まいを送る作中主体の姿である。また、歌順が前後したが、Qの「春駒」は、寺島恒世の指摘によると、「厭はるる我が身は春の駒なれや野飼ひがてらに放ち捨てつる」(古今集・雑体・一〇四五・読人不知)を典拠とする。(8) そうすると、「山賤との一日の労働が終わり、放牧にすっかり馴染んだ春駒が、自ら帰路に付く」という一首中の春駒は、かつて「厭は」れて「放ち捨て」られた「我が身」の現在の姿をあらわすということになろうか。(9) あたかも、「不遇なる山住み」の過去と現在を見るかのようである。

すでに院歌壇に召されていた長明が、実際に「山住み」であったとは考えにくい。従って、長明はこのような「不遇なる山住み」の作中主体を作り出し、その姿やふるまいを通して訴嘆するという方法を取ったことになる。ところで、述懐歌とは、作中主体の姿に詠作者の現実を反映させるものであろう。そのように享受されなければ、述懐歌による訴嘆は意味をなさない。本百首においても、享受者である後鳥羽院が、「不遇なる山住み」の主体と詠作者長明とを重ねて百首を読み進めることが期待されたはずである。そして、そのような方向へと享受者の読みを規定する歌は、冒頭の三首のみならず、後続の歌の中にも見て取れる。例えば、次の歌は、作中主体と長明の現実を結びつける好例と言える。

– 宵〳〵にすむらんものを空の月雲より下は五月雨の比　（五月雨・二二）

五月雨の降りしきる頃、隙もない雨雲の下にいる主体が、雲の上の「空の月」を、「宵〳〵にすむらん」と推し量るものである。現在推量の「らむ」を用いたところに、雲の上を見ることの叶わない主体の現状が看取される。この、「宵〳〵に」「空の月」が「すむ」とは、

延喜御時、八月十五夜、蔵人所の男ども月の宴し侍りけるに
・ここにだに光さやけき秋の月雲の上こそ思ひやらるれ　（拾遺集・秋・一七五・藤原経臣）

のような、「雲の上」は永久に曇ることがないため月の光が冴えわたるという発想を踏まえたものである。こ

の時、「雲の上」には宮中・殿上の意が掛けられ、「月」が天皇の象徴となる。当該歌は、「雲の上」という語こそ用いていないが、「上」を「下」に逆転させて、「雲より下」で地下の身分を表し、地下人では見ることが叶わぬ天皇を「空の月」と表現したと考えられる。[10] また、五月雨の空模様は、「おぼつかないつか晴るべきわび人の思ふ心や五月雨の空」（堀河百首・四四〇・俊頼）のように、晴れぬ心の象徴であるから、当該歌の作中主体は、地下人であることを託って五月雨の空のような晴れやらぬ心を抱いていることになり、これまで見てきた「不遇なる山住み」の姿に通底する。

この一首を現実の場に引き戻した時、「空の月」は本百首の享受者である後鳥羽院を指す。ならば、「雲より下」で「空の月」を見ることが叶わず、地下人であることを嘆く作中主体とは、すなわち長明のことであろう。この時の長明は従五位下ではあるものの散位で、昇殿は許されていない。少し先の話になるが、建仁元年（一二〇一）三月十六日の通親家の影供歌合では、「鴨長明雖㆓五位㆒其身凡卑、仍准㆓六位㆒読㆑之」（明月記）という扱いであったし、和歌所の寄人としても、「地下に鴨長明、藤原秀能、召し具せらるる」（源家長日記）とされている。

さらに、

H　夏深き垣根に残る鶯もこの初声は哀れとや思ふ　（一九）

も参考になろう。この歌は、『万葉集』巻九に載る長歌、「鶯の生卵《かひご》の中に雷公鳥《ほととぎす》一人生まれて……」（一七五五）に見える、鶯と郭公の親子関係を踏まえ、「この」に「子の」を掛けて、親である鶯が、子の郭公の初声に「ああ、やっと鳴いた」というような感慨を催しているものである。初句の「夏深き」において、立夏からかなりの時が経っていることがわかるが、そのような時期の郭公を詠じた先例は、「夏深き山里なれど郭公声はしげくも聞こえざりけり」（在民部卿家歌合・一）しか見出せない。しかも、当該歌は「初声」であり、この郭公の初声は時期的にかなり遅いということになる。このような「夏深き」時期の郭公の「初声」というかなり特殊な取り合わせは、四十代半ばを過ぎてようやく歌壇への出詠が叶った長明自身、より限定すれば、本百首の詠進を彷彿とさせるものがあろう。

以上のことをまとめると、長明は、まず、冒頭の三首で「不遇なる山住み」という作中主体を作り出し、そこに、自らの現実を投影してみせた。この方法は、後に続く和歌に、そのまま踏襲されている。すなわち、本百首は、冒頭の三首で百首の方向性――それは享受者たる後鳥羽院が本百首を読み進める方向性をも意味する――を規定し、自らが定めた方向に沿って、百首を展開したと考えられる。言い換えれば、本百首は、如上の方法を用いて、奏上先である後鳥羽院に自らの窮状を訴嘆する役割を担うものであり、そのような現実的な意図の下に構想され、表現を選び取った作品と考えることができるだろう。しかし、本百首は、ただ訴嘆するだけにはとどまらぬものをもっていた。ここまで見てきたような述懐が、どこに収斂してゆくのか、その先を突き止めてみたい。

三　述懐の行方

「禁中」題で詠まれた次の一首を見てみよう。

T　すぎがてにおもはぬたびはなしつぼのふるき情けにすむ心かな　（禁中・八四）

「なし」に「無し」と「梨」が掛かり、「思はぬたびは無し」と「梨壺の」という二つの文脈を作っている。「梨壺」は宮中の殿舎の一つで昭陽舎を指すが、ここでは、『後撰集』編纂時に梨壺に置かれた撰和歌所を意味する。従って、「ふるき情け」とは、梨壺の五人が『後撰集』の編纂に当たった心ばせを言うのだろう。一首の大意は、「通り過ぎがたく思わない折はない。その昔、和歌所が置かれた梨壺で撰集に当たった五人の古えの心ばせに、我が心も澄んでくることよ」というところであるが、本百首では家長も「なしつぼ」を詠んでおり、この二首が和歌における「なしつぼ」の嚆矢となる。

・いにしへの五つの人もなしつぼに見ぬ面影はなほ残りつつ　（禁中・五八三）

家長の詠は「五つの人」で梨壺の五人を表し、長明と同じく「無し」と「梨」を掛けて、『後撰集』の撰集に当たった五人の人々はもういないが、その面影は今なお梨壺に残っているとするものである。

山崎桂子は、この二首を、村上天皇の治世に各種和歌事業が行われた梨壺に心をはせるものとし、「久しかれためしつきせぬ世の中の昔にかへる和歌の浦浪」（四〇〇・具親）、「和歌の浦の浪に心をかけまくもかしこき御世のならひとぞ聞く」（五七六・家長）と併せて、これら四首が持つ意味を、和歌における懐古思想、延喜・天暦の盛事の復興を後鳥羽院へ願うアピールと解いた。

山崎の言う「延喜・天暦の盛事」とは、具体的には、「延喜のひじりの御世には古今集を撰ばれ、天暦のかしこき御時には後撰集を集めたまひき」（千載集・序）という、勅撰集の撰進を言うものであろう。首肯すべき論であり、稿者も、長明・家長の「なしつぼ」の歌には、勅撰集撰進への期待が含まれていると考えるものである。ただし、和歌所が二条殿の弘御所に設置されたのは建仁元年（一二〇一）七月二七日、「上古以後和歌可二撰進一」（明月記）の院宣が下ったのは同年一一月三日だ。同年二月八日の「和歌試」の開催と、翌九日の「君臣五十首歌合」の判者に定家・寂蓮・家隆の三人が選ばれていることから、和歌所や勅撰撰進における撰者の具体的構想が、この頃、後鳥羽院の胸に芽生えたのではないかと考えられる。[11] しかし、それ以前については、日記や記録類に確認することはできず、正治二年の年末に詠進された本百首に勅撰集撰進への期待を読むのは時期尚早かもしれない。

『正治初度百首』も『後度百首』も、勅撰集の撰集源となることを明示して行われたものではない。応製百首から勅撰集へという関係が明示された嚆矢は『続後撰集』における『宝治百首』であるが、そのような勅撰集と応製百首の関係は、すでに『久安百首』において形成されていたと考えられよう。崇徳院主催の第二度の百首である『久安百首』の賜題は康治年間（一一四二～三）、直後の天養元年（一一四四）には、藤原顕輔に勅撰集撰進の院宣が下されている。しかし、『久安百首』の詠進が終わったのが久安六年（一一五〇）、『詞花集』の撰上はその翌年の仁平元年（一一五一）であったため、『久安百首』から『詞花集』への入集はわずか五、六首にとどまった。周知のごとく、『詞花集』は当代歌人の大きな批判を浴び、『後葉集』序文に「改めらるべきみことあり」と言われるように崇徳院自身も改撰を考えたようだが、この崇徳院の不満の原因の一つが、『久安百首』から『詞花集』への入集が非常に少なかったことにある。[12] 後に、崇徳院から『久安百首』の部類を命じられた俊成は、『千載集』において、一二六首という全体の約一割に当たる歌数を『久安百首』から入集させた。この点について、松野陽一は、『久安百首』と『詞花集』の関係に崇徳院が示した態度が、応製百首が勅撰集の撰集源となるという「歌界の常識」の源を作り、院の遺志を汲んだ俊成が『千載集』撰集に際して取った撰集方針こそが、この「歌界の常識」を確固たるものとしたと考察している(13)。

『正治初度百首』は、『久安百首』以来はじめての応製百首である。この時、俊成は、『正治二年俊成卿和字奏状』（以下『奏状』）において、定家を「入道まかりかくれ候なん後には、歌の判にも候へ、もしは撰集にも候へ、もし我君もこの道御沙汰候はば、さりとも折節の召しにはまかり入り、召しもつかはれ候なんとこそ思ひ給へ候つる」と評した。歌道家という立場からは当然のことではあろうが、定家を『初度百首』歌人に推挙する俊成の論拠が、歌合判者・勅撰集撰者たる資質に置かれているのは興味深い。この後の『奏状』は、「沙汰の判も集も撰び候はんずることも、我歌をよくよみての上の事」として、顕輔の『詞花集』や清輔の『続詞花集』等を歌を詠み知らぬ者の撰集として論難、「まことに物も知」らぬ季経が「歌の判など仕らん」と思っていることは歌道にとって「いみじき大事」と非難し、再び定家を「よろしき歌、定めて仕り出で候なん」と当該百首の歌人に推挙するという展開を取る。

このような撰集を例に取る展開とそこに紙幅を費やす態度は、『初度百首』と勅撰集撰進とが俊成の中で不可分だったことを示していよう。俊成は、『初度百首』の段階で勅撰集撰進を予測していたのであり、想像を逞しくすれば、『奏状』は来るべき勅撰集の撰者として定家を推挙する意図をも含んでいたのではないか。このような文脈を持った『奏状』が受け入れられたということは、後鳥羽院の側にも応製百首から勅撰集撰進へという土壌があったことを意味する。ならば、二度目の応製百首であった『後度百首』の時点で、歌人たちが来るべき勅撰集撰進を予感していたことは十分に許される想像であろう。やはり、長明の「なしつぼ」の歌には勅撰集撰進への期待が込められていたと考えたい。

長明の本百首に戻ろう。これまで見てきたような一連の述懐と勅撰集撰進への期待は、百首の掉尾に位置する次の歌で、一つの現実的意図の下に集約されることになる。

U　折にあふ言の葉までぞきこえあぐる身はしもながら思ふちとせを　（祝言・一〇〇）

「折にあふ」は、『久安百首』の隆季の詠、「橘の咲きそふ華にかざされて古き身ながら折にあふかな」（夏・五二七）のように、百首詠進という晴れがましい時宜にめぐりあった喜ばしさであり、本百首の詠進を「折にあふ言の葉までぞきこえあぐる」と詠む。下句では、「身は下ながら」と、隆季詠の「古き身ながら」と同じく自らを卑下しつつ、院の千歳を祈念する。結句の「思ふちとせ」は、「折にあふ言の葉」の内容であり、「きこえあぐる」の対象となっているから、一首の大意は、この百首の詠草に院の千歳に対する祈念を込めて奏上する、といったところだろう。

この一首は、山崎が指摘するよう、『古今集』雑体に載る壬生忠岑の長歌、「呉竹の　世々の古言　なかりせば……人麿こそは　うれしけれ　身は下ながら　言の葉を　天つ空まで　聞え上げ　末の世までの　跡となし……」（一〇〇三）に拠ったものである。山崎は、当該歌を「和歌をもっての忠勤を誓ったもの」と解釈しているが、加えて、ここで注目すべきは、長明が踏まえた傍線部が「人麿」を形容していることであろう。それは、長明が、古の世に「身は下ながら」和歌をもって帝に仕えた「人麿」に、自らを喩えようとしていることを意味するのではないか。長明は、百首を締め括るに当たり、そのような自負の下に、和歌をもって後鳥羽院に仕えたいという気概を一首に込めたのである。つまり、本百首の述懐性は、この最後の一首で、自らの不遇が院の恩寵によって救われ、和歌をもって院に仕えるという方向へと収斂するのだ。この時、長明が「不遇なる山住み」の作中主体に託した訴嘆は、私的な述懐の次元を超えて、不遇なる臣下を救う王者の徳の下に位置づけられることになる。

さらに、この忠岑詠は、「古歌に加へて奉れる長歌」との詞書を有し、和歌中にも「今も仰せの下れる」と勅撰撰進の命が下ったことを言う。この詞書は、直前に置かれた貫之の「古歌奉りし時の目録のその長歌」（一〇〇二）と共通し、真名序に「各献二家集並古来旧歌一」と言うところの勅撰資料としての歌集献上時の歌である。しかし、清輔は、貫之詠に「此集被撰之時召歌也」（古今集勘物）、忠岑詠に「同前」と注しており、両者を『古今集』撰進時のものと考えていた。顕昭は、貫之詠の「…猶あらたまの　年を経て　大宮にのみ　久方の　昼夜分かず　仕ふとて…」の箇所に、「古今エラブ間久シクシテ年ヲヘタリ」（古今集注）と注し、定家も同じく、「古今撰ぶ間、久しく内裏に候ふ事をいふ」（顕注密勘抄）と解しているため、顕昭・定家も清輔の説を踏襲していたと思しい。清輔の注からも、この二首が同一時のものと考えられたことは確かだろうから、当時は、二首ともに『古今集』撰進時の歌とされていたとして差し支えないと思われる。そのような場を背負った歌を本百首の掉尾で踏まえた意味とは、長明が本百首を勅撰集撰進への階梯と考えていたことに見出されよう。長明が和歌をもって院に仕えるという内実は、院の御世において行われるであろう勅撰集撰進事業に関わることへの期待を大いに含んだものだった。そのように考えられるのである。

四　家長の介在

「不遇なる山住み」の作中主体に託した自らの訴嘆が、院の恩寵によって救われる。このストーリーを百首内で実現し、それによって後鳥羽院へのアピールを行うことこそが、本百首における長明の構想であった。この構想は、零落者を拾い上げる趣味を持つらしい後鳥羽院の嗜好(14)とも合致しており、まさに享受者の意を得るがごとくに本百首は作り上げられていると言えよう。しかし、院歌壇での経験も浅い長明が、このような実に的を射たことを成し得たというのは、少々出来すぎの感がある。本百首の実現には、誰か、後鳥羽院をよく知る者が介在していたのではないだろうか。

ここで思い起こされるのが、源家長である。『源家長日記』の叙述によると、家長自身、「よろづに卑下して、絶えせぬ跡も今や絶えなむと埋もれ果てぬる身とのみ嘆き暮らし」ていたところを、後鳥羽天皇によって「非蔵人許され」て、宮中へ参仕したのであった。また、「沈み果て」ていた具親、「都の外に庵結びて、苔の袂も年を重ね」ていた寂蓮も、後鳥羽院の朝恩に預かって出仕したと記している。寂蓮については、出仕した経緯に虚構が存在することが指摘されており、(15)『源家長日記』の叙述は、不遇者を救う後鳥羽院の朝恩を強調する方向に向かっていることになる。それは家長が作り上げたかった後鳥羽院像であると同時に、家長の目を通して見た後鳥羽院の姿――不遇者に朝恩を賜う治天の君――でもあろう。このような院の姿は、本百首で長明が構想する後鳥羽院像と全く一致している。

本百首詠進時の家長は散位従五位下、長明とは同輩であった。さらに、家長は幼少時に父を亡くしているらしく、『源家長日記』は、「はぐくみし親もいはけなかりしに世を早うして、はかなき白き黒きも見分かねば、自づから伝へたる蔵人文など申すものをだにも見る由もな」いことが、先の「埋もれ果てぬる」状況へとつながったと記す。早くに父を亡くし、「住みわびぬいざさは越えん死出の山さてだに親の跡を踏むべく」（長明集・九九）と、「親の跡を踏」む社司としての栄達を庶幾しながらそれを遂げられず、死ぬより他に親の跡を継ぐ方法がないと嘆く長明の歌と、親の早世のために自身は蔵人文書を見る手だてもなく、「絶えせぬ跡も今や絶えなむ」と家跡が途絶えることを嘆く家長の叙述は、「跡」という視点の在り方において見事に符合する。本百首詠進時において、長明は四六歳程度、承安三年（一一七三）生まれの家長は二八歳と年齢こそ違うものの、(16)境遇の似通った二人が親近感を覚えた可能性は高いのではないだろうか。

実際、長明と家長は、先の「なしつぼ」の歌の他にも、

F　谷陰の老木の桜枝を無みともしく咲ける花をしぞ思ふ　（花・一二）

・白川の花のみゆきの跡とへば老木の桜ねにかへりつつ　（宴遊・五八七）

で「老木の桜」という共通の措辞を用いており、しかも「なしつぼ」同様、この二人の歌が初出である。その他にも、長明と家長には共通項が多く、「宴遊」題では、

V　くれがたの数のあまりを袖にうけてあかぬ木陰をかへる諸人　（宴遊・八九）

・うすぐもり桜が下に風たえて木のもと散らぬまりの音かな　（宴遊・五八八・家長）

と「蹴鞠」を詠み、また、「釈教」題ではともに「五戒」を題材としている。「蹴鞠」は、慈円に「秋の稲のをさまれる代のうれしきは春の遊びのまりこ弓まで」（宴遊・一〇八八）があり、釈教題を五戒で詠む歌人は他に越前がいるが、この二人と長明の百首には、それ以外の重なりを見出せない。

長明と他の本百首詠出歌人との百首を見比べると、後鳥羽院と長明が、

W　春やときまだ思ひえぬ梅が枝に花をおそしと鶯ぞなく　（鶯・七）

・鶯の初音をもらせ春やとき花や遅きと思ひさだめん　（鶯・一〇・後鳥羽院）

において、ともに「春やとき花や遅きと聞きわかむ鶯だにも鳴かずもあるかな」（古今集・春上・一〇・藤原言直）を本歌取りし、また、雅経・具親・長明が、「君が代は千世にひとたびゐる塵の白雲かかる山となるまで」（後拾遺集・賀・四四九・嘉言）を踏まえて、

X　君が代に雲かかれとやももしきのあたりに塵の山となるらん　（禁中・八二）

・雲かかる大内山となりにけりいくよの塵のつもるなるらん　（禁中・二八四・雅経）

・君が代に雲やかからん塵山の千世にひとたびかずはいるとも　（禁中・三八五・具親）

と詠むという共通項はある。しかし、長明の場合、ほとんどの歌人が詠んだ「はこやの山」は例外として、家長以外の歌人との歌材や措辞の重なりを一首以上に見出すことはできない。数字の比較だけでは必ずしも十分ではないが、やはり、長明の百首においては、家長との重なりが最も大きいと判断できよう。このような事態は、本百首を詠進するに当たって、家長と長明の間に何らかの相談があったという想像を可能にする。長明としても、「晴の歌は必ず人に見せ合はすべき」（無名抄）必要を感じていたであろうし、後鳥羽院の傍らに早くから仕えており、自身と境遇の重なる家長は相談相手として選びやすかったのではないだろうか。「不遇なる山住み」が院の恩寵によって救われるという長明の構想は、家長の介在によってもたらされた。そのような可能性を指摘しておきたい。

終わりに

長明が本百首において用いた、「不遇なる山住み」という統一的な性格を持つ作中主体を作り出し、そこに自身を投影するという方法は、その主体が「不遇なる」者であることにおいて、長明の現実と共通性の高いものであると言える。すなわち、本百首の方法は、詠作者とは全く別の主体を作り出す、いわゆる主体の仮構というよりは、作中主体を通して長明が自らを演じているといった趣きが強い。後鳥羽院に和歌をもって仕えるという現実的意図を達成するために、自らを連想させる作中主体の姿やふるまいを通して、長明が巧妙に自己を演出しているということになろうか。

和歌中に作中主体を仮構し、そこから作者の現実を喚起させるという方法は、訴嘆の方法としては常套的なものである。百首歌においても同様で、先に見た源俊頼の「恨躬恥運雑歌百首」などが良い例であろう。(17)当然、平凡に堕する危険性を孕むものではあるが、詠み手にとっては用いやすく、和歌史における前例があるという点で安全な方法だとも考えられる。また、零落者を拾い上げる趣味を持つ後鳥羽院に対しては、効果的かつ王道を行くものであったかもしれない。つまり、長明の取った方法は、詠み手にとっても享受者にとっても、様々に有効だったのではないか。本百首は、そのような目論見とバランスの下に、表現を選び、周到に作り上げられたものだったと言える。

後に、長明は『無名抄』で、自詠の「石川や瀬見の小川の清ければ月も流れをたづねてぞすむ」(新古今集・神祇・一八九四)が『新古今集』に入集した経緯について、ただ事実を復元するのではなく、自ら筋立てを作り上げて巧妙な演出を施した叙述を展開した。(18)このような表現意識の在り方は、本百首のそれと重なり合うものがある。長明の表現意識と方法は、和歌・散文作品の枠を越えて考えられるべきであろう。

本百首から見えてくるのは、自らの存在を自らの作品の中で演出してみせる、実にしたたかな表現者長明の姿である。後鳥羽院歌壇における様々な歌会・歌合に出詠し、和歌所の寄人に登用されたというその後の状況を見る限り、本百首における彼の構想は見事に功を奏したと言える。

注

（1）久保田淳「後鳥羽院歌壇の形成（二）」（『藤原定家とその時代』、岩波書店、平成六年。初出は昭和五二年九月）。

（2）「思ひ余りうち寝る宵の幻も波路を分けて行き通ひけり」（千載集・恋五・九三六）。

（3）これ以降、長明の『正治後度百首』中の歌については、アルファベットで通し記号を付している。

（4）永青文庫蔵「俊成・定家一紙両筆懐紙」を取り上げた研究には、橋本不美男「正治百首についての定家・俊成勘返状」（『王朝和歌資料と論考』笠間書院、平成四年。初出は昭和五二年一二月）、Robert H・Brower "Fujiwara Teika,s Hundred-Poem Sequence of the Shoji Era,1200" (A Monumenta Nipponica Monograph 55,Sophia University 1978)、久保田淳「源通親の文学（二）」―和歌」（注一前掲書。初出は昭和五三年一二月）、山崎桂子『正治百首の研究』第二章第三節―三「俊成・定家一紙両筆懐紙」（勉誠出版、平成一二年）がある。当該箇所について、橋本・Browerは「述懐シタリキ」と翻字するが、久保田は「多リキ」と読み得、通親の百首に述懐歌が多いことを考えると「述懐多リキ」という評語は不当ではないとする。山崎は両者の見解を踏まえて、「多リキ」と読めば通親の百首の実態とより自然に繋がるとした。本章では、久保田・山崎の見解に従って、「多リキ」を採る。なお、本章における山崎の論は、全て『正治百首の研究』を指す。

（5）久保田淳前掲書（注1）。

（6）細野哲雄『鴨長明の周辺・方丈記』（笠間書院、昭和五三年）に詳しい。

（7）Fの、桜が老いさらばえた様を直視する詠みぶりは『散木奇歌集』中の俊頼と長実の贈答を引くものだろう。俊頼の贈歌は、「思ふことありける比、大弐長実卿のもとへつかはしける」との詞書を付す「山陰にやせさらぼへる犬桜おひはなたれてひく人もなし」（一一一一）、長実の返歌は、「春のうちは君がなげきに花咲きて思ひひらくる折もありなん」（一一一二）。俊頼詠は「やせさらぼえる犬桜」に自らを比し、「おひ」に「逐ひ」と「老い」を掛けて官職に恵まれぬ老齢の自らの嘆きを訴えたもの。Fは、「山陰」を「谷陰」に替え、俊頼が我が身を「犬桜」に比したように、自らを「老い木の桜」に喩えて不遇を訴えるものであろう。それは、長実の返歌ではないが、後鳥羽院の恩寵によって、自らに「花咲きて思ひひらくる折」がもたらされることを願うものと考えられる。

（8）コラム「長明の和歌――応製百首における試み――」（国文学研究資料館創立40周年特別展示「鴨長明とその時代

方丈記800年記念」図録、平成二四年五月）。

（9）「野飼ひ」の「春駒」を詠む先例としては、他に「野飼ひせし駒の春よりあさりしに尽きずもあるかな淀の真菰野」（好忠集・四四八）、「相具したる女もいとはしきさまに申しければ、人の国へまかりて年月さそらへけるも、はたことなることもなかりければ、京に帰りきて、元の所にはさるべきこともやあらんとつつましくて、まづ馬の鞍をつかはして、参り来てなん侍る、これ置き給へれと申しけるを、はしたなくいひて返したりければ／春駒の野飼ひし程にあくがれて鞍も置かれず成りにけるかな」（続詞花集・九七二・読人不知）があるが、古今集歌以上に長明詠との重なりを見出せるわけではない。歌集の著名さから言っても、影響を受けたのは古今集歌と考えるべきだろう。

（10）L「思ひいでむ尾上の松の枝分けて月にとはるる苔の上臥」も同様の例と考えられる。「上臥」は宮中や院中における蔵人などの宿直を意味するが、それを「苔の上臥」として、山中で月より他に訪う人もない侘び寝という反対の状況へと転用し、本来の「上臥」の叶わぬ地下人の身を嘆いたものか。

（11）久保田淳前掲書（注1）。

（12）谷山茂「詞花集をめぐる対立」（谷山茂著作集三『千載集とその周辺』、角川書店、昭和五七年。初出は昭和三七年六月）、松野陽一『藤原俊成の研究』（笠間書院、昭和四八年）など。

（13）松野陽一前掲書（注12）。

（14）久保田淳前掲書（注1）。

（15）吉野朋美「後鳥羽院の和歌活動初期と寂蓮」（『中世文学』五〇号、平成一七年六月）。

（16）家長の生年は、久保田淳『新古今和歌集全評釈』二（講談社、昭和五一年）の指摘に従う。

（17）第二部第一章「始発期――俊頼・俊恵・歌林苑――」。

（18）第一部第一章「自らを物語る――「セミノヲガハノ事」から――」。

第三章　予言する和歌

――「くもるもすめる」詠をめぐって――

はじめに

鴨長明には、代表歌とされてきた歌がある。(1)それは、彼が後鳥羽院の和歌所の寄人となって間もない頃に行われた、「建仁元年八月十五夜和歌所撰歌合」での「深山暁月」題の一首、

・夜もすがら一人み山の真木の葉にくもるもすめる有明の月

（建仁元年八月十五夜和歌所撰歌合・「深山暁月」・六九／新古今集・雑上・一五二三）

だ。当該歌合において、長明は四首を出詠、そのいずれもが勝の判を下され、うち当該歌を含む三首が『新古今和歌集』に入集した。ここからわずか三〜四年の後、元久二年（一二〇五）頃に、長明が和歌所を出奔したことを考えると、当該歌合及び当該歌は、長明の絶頂期を象徴するものと位置付けられてしかるべきかと思う。

しかしながら、当該歌が、長明の詠作の中で最も注目を浴び、長明伝を語る上で常に引用されてきた理由

は、歌そのものが持つ力に加え、長明の出奔を語る『源家長日記』が当該歌を取り上げ、それを中心として長明出奔の場面を形成したことにあろう。ならば、当該歌を読み解くに際しては、それが詠み出された建仁元年（一二〇一）当時と、長明伝に寄与することになった『源家長日記』構想執筆時の二つの時期を考える必要があるのではないか。本章では、古注釈以来、様々な説が存在する当該歌の解釈を確定し、続けて、当該歌が『源家長日記』においてどのような役割を背負い、何を実現したのかを明らかにしたいと考えている。

一　解釈

当該歌の解釈に当たり、まずは歌が詠出された場が八月十五夜の歌合であったことを確認しておこう。つまり、当該歌中の「月」が十五夜の月であり、作中主体が、「一晩中、たった一人、山奥で真木の葉に遮られた月を見ており、そのまま明け方に至る」という情景は動かぬところだと考えられる。問題は、第四句の「くもるもすめる」であり、『新古今和歌集』の古注釈以来、現在に至るまで諸説が呈示され、解釈が紛糾している状況だ。先行の説全てを紹介するのは繁雑になるため、今、仮に分類を施すと、以下の四つに大別できる（（　）内には、その説を呈示する注釈書名・掲載論文（掲載誌）名を掲げる）。

①月は真木の葉に隠れて曇っているが、心の中では澄んでいる（心は澄んでいる）。
（『新古今私抄』／『新古今増抄』／『八代集抄』／『尾張の家づと』／塩井正男『新古今集詳解』、明治四一年／窪田空穂『新古今和歌集評釈』、昭和八年）

②月は真木の葉に隠れて曇っていたが、明け方になって、梢を離れて澄んでいる。

（『かな傍注本新古今和歌集』／『八代集抄』／『美濃の家づと』／石田吉貞『新古今和歌集註釈』、昭和九年／石田吉貞『新古今和歌集全註解』、昭和三五年／窪田空穂『完本新古今和歌集評釈』、昭和四〇年／峯村文人『日本古典文学全集　新古今和歌集』、昭和四九年／久保田淳『新古今和歌集全評釈』、昭和五二年／峯村文人『新編日本古典文学全集　新古今和歌集』、平成七年）

③月は真木の葉に隠れて曇って見えるが、しかし、月そのものは澄んでいる。

（『九代抄』／『九代集抄』／久保田淳『国文学　解釈と教材の研究』「新古今集を読むための研究事典――中世和歌史のなかで〈特集〉」、平成二年一二月／田中裕・赤瀬信吾『新日本古典文学大系　新古今和歌集』、平成四年／久保田淳『新古今和歌集全注釈』五巻、平成二四年）

④月は真木の葉に隠れて曇っているが、曇っていること自体が澄んでいることである。

（渡部泰明『日本人の美意識』第三「中世和歌十二月」、平成一三年／渡部泰明『国文学　解釈と教材の研究』「新古今時代・建仁元年八月十五夜撰歌合をめぐって」、平成一六年一一月）

①～③の諸説は古注釈からすでに存在する。近代以降、①説は、塩井正男『新古今和歌集詳解』（明治四一年）に引き継がれ、窪田空穂も『新古今和歌集評釈』（昭和八年）の段階ではこれを支持している。しかし、石田吉貞『新古今和歌集註釈』（昭和九年）以降、②説を支持する解釈が大勢となり、窪田『完本新古今和歌集評釈』、峯村文人『日本古典文学全集　新古今和歌集』、久保田淳『新古今和歌集全評釈』などと、昭和四〇～五〇年代は②説が大勢であった。これに対し、平成二年に久保田淳が「「くもる」ことと「すめる」ことがほとんど同時に起こる」（『国文学　解釈と教材の研究』）として③説を呈示、続いて平成四年の田中裕・赤瀬信吾『新日本古典文学大系　新古今和歌集』もほぼ同じ解釈を示すが、「曇っていると見えたのは涙のせい」とする。

その後、「真木の葉ごしの月こそ「あはれ」の極みだという認識が院の周辺にあ」り、それを表現したとする渡部泰明の④説が出たところで現在に至っている。

これらの諸説を検討してみると、まず、②説は不自然だろう。当該歌は八月十五夜の歌合に提出されたものであるから、この「有明の月」は中秋の名月、すなわち満月が明け方まで空に残っている状態を言うと見るべきだ。満月は、ほぼ日没の頃に東の空に昇り、真夜中に南中、明け方には西に沈む。南中以降、明け方にかけて月の位置は次第に低くなるはずであり、だからこそ、『美濃の家づと』も「暁に至りて、其槙の梢をはなれて、月のひきくなれる」（「ひきし」は「低し」の古形）と解釈したのである。そして、当該歌において設定された場所は「深山」であった。「深山」とは、

・奥山は常磐が影もいぶせきに都にをすめ秋の夜の月　（風情集・三二六・「深山月」）

・しひしばやしげき深山の月影は今宵ならねどはつかにぞ見る　（為忠家後度百首・三五四・顕広・「廿日月」）

などに見えるように、「木々のうっそうと茂った奥山」のイメージであろうから、梢を離れて位置が低くなっていく月はますます見えにくく「くもる」のが自然ではなかろうか。それを「すめる」と表現するとは考えにくい。

ここで、「くもるもすめる」という難解な表現が用いられた背景を考えてみよう。③説において久保田や田中・赤瀬が指摘するように、この句と似た第四句を持つ和歌に、

・難波潟霞まぬ波も霞みけり映るも曇る朧月夜に　（正治後度百首・霞・三〇二・源具親／新古今集・春上・五七）

がある。「映る」と「曇る」という二つの現象を係助詞の「も」でつなぐ第四句は、長明歌と同じ構造だ。また、「映る」は物の像が他に反映することであるから、月が「映る」場合、「てる月も影水底にうつりけりにたるものなき恋もするかな」（拾遺集・恋三・七九一・貫之）、「すむ水にさやけき影のうつればやこよひの月の名に流るらん」（千載集・秋下・三三六・俊家）のように、光を放つ月が水に「映る」ことが想起されやすいのではなかろうか。少なくとも、「曇る」月というのは、「映る」に引き続く言葉としては、連想に落差を生じさせ、受け手に驚きをもたらすものであろう。その組み合わせの面白さが、具親歌第四句の妙なのだと考えられる。長明歌の第四句についても、「くもる」「すめる」という矛盾する語を「も」によって結び付けたことが、その眼目であろうから、この二首は構造のみならず、結び付ける語の性質という点でも似ていることになる。(2)

さらに、具親歌が詠み出された『正治後度百首』には、長明も出詠歌人として名を連ねていた。その後も、和歌所寄人として二人は同僚となる。状況的にも、長明と具親歌との距離は近しいものと考えられよう。また、この歌が後に『新古今和歌集』に入集したこと、藤原為家が『詠歌一躰』において「映るも曇る」の句を制詞としたことを考えると、具親歌への注目は高く、この句を模倣しようとする動きは多くあったのかもしれない。後の時代から遡って考えることになるが、長明歌の第四句は具親歌に影響を受けて作り出された可能性は高いのではないだろうか。(3)

具親歌の大意は、「難波潟では霞むはずのない波も霞んだことだよ。月が波に映ってはいるが、その月は曇っている朧月夜だから」となり、「霞まぬ波が霞」むという有り得ない事態を上句で呈示し、その理由を下句の「映るも曇る朧月夜」に求めたものである。表現においては、二・三句の「霞まぬ―霞み」と四句の「映る―曇る」が、対義語を結ぶことで対称関係を作る構造を取る。第四句の「映る」と「曇る」は、朧月夜の「月」が波に「映る」、しかしそれは朧月夜であるから「月」は「曇る」という関係にあり、この時、その「曇る」月によって「霞まぬ波が霞」むという現象が生じるのである。従って、「映る」と「曇る」とは、同一主体である「月」に同時に起こっている二つの現象だと考えられる。ならば、長明歌の第四句においても、久保田が指摘する通り、「くもる」と「すめる」は同一主体としての「月」に同時に起こっている現象とするべきであろう。

この時、①説のような「心の中の月は澄んでいる」「心は澄んでいる」とする解釈を取ると、空に浮かび真木の葉ごしに見る月が「くもる」、心の中の月が「すめる」となり、主体の位相が異なることになる。また、④説の「曇っていること自体が澄んでいる」との解も、真木の葉ごしに見る月が「くもる」、その月が曇っていること自体が「すめる」となり、月が「くもる」という現象を「すめる」という見方で観念的に捉え直したものとなろう。これらの解釈では、真木の葉ごしの「月」に、「くもる」と「すめる」という矛盾した現象を同時に抱え込ませようとする第四句の意図とはずれが生じるのではないか。従って、第四句の解釈は、③説の「月は真木の葉に隠れて曇って見えるが、しかし、月そのものは澄んでいる」を採るべきだと考える。

二　表現を生むもの

長明歌の第四句を③説のように考えた場合、それはいかなる論理に支えられているのだろうか。例えば、当該歌のように、一人深山で月を見るという体は、遁世者の姿を連想させるものであるが、その場合、その月が木の間の月であっても、

箕面の山寺に日頃こもりて、出で侍りける暁、月のおもしろく侍りければ、
・木の間もる有明の月の送らずは一人や山の峰を出でまし
（千載集・雑上・一〇〇一・覚性法親王）

・人は来で真木の葉分けの月ぞもる深山の秋の有明の頃
（建元元年八月十五夜和歌所撰歌合・六二・雅経）

のように、月の存在を我が身にとっての友となぞらえるものであろう。当該歌のように、その月が「くもる」と、ある種否定的な形容を施すのは珍しい。そこで、当該歌同様、一首中で月が「くもる」ことと「すむ」ことを同時に詠み込む歌を探してみると、例えば次のようなものが出てくる。（「くもる」ことを表す表現には棒線を、「すむ」ことを表す表現には点線を付す。）

・鷲の山へだつる雲や深からん常にすむなる月を見ぬかな
（後拾遺集・雑六・一一九五・康資王母・「寿量品」）

・かりそめに隠ると見えし月なればまことは鷲の嶺にすむなり
寿量品、我時語衆生、常在此不滅、以方便力故、現有滅不滅
（久安百首・六七八・釈教・藤原親隆）

・人目には世のうき雲にかくろへてなほすみわたる山の端の月
（田多民治集・一八三）
人目ばかりに涅槃に入りたれど、つねにここに有りて不滅、ただ衆生に滅不滅ある事をしらせん料なりとのたまへり。

後冷泉院御時、皇后宮に一品経供養せられける時、寿量品の心をよめる

・月影の常にすむなる山の端をへだつる雲のなからましかば

（千載集・釈教・一二〇七・藤原国房）

如来常住無有変易

・真には己が心の晴れぬ故隠れぬ月を曇るとぞ見る

（粟田口別当入道集・二一三）

これらの歌は全て、己れの目・人目には曇る月だが、本来は常に存在し、澄み渡るものだと詠む。この時、歌中に用いられた「すむ」は「住む」と「澄む」の掛詞となっていよう。注意すべきは、二重傍線部に窺われるように、これらが「法華経」寿量品の「常在霊鷲山」、或いは「常住」を詠み表す釈教歌だということだ。「常在霊鷲山」「常住」とは、『田多民治集』の左注が示す通り、釈尊が涅槃に入り、人々の前から姿を隠したのは、衆生に滅不滅があることを悟らしむるための方便であり、釈尊は常に霊鷲山に永久に存在するのだという考え方である。この概念を歌に詠む際に用いられたレトリックが、「人の目には雲や山に遮られたと見える月だが、本来、月は常に存在し、澄んだ光を放っている」という月と人との関係だったのだろう。このレトリックは、平安時代後期から鎌倉時代初頭にかけて広く共有されたものであったと思しく、前掲の歌の他にも数多くの詠作例が認められる。(4) また、釈教歌という枠組みを離れ、「鷲の山」というような仏教語も用いずに秋歌で詠まれた、

・晴れ曇る空にもまづぞ思ひやる常にすむなる山の端の月

（正治初度百首・一八五〇・静空）

などの例もある。第四句の「常にすむなる」は前掲の後拾遺集歌・千載集歌に見えるように、「常在」「常住」を和語に砕いた表現である。この静空歌も、「法華経」寿量品に題材を得、それを四季歌に仕立てて詠んだものと解すべきであろう。

このような状況を考えた時、「月は真木の葉に隠れて曇って見えるが、しかし、月そのものは澄んでいる」と詠む長明歌もまた、「法華経」寿量品に着想を得、その詠歌群の表現に支えられたものだったのではないか。従って、この時、「すめる」は「住める」と「澄める」の掛詞を成し、一首の解釈は、「一晩中、たった一人、奥深い山で見ている真木の葉に遮られ曇った月であるが、それは紛れもなく存在し、澄んだ光を放つ有明の月であったよ」となると考えたい。この時、「夜もすがら」「有明」という一首中の時間の推移は、月の変化を表すというよりは、一晩中月を見ていた作中主体が、月が有明になるに至って如上の考え方に辿り着いたことを示すものではなかろうか。

なお、長明歌は後に『新古今集』に入集するが、その部立ては秋ではなく雑であった。雑部に編入された理由としては、たった一人、深山で一晩中月を見る作中主体の姿が遁世者を喚起させるものだということが考えられよう。しかし、この「建仁元年八月十五夜和歌所撰歌合」で同じ「深山暁月」題で詠出された良経の、

・深からぬ外山の庵の寝覚めだにさぞな木の間の月は淋しき　（六一）

は、『新古今集』では秋上部（三九五番）に入集している。良経歌は、「外山の庵の寝覚め」においていかに木の間の月が淋しいものかと言いつつ、言外に「深山の庵ならばどれほどの淋しさがあろうか」と思いやるもの

である。外山の庵に住む者も、言外に表現される深山の庵に住む者も、その姿は遁世者のものとして想起されよう。長明歌の雑部編入については、単純に遁世者の姿を映し出すという理由のみでは解決できまい。長明歌の底流に「法華経」寿量品があり、しかしながら、題からは釈教歌とはならないという微妙な位置付けが、雑部編入の理由だったのではないだろうか。

さて、このように考えると、長明歌の新しさとは、「深山暁月」題を詠じるに際し、まず、「法華経」寿量品の「常住」を素材として用いたことにあろう。また、「常住」の詠歌としては、人の目に曇ったと見える月を、「法華経」寿量品詠歌群をそのまま踏襲して、雲に隠れる月・山に沈む月を詠むのではなく、「深山」題に応じて「真木の葉にくもる」という真木の葉ごしの月として表現したところに、当該歌の眼目を見出すことができると思う。寿量品の詠歌という点では、

・東屋の真屋の板間に宿りきてかりにもすめる夜半の月かな　（寂蓮法師集・一〇一・「寿量品」／三二六）

がすでに、雲や山に遮られる月ではなく、東屋の板間から漏り来る月を素材として詠んでおり、このような歌も念頭にあったかもしれない。また、真木の葉ごしの月を「真木の葉にくもる」とした詞続きは、

・吹き払ふ嵐の後の高嶺より木の葉くもらで月や出づらむ　（正治初度百首・二一六一・宜秋門院丹後）

・深山出でて花の形見となる月は木の間分くるやくもるなるらん　（仙洞句題五十首・六八・良経）

などから学んだのであろう。何故、真木の葉ごしの月を素材に選んだかということについては、前掲④の渡部の指摘通り、「真木の葉ごしの月こそ「あはれ」の極みだという認識が院の周辺にあ」り、数多く歌に詠まれるという流行があったからだと考えられる。このような流行を受け、直前に詠まれていた具親の「映るも曇る」という表現を利用しながら作り上げられたのが、当該歌だったのではないか。当該歌は、先行歌群の論理と表現に学び、歌壇の流行を敏感に感じ取りつつ練り上げられた力作と位置付けられるように思う。

三　『源家長日記』が内包する問題

さて、当該歌は後に、和歌所の開闔で長明とも親交が深かった源家長によって(5)、『源家長日記』の中で大きくクローズアップされることになる。『源家長日記』の叙述によると、長明の和歌所での忠勤に対し、後鳥羽院は下鴨社禰宜への階梯と位置付けられる河合社の禰宜職をもって報いてやろうとしたが、下鴨社禰宜の鴨祐兼の妨害が入り、その話は沙汰止みとなってしまう。院は、その代わりに、「うち社《らカ》」という氏社を官社に格上げし、長明をその禰宜にしようと計らってやったが、長明は話が違うとして和歌所を出奔、「いづくにあり」ともわからぬまま、「かき籠」ったのであった。以下は、その後日譚を記す場面である。

さてかき籠り侍る由、たゞ事とも覚えず。いづくにありとも聞こえで、程へて十五首歌詠みて参らせたりし中に、

Aすみわびぬげにやみやまの真木の葉にくもるといひし月を見るべき

a これは召し出だされたし《(り欠カ)》時、御歌合の侍りしに、殊によろしく詠める由、仰せられし歌侍りき。深山月といふ題、

B よもすがらひとりみやまの真木の葉にくもるもすめる在明の月

この歌を思ひ出でて、「げにやみ山」と詠める、あはれに世の人申しあへり。されど、さほどにこは〱しき心なれば、よろづうち消つ心地してぞ覚え侍りし。その後、出家し、大原に行ひ澄まし侍りと聞こえしぞ、あまりけちえんなる心かなとはぼ《(お欠カ)》えしかど、先の世にかかるよすがにひかれて真の道におもむくべき契り深かりけるよと、この世の夢思ひあわせられしならんかし。「手習といふ琵琶を持たりし、尋ねよ」と仰せ侍りしかば、大原へ消息して侍りしかば、使につけて参らすとて、撥に書き付けたりし歌、

C かくしつゝ峰の嵐の音のみやついにわが身を離れざるべき

D 払ふべき苔の袖にも露あればつもれる塵は今もさながら

是を御覧じて、「返事せよ」と仰せられしかば、

E これを見る袖にも深き露しあれば払はぬ塵はなをもさながら

F 山深く入りにし人をかこちてもなかばの月を形見とは見む

出奔後の長明は、後鳥羽院に十五首の歌を送る。その中の一首がAであった。これは明らかにB、即ち、「建仁元年八月十五夜和歌所撰歌合」での詠を念頭に置いて詠み出されたものであり、先の解釈をふまえると、一首の大意は、「この世に住むことがつらくなってしまった。なるほど、常しえに存在し、澄んでいるはずの月を、私はこれから、あの時詠んだように、真木の葉に遮られて曇ったものとして現実に見ることになるのだ

ろうか」となろうか。それは、同時に、河合社禰宜事件によって「くもる」我が心を訴えるものである。穿った見方をすれば、「真木の葉」という己の外の存在を月が「くもる」原因とすることによって、本来享受できるはずの輝かしいもの（河合社禰宜職）を他者（鴨祐兼）によって妨害されたことを暗示するのかもしれない。

ここで問題となるのは、傍線部aである。『源家長日記』も掲げるBの和歌は、長明が後鳥羽院歌壇に登場した正治二年（一二〇〇）からおよそ一年後の建仁元年八月十五日に披露されたものである。しかし、家長は、長明が後鳥羽院に召し出された時の歌合でB歌が詠まれ、それが後鳥羽院に大いに褒められたと記す。家長自身、「建仁元年八月十五夜和歌所撰歌合」に出詠しているが、この齟齬は単なる記憶違いなのであろうか。それとも、何らかの意図によって、長明が後鳥羽院に「召し出だされ」た時、即ち二人の出会いの時点にBをずらしたのであろうか。

さらに読み進めていくと、その後、後鳥羽院は家長に命じて、長明所持の琵琶「手習」を求めさせる。長明は後鳥羽院に「手習」を献上する際、琵琶の撥にCDの二首を書き付けた。それに対して、後鳥羽院は家長に返歌を命じ、家長はEFの二首を詠むのだが、この計四首の贈答には違和感を抱かざるを得ない。この四首のうち、長明のDと家長のEについては、

D　払ふべき苔の袖にも露あればつもれる塵は今もさながら

E　これを見る袖にも深き露しあれば払はぬ塵はなをもさながら

と、明らかに対応が見られる。しかし、残るCとFは、言葉も内容も全く重ならず、贈答の体を成していない。これは一体どういうことなのだろう。

『源家長日記』は、田村柳壹が述べるよう、「類い稀なる威光のもとに諸道を奨励し、当道に才能を有する人、当道に勤しむ人に朝恩を恵み与える帝王」としての後鳥羽院を描くという明確な執筆意図を有する。(6)その枠組みは実に強固なものであり、例えば、寂蓮は、その実人生とは異なり、「ひたすらに後世を願い庵で仏道修行に励んでいたところを後鳥羽院に召し出され常に近仕した」と、後鳥羽院の朝恩を受けて召し出された臣下として虚構化されて描き出されたことを吉野朋美は指摘する。(7)ならば、aに見える事実との齟齬やCFの贈答の破綻もまた、このような枠組みの下に家長が作り出した虚構と考えることができるのではないだろうか。

四　論理の破綻と再構築

ここで、長明の出奔譚が置かれた前後の『源家長日記』の構成を見てみよう。『源家長日記』が後鳥羽院の朝恩すなわち「御恵み」について筆を及ぼす最初の例は、正治二年の院初度百首における藤原定家である。具体的には、後鳥羽天皇から土御門天皇へと「代のかはる事」によって「かきこも」っていた定家の「君が代にかすみを分けし蘆たづのさらに沢辺にねをやなくべき」（正治初度百首・一三九六）の歌を見た後鳥羽院が「あはれに思しめし」たからか、定家は還昇を果たしたというエピソードであった。それに対する家長の評は、「まことに此の道を思し召さば、此の人々いかが御恵みも侍らざらむ」というものである。以下、寂蓮・具親・行能・定家の兄の成家・定家の子の小君と、歌道の上で院の朝恩に預かった臣下の話が続くのだが、これら一連の朝恩譚は、朝恩によって臣下の望みが叶えられるという形式に則って語られている。この点において、氏社を官社に格上げして長明の意を満たしてやろうとする後鳥羽院の意志を、臣下である長明が蹴るという当該譚は、極めて異例な展開をたどっていると言えよう。さらに、長明の出奔譚の冒頭の一文は、「何ばかりの事ならぬいたづらわざも、こと一つに極めたる人の、その事にひかれてこよなき御恵みどもの侍るに、鴨長明が望みのとげざりしぞ、先の世の事とのみ聞き侍りし」であった。どのような些細なことでもその道を極めようとする者には、後鳥羽院が「御恵み」を与え、その者の望みが実現するはずなのに、長明だけがその例外であり、その理由は長明の前世からの因縁にある、という家長の考えが展開されている。先に述べたごとく、後鳥羽院が長明の忠勤に対して施した「御恵み」は、実を結ぶことはなかった。後鳥羽院の「御恵み」(原因)によって臣下の幸い(結果)がもたらされるという因果の論理に基づいて、ここまで一連の話を展開してきた家長にとって、この話は論理を破綻させ、日記全体の枠組みを壊す異常事態である。その破綻を埋めるべく用意されたのが、まず、「先の世の事」すなわち前世からの因縁という一般性の高い論理だったと考えることができよう。

長明譚の冒頭の一文が、朝恩による臣下の幸いという論理が破綻したことに対する弁明から始まったことを考えると、前述の虚構もまた、このような破綻を埋め、新たな論理の枠組みを作るところに寄与した可能性が高い。個々の例を検討してみよう。

A　すみわびぬげにやみやまの真木の葉にくもるといひし月を見るべき

B　よもすがらひとりみやまの真木の葉にくもるもすめる在明の月
（建仁元年八月十五夜和歌所撰歌合・六九／新古今集・雑上・一五二三）

長明が出奔した後に送ってきたとされる一五首のうちの一首がAであるが、これがBを踏まえたものであることは明白である。Aの大意は先述の通りだが、「げに」が既出の物事に対する現実的な納得・共感を表す語であることを考えると、Bで詠んだ内容が実現しつつあることを憂えてみせたものとなる。これを逆から考えると、Bは後の事態の兆しとなる、乃至は後の事態を予言するものであり、Aの和歌は、その実現を確認したものということになろうか（Bのような性質を持つ歌を、以下「予言歌」と呼ぶ）。ABの二首は、予言歌とその実現という性質を持ったものと考えられる。

このような性質は、Cの歌にも見て取ることができる。

C　かくしつゝ峰の嵐の音のみやつゐにわが身を離れざるべき

G　ながむれば千々に物思ふ月にまた我が身一つの峰の松風
（建仁元年八月十五夜和歌所撰歌合・二三／新古今集・秋上・三九七）

Cは、「（手習を献上して）このように暮らしていると、峰の嵐の音ばかりが我が身を離れず、ともにあるものとなるのだろうか」というもの。直接には、後鳥羽院の要請により、長明が手習という琵琶を献上した際の歌である。この歌もまた、先のBと同じ「建仁元年八月十五夜和歌所撰歌合」で詠出されて『新古今集』に入集するGと重なりが認められる。Gは、「月見れば千々に物こそかなしけれ我が身一つの秋にはあらねど」（古今集・秋上・一九三・大江千里）を本歌とし、「眺めていると私も人並みに千々に心を乱して物を思う。そのような月に加えて、我が身一人に峰を吹き渡る松風を聞き、寂しさを掻き立てられることよ」と詠む。「峰の松風」は、「都だにさびしさまさる木枯に峰の松風思ひこそやれ」（千載集・冬・四一九・定頼女）のように、寂しさを掻き立てるものであろう。Cに目を転じると、「手習」の琵琶が手許を離れ、我が身に残る音は「峰の嵐の音」ばかりであるから、その音は寂しさを象徴するものともなる。ABほどの明確な意図の下にあるわけではないが、Cを詠んで送る際の長明の念頭にはGがあった、或いはそのように家長が考えて歌を配列したと見てよいのではないだろうか。この二首もまた、以前にGで詠んだ内容がCで実現しようとしており、予言歌とその実現の確認という範疇に収めてよいものと考える。

ここまでを見ると、『源家長日記』の当該場面は、長明の身に起こったことを彼自身の和歌による予言と実現という形で織りなすという論理が底流にあるのではないか。このことを念頭に置いて、最後のFを見てみよう。

F　山深く入りにし人をかこちてもなかばの月を形見とは見む

すでに先行研究が指摘するよう、「なかばの月」とは琵琶を意味し、直接には長明が後鳥羽院に献上した手習を指す。琵琶を「なかばの月」や「なかばなる月」と言い習わすのは、「琵琶の腹に穴あり、半月の如し」（百詠和歌・二〇五）と見えるように、琵琶の胴体にある穴の形状からであるようだが、

東北院の稚児がもとに人々琴弾く聞き、我も琵琶弾きなどして帰りて後に、稚児がもとより

・空すみてたなびく雲もなき夜半はなかばの月を思ひこそやれ

（祐子内親王家紀伊集・三七）

のように、月に掛けて言うことがほとんどである。そして、その際の月とは、「なかばの月」という言葉が指し示すごとく、半月あるいは満月ということになる。(8) Fに目を戻して考えると、歌中の「なかばの月」は手習の琵琶を指すと同時に、実際の月をも意味し、その月は、AB中に詠まれた八月十五夜の月を思い起こさせるものなのではなかろうか。Fを見ると、

F　山深く入りにし人をかこちてもなかばの月を形見とは見む

A　すみわびぬげにやみやまの真木の葉にくもるといひし月を見るべき

B　よもすがらひとりみやまの真木の葉にくもるもすめる在明の月

（建仁元年八月十五夜和歌所撰歌合・六九／新古今集・雑上・一五二三）

と、AB中の言葉、特にAとの対応が見られる。即ち、Fは、Aに対する返歌の体を為しており、ここまでに展開してきた物語を完結させるものと考えられよう。言い換えれば、Bによる予言はAによって実現の進行を

確認され、Ｆで「山深く入りにし人」とすでに彼らが直接に見聞きした過去のものとなり、「手習」の琵琶を「形見」とされるに至って、現実のものとして定位されたということになろうか。

以上、考察してきたことをまとめると、『源家長日記』の長明譚は、長明の和歌が、彼の人生を予言する、または後に起こる事態の兆しとなるように配置・構成されていると考えられる。それは、この話が、長明の人生に対し、彼自身の和歌による予言が後に実現していくという論理の下に書き記されたことに起因すると考えられるのではなかろうか。この時、Ｂ歌が詠出された時期が長明と後鳥羽院との出会いの場に設定されたこと（傍線部ａ）は、この歌の持つ予言性――この後、長明の運命がどのように展開するか――をより強く印象付ける効果を持つ。これら一連の叙述の有り様は、広く捉えれば、長明の和歌に後に起こる事態の原因を求め、予言歌とその実現という組み合わせで因果関係を構成していくものでもあろう。それが、朝恩による臣下の幸いという『源家長日記』を支える枠組みから外れた当該譚を支える論理であったと考えたい。

なお、一旦破綻したと思われた「朝恩による臣下の幸い」という『源家長日記』の論理は、その後、家長と長明の邂逅の場において、再生を果たすことになる。

其後、思ひがけず対面して侍りしに、それかとも見えぬほどに痩せ衰へて、「ｂ世を恨めしと思ひ侍らざらましかば、うき世の闇ははるけず侍りなまし。これぞまことの朝恩にて侍るかな」と申して、苔の袂もよよとしほれ侍りし。「うき世を思ひ捨て、ｃ少しのほだしにもこれが侍り」とて、ｄ歌の返し書きたりし琵琶の撥を経袋より取り出でて、「これはいかにも、苔の下まで同じところに朽ち果てんずるなり」とぞ申し侍りし。なを心に入れたりしことを思ひ捨て難き事にして、いささか妨げともなるまでおぼゆらんいとをしさよ。

家長が書き留めた長明の言――家長が長明に言わせたせりふ――は、「後鳥羽院の約束が叶えられず、俗世を恨めしく思ったことで出家することができた。自分を仏道という真実の道へと導いてくれたことこそが、院の朝恩だ」（傍線部b）というものである。そして、長明は院からの返歌（の体である家長の歌）が書かれた琵琶の撥を、現世の絆しともならんばかりに大切にしている（傍線部cd）。これは、後鳥羽院をひたすらに慕う長明の姿勢を象徴するものであろう。つまり、俗世では叶わなかった臣下の幸いは、仏教という高次の、当時の人々にとって最も本質的な世界において結実したのである。不本意な状況が出家をすすめ、当人を仏道へ導くという考え方は、

讃岐にて、御心引き替へて、後の世の御つとめひまなくせさせおはしますときききて、女房のもとへ申しける、この文を書き具して、若人不嗔打、以何修忍辱

・世の中を背くたよりやなからましうき折節に君あはずして　（山家集・一二三〇）

・思ひ侘びうき世の中を背きなば人のつらさやうれしかるべき　（正治初度百首・一八七七・静空）

など、実に常套的なものである。多少のわざとらしさは感じるものの、家長が長明にこのようなせりふを吐かせたことで、『源家長日記』の長明譚は、再び、「朝恩による臣下の幸い」という予定調和の中に位置付けられ

たのであった。

五　予言歌の物語

さて、長明譚の実際の構想・執筆は家長の手に成るものだが、『源家長日記』のみが記すACDの和歌は長明のものと考えて差し支えないと思われる。後鳥羽院の代理として、家長が臣下との歌の贈答をしていたことは、『源家長日記』の他の箇所からも多くうかがわれるところであるから、「手習」の琵琶の受け渡しに際しても、家長が長明と連絡を取り、そこに歌の贈答があったのは確実だろう。また、家長は長明にとって自らの思いを託すに相応しい相手であったと考えられるから、家長の手許に長明の和歌が残ることは、不自然なことではない。ならば、長明自身もまた、自らの身に起こった事態について、それを和歌による予言の論理の下に捉えようとしていたとの推測が許されようか。

言霊思想を持ち出すまでもなく、和歌とは、その根幹に予言性を持つものであろう。童謡や予祝歌がその典型であろうが、和歌の予言性はその範疇にとどまらない。このようなことは、すでに『俊頼髄脳』や『袋草紙』が触れるところであり、長明も十分に意識していたことだと考えられる。

（1）　白雲のおりゐる山と見えつるは高嶺に花や散りまがふらん

これは忠岑に、「春の歌たてまつれ」と宣旨ありけるに、仕れる歌なり。躬恒これを聞きて、「府生、大きにあやまてり。いかでか、宣旨によりて奏する歌に、雲をりゐるとは詠まん。帝をば、雲の上と申す。位去らせ給ふをば、をりゐさせ給ふと申す。雲をりゐるといひて、末に、ちりまがふといへり。さやうの事、あやまつべきものにあらず。これは、しかるべき事なり」とぞ申しけるに、あはせて、世の中かはりにけりとぞ、申し伝へたる。

（2）世の末なれど、堀河の院の御時に、殿上の男どもを召して、歌詠ませさせ給ひけるに、左大弁長忠に、題召しけるに、夢の後の郭公といへる題を、たてまつりたりけるを、をの〳〵、みなつかまつりて後、「この題、まことにあやし。夢の後といへるは、まがまがしき事なり。この世を、夢の世といへば、夢の後とは、後生をいふなり。いかでか、みかどの召さん題に、かかる題をば参らせん」。これは、しかるべき事なり。世の人、申しあひたりし程に、そのけにや、いくばくの程もなくて、院、かくれおはしましにき。それには、またくよるまじき事なれど、世にいひあひたりしことよ。

（俊頼髄脳）

（1）は壬生忠岑が帝の命に応じて奏上する歌に帝の退位を意味する「降り居る」、さらに人の死を意味する「散りまがふ」という詞を詠み込み、その不吉さを凡河内躬恒が指摘したところ、天皇が交替したというもの、（2）は堀河院に召された歌題に、長忠が「夢の後の郭公」と奉ったところ、「夢の後」は後世を意味するので不吉だと話題になり、堀河院もほどなくして亡くなったというものである。注意したいのは、（2）末尾の傍線部、「長忠の題のせいでは全くないのだろうが、世の中ではそのせいだと言い合った」というところである。即ち、（1）と同内容の話を載せる『袋草紙』が、「如㆑此物語、多無㆑実歟」と記すように、このような類の話は、事実として予言が実現したということではなく、そのような予言性は後に付与されたものだったということだ。例えば、郁芳門院の根合において詠まれ、それによって郁芳門院と作者の周防内侍が急死したとされる、「恋ひわびてながむる空のうき雲や我がしたもえの煙成るらむ」（郁芳門院根合・二〇・周防内侍）の歌も、「よき歌など世に申しし」（俊頼髄脳）ものであり、「江記に云はく、『人々慶賀の由を周防掌侍が許に遣はししは、如何。これ十番の歌、宜しきの由なり』と云々」（袋草紙）と、出詠当初は肯定的評価を下されていたものだったとされているのである。

このような言説から考えると、とある事態に対して、後に和歌や和歌にまつわる言葉によって予言性が付与されていく時、鍵となるのは、事態そのものが持つ異常さだろう。例えば（2）の堀河院は、「昔に恥ぢぬ世」（今鏡）、「末代の賢王」（続古事談）と讃えられながら二十九歳という若さで亡くなり、郁芳門院もまた、「進退美麗、風容甚盛、性本寛仁、接心好施」「天下盛権只在二此人一」（中右記）と評されながら、二十一歳で早世している。すなわち、結果に対して十分な因果関係が了承されえぬ事態だと言えよう。人は、常に、因果の論理の中に事態を位置づけることによって、その事態を理解し、納得するものである。従って、急死・夭逝などというような、通常の因果の論理をあてはめることができない事態においても、何らかの原因を探し、因果関係の枠組みを作って納得しようとする動きが出てくるのであろう。この時に、しばしば要請されたのが、当人または近しい人物の和歌、乃至は和歌にまつわる言葉にその兆しを求めるという予言歌の論理ではなかったか。例えば、『更級日記』は藤原行成の娘の死に際して、作者が手本にしていた当人の筆跡になる「鳥辺山谷に煙のもえ立たばはかなく見えし我と知らなむ」を挙げ、『今鏡』（すべらぎの下・虫の音）はわずか十七歳で早世した近衛帝の崩御の記事に続けて、「虫の音の弱るのみかは過ぐる秋を惜しむ我が身ぞまづ消えぬべき」の御製を掲げている。急死・夭逝などという一般的な必然性を持ち得ない死を書き記すに際して、死を喚起させるような当人の和歌を引用することは広く行われていたと考えてよいだろう。

話を長明に戻そう。長明は、『無名抄』「晴歌見合人事」において、帝や后の薨去を表す「崩」の字を詠み込んだ、「人知れぬ涙の河の瀬を早みくづれにけりな人目づつみは」を高松女院の菊合で披露したら、後の高松女院の急死の兆しとされただろうと記している。すなわち、長明は予言歌の論理を十分に認識し、その論理は彼自身のものの見方・考え方を方向付けていたのである。河合社禰宜事件の際、彼もまた、自らに起こった不測の事態を説明し、納得する必要に迫られたのではないか。この時、長明の納得の方法は二面にわたって考える必要があろう。一つは、先述したように、自らがかつて詠んだ和歌にその事態の兆しとなるものを探すことで、事態を予言（因）とその実現（果）という論理の中に定着させようとする一般的な方法である。そして、もう一つは、この予言の論理によって、河合社禰宜事件は、長明の予言歌を軸とする物語となり、『源家長日記』に書きとどめられたということである。本来は関連を持たなかった「建仁元年八月十五夜和歌所撰歌合」のB歌は、おそらくは長明が「かき籠」った状況との合致によって事態の兆しとして引き寄せられ、そのことによって、河合社禰宜事件は、長明の予言歌が実現するという筋を底流に持つ物語として仕立てられた。つまり、長明は、自らに起こった事態を、予言歌の物語に読み替え、納得をはかろうとしたということである。

六　物語の背景

最後に、長明の納得の方法として、予言歌の物語が選び取られた背景を考えておきたい。家長と長明のやりとりは、『源家長日記』の「その後、出家し、大原に行ひ澄まし侍りと聞こえし」という文言から、長明の大原在住期のことかと推測される。ならば、おおよそ元久二年（一二〇五）～承元二年（一二〇八）頃のこととなろう。これは、元久二年三月に一旦の完成を見た『新古今集』に対し、後鳥羽院が自ら指示を下して、頻繁に切継を行っていた時期に重なる。まさしく、院が強力な帝王ぶりを発揮していた頃といってよいだろう。切継については定家の『明月記』にもたびたび登場するが[9]、家長はその様を以下のように記している。

さて竟宴終わりてもなほ清書急がれず。其の後、歌ども出され、また入るも侍り。やがて詩歌合の歌もただし入れらる。この出される人々の歎きあへる、さも聞くも罪深くこそ侍れ。…（中略）…これを見るに異人々もさぞなと思ひ知らる。されど、清書いまだおはらぬ程は、なほ思ひ消えず願立て、至らぬ限なく祈りあへりとぞ。心深さのほど、聞くもあはれなり。（源家長日記）

繰り返される切継に対して、和歌を切り出された歌人たちが心を痛め、再撰入を願って神仏に祈願を行っていることがわかる。この記事に対して、田渕句美子は「切継ぎの経過は逐次、和歌所から外に漏れていたことがわかる」と解するが[10]、その情報を耳にした歌人の中に長明を加えても差し支えはあるまい。

長明が『新古今集』への入集に対して意識的だったことは、『無名抄』「セミノヲガハノ事」からも十分にうかがえるが、この章段には自らの入集歌数を「すべてこのたびの集に十首入りて侍り」とする一文がある。『新古今集』伝本の主流をなす第二類本（切継途中の段階を伝える伝本）で確認すると、長明の入集歌は一〇首であり、うち一首は、『源家長日記』が「やがて詩歌合の歌もただし入れらる」とした、元久二年六月一五日開催の「元久詩歌合」での、

・袖にしも月かかれとは契りおかず涙は知るやうつの山越え　（新古今集・羇旅・九八三）

だ。長明が切継を経た『新古今集』に接していたことは明らかだが、さらに、『無名抄』の筆致からは、すでに自身の入集歌数が確定したと考えているような印象を受ける。それはつまり、切継が完了したと考えられる承元三年（一二〇九）もしくは四年段階の『新古今集』[11]を、長明が披見していたということであろう。飛鳥井雅経の推挙によって長明が鎌倉に下向するのは建暦元年（一二一一）一〇月であるが、そこまでの期間も、おそらくは家長や雅経を通じて、院歌壇や『新古今集』に関する情報が長明の許にもたらされていたとの推測は十分に可能である。

ならば、『源家長日記』における長明は、後鳥羽院を頂点とする院歌壇の現状を十分に理解した上で、予言歌の物語を通して、「最終的には朝恩によって幸いを得、院歌壇を出奔してもなお院を慕う臣下」という役柄を演じているのではないだろうか。その底流には、自身の歌が切継の対象になるか否か・どれほど入集するのかということへの思惑を勘繰りたくもなるが、あくまでも想像の範疇である。もちろん、そのような展開を導いたのは、長明譚が記された『源家長日記』の書き手・家長その人であろう。先に述べたように、家長は長明とは懇意であり、さらに『源家長日記』の執筆に際しては、朝恩による臣下の幸いという因果関係の破綻を埋める新たな論理が必要だったからである。

なお、このような長明の外側に位置する要因に加えて、もう一つ、長明その人の内面的な傾向を要因として挙げることができよう。そもそも、自らに起こった事態に対し、自身を主人公として物語化するという方法は、『無名抄』にも見られるものであり[12]、長明の述作における一つの傾向と考えられるからである。長明自身の姿が投影されていると考えられている『発心集』巻五―一三「貧男、好差図事」[13]（神宮文庫本巻四―一七）も、このような自己の物語化と軌を一にするものであろう。ならば、『源家長日記』における河合社禰宜事件の物語は、長明自身の嗜好がある程度反映されたものと考えてよいのではなかろうか。予言歌の物語による納得は、長明自身も、望まぬところではなかったように思うのである。

以上、『源家長日記』の長明譚が構想・執筆される経緯を、作品の論理・和歌における予言の論理・後鳥羽院歌壇と長明の状況から読み解いてきた。これらの要因が重なり合う中で、「夜もすがら一人み山の真木の葉にくもるもすめる有明の月」の一首は、長明の人生を象徴する歌として押し上げられ、代表歌としての地位を獲得したのだと思われる。

注

（1）　三木紀人『閑居の人　鴨長明』（新典社、昭和五九年）、渡部泰明「新古今時代――建仁元年八月十五夜撰歌合をめぐって」（『国文学　解釈と教材の研究』四九―一二号、平成一六年一一月）など。

（2）　二つの現象を係助詞の「も」でつなぐ第四句を持つ和歌として、他に、「惜しめどもけふばかりなる春なれば曇るも暮るる心地こそすれ」（正治初度百首・春・一〇二三・経家）がある。この歌の大意は、「（ゆく春を）惜しんだけれども（その甲斐はなく）、今日ばかりで終わる春なのだから、曇っている（から日が暮れるのがわからない）けれども、日が暮れ、春も暮れゆく気持ちがすることだ」となろう。この歌においても、「曇る」と「暮るる」は同時に起こっている現象である。さらに、空が「曇る」ならば日が「暮るる」のはわからないはずだから、「曇る」と「暮るる」の結び付きには落差が存在しよう。その落差を埋めるのが上句の「今日が三月晦日だから」という事実ということになる。この歌についても、連想上の落差が存在する現象同士を「も」によって結び付けたことが、第四句の眼目だと思われる。なお、久保田淳『新古今和歌集全注釈』（角川学芸出版、平成二四年）は、「「くもるも澄める」と、一件矛盾したような表現は、師の俊恵の「月見れば身のうき事もおぼゆれば曇るは晴るる心地こそすれ」（林葉集・四八三）などに学んだか」とも指摘する。

（3）　連歌師猪苗代長珊の手になると考えられる『新古今和歌集抄出聞書』では、具親の五七番歌に、「朧月の影を映し、かすまぬ波もかすむなり。うつるもくもるなどいへる事、作者の粉骨なれば、後々の人など詠むまじき由、制の詞にいだせり」と注し、長明の一五二三番歌は、「明白なる十五夜の月なりとも、思ひも入れず見ては、その詮なかるべし。くもるもすめるといへる、粉骨なり。深山にて独り物静かに月を見る様なり」とする。「うつるもくもる」「くもるもすめる」という両者の第四句が、同じ「粉骨」という評語で捉えられているのは興味深い。

（4）　『公任集』二七五番歌、『待賢門院堀河集』一二九番歌、『久安百首』八七番歌（崇徳院）・六八七番歌（親隆）、『続詞花集』四五一番歌（朝日尼）、『今撰集』二一四番歌（顕昭）、『法門百首』六四番歌、『唯心房集』一〇六番歌、『教長集』八四四番歌、『長秋詠藻』八九・四六六番歌、『二条院讃岐集』九二番歌、『千載集』一二三一番歌（西行）、『西行法師家集』六一三番歌、『拾玉集』二四九四番歌、『拾遺愚草』八四番歌、『如願法師集』九二二番歌、など。

（5）　第二部第二章「『正治後度百首』の構想」。

（6）　『後鳥羽院とその周辺』所収「『源家長日記』の描く後鳥羽院像をめぐって」（笠間書院、平成一〇年。初出は平成五年二月）。

（7）　「後鳥羽院の和歌活動初期と寂蓮」（『中世文学』五〇号、平成一七年六月）。

（8）　「なかばの月」の語が満月を表す例としては、「八月十五夜、宰相中将母のもとに／白露もともに起きゐて秋の夜のなかばの月をながめましかば」（郁芳門院安芸集・二九）がある。また、『栄花物語』「暮まつ星」で管絃の遊びにおいて詠まれた連歌、「秋の夜のなかばの月を今宵しも／一時めづることぞうれしき」（四七九・経家の弁／出羽弁）は、「なかばの月」が琵琶を意味する。この連歌は、「秋の夜のなかばの月」という詞続きや、「今宵しも」「めづる」という「なかばの月」を賞翫する語が散りばめられていることからも、琵琶とともに八月十五夜の満月を指し示していると見るべきかと思われる。なお、新編日本古典文学全集『栄花物語』（校注訳、山中裕・秋山虔・池田尚隆・福長進）は、「「秋の夜の半ばの月」は仲秋の名月、「半ばの月」は琵琶の異称で、琵琶を掛ける」と注を施す。

（9）例えば、承元元年（一二〇七）二月二六日条には、「於二和歌所一、又沙二汰新古今一。無二尽期一事也」とあり、繰り返される切継に定家が辟易している様子がうかがえる。
（10）『新古今集　後鳥羽院と定家の時代』（角川選書、平成二二年）。
（11）田渕句美子「『新古今和歌集』の成立――家長本再考――」（『文学』八―一号、平成一九年一月）。
（12）第一部第一章「自らを物語る――「セミノヲガハノ事」から――」。
（13）三木紀人『閑居の人　鴨長明』（新典社、昭和五九年）に指摘がある。

第三部

『方丈記』

序章　『方丈記』の諸本と全体の構成について

第三部で『方丈記』を論じるに当たり、伝本の問題を概観しておきたい。『方丈記』は広本（古本系・流布本系）と略本に大別されるが、広本系の諸本は、

于時、建暦ノフタトセ、ヤヨヒノツゴモリコロ、桑門ノ蓮胤、トヤマノイホリニシテ、コレヲシルス。

との奥書を有す。これによると、この作品は、建暦二年（一二一二）三月の終わり頃、桑門の蓮胤（長明の法名）が日野の外山（現京都市伏見区日野の法界寺周辺）の草庵で記したものということになり、この記述をもって、『方丈記』の成立は建暦二年三月末と考えられている。

現存する『方丈記』諸本は、広本と略本に二分され、広本はさらに古本系と流布本系に分けられる。古来広く読まれ、また現存するほとんどの伝本は広本の形態のものだ。古本系には大福光寺本・尊経閣文庫本・山田孝雄旧蔵富山市立図書館本・三条西公正氏旧蔵学習院大学本等、流布本系には一条兼良筆本・陽明文庫本・嵯峨本等がある。また、広本とは内容が大きく異なり、分量も大変少ない略本として、長享本・延徳本・真字本に代表される三種がある。(1) それぞれの関係については後述するが、これらのうち、現存最古の写本は、醍醐寺の西南院に相伝され、寛元二年（一二四四）二月に学僧・親快による識語を付された大福光寺本（広本・古本系）

である。この識語には「鴨長明自筆也」と記されているが、長明の真蹟と確実に判断できる資料が他に存在しないため、その真偽を明らかにすることはできない。大福光寺本の書写年代が長明生存時に近接していること、伝来の場となった醍醐寺は長明が隠遁した日野に程近く、『方丈記』享受の場として十分に考え得ること(2)、流布本・略本はいずれも室町時代中期以降の写本しか現存しないこと等からも、大福光寺本を「方丈記」読解の礎とするのが通常となっている。

内容については、広本・古本系の本文に拠り、いくつかの章段に分割して理解されてきた。章段構成を明示する代表的な先行注釈としては、A西尾実校注・日本古典文学大系『方丈記　徒然草』(岩波書店、昭和三二年)、B簗瀬一雄『方丈記全注釈』(角川書店、昭和四六年)、C三木紀人校注・新潮日本古典集成『方丈記　発心集』(新潮社、昭和五一年)、D佐竹昭広校注・新日本古典文学大系『方丈記　徒然草』(岩波書店、平成元年)、E市古貞次校注『新訂方丈記』(岩波文庫、平成元年)が挙げられる(3)。ADEは五段、Bは六段、Cは七段に分割している。五段の場合、

①序
②五大災厄とまとめ
③自らの来歴と日野の庵の生活の様
④閑居の気味
⑤結語

という分け方になる。六段構成は、②を五大災厄とまとめの部分で分ける。七段構成は六段同様②を二分し、加えて③を来歴と日野の庵の生活に区切る。従って、六段・七段構成とは五段構成を細分化したものであり、

根本的な差異はないと見てよい。すなわち、近代以降の注釈は、概ね五段構成を基準にすると考えられ、本書においては以下に示すような五段構成をもとに考察を行うこととする。これらの先行研究からは、『方丈記』という作品の構成に対する読み手の意識の共通性をうかがうことができるが、それはそのまま『方丈記』の有する構成の明確さと考えてよいように思う。

第一段　序

「ユク河ノナガレハ絶エズシテ、シカモ、トノ水ニアラズ」に始まり、対句・漢文訓読語を多用し、様々な喩えを用いながら、人と栖の常住ならざる様を言う。「方丈記」は、ここから最終段に至るまで、人と栖という視点に一貫して寄り添い続ける。この序段は、そのような全体の方向性を見据えるものとして位置していることになる。

第二段　五大災厄

「予、モノ、心ヲ知レリシヨリ、四十アマリノ春秋ヲ送レルアヒダニ、世ノ不思議ヲ見ル事、ヤ、タビ〳〵ニナリヌ」に始まり、長明が二〇代から三〇代にかけて経験した五つの「不思議」について記す。安元三年（一一七七）四月二八日の大火、治承四年（一一八〇）四月二九日の辻風、同年六月から一一月にかけての福原遷都、養和元年（一一八一）から翌二年にかけての飢饉、元暦二年（一一八五）七月九日の大地震が取り上げられるが、惨事の様を具体的に喚起・追体験させるような写実的な筆致と迫真性を後押しする躍動的な文体は、「方丈記」が記録文学の白眉と言われる所以でもある。しかしながら、その筆は、人と栖が災厄によって動かされ、壊され、虚しくなる様から離れることはない。この部分は、五つの「不思議」に続けてまとめを付けるように、それらの災禍が世の中での生きにくさ・人と栖のはかなさを如実に示すことを説き、「イヅレノ所ヲ占メテ、イカナルワザヲシテカ、シバシモ此ノ身ヲ宿シ、タマユラモ心ヲヤスムベキ」と、人が身を宿し心を休めるべき場所は実に得にくいものであることを述べる。

第三段　自らの来歴と現在の栖の様

「ワカ、ミ、父方ノ祖母ノ家ヲ伝ヘテ、久シク彼ノ所ニ住ム」に始まり、出家遁世に至る長明自身の来歴とその時々の栖の様、さらに「方丈記」執筆時の栖である日野の方丈の庵の有様と生活の様子を述べる。前半に当たる長明の来歴は、長明が父長継の母の家を継承していたこと、三〇歳余りでその家を出て鴨川の河原に庵を結んだこと、五〇歳の春に出家遁世して大原で五年の歳月を送った後に日野に移ったこと等が記されている。この日野の庵こそが、「広サハワヅカニ方丈」として、作品のタイトルの由来となる方丈の庵であった。詳述される内容は、庵の作り、室内の様、持ち込んだ品々、庵の周辺の様子、四季の景物、仏道修行に加えて管絃や遊行を楽しむ穏やかな生活の様である。遁世者の栖としての方丈の庵とそこでの生活についての具体的な叙述は、多くの漢詩文や和歌をふまえた美文で綴られており、豊かな叙情性をもって読み手に訴えかけ、草庵に生きる理想的な日々を想起させる。このような草庵の生活を綴った作品は先例を見ないが、末尾に置かれた「イハムヤ深ク思ヒ深ク知ラム人ノタメニハ、コレニシモ限ルベカラズ」の対他的な一文には、自らのような遁世者たち――山中や山里の草庵で四季折々の景気を感受し、管絃や詠歌に心を慰める出家者――と共有された意識を読み取ることもできる。

第四段　閑居の気味

「ヲホカタ、コノ所ニ住ミハジメシ時ハ、アカラサマト思ヒシカドモ、今スデニ五年ヲ経タリ」に始まり、日野の草庵での五年間の生活を経た現在の心境、独居の楽しみと意義を、対句と漢文訓読語を多く用いながら述べる。無常の世で我が身を宿す場所の困難さは第二段の末尾に記されていたが、ここでは、現在の庵のみがのどかで怖れることもなく、「一身ヲ宿スニ不足」のない栖だとして、一つの解決が示される。それは、我が身のために庵を結び、糸竹花月を友とし、奴婢として我が身を使い、衣食もまた自らが得るに従うという他者を頼まぬ自足の生活であった。そして、そのような閑居の趣は、「住マズシテ誰カサトラム」即ちそのような住まいを経験しないでは理解することはできないとして、草庵生活の実践者たちの共感に訴えるようにして高らかに結ばれる。

第五段　終章

「抑、一期ノ月影カタブキテ、余算ノ山ノ端ニ近シ」に始まり、自己批判と反省の弁を綴る。その形式は問答体であり、ここまで述べてきた草庵への愛着・閑寂への執着が執心を戒める仏教の教えに反するものであるとして、自らの心に自らが問いを発するという自問自答が展開される。その中で、「姿ハ聖人ニテ心ハ濁リニ染メリ」と自責し、「貧賤ノ報ノミヅカラ悩マスカ」、「妄心ノイタリテ狂セルカ」とその理由を問うが、心は答えを発しない。結果、長明は傍らに「舌根」を雇い、「不請阿弥陀仏」を二三返唱えることで問答は終わり、作品もまた終結する。この最終段は、方丈の庵での充足を謳った第三・四段の筆致とは対照的なほどに印象が異なること、「不請阿弥陀仏」の意味が『方丈記』をめぐる最大の論争となっていることに起因して、その位置付け・解釈について様々な論が存在している。

なお、広本・古本系の本文では、全体の分量は一万字程度。序から終章に至るまで、「人と栖」という視点で貫かれていることは明らかであり、極めて緊密な構成を取っていると言えよう。

その他の系統の本文との差異を見てみると、広本・流布本系の本文では、②五大災厄中の元暦の大地震の箇所において、武者の子が崩れた築地の下敷きになって死んでしまい、その父母が嘆き悲しむ様を記すエピソードが入る。また、流布本系の本文には、末尾に「月かげは入る山の端もつらかりきたえぬ光を見るよしもがな」という一首を記したものがあるが、別人の詠であり、(4)流布本系の伝本の中で最古本にあたる一条兼良筆本、室町末期書写の陽明文庫本などには、この和歌はない。この和歌については、後代、付加されたものとして間違いないだろう。

続いて、略本であるが、全体の分量は広本の三分の一程度であり、大きな差としては②五大災厄の部分が全てない、③長明の人生の来歴に全く触れない、⑤終章に当たる部分が、方丈の庵が我が心に適い一切の憂わしいことがないという自己肯定や、後世菩提と六道四生の群類の引導を志す強い利他意識に基づいていること等が挙げられる。また、全体的に浄土信仰に基づく類型表現が見られ、説教・唱導的な性質が強い本文になっている。(5)

本文と内容にこれほどの相違を持つ諸本が同一のタイトルの下に存在するという状況は、『方丈記』という作品の姿や生成過程、及び流布・享受の様相に大きく関わる問題を生み出す。かつては、広本『方丈記』をも後代の偽書とする説が存在したが、(6)広本・古本系の最古写本である大福光寺本の出現によってその問題には終止符が打たれ、(7)『方丈記』は、ほぼ疑いなく長明の真作と考えられるようになった。しかし、これら広本・略本の関係については、いまだ一定の見解は確立していない。大きくは、略本を後世の偽作とする説(8)と、略本を草稿本と位置づけて長明本人が略本から広本へと書き改めたとする説(9)に大別され、少数ではあるが広本・略本ともに長明の作であり、広本が初稿本で略本は後の別稿本だとする説[10]もある。

広本古本系と流布本系の関係についても、長明の真作である古本が後世に増補・修正されたのが流布本だとする説[11]、長明自身が流布本系統の本文から古本系統の本文へと整備したとする説[12]がある。後者は、略本を長明真作とする説から指示され、長明の手によって略本↓流布本↓古本の順で『方丈記』が整えられたとする見方も出た。[13]古本系と流布本系に見える最も大きな差異は、先述したように②五大災厄の元暦の大地震における武者の子どものエピソードであるが、この箇所は、

其中に、或武者、ひとり子の、六七ばかりに侍りしが、築地のおほひの下に小家を作りて、はかなげなるあどなし事をしてあそび侍りしが、俄にくづれ、うめられて、跡形なく平にうちひさがれて、二つの目など、一寸計りづゝうち出されたるを、父母かゝへて、声を惜しまず悲しみあひて侍りしこそ、哀れに悲しく見侍りしか。子のかなしみには、たけき者も恥を忘れけりと覚えて、いとをしく、ことわりかなとぞ見侍りし。（兼良本）

というもので、押しつぶされた子どもの死骸の叙述における凄惨さが他の箇所に比べて突出していること、当該箇所が「侍り」を多用して前後の文章とは語り口が異なること等の理由から、長明の筆として当初からあったとするには違和感があるとの指摘もなされている。[14]今村みゑ子は、「略本・流布本『方丈記』をめぐって――一条兼良のこと及び享受史のことなど――」（『飯山論叢』一四―二号、平成九年一月。後に『鴨長明とその周辺』に所収）において、『方丈記』に言及した、或いは『方丈記』本文に関わりがあると思われる中世の作品を具に

検討し、

中世に享受された『方丈記』は広本のみであり、それも『平家物語』や『西行物語』のように本文で比較できるものに徹すると古本系統であったようである。少なくとも、略本の本文、及び流布本の本文のみにある部分が引かれている作品は見当たらない。

とした。今村は、これらの享受の様相から、略本や流布本がもともと存在せず、後発のものであった可能性を示唆するが、『方丈記』がどのような本文で享受されていたかという実態は、『方丈記』諸本の成立の問題と深く結びつくものであり、重要な指摘であろう。(15) これらの点から、本書では、広本古本系と流布本系本文については、流布本は後出の本文であり、古本系の本文が長明の真作に最も近い形だと考えておく。

略本の問題に戻ると、近年、加賀元子「「略本方丈記考」——その構成を手がかりとして——」（『中世文学』三八号、平成五年六月）によって、略本偽書説が再び提示された。(16) 加賀は、略本（長享本）の本文の出典を細かに考証し、その表現が『往生要集』『大無量寿経』『阿弥陀経』『往生講式』等の仏典聖教類を典拠として形成されていることが明らかにする。また、略本の構成について、

略本を詳細に考察すれば明らかであるように、世の無常と苦しみの相を記し、その苦が死後も消えることがないと強調した前半と、それゆえに菩提心を起こした現在のような自身の修行の先の極楽往生と衆生の引導を以て筆を擱く後半に分けることができる。その厭離穢土欣求浄土という両極の明暗を分かつ枠組み

を踏襲することで、末文に向かって欣求浄土への思いが高まる効果がもたらされ、筆者自身の強い浄土信仰心の吐露となりながら、同時に、読者をして読む過程において、発心から極楽浄土を欣求する心へと導く展開ともなっている。

とした上で、いわゆる『往生要集』の大文第一厭離穢土・第二欣求浄土の枠組みに沿い、浄土経典類が持つ「信者を導く効果の高い表現」を纏った略本は、平易な浄土教入門書的な性格を有しているとする。略本の持つ濃密な説教・唱導性は、「記」の文学を踏襲した家居の記・歌人長明の文学的背景を負うことが大きい広本とはあまりに隔絶されたものであり、これを同一人物の所産・思想の展開の跡として考えることは困難だと加賀は結論付けるが、首肯すべき見解であろう。また、現存する中世の諸作品において、略本の本文が享受された例が見出せないことは、先の今村論文が指摘していたが、この点も鑑みると、略本もまた後人の手に成るものであるとするのが妥当であろう。

本書では、これら諸本の問題について直接の考察を行ってはおらず、今後の課題とするが、特に加賀・今村の説に随い、流布本・略本は、後世、長明とは別の人物の手によって作られたものと考えておきたい。以上、概略的ではあるが『方丈記』諸本の研究史を確認・整理した。次章以降、広本・古本系の最古写本である大福光寺本を用いて、作品研究に入ることとする。

注

（1）『方丈記』の諸本一覧については、神田邦彦「先行研究に見る『方丈記』諸本とその影印・翻刻・解題一覧（稿）」（国文学研究資料館創立四〇周年展示図録『鴨長明とその時代　方丈記800年記念』、国文学研究資料館、平成二四年五月）が詳細な報告を載せる。

（2）醍醐寺座主をつとめた三宝院流の学僧・成賢（一一六二〜一二三一）が『発心集』を披瀝していた可能性が高いことが、今村みゑ子「『発心集』「橘大夫、発願往生事」の成立と成賢の享受——長明による改変と思想——」（『鴨長明とその周辺』〈和泉書院、平成二〇年。初出は昭和六二年七月〉）によって指摘されている。成賢の弟子である深賢は、大福光寺本に識語を付した親快の師僧である。

（3）対象としては全体の章段構成を示すものに限り、五大災厄を五つに分けて提示するような要素ごとの分割を施す注釈書については検討から外した。

（4）源季広の詠で、『新勅撰集』の釈教・六〇九番歌に、「十二光仏の心をよみ侍りけるに、不断光仏」との詞書を付して入集している。

（5）簗瀬一雄「方丈記研究序説」（『国文学研究』六号、昭和一一年五月。後に『鴨長明研究』〈加藤中道館、昭和五五年〉に所収）、同『鴨長明の新研究』（中文館、昭和一三年）、加賀元子「「略本方丈記考」——その構成を手がかりとして——」（『中世文学』三八号、平成五年六月）など。

（6）藤岡作太郎『鎌倉室町時代文学史』（大倉書店、大正四年）、野村八良『鎌倉時代文学新論』（明治書院、大正一一年）、同『増補・鎌倉時代文学新論』（明治書院、大正一五年）、尾上八郎「校註日本文学大系3所収方丈記解題」（国民図書株式会社、大正一四年）。なお、藤岡・野村・尾上ともに、略本については偽書と断じてはいない。尾上は、略本をもとにして拡充したものが広本だと論じており、この略本から広本へという考え方は、後の略本草稿説へと引き継がれている。

（7）後藤丹治「方丈記新説」（『国史と国文』、昭和三年一一月）、山田孝雄『方丈記』（岩波文庫、昭和三年）。

（8）以下、主に昭和期に出された論文・著書を挙げる。塚本哲三『通解方丈記』（有朋堂書店、昭和四年）、佐藤幹二『鴨長明と方丈記』（岩波講座日本文学、昭和八年）、簗瀬一雄前掲論文（注5）、後藤丹治『中世国文学研究』（磯部甲陽堂、昭和一八年）、吉田幸一『方丈記兼良本・十六夜日記遠州本』解説（古典文庫、昭和三一年）、西尾実『方丈記徒然草』（日本古典文学大系、岩波書店、昭和三二年）、桜井好朗「隠遁と文学――『方丈記』の略本および広本と関連して――」（『日本文学』一九―九号、昭和四五年九月）、福家尚「『方丈記』広本と略本について」（『旭川国文』二号、昭和六一年三月）、今成元昭「『方丈記』の享受を巡る覚書」（『文学部論叢』九四号、平成三年九月。後に『方丈記』と仏教思想――付『更級日記』と『法華経』〈笠間書院、平成一七年〉）。また、青山克弥「略本『方丈記』と『観心要略集』」（『説話・物語論集』七号、昭和五四年五月）は、略本の表現が源信の『観心要略集』や法然の『登山状』に寄り添ったものであることを指摘し、略本が広本を改竄したとする説に仮に立てばとした上で、改竄者の環境には上記の二書があった可能性を見る。

（9）玉井幸助『講本方丈記』（育英書院、昭和四年）、小川寿一「成長の文学「方丈記」」（『文学』二―一号、昭和九年一月）、川瀬一馬『方丈記』（新註国文学叢書、講談社、昭和二三年）、正木信一「方丈記をめぐって――略本の位置に関する試論――」（『日本文学誌要』五号、昭和三五年六月）、吉池浩「方丈記成立考再説――最簡略本は草稿本よりの発生か――」（『国語教育』六号、昭和三五年一一月）、伊藤博之「方丈記の思想と文体」（『日本文学』一〇―一号、昭和三六年一月）、細谷直樹「広本方丈記と略本方丈記」（『国語と国文学』四一―一二号、昭和三九年一二月）、伊藤博之「方丈記論」（『藤女子大学国文学雑誌』四号、昭和四三年九月）、佐々木八郎「続・方丈記私論（二）」（『学苑』四三八号、昭和五一年六月）、貴志正造「『発心集』から『方丈記』へ」（『国語と国文学』五五―三号、昭和五三年三月）、細谷直樹「略本方丈記考」（『国語と国文学』五七―三号、昭和五五年三月）、河原木有二「略本方丈記をめぐる試論」（『二松』四号、平成二年三月）。なお、鈴木久「『方丈記』密勘（Ⅲ）」（『福島大学教育学部論集』二六号、昭和四九年一一月）は、略本のうち長享本が『往生要集』『大無量寿経』の文言を選び取り、浄土教義書的色彩が強いことを示した上で、長明の信仰の深化によって略本から広本へと作品が成長・発展したとする。この鈴木の研究における「略本が浄土教義書的色彩を持つ」という示唆は、後に加賀元子の研究に引き継がれることとなる。

（10）長崎健「方丈記攷――広本方丈記と略本方丈記をめぐって――」（『橘女子大学研究年報』二号、昭和四四年九月）。長崎は、これより先に「広本方丈記と略本方丈記」（『中央大学国文』八号、昭和四〇年三月）で、広本と略本が同一作者の手になる可能性を指摘している。田口守「広本『方丈記』より略本『方丈記』へ――方丈の世界の変容――」

（『茨城大学教育学部紀要』二七号、昭和五三年三月）。

(11)　簗瀬一雄前掲論文（注5）、今成元昭「『方丈記』について——大福光寺本と嵯峨本の間から——」（立正大学国語国文学会『国語国文』二四号、昭和六三年三月。後に『『方丈記』と仏教思想——付『更級日記』と『法華経』——』〈笠間書院、平成一七年〉）、今成前掲論文（注8）、今村みゑ子「略本・流布本『方丈記』をめぐって——一条兼良のこと及び享受史のことなど——」（『飯山論叢』一四—二号、平成九年一月。後に『鴨長明とその周辺』〈和泉書院、平成二〇年〉に所収）。

(12)　川瀬一馬前掲書（注9）、吉田幸一前掲書（注8）、

(13)　手崎政男『方丈記論』（笠間書院、平成六年）、同『通読方丈記』（笠間書院、平成二一年）。

(14)　簗瀬一雄『方丈記　付現代語訳』（角川書店、昭和四二年）、同『方丈記解釈大成』（大修館書店、昭和四七年）。

(15)　今村は、同論文において、流布本系最古写本で文明年間前期（一四七〇年代頃）の書写かと考えられる一条兼良筆本と、略本のうち長享二年（一四八八）に興福寺末寺の子院である宇田西本願院で書写された長享本及び延徳二年（一四九〇）肖柏書写の延徳本が、一条兼良とその息尋尊が住した興福寺大乗院を結ぶ文化圏でほぼ同時期に出現していることに注目し、流布本と略本二本が一条兼良の意図によってその身辺で成立したとする説を提示する。

(16)　加賀は他にも、「『略本方丈記』の生成と享受に関する一考察」（『かほよとり』二号、平成七年三月）、「長谷寺豊山文庫蔵『方丈記』について——略本『方丈記』遡行——」（『武庫川国文』四七号、平成八年三月）の一連の略本研究を発表している。

第一章　「世ノ不思議」への視線

はじめに

『方丈記』広本の本文が成ったのは、建暦二年（一二一二）三月下旬。そこから現在に至るまで八〇〇年と読み継がれてきた作品の力の一つが、「五大災厄」と言われる章段である。「世ノ不思議」とされた五つの災厄――「安元の大火」「治承の辻風」「都移り」「養和の飢饉」「元暦の大地震」――の叙述は、『方丈記』が記録文学の白眉とされることに大きく寄与してきた。例えば、それは、昭和二〇年（一九四五）三月の東京大空襲の折に堀田善衞が「安元の大火」を連想し[1]、平成二三年（二〇一一）三月の東日本大震災に際して、新聞記事などが「元暦の大地震」を多く引用したことにも見出されよう。先学の言を引用すれば、『方丈記』は私たちの「災害時における反応の原型を用意した」のであった[2]。

災厄に関しては前例を見出せない程の精細な叙述、惨事の様を具体的に喚起・追体験させるような写実性と迫真性、これらが記録文学としての『方丈記』の特質であろうか。しかし、実際の災厄から『方丈記』中の現在までの期間は、およそ三〇年。それらの客観的な様相が個人の記憶の中に原形のまま保存され、ある日解凍されて、『方丈記』になったと考えるのは不自然だろう。いったい、記憶はどのように継承され、何を梃子にして、このように叙述されるに至ったのだろうか。

一　視点の在処（一）――「安元の大火」――

「世の不思議」は、安元三年（一一七七）四月二八日の夜に起こった未曾有の大火災、「安元の大火」に始まる。

去安元三年四月廿八日カトヨ、風ハゲシク吹キテ、静カナラザリシ夜、戌ノ時許リ、都ノ東南ヨリ火出デ来テ、西北ニ至ル。果テニハ朱雀門、大極殿、大学寮、民部省ナドマデウツリテ、一夜ノウチニ塵灰トナリニキ。火元ハ樋口富小路トカヤ。舞人ヲヤドセルカリヤヨリ、イデキタリケルトナン。吹キ迷フ風ニ、トカク移リユクホドニ、A扇ヲヒロゲタルガゴトク、末広ニナリヌ。遠キ家ハ煙ニムセビ、近キアタリハヒタスラ焔ヲ地ニ吹キツケタリ。空ニハ灰ヲ吹キ立テタレバ、日ノ光ニ映ジテ、アマネク紅ナル中ニ、B風ニ堪エズ、吹キ切ラレタル焔、飛ブガ如クシテ一二町ヲ越エツヽ移リユク。C其ノ中ノ人、現シ心アラムヤ。或ハ煙ニムセビテ倒レ伏シ、或ハ焔ニマクレテタチマチニ死ヌ。…（後略）…

その夜は、風が激しく吹いていた。火元は樋口富小路だったという。火はあちこちに類焼し、扇形状に燃え広がって、果てには大内裏を巻き込んで左京のおよそ三分の一を焼いてしまった。平安時代末から鎌倉時代初めに成立した法令・公事書である『清獬眼抄』でこの大火の消失地域を見ると、火元から大内裏の辺りまで、「扇ヲヒロゲタルガゴトク末広ニ」（傍線部A）延焼した様子が確認でき、『方丈記』の叙述が実際の大火の様を見事に描き出していることがわかる。

ところで、長明はなぜ、そのような形を認識できたのだろう。この点については、例えば平安京の条坊図を携帯し、焼損地区を塗りつぶして形状を判断するというような長明のルポルタージュ性にその原動力を見る論(3)などがある。著作の一つである『無名抄』（歌論・歌学書）を見ても、長明が実際にその場に赴いての見聞を重視していたのは間違いなく(4)、類焼地域の形状認識が、そのような実見からもたらされた可能性は十分にある。

ここで注意したいのは、その認識が俯瞰的な視点に基づいていることだ。焼け跡を歩いたとしても、地上からの視線で広い延焼地域の形状を判断するのは難しい。持ち歩いたか否かは別にして、条坊図のような絵図面（＝俯瞰図）を認識の座標に置かなければ、この叙述は出てこないだろう。

このような俯瞰的な視点は、他にも見出すことができる。例えば、傍線部Bだが、「町」とは平安京の条坊制における構成単位の呼称で一坊＝一六町、一町は四〇丈（約一二〇メートル）四方の区画であった。炎が一～二町を飛び越えるとは、単純計算でも一〇〇～三五〇メートル前後の距離を視野に収めることになる。灰や煙、立ちのぼる炎で充満する火災現場の空を思えば、そのような射程の長さは、近接する地上からの視線というよりも眺望からの俯瞰的な視線を想起させよう。それは、傍線部Cのような、現場の外から内を推量する一文とも響き合う。「安元の大火」の次に置かれた「治承の辻風」における、辻風が「三四町ヲ吹キマクル」、「門ヲ吹キハナチテ四五町ガホカニ置キ」（家の門を四五町先まで吹き飛ばす）等の叙述も同様である。

今、問題にしたいのは、長明の所在ではない。その夜、火災現場の近くに赴いていたとしても、三〇余年の時を経て、『方丈記』にこの「不思議」を書き記すに際し、彼の視点は眺望的・俯瞰的なところに位置していたということなのだ。迫真性・臨場感とそれとは、一見、相反するようだが、実際には補完し合うものではなかろうか。

ここで、『方丈記』よりも少し後に成立した、『宇治拾遺物語』「絵仏師良秀、家ノ焼ヲ見テ悦事」を見てみよう。

これも今は昔、絵仏師良秀と云ありける。家の隣より、火出きて、風をしおほひて責めければ、逃げ出て、ア大路へ出にけり。…（中略）…ただ逃げ出でたるをことにして、イむかひのつらに立てり。見れば、すでに我家にうつりて、煙、炎くゆりけるまで、大方、ウむかひのつらに立ちてながめければ、「あさましきこと」とて、人ども、来とぶらひけれど、騒がず。「いかに」と人いひければ、エむかひに立ちて、家の焼くるを見て、うちうなづきて、時々笑ひけり。「あはれ、しつるせうとくかな。年比はわろく書きける物かな」と云ふ時に、とぶらひに来たる者ども、「こはいかに、かくては立ち給へるぞ。あさましき事かな。物のつき給へるか」といひければ、「なんでう、物のつくべきぞ。年比、不動尊の火焔を悪しく書ける也。オ今見れば、かうこそ燃えけれと、心得つるなり。これこそ、せうとくよ。…（中略）…」と云ひて、あざ笑ひてこそ立てりけれ。其の後にや、良秀がよぢり不動とて、今に人々めであへり。

よく知られた話だが、大略は以下のようになる。絵仏師良秀の隣家で火事がおき、強風で自宅にも火が迫ったので、良秀は家から大路へと逃げ出した。そして、大路の向かい側に立って、延焼する我が家を眺め、頷きながら時々笑うのであった。火事見舞いに訪れた人々はあきれるが、良秀は、「長年、不動尊の火焔を下手に描いていたが、ようやく、火焔はこのように燃えるのだとわかった。実に儲け物だ」と喜び、それが理解できない人々を嘲笑う。そして、後に良秀が描いた「よぢり不動」の絵は、長く世間の評判となったのである。[5]

屋内から「大路へ」（傍線部ア）逃げ出した良秀は、路の「むかひのつら」、つまり向こう側に立って家が焼けるのを眺めていた（傍線部イウエ）。都の大路は、火災の折の避難所として幅数十メートルの広さに作られていたという。[6] その良秀の許に見舞いの人々が訪れたことを見ても、火焔と良秀の間には安全だと判断される程度の距離があった、そのような情景が浮かぶ。大路を隔てて眺める火焔に、良秀は「かうこそ燃えけれ」と火が燃える実際の様を理解した（傍線部オ）。この時の良秀の視点は、火焔を眺望する位置にあろう。後に描いた「よぢり不動」が評判を取った理由は、不動尊の後背の火焔が真に迫るものであったからだ。その迫真性を生み出したのは「大路」の「むかひのつら」、即ち引いた視点からの観察であったと言うことはできるかと思う。

絵と言葉と、それぞれの表現媒体は異なるが、『方丈記』も同様なのではないか。長明自身に残った大火の記憶が、眺望的・俯瞰的視点から整理されて叙述されたこと、それは迫真性や臨場感を下支えする大きな要因だったと考えられるのである。

二　視点の在処（二）――「治承の辻風」――

第二の「世の不思議」は、治承四年（一一八〇）四月二九日の「治承の辻風」であった。ここにも興味深い叙述を見出すことができる。

又、治承四年卯月ノ頃、中御門京極ノホドヨリ大キナル辻風起コリテ、六条ワタリマデ吹ケル事侍リキ。

三四町ヲ吹キマクル間ニ、コモレル家ドモ、大キナルモ小サキモ一ツトシテ破レザルハナシ。サナガラ平ニ倒レタルモアリ、桁・柱バカリ残レルモアリ。門ヲ吹キ放チテ四五町ガホカニ置キ、マタ垣ヲ吹キ払ヒテ隣ト一ツニナセリ。イハムヤ、家ノウチノ資材、数ヲ尽クシテ空ニアリ。檜皮・葺板ノタグヒ、冬ノ木ノ葉ノ風ニ乱ルガ如シ。塵ヲ煙ノ如ク吹キ立テタレバ、スベテ目モ見エズ。ヲビタヽシク鳴リドヨムホドニ、物言フ声モ聞コエズ。彼ノ地獄ノ業ノ風ナリトモ、カバカリニコソハトゾ覚ユル。家ノ損亡セルノミニアラズ、是ヲ取リ繕フアヒダニ、身ヲ損ナヒ、片輪ヅケル人、数モ知ラズ。コノ風、未ノ方ニ移リユキテ、多クノ人ノ歎キナセリ。辻風ハ常ニ吹クモノナレド、カヽル事ヤアル。タヾ事ニアラズ。サルベキ物ノサトシカナドゾ疑ヒ侍リシ。

傍線部Dは辻風（つむじ風）が家の門を四〜五町（五〇〇〜六〇〇メートル程度）先まで吹き飛ばしたというもの、傍線部Eは家屋内の資材が尽く空中に舞い上がる様を言う。ここで気になるのは、「置キ」や「アリ」という語である。凶暴なまでに荒れ狂う風の表現として、このような状態を表す言葉が用いられているのが、どうにも馴染まない気がするのだ。ここで、『方丈記』の前後の作品に現れる「辻風」や「つむじ風」の用例を確認してみよう。

・春日に参らせ給ひけるに、御前のものどものまゐらせ据ゑたりけるを、にはかに辻風の吹き纏《まつ》ひて、東大寺の大仏殿の御前に落としたりけるを、……　（大鏡・道長（雑々物語））

・俄ニ飆《つむじかぜ》出来テ、強キ事常ニ異也。即チ金堂ノ上ノ層吹キ切テ空ニ巻キ上テ、講堂ノ前ノ庭ニ落ス。

・願主喜びて供養をのぶる時、にはかに辻風出で来たりて、かの経を巻きて、ことごとく虚空へ吹き上げて、聴聞に来たり集まる道俗、あやしみをなすところに、しばらくありて、経巻、みな白紙となりて落つ。

（今昔物語集・巻二〇―一二「薬師寺食堂焼、不焼金堂語」）

（十訓抄・巻六―二六）

通常、辻風が発生した時（棒線部）、ものは風によって巻き上げられ（点線部）、落下する（波線部）。点線部の表現はいずれも、「吹き纏ひ」（風が吹いて物を巻き上げる）、「吹キ切テ空ニ巻キ上テ」（風が金堂の上層部を吹きちぎり、上空に巻き上げる）、「吹き上げ」（経の巻物を吹き上げる）と、対象が下から上へと勢いよく動かされる様を表している。波線部は、上へと吹き上げられた対象を風が「落とす」（上から下へ勢いをもって動かす）、あるいは対象が「落つ」（上から下へ勢いよく動く）という意味になる。

対して、『方丈記』の「置キ」は、対象が地面に落ちた後、そこに横たわりとどまった結果的状態を言う。(7)「アリ」もまた、風による対象の上空への移動ではなく、上空にものが存在している一瞬の状態をいうものだろう。つまり、他作品の点線部・波線部がともに、辻風によって発生する上下の動きそのものを表しているのに対し、『方丈記』は結果ないしは一瞬の状態をあらわそうとしていることになる。

辻風が門を「置」いたというのは、風がやんだ後に、長明が現場に確認して行って得た情報なのかもしれない。彼の目には風に置き去りにされた門が映り、それが表現に反映したとも考えられる。しかし、注意したいのは、作品中では、すさまじい辻風の最中の事態として書かれていることだ。実は、「治承の辻風」中では、風に対して様々な表現が用いられている。「起コル」（発生する）に始まり、「吹ク」、「吹キマクル」（吹き荒れる）、「吹キ放ツ」（吹き飛ばす）、「吹キ払フ」（吹き払う）、「吹キ立ツ」（空中に舞い上げる）と、「吹ク」を用いた複合動詞が次々に登場し、風音についても「鳴リドヨム」（揺り動かすように鳴り響く）、進路は「移リユク」（だんだんと動く）といったものだ。辻風が荒れ狂う様が、多彩な表現で叙述されていることがわかるが、これは読み手に対し、風が転瞬に変化する様や激しく対象を動かすような動的映像を喚起させるのではないか。その中に、「置ク」という静止状態を表す表現が用いられた時、その叙述は、映像の一コマを静止させた絵画や写真のようなイメージを呼び起こすように思われるのである。

それは、「空ニアリ」も同様だ。辻風が家屋内の資財を空中に舞い上げる時、その資財が静止して「空ニアリ」という状態になることは、現実には不可能である。しかし、これを写真でイメージしてみたらどうだろう。辻風が対象を巻き上げた瞬間にカメラのシャッターを切ったならば、その写真に写る像は、「家ノウチノ資材、数ヲ尽くして空ニアリ」になる。先の例と同じく、荒れ狂う辻風の一瞬を切り取った静止画のごとき印象をもたらしていると言えよう。(8)

ここで、「空ニアリ」という本文について、少し補足しておきたい。この本文は『方丈記』の最古写本である大福光寺本他三本に確認されるもので、その他の多くの写本では「空にあがり」となる。(9)辻風が資財を巻き上げる様を言うのであれば、「空にあがり」のほうが意味上は相応しい。大福光寺本とて長明の自筆ではないと思われるのだから、(10)書写の段階で間違った可能性もあろう。しかし、当該箇所について諸本の異同を確認すると、写本の中でも書写年代の古い、

・大福光寺本（鎌倉期書写）
・前田家尊経閣文庫蔵本（鎌倉末期・南北朝期頃の書写か）

・一条兼良筆本（室町中期書写）

の三本と、三条西家旧蔵学習院大学蔵本（江戸中期以降の書写）の計四本が、「空ニアリ」「空にあり」の本文となっている。これは、「アリ」のほうに古態性が高いと考える一つの要因になろう。

また、「空にあがり」のほうが意味を取りやすいというのも、「空にあり」では不自然だと判断した書写者が、文字面がほぼ同じで意味が通りやすい「空にあがり」に本文を改め、そちらが流布したという可能性を示唆する。『方丈記』はこの直前でも、先の「門ヲ吹キハナチテ四五町ガホカニ置キ」というように、動きではなく状態を表す言葉を用いており、この「置キ」については諸本に異同はない。つまり、長明自身が辻風を表現するに際して、状態を表す言葉を意図的に用いたことも十分に考えられるということだ。これらの観点から、本章では、「空ニアリ」の本文が古態性を持つ可能性は十分にあると考え、このまま考察を行うこととする。

話を元に戻そう。『方丈記』は転瞬に変化しながら吹き荒れる辻風の動的な側面を十分に叙述しつつも、その中に、一瞬、空間を切り取るような静止的表現を用いている。現代においても、災害の状況をよく伝えるのは動きを収めた映像のみではないだろう。静止画である写真が、災害を引き起こす自然の甚大なエネルギーと、それに対峙する人為の矮小さを表現して余りあることを、私たちはよく知っているはずだ。流れて消える映像よりも、眼前にとどまる静止画のほうが、強い印象を呼び起こす場合もあろう。もちろん、長明の時代に写真が存在するわけではないから、写真ではなく絵画と言うべきだろうか。つまり、「治承の辻風」の文章は、風の動きを写し取るような映像性を持ちつつ、同時に一瞬を切り取る絵画的性質を備えたものであり、そこには「災害をいかに書くか」という作者の意図が込められているのではないか、ということである。

三　仏教説話画との接点

ここまで、五大災厄中の叙述が、俯瞰的・眺望的な視線、絵画性を備えていることを確認してきた。ならば、そのような方法は、何に支えられているのだろう。

手掛かりとして、「安元の大火」中の「風に堪えず、吹き切られたる焔」という表現を見てみたい。強風にあおられて火焔が吹きちぎれる様を表すものだが、この「吹き切る」という言葉はかなり珍しい。同時代までの用例は、『小右記』(11)、『今昔物語集』、『聞書集』を見出す程度である。(12) このうち、西行の『聞書集』の例が、『方丈記』と同じく「焔」と結び付いている。

・一つ身をあまたに風の吹き切りてほむらになすもかなしかりけり　（聞書集・二〇六）

「地獄絵を見て」との詞書で始まる二七首の連作の九首めに位置する歌である。西行が見た地獄絵には、地獄の風が人の身を数多に切り裂き、炎に変じる様が描かれていたということだろう。(13) 地獄絵のその景を「風の吹き切りてほむらになす」と読み解いた表現が、どこからもたらされるのかを思った時、それは地獄絵に付随した詞書、或いは絵解きの言葉からではなかろうか。例えば、この連作の中には、「忠胤僧都と申しし人、説法にし侍りけるを思ひ出でて」との詞書を有する一首（二一七番歌）があり、この説法を地獄絵の絵解きと推測する説もある。(14) 比叡山の僧であった忠胤は、同時代、説法の名手と言われた人であり、長明自身も『無名抄』「歌風情相似忠胤説法事」でその説法を取り上げている。西行と長明の言語空間が、このような側面において重なりを持つことは理解されようか。

また、『今昔物語集』の用例は、先述の巻二〇—一二「薬師寺食堂焼、不焼金堂語」中の話で、薬師寺の金堂の上の階が旋風に吹き飛ばされるが、瓦一枚も破損せず、そのまま戻して修理したという奇瑞を、薬師寺本尊の薬師如来像の霊験と位置づけるものである。この旋風は、永祚元年（九八九）八月一三日に起きたもので、承保二年（一〇七五）書写の奥書を持つ『薬師寺縁起』にも、「右金堂上重閣、永祚元年八月一三日夜大風被二吹落一也。而別当平超急速造二作之一」と記される。当該説話は、このような記事が薬師寺本尊の霊験譚へと成長したものだろう。生成の場所は説法や縁起類が解かれる空間に重なり、『聞書集』に見た言語空間との距離も近い。

微細な糸と状況証拠からの推測ではあるが、「世の不思議」における視線や方法が、地獄絵や六道絵のような仏教説話画と、それを解く言説に支えられていたと考えてみたい。六道絵とは、現世に生をうけたものが、因果応報によって輪廻転生を繰り返す六道（地獄・餓鬼・畜生・修羅・人・天）の様相を描いたものである。地獄絵は、そのうちの地獄を図絵したもので、六道絵の中でも多く描かれたらしい(15)。先述の『聞書集』の他にも、地獄絵を詠じる和歌やそれに触れる散文作品については、平安時代を通して見出すことができ(16)、このような仏教説話画が長明にとっても身近なものであったことは想像に難くない。

現存する六道絵の代表的なものに、鎌倉中期頃の作かとされる聖衆来迎寺所伝の六道絵（一五幅、国宝）があるが、この図様は基本的に『往生要集』を典拠とする。『往生要集』は天台宗の僧・源信（九四二～一〇一七）が著した仏書で、大文第一「厭離穢土」には厭離すべき穢土＝六道の様が述べられていた。成立直後から幅広く享受され、例えば、長明が生きた平安時代末から鎌倉時代初頭においては、人々の世界観を形成する大きな一角であったと考えてよい[17]。さて、この聖衆来迎寺本六道絵のうち、人道苦相Ⅱ幅には、乳飲み子が亡骸となった母に取りすがり、乳を求める場面が描かれている。これと、「世ノ不思議」の第四「養和の飢饉」中の一文、「マタ、母ノ命尽キタルヲ知ラズシテ、イトケナキ子ノ、ナヲ乳ヲ吸ヒツヽ臥セルナドモアリケリ」との一致は、すでに指摘されている[18]。長明は、ここに用いる助動詞として、直接過去の「き」ではなく、伝聞過去を表す「けり」を選んだ。『方丈記』における「き」と「けり」の使い分けは厳密であり[19]、この赤子の話は人を介して長明に伝わったものと理解してよい。伝え聞いたのは飢饉の最中（一一八一〜二年）なのか、もっと後なのか、どのような場だったかは不明である。また、同じモチーフを持つ絵も言説も、管見では確認できていない。しかし、『方丈記』における他者の介在と聖衆来迎寺本六道絵との一致とを思う時、この話を書き留めた長明の意識の奥に、仏教説話画やそれが解かれる空間との緩やかな重なりを見ることは、あながち無理な話でもないだろう。

「世ノ不思議」の第二、「治承の辻風」は、「カノ地獄ノ業ノ風ナリトモ、カバカリニコソハトゾヲボユル」とまとめられた。地獄の業の風とは、地獄に吹く暴風で、『往生要集』大文第一・厭離穢土の「大焦熱地獄」にも、「一切風中、業風第一」と解かれるものである。それは、西行が見た地獄絵に描かれていた、人の身を切り裂いて炎と成す「風」のことでもあろう。長明は、辻風の記憶に地獄の業風を重ねた。彼の視線は、自らが見た情景の奥に、地獄の風景を二重写しにしたのである。そして、この視線は長明個人に完結するものではない。長明の視線は読者の視線を誘導し、その脳裏に地獄の具体的イメージを呼び覚ますのではないだろうか。そのイメージを生み出す母胎は、同時代までに多く描かれた地獄絵と読者の内に蓄えられた地獄絵の記憶であろう。

このような方法は、『方丈記』のみならず、『発心集』にも見出すことができる。慶安四年板本巻五―一二「乞児物語事」（神宮文庫本では巻五―七）の以下の箇所を見てみよう。

又、或人云、「治承ノ比、世中乱レテ人多ク亡ビ失セ侍リシ時、カタキノ方ノ人ヲ捕ヘテ、頸ヲ切リニ出デマカルトテノ、シリアヘルヲ見レバ、コトヨロシキ者ニコソ、サスガニ由アリテ見ユルヲ、情ケナクユ、シゲニシテ、追キ立チテ行ク。地獄絵ニカケル鬼、人ニコトナラズ。……（後略）……」。

（傍線部は、神宮文庫本の本文では、「サナガラ地獄ヲ絵ニ書ル罪人ニ異ナラズ」となる。）

治承年間（一一七七～八一）は、いわゆる治承・寿永の内乱と言われる源平の争闘の始まりの時期である。敵方の捕虜が斬首のために引き立てられて行く様子が、地獄絵に描かれた鬼や人に喩えられている。傍線部からは、戦乱の折に見た一つの景が、地獄絵を連想させ、「或人」の中に地獄絵が現世に再現したものとして記憶されていったということが読み取れる。「或人」からの伝聞ではあるが、長明がそれを書き留めたという事実は、彼の視線が「或人」のそれに寄り添い、共有したことを意味しよう。仏教説話集としての説示性を鑑みて深読みすれば、『発心集』の読者をそのような視線へと誘導し、説話内容に対する共感をもたらそうとする企みとも解せようか。

『発心集』の方法をも併せて考えると、辻風の記憶に地獄の風景を重ねるという叙述のあり方は、長明にとって、自身の記憶を支えるものであると同時に、災厄の惨状を言葉によって描き出し、読者にイメージを喚起させるための方法でもあったのではないだろうか。なぜなら、『往生要集』も、地獄絵や六道絵とそれらを解く言説も、その絵を言葉で表現する営みも、同時代、十分に共有されたものだったからである。[20]

このような視線と叙述のあり方は、夙に言われてきた長明の記憶の精確さやルポルタージュ性のみには還元できまい。そこには、「現実の景をどのように捉え直し、いかに書くか」「読者にどのようなイメージを喚起させるのか」という、実に文学的な営為が存在する。『方丈記』が災害時の認識の原型たり得てきた事実は、このような文学性が、惨事の記憶が継承され、表現される事態の普遍的な一面であることを示していようか。災厄の記録・原型として享受される『方丈記』の価値は、そのような文学性に裏打ちされているのである。

注

（1）『方丈記私記』（筑摩書房、昭和四六年）。

（2）三木紀人「転形期の文学精神――火の記憶と形象、そのさまざま」（『平家物語』下、至文堂、昭和五三年三月）。

（3）浅見和彦『『方丈記』――火事の文学史』（『中世文学の回廊』、勉誠出版、平成二〇年）。

（4）第四部第二章「鴨長明の「数寄」」。

（5）建長四年（一二五二）成立の『十訓抄』にも同話が載る（巻六）。良秀の立ち位置は同じである。

（6）一丈は約三・〇三m。『平安京提要』（角川書店、平成六年）を参照すると、小路は四丈（約一二m）であるのに対して、大路は朱雀大路が二八丈（約八五m）、二条大路が一七丈（約五二m）であり、その他の大路は八丈（約二四m）・一〇丈（約三〇m）・一二丈（約三六m）の幅である。「大路」の語が喚起する一般的な距離感としては、三〇m前後か。

（7）『宇津保物語』「俊蔭」では、俊蔭が得た秘琴を「旋風」が「置」くと表現されるが、これは旋風が秘琴を風に乗せて俊蔭の行き先に運んでくれるというもの。

（8）堀田善衞前掲書（注1）は「空にあり」の本文について、「一時上空に静止でもしているかのような」との印象を記す。

（9）青木伶子『広本略本方丈記総索引』（武蔵野書院、昭和四〇年）に拠る。確認されている写本一七本のうち、「空にあり」は四本、「空にあがり」は一三本である。

（10）大福光寺本の識語には、「鴨長明自筆也」と記されている。しかし、長明の自筆を保証する他の資料が存在しないため自筆だと判断することは不可能であり、現状では、長明自筆としては扱わないというのが大勢である。

（11）寛弘八年（一〇一一）三月六日条、藤原道長の祓えの最中の怪異で、事態は「不吉」と捉えられた。「解除程風吹切陰陽師所指御摩（麻カ）、見者云不吉」。

（12）『枕草子』「野分のまたの日こそ」の段において、三巻本・能因本では「根ごめに吹き折られたる」草木を「取りあつめ起こし立てなどする」という箇所が、前田本・堺本では「根ごめにふきゝられたる」花々を「ひきいでなどする」（「根ごめに」が堺本では「ねごして」）となっている。ただし、根ぐるみの意になる「ねごめ」に続く語として「吹き切る」＝「根ごと吹きちぎられる」では不審。三巻本・能因本の「吹き折る」＝「根ごと吹き折られる」の本文のほうが自然だろう。

（13）この地獄については黒縄地獄・等活地獄・焦熱地獄説があり、確定し難い。

（14）片野達郎「西行『聞書集』の「地獄絵を見て」について」（『和歌文学研究』二一号、昭和四二年四月）は、『聞書集』の詞書の表現は、当時の寺院での説法や縁起類の絵解きで用いられた常套的表現かとする。

（15）地獄絵・六道絵に関しては、中野玄三『六道絵の研究』（淡交社、平成元年）、梶谷亮二「総論　我が国における仏教説話画の展開」（『仏教説話の美術』、思文閣、平成八年）、加須屋誠「〈図様と位置づけ〉往生要集絵の成立と展開」（『国宝　六道絵』、中央公論美術出版、平成一九年）等を参照。

（16）和歌では、拾遺集・雑下・五四三（菅原道雅女）、赤染衛門集・二六七、弁乳母集・一五、同・七二、金葉集・雑下・六四四（和泉式部）など。『枕草子』『栄花物語』には、仏名会に用いられた「地獄絵の御屏風」が登場する。

（17）旧稿では、「聖衆来迎寺本六道絵に先行して存在したであろう地獄絵・六道絵群の多くが『往生要集』の影響を受けている可能性は高く、西行が見た地獄絵も『往生要集』に解かれる地獄とかなりの部分で一致し、さらに聖衆来迎寺本のモチーフとも少なからず符合することが指摘されている」として、長明の同時代、

・『往生要集』をモチーフにした往生要集絵が広く展開し、人々が地獄絵・六道絵を享受する際にはその根底に『往生要集』が根付いていていた。

・そのような『往生要集』の記憶が絵画と言葉を結びつける一つの蝶番である。

というような見解を取ったが、これは、西行の『聞書集』に収められる地獄絵歌群について、片野前掲論文（注14）・梶谷前掲論文（注15）・加須屋前掲論文（注15）等、往生要集絵との関わりを積極的に捉える先行研究の存在を根拠としたものであった。しかし、竹居明男「日本古代六道絵史論序説――その思想的背景の多様性――」（『文化学年報』二七輯、昭和五三年三月）の「六道ないし地獄の絵画化は、『往生要集』撰述以前にもかなり存在した」「日本古代においては確実に『往生要集』を典拠としたと断言できる六道絵は一つもない」との見解があることに加え、近年、三角洋一「十一～十二世紀のさまざまな地獄絵について――文学研究の視点から――」（『巡礼記研究』八号、平成二三年一一月）によって、先述の西行の地獄絵歌群は、『往生要集』というよりも『長阿含経』『宝達経』による地獄絵に基づく可能性が高いことが指摘された。また、同論文は、王朝期から院政期の作品に見える地獄変屏風を『起世経』『正法念処経』『宝達経』等の経典、十王図の地獄絵を『地蔵十王経』との関連から読み解き、地獄絵と『往生要集』大文第一・厭離穢土との関係が希薄であるという方向も示す。西行の歌群と往生要集絵の関連が薄まれば、現存する確実な往生要集絵は北野天満宮所蔵「北野天神縁起絵（根本縁起）」巻七・八「日蔵六道巡りの段」（詞書には承久元年〈一二一九〉頃の制作、一三世紀前半の成立か）や、「聖衆来迎寺本六道絵」となるが、前者には、『往生要集』以外の経論を典拠としたとみなすべき図様も少なからず存在する（加須屋注15論文）。このような状況を鑑みると、往生要集絵の成立と流布を長明の同時代にまで引き上げて考えることは難しく、旧稿の私見は訂正されなければならない。なお、往生要集絵という具体的な絵画表現を伴った形ではないものの、長明や同時代の人々が地獄や六道の様相をイメージするに際しての『往生要集』（特に大文第一・厭離穢土）の影響については、十分にあったものと考えている。

（18）『国宝　六道絵』（注15）中の、加須屋誠による「全場面解説」。

（19）例えば、五大災厄においては、自らの体験を「風ハゲシク吹キテ静カナラザリシ夜」（安元の大火）、「中御門京極ノホドヨリ、大キナル辻風起コリテ、六条ワタリマデフケル事侍リキ」（治承の辻風）、「二年ガ間、世中飢渇シテアサマシキ事侍リキ」（養和の飢饉）などと助動詞「き」を用いて叙述する一方、伝聞によってもたらされた情報や自らの体験外の事実については、「仁和寺ニ隆暁法印トイフ人…（中略）…額ニ阿字ヲ書キテ、縁ヲ結バシムルワザヲナンセラレケル」（養和の飢饉）、「昔、斉衡ノ頃トカ、大地震振リテ、東大寺ノ仏ノミグシ落チナドイミジキ事ドモ侍リケレド」（元暦の大地震）などのように、助動詞「けり」を用いている。

（20）作品のジャンルは異なるが、川名淳子「行事記録における俯瞰的観察の表現」（『物語世界における絵画的領域　平安文学の表現方法』、ブリュッケ、平成一七年。初出は昭和六二年一一月）が、『紫式部日記』の諸行事を記した部分に俯瞰的視座を見出し、体験した行事を記憶に定着させる媒体・記録を執筆する原動力として行事絵を想定することは、参考になる。

第二章　『方丈記』が我が身を語る方法

はじめに

『方丈記』は広本系諸本の末尾に示されるように、建暦二年（一二一二）三月下旬に書き上げられた。それは明らかである。ただ、それがどのような経緯を経て出来上がったものなのかは、いまだ定説を見ない。短期間に一気呵成に書き上げられたとする説(1)も唱えられた。また、作品の論理構成を指摘しつつも、自己の内面的真実を告白した書だとする説も多い(2)。しかし、『無名抄』や『正治後度百首』に見えるような周到かつ巧妙な叙述(3)を思えば、『方丈記』の内容を額面通りに受け取って、そこに書き手の真実を見る読み方は、甚だ危険だろう。また、この作品が実に整然とした構成を取り(4)、一貫して人と栖の無常という視点を保つことからは(5)、勢いのままではなく、丹念に言葉を選びつつ緻密な構想と構成意識の下に書かれたものとする説(6)の蓋然性が極めて高くなるように思う。

作品の主題や構想意図をどう読み解くかについても、一定の見解はない。三木紀人の「読者の数ほどのよみかたがあると極言できる」との言(7)ではないが、序・終章を中心とした無常観、五大災厄における記録文学としての迫真性、閑居の風趣、鋭い自照性等、その文学的価値に触れるとならば、一概には言い難いものがある。

『方丈記』は、長明が私淑していた慶滋保胤の『池亭記』に、その多くを負う。また、大曽根章介が指摘するよう、(8)その構成は漢文の「序」にならう可能性が高く、漢文の「記」の領域の作品として、「方丈の記」＝「家居の記」として作られたものだろう。しかし、『方丈記』は『池亭記』に寄り添いつつも、独自の叙述方法を採った。その最大のものが、「記」を書くに際して、漢文ではなく、仮名を用いたということだろう。寛元二年（一二四四）の識語を持つ最古写本・大福光寺本は漢字片仮名交じりの本文である。また、それほど時を置かずに成立した『十訓抄』には「方丈記トテ仮名ニテ書キ置ク物」とあり、『方丈記』が仮名の書物として享受されていたことがわかる。(9)先述した文学的価値は、「記」の構想・形式に拠りつつも、彼がそれを漢文ではなく仮名によって書いたこと、「漢」の領域の作品を「和」の領域の言葉で書くことで可能となったと言うことはできよう。

少し後になるが、同時代人である慈円は、『愚管抄』において、漢文で書くべき史書を仮名で記したことについての弁明を二度行っている。

・偏ニ假名ニ書キ付クル事ハ、是モ道理ヲ思ヒテ書ケル也。先ヅ是ヲカク書カント思ヒ寄ル事ハ、物シレル事ナキ人ノ料也。此末代ザマノ事ヲミルニ、文簿（籍カ）ニタヅサワレル人ハ、高キモ卑シキモ、僧ニモ俗ニモ、アリガタク、学問ハサスガスル由ニテ、僅ニ真名ノ文字ヲバ読メドモ、又其ノ義理ヲサトリ知レル人ハナシ。男ハ紀伝・明経ノ文多カレドモ、見知ラザルガゴトシ。僧ハ経論章疏アレドモ、学スル人スクナシ。日本紀以下律令ハ我国ノ事ナレドモ、今少シ読ミトク人アリガタシ。

（巻二・末尾）

・今カナニテ書ク事タカキ様ナレド、世ノウツリユク次第トヲ心得ベキヤウヲ書キ付ケ侍ル意趣ハ、惣ジテ僧モ俗モ今ノ世ヲ見ルニ、智解ノムゲニ失セテ、学問ト云フコトヲセヌナリ。（巻七・冒頭）

末世においては、僧俗おしなべて学問に通じる者がおらず、「真名」では読み手が物事の道理を理解できないと思われるから、自分は「假名」で書くのだと慈円は言う。それにしても、このような文言が二度も書き留められたのは、作品の領域と用いるべき言葉の不一致が、強く意識されていたからであろう。このような違和感は個人の言語感覚や社会的立場、作品の性質に左右されるだろうから、一括りに論じることには慎重であるべきだが、慈円が弁明してみせたという事実からは、そのような違和感が彼一人のものではなく、読み手にも共有されるものだったと理解することは許されよう。『方丈記』について言えば、現存資料の限りにおいて、先行する仮名で書かれた家居の記を見出すことはできない。『無名抄』「仮名筆」に見えるよう、長明もまた、作品の領域と用いられる言葉については意識的であった[10]。同時代に共有された認識、書き手の個性、このような状況において作られた仮名の「記」には、どのような方法が用いられているのだろうか。

さらに、『方丈記』を「記」の文学だと考えた場合、一つ、特徴的なことが浮かび上がる。それは、自身の来歴を語る箇所や最終段に見える、自らに関する叙述である。もちろん、先行する漢文の家居の「記」である菅原道真『書斎記』や慶滋保胤『池亭記』もまた、自己の意思・姿勢・好悪などを明確に打ち出した作品である。しかし、『方丈記』の場合、これらの「記」に比べて自らをめぐる叙述に紙幅を割く傾向があろう。それは、和文脈・仮名を用いる叙述が心情的に傾きやすいことと連動する現象でもあろうが、『方丈記』が入念に作り込まれた作品であるならば、そこには長明の意識的な叙述方法を見て取ることができるのではないか。

『方丈記』の一部分ではあるが、長明が我が身を語る箇所について、『源氏物語』、寂然の『法門百首』との関連から読み解き、展開される方法を明らかにしたい。それが本章の目的である。

一　『源氏物語』須磨巻との関連

『方丈記』の我が身をめぐる叙述に関係する興味深い素材としては、早くに『方丈記流水抄』が指摘し、近年、浅見和彦が改めて取り上げた『源氏物語』須磨巻がある。[11] それは、長明が「日野山ノ奥ニアトヲ隠シテノチ」の住まいである方丈の庵について記した以下の箇所に現れる。

> 西南ニ竹ノ釣棚ヲカマヘテ、クロキ皮籠三合ヲ置ケリ。スナハチ、和歌・管絃・往生要集ゴトキノ抄物ヲ入レタリ。カタハラニ琴・琵琶各一張ヲ立ツ。イハユル折琴・継琵琶、コレ也。仮ノ庵ノ有様、カクノゴトシ。

この庵で長明が傍らに置いたものには、傍線部に見えるよう、黒い皮籠三合に収められた「和歌・管絃・往生要集ゴトキノ抄物」と「折琴・継琵琶」各一張があった。これが、光源氏が須磨の家居に持ち込んだ「さるべき書ども文集など入りたる箱、さては琴一つ」と重なるというのである。両者ともに、『白氏文集』巻二六「草堂記」の「堂中設㆓木榻四、素屏二、漆琴一張、儒道仏書各三両巻㆒」の影響を受けているのはもちろんだ。しかし、他にも、須磨の寓居に源氏が抱いた「やうかはりて、かかる折ならずはをかしうもありなまし」

という印象と、『方丈記』中で福原に新造中の内裏を見た長明の「ナカ〳〵様カハリテ、優ナルカタモハベリ」という感想の類似もあり、浅見は、長明が福原行きに際して源氏の須磨流謫を思い浮かべると同時に、日野方丈の庵と須磨寓居を比較していたと結論する。

長明は、かつて遠方に旅行に出た際、「主はと問ふ人あらば女郎花宿のけしきを見よと答へよ」（長明集・二六）と詠んだ。これは在原行平の著名な歌、「わくらばにとふ人あらば須磨の浦に藻塩たれつつわぶと答へよ」（古今集・雑下・九六二）に倣ったものであり、このことからも、当該歌は須磨に程近い福原に赴く際のものかと考えられている。この行平詠は、須磨巻で「おはすべき所は、行平の中納言の藻塩たれつつわびける家居近きわたりなりけり」と引かれており、その「おはすべき所」こそが、先述の源氏の寓居なのであった。このような行平詠を自らの遠出を告げる歌に取り込んだ長明なのだから、福原行きと出家遁世した自身の様を述べるに際して、都を離れ須磨の地に赴いた光源氏の姿を重ね合わせ、叙述の仕掛けとして用いることは十分にあり得よう。

二　鋳型としての『源氏物語』

さて、『方丈記』は、日野の庵の様を書き記すに先立って、自らの来歴をその折々に住まいした家に拠りながら述べた（第三段）。以下の部分である。

ワカヽミ父方ノ祖母ノ家ヲ伝ヘテ、ヒサシク彼ノ所ニ住ム。其後、縁欠ケテ身衰へ、シノブ方〳〵繁カリシカド、終ニ屋トヾムル事ヲ得ズ。三十余ニシテ、更ニ、ワガ心ト一ノ庵ヲ結ブ。是ヲアリシ住マヒニナラブルニ、十分ガ一也。居屋バカリヲ構ヘテ、ハカ〳〵シク屋ヲ作ルニ及バズ。ワヅカニ築地ヲ築ケリトイヘドモ、門ヲ建ツルタツキナシ。竹ヲ柱トシテ、車ヲ宿セリ。雪降リ風吹クゴトニ、危ウカラズシモアラズ。所、河原近ケレバ、水難モ深ク、白波ノ恐レモ騒ガシ。スベテ、[a]アラレヌ世ヲ念ジ過グシツヽ、心ヲナヤマセル事、三十余年也。其間、折〳〵ノ[b]違ヒ目、自ヅカラ短キ運ヲサトリヌ。スナハチ、五十ノ春ヲ迎ヘテ、家ヲ出テ世ヲ背ケリ。モトヨリ[c]妻子ナケレバ、捨テ難キヨスガモナシ。[d]身ニ官禄アラズ、何ニ付ケテカ執ヲトヾメン。ムナシク大原山ノ雲ニ臥シテ、又五カヘリノ春秋ヲナン経ニケル。

長明は、父長継の母の家を継いだが、その後、縁故が薄くなって立場が弱くなり、三〇余歳で家を出て、河原に近い場所に庵を結ぶ。それは間に合わせのごく小さなもので、雪や風による倒壊の危険、場所柄水害や盗賊の怖れもあるものだった。そこから、我が身と人生を概括するかのような叙述が展開されている。住みにくいこの世を耐えて思い悩む生活が三〇余年に渡ったこと、折々に不本意な事態が起こり、自然と自分の不運を悟ったこと、五〇歳の春に出家したことである。即ち、長明の出家は、「アラレヌ世」や「違ヒ目」という、自らの外側に位置する負の要因によってもたらされたものと解釈できようか。そして、そのような出家を可能にしたのは、捨て難い縁者である妻子がおらず、禄を食むような官位もないからであった。出家の後、彼は大原の地で五年の時を過ごしたという。

ここで、傍線を付したいくつかの表現に注目してみよう。まず、出家の原因を作ったa「アラレヌ世」とb「違ヒ目」である。先に、日野の庵に光源氏の須磨の寓居が反映された可能性を見たが、須磨巻の前半、源氏が須磨への退去を決意してから出立に至る過程において、その原因とされたのは「世」の有り様であった。冒頭の「世の中いとわづらはしくはしたなきことのみまされば」という語り手の言に始まり、「うきものと思ひ棄てつる世」という源氏の覚悟、左大臣の「いちはやき世のいと恐ろしうはべる」という感懐、二条院の人々の「あさましとのみ世を思へる気色」を経て、源氏は紫の上に「ひたおもむきにもの狂ほしき世」への懸念を言い聞かせ、故桐壺院の山陵を拝んでの帰り、下鴨社の神前で「うき世をば今ぞ別るるとどまらむ名をばただすの神にまかせて」と詠む。そして、世間一般の人々も「いちはやき世」を思い憚り、源氏に近付く者はいない。繰り返されるこれら「世」の表現は、鋭く厳しい変化を見せる「世」の形勢が源氏を追い詰め、その結果として須磨流謫がもたらされるという読み手の認識と同情とを誘発するだろう。そして、「世」という外的要因に引き起こされた源氏の須磨退去は、後に薄雲巻における冷泉帝と夜居の僧都の会話の中で、「事の違ひ目ありて、大臣横さまの罪に当たりたまひし時」と振り返られることになるのである。

また、c「捨テ難キヨスガ」としての妻子であるが、源氏は須磨巻冒頭において、「いと棄てがたきこと多い中でも「姫君の明け暮れにそへては思ひ嘆きたまへるさま」、即ち二条院の紫の上を最も「棄てがたい」と感じ、左大臣邸で養育される幼子（夕霧）についても、その顔を見れば「なかなかうき世のがれがたう」思うのだとする。もちろん『方丈記』ではそのような妻子はいないわけだが、これは『源氏物語』との乖離を生み出すものではなく、「棄てがたき」妻子を持つ源氏の姿を通して、妻子を持たずに出家に至る長明のより鮮明な像を描くものなのではないか。その像とは、点線部「縁欠ケテ身衰へ」た若い時期の姿と重なり合う、孤独・沈淪のイメージであろう。「縁」とは縁故、「ヨスガ」と同意でもある。点線部の「縁欠ケテ」は傍線部c、「身衰へ」は傍線部dと響き合う。この部分については、須磨出立の直前、源氏が紫の上に向かい、面痩せした自らを「こよなうこそおとろへにけれ」と慨嘆した場面も思い浮かぶ。

このように見てくると、長明が、現在の栖である日野の庵とそこに至る我が身の来歴に光源氏の須磨流謫を重ね合わせている、そのような読みを喚起する叙述を行っていることが理解されよう。(12)仮名の「記」が『源氏物語』を下敷きにすることについては、先行する藤原隆房の『安元御賀記』、源通親の『高倉院厳島御幸記』『高倉院升霞記』が思い浮かぶ。(13)しかし、広本（群書類従本系）と略本（定家書写本系）に伝本が分かれる『安元御賀記』において、平維盛が青海波を舞う場面に『源氏物語』紅葉賀が援用される広本の成立時期は承久の乱後まで引き下がる可能性があることが、近年、指摘されている。(14)『方丈記』以前に確実に存在した略本の『安元御賀記』には、広本のような『源氏物語』との接点はない。また、『御幸記』『升霞記』ともに現行本文は後世の改作とする指摘もなされ、(15)通親の手になった時点での本文を推し量るのは難しい。しかし、一旦、現行の本文にその『源氏物語』享受の様相をうかがうならば、特に『升霞記』に用いられた方法は興味深い。この仮名の「記」は、高倉院の死を哀悼するに際し、『源氏物語』中の人の死や出家に関する叙述に多くを拠っている。そのような営為に、久保田淳は、「死すべき者としての人間の宿命を――換言すれば生の縮図を――この物語に探ろうとする意図」を読み取っている。(16)

『方丈記』は、世に疎外されて出家遁世し、日野の庵に至る自らを書き綴るに際して、世に追い詰められて都を離れ須磨の地に赴いた光源氏にまつわる叙述を取り込んでいる。この時、読み手は、須磨退去に至る光源氏の姿と須磨での暮らしを思い起こすのみならず、そのイメージを『方丈記』の読みへと還元するだろう。このような重層的な叙述のあり方は、本歌取り・本説取りを行う際の歌作の方法に通うところがあるのではないか。かつて長明は『正治後度百首』において、その掉尾に、「折にあふ言の葉までぞきこえあぐる身はしもながら思ふちとせを」（祝言・一〇〇）という歌を置いた。一首の大意は「この百首の詠草に院の千歳に対する祈念を込めて、卑賤の身ながらも奏上する」というようなものである。この歌は、壬生忠岑の長歌、「呉竹の世々の古言　なかりせば……人麿こそは　うれしけれ　身は下ながら　言の葉を　天つ空まで　聞え上げ……」（古今集・雑体・一〇〇三）の中の「人麿」を形容する傍線部の表現を摂取し、自らを古の世に「身は下ながら」和歌をもって帝に仕えた柿本人麿になぞらえている。長明の意図は、そのような自負の下に、自らも和歌をもって後鳥羽院に仕えたいという願いを一首に託すことにあった。それは、この仕掛けに気付いた院が、人麿と自らを二重写しにしてこの歌を享受するという確信に裏打ちされるものであったろう(17)。

『方丈記』当該箇所においても、光源氏という共有された人物像が作者の向こう側に二重写しになることによって、作者像はより明確に、かつ奥行きをもって立ち上がることになる。この時、『源氏物語』は、長明が自らの人生を整理・概括し、仮名で叙述するための鋳型として機能しているとも言えようか(18)。このように述作された作者の像とは、和歌における作中主体に近いものがあろう。そこには、表現の摂取にとどまらず、両者の構図を意図的に重ね合わせる、そのような読みへ導こうとする書き手の構想と方法とを見出すことができるのではないか。それは、歌人長明の極めて意識的な方法であったと考えたい。

三　根拠としての『法門百首』

ここまで見てきた方法に加えて、当該箇所はもう一つの問題を含んでいる。それは、

（A）アラレヌ世ヲ念ジ過グシツヽ、心ヲナヤマセル事、三十余年也。

（B）其間、折〳〵ノ違ヒ目、自ヅカラ短キ運ヲサトリヌ。
（C）スナハチ、五十ノ春ヲ迎ヘテ、家ヲ出テ世ヲ背ケリ。

の連続する三文が、父親の死を起点とした叙述になっている点である。

長明は、（A）で住みにくいこの世を耐え、心を悩ませてきた年月が、「三十余年」にわたると記す。この期間は、（C）の「五十ノ春ヲ迎ヘテ」と呼応し、逆算すれば一〇代の後半、彼が父を失った時期から出家までの時間ということになる。他にも、五大災厄の冒頭部「予、モノ、心ヲシレリシヨリ、ヨソヂアマリノ春秋ヲ」送ったという一文においても、『方丈記』中の書き手の現在（六〇歳程度）から考えると、四〇年余りという時間の起点は一〇代の後半になる。このような叙述について、三木紀人は、両者は一九歳の父の死を起点とするもので、長明の人生は父の死によって前後に画されていることを指摘した。(19) さらに後ろの二文では、（B）「折〳〵ノ違ヒ目」によって不運を悟り、それが（C）「世ヲ背ケ」る出家へとつながったことが述べられている。つまり、この三文からは、父の死を起点として生きにくい世の中になり、不本意な事態が出来して出家に至るという、長明の人生認識の枠組みが読み取れるわけだが、このような「父の死→出家」「不本意な事態→出家」という展開を詠んだ歌が、常磐三寂の一人であった寂然の『法門百首』述懐部に連続しておかれている。

　　自惟孤露

・みなしごとなりにし日より世中をいとふべき身のほどは知りにき（七三）

　如来慈父、別れを告げ給ひて後、失心の子、身をかへり見る事を説く文なり。失心の子とは煩悩の病にしづみて、仏道を求めざる衆生なり。この世にも頼む影なくなりなむ人は、いよいよ思ひ知りぬべし。

・何事も思ふすぢにはちがひつつそむけとなれる此世なりけり（七四）

事与願違

植木静かならんとすれども風やまず。子養はんとすれども親待たず。よろづの事みなかくのごとし。かるが故にこの世界は穢土を厭ひ浄土を願ふにたよりなり。天上は純楽なれば生死を厭ふ心なく、地獄はひとへに苦なれば、仏道修せむに暇なく、鬼畜修羅またその苦しげくして、みな出離の道をへだてたり。ただ人界のみ道を修するに耐へたるべし。その中にも北洲の人などは、命千歳を経て楽しみ身に余れるが故に、又仏道の器物にあらず。此南閻浮提は、たとひ富貴の人といへども、楽しみ苦とともなるが故に、ひとへに楽しむべきにあらず。たとひ長寿の者ありといへども、老少不定なれば今日を頼みがたし。しかるに楽を享くる者は、常に着して、楽尽きて悲しびきたる事を知らず。命長き者は常に誇りて、生者必滅の理を忘れたり。しかるのみにあらず、事と願ひとたがへども、強ひてこれを求めて捨つることなく、家栄へを隔てたれども、猶望みをかけて厭ふ事なし。まことにあはれなるは、われらが心なり。

七三番歌から見ていこう。歌の大意は「みなしごとなった日から、世の中を厭い出家すべき我が身の程を思い知ったのだよ」、歌題は「法華経」寿量品の「自惟孤露無復恃怙。常懐悲感心遂醒悟」から取ったもので、「良医病子」の喩の一場面である。自分の留守中に毒を誤飲した子どもたちを救おうと、父である良医が薬を与える。半数の子は父の薬を飲んで本心を取り戻すが、残りの半数は、薬を毒だと思って飲もうとしない。そこで、良医は外出し、父親は出先で死んだと告げさせる。父の死を聞いた子どもたちは悲嘆の余り毒気を忘れ、薬を飲んで快復した。この喩において、良医は仏、子は衆生、父の死という方便は衆生に滅不滅を悟らせようと仏が涅槃に入ったことを表す。つまり、子どもたちが父の死という悲嘆によって、毒から脱し、父の薬を求める本心に立ち返ったように、衆生は仏が涅槃に入った悲しみを知ることで、煩悩の病を脱し、仏道を求めるということである。

従って、「みなしご」とは、親に死別した子どもであると同時に、釈迦入滅後の衆生ということになるが、「良医病子」の喩・「如来慈父」の語が導くイメージは父を失った子である。さらに、「みなしごとなりにし」と直接体験を言う過去の助動詞「き」の使用と左注末尾の点線部「この世にも頼む影なくなりなむ人は、いよいよ思ひ知りぬべし」は、読み手自身にこの世で最も恃む存在——多くの場合、長明同様に父親であろう——を亡くした実体験を喚起させ、それが出家の機縁であることを強く印象付けるものとなっていよう。

『方丈記』中には用いられないが、「みなしご」とは、長明を体現する言葉でもあった。『無名抄』には、琵琶の師であった中原有安の言として、「そこなどは重代の家に生まれて早くみなし子になれり。人こそ用ゐずとも、心ばかりは思ふ所ありて身を立てんと骨ばるべきなり」と書き留められている。「みなし子」という境遇が「人こそ用ゐず」という無用者としての不遇・沈淪を導く構図は、言外に意識された父の死が「アラレヌ世」「折〳〵ノ違ヒ目」へとつながる『方丈記』当該箇所と同じであろう。有安の教訓ではあるが、それをこのような表現で記したのは長明自身であり、「みなしご」意識とは長明の生涯の実感であったと思しい。(20)その ような意味では、『源家長日記』の「この長明みなし子になりて、やしろのまじらいもせずこもりゐて侍し」にも、『無名抄』と同じく「みなし子」という境遇が沈淪を導くものとして置かれており、長明の心理を十分に汲み取った表現だと考えられよう。[21]　このような「みなし子」の使用状況と『方丈記』中に見え隠れする「父の死」への意識を鑑みると、『法門百首』七三番歌は、長明の「みなしご」意識に対して仏教的な観点からの確証と言葉とを与えるものだったとは考えられないか。すなわち、父の死を出家に至る人生の起点とする長明の実感に仏教的な裏付けを与え、それを仮名で綴るきっかけとなり得たのではないかということである。

続いて七四番歌、歌の内容は「何事も願ったこととは違う状態が続き、（結果として私に）出家せよと言っているようなこの世の有様だよ」というものである。この「思ふすぢにはちが」う状態が出家を促すつながりは、『方丈記』当該箇所の述懐そのものであろう。この歌と『方丈記』とは、「ちがひつつ——違ヒ目」「そむけとなれる此世——世ヲ背ケリ」と、言葉の上での関連も認められる。もちろん、不本意な状況が出家・遁世を導くという考え方は、「世の中を背くたよりやなからましうき折節に君あはずして」（山家集・一二三〇）等、常套的なものであるが、『方丈記』の父の死を起点とする叙述と七三番歌からの連続性を併せ、七四番歌もまた、長明の認識に示唆を与えたものと考えたい。

『法門百首』は、寂然以外にも、崇徳院・藤原惟方・源季広・素覚・寂超が詠歌していることが確認できる。その成立については、讃岐に流された崇徳院を慰めるために寂然が企画、惟方以外の大部分の歌人の百首が保元の乱（一一五六）以後崇徳院崩御の長寛二年（一一六四）までに成り、彼らは寂然の百首（題・歌・注）を見ながら詠んだ可能性が高いと考えられている。[22]　つまり、寂然の『法門百首』とは、『法門百首』群が成立する時点において、歌人たちが経典を理解し、それを和語で表現するための一つの規範となっていたわけだ。後代においても、『新古今和歌集』釈教部六三首のうち八首に寂然の法門百首歌が入集する等、法文歌の中核をなすものであり、仏典の世界を伝統的な和歌の言葉で表現するための装置として共有されていたと考えられている。[23]和歌所の寄人として『新古今和歌集』の撰進に関わった長明が、そのような意味において『法門百首』を享受していたのは確かだろう。

『方丈記』序段にも『法門百首』受容の跡がうかがわれることは、すでに先行研究が指摘するところである。[24]また、『発心集』巻五—四「亡妻現身帰来夫家事」（神宮文庫本では巻二—一〇）には、安居院流唱導の澄憲が人に語った話として、妻を亡くして悲しみに暮れる男が亡妻との再会を強く願っていたところ、亡妻が男の寝所に現れて男と枕を交わすという話が載る。長明は評語の中で、「仏菩薩ノ類ハ、心ヲイタシテ見ント願ハヾ、其人ノ前ニアラハレント誓給ヘリ」と記し、配偶者への思いを仏菩薩への希求になぞらえて恋・恩愛を肯定してみせたのであった。山本章博は、この評語と『法門百首』六六番歌の注、「一心に仏を見むと思ひて、身命を惜しまざれば、釈迦仏行者に見ゆべしとおほせらるる文なり。如来の色身を見んと願はむもの、妄想の色にふけりし心に劣らむやは」の内容が、「一心に願えば仏は現前する」という点で重なっていることを指摘し、『発心集』の恋・恩愛の肯定論の形成の背景には『法文百首』恋部の表現があったと論じる。[25]

このような状況を踏まえた時、『法門百首』七三・七四番歌が表す仏典の思想と表現は、長明が我が身を概括する『方丈記』当該箇所の構想に仏教的な根拠を付与し、その構想と叙述に保証を与えていると考えられよう。そして、同時代における『法門百首』の享受の様は、その方法が読み手の理解と共感に訴えるものであることも示唆する。それは第二節で見た、『源氏物語』を構想の鋳型とした方法とも齟齬しない。むしろ、裏付けとして機能するものであった。なぜなら、須磨流謫という光源氏の不遇と沈淪とは、彼の最大の庇護者であった父・桐壺帝の死（賢木巻）に端を発するものだからである。[26]もちろん、『方丈記』中に明示されない以上、父の死という問題が前面に出てくるものとは考えにくい。しかし、『源氏物語』との構図の一致は、それが伏流として、作品の基底に確実に在していることを指し示すのではないだろうか。

　なお、七四番歌の注は、『往生要集』大文二の第五「快楽無退楽」中の「事与レ願違。楽与レ苦倶。富者未レ必寿。寿者未レ必富。或昨富今貧。或朝生暮死。……」を踏まえており（表現の対応を二重傍線・破線・波線で示す）、ここから、歌題「事与願違」は『仁王経』にも見られるが、直接の出典は『往生要集』であろうと考えられている。[27]『往生要集』は、長明が「クロキ皮籠三合」に入れて日野の庵に持ち込み、座右の書としたものであった。『方丈記』『発心集』にその影響が数多く見えることは有名だが、破線部に続く「或昨富今貧。或朝生暮死」は、『方丈記』の序段「或ハ去年焼ケテ今年作レリ。或ハ大家ホロビテ小家トナル」「朝ニ死ニ夕ニ生ルヽナラヒ」に強く影響を与えた箇所であろう。[28]『往生要集』がある種の聖典として享受された時代、その書物を常に傍らに置いた長明であれば、『法門百首』七四番歌を目にした時、それが思い浮かぶのではないか。また、『往生要集』を読み返す時、この歌が連想されるのではないか。それは、七三番歌からの連続性の下に、我が身の記憶と実感とを呼び起こすものでもあろう。『法門百首』が『方丈記』の構想と叙述に仏教的な根拠を与える際、その背後にはこのような思念的かつ実感的な連鎖反応が横たわっているのだろうと思う。

四　方法を生み出す場と『方丈記』の対他性

　父の死に始まった「アラレヌ世」を生き、「違ヒ目」によって自らの拙い運を悟り、出家に至る。その果ての庵で「クロキ皮籠三合」に入れた「和歌・管絃・往生要集ゴトキノ抄物」と「折琴・継琵琶」各一張を傍らに置く作中主体の姿。『方丈記』が我が身を語る構想とは、『源氏物語』を鋳型とし、『法門百首』という仏教的な根拠によって支えられていることを考察してきた。

同時代までに成立した男性貴族による仮名の「記」（藤原隆房『安元御賀記』や源通親『高倉院厳島御幸記』『高倉院升霞記』）については、女房を読者として想定していた可能性も指摘されている。[29]また、このような作品の成立背景については、王権が危機に瀕した際に生み出され、宮廷の内外にいる読者に向けて書かれる「宮廷誌」（宮廷行事を扱う仮名日記）の範疇に含めて考える小川剛生や、[30]「仮名別記」（特定の出来事〈行事〉に焦点化して独立させた公家日記の別記に近い性格のもの）という表現形式を提起し、それが行事絵の制作と隣接して成立したことを論じる藤原重雄[31]の研究がある。作品が用いる方法は、成立の動機や享受の場と不可分であろう。内容と作者の社会的立場を見れば、『方丈記』成立の外的必然性はこれらとは別のところにあり、一括りに考えるわけにはいかない。しかし、隆房・通親は、後に長明とも後鳥羽院歌壇という文化的な場を共有する同時代の歌人であった。また、同じ場を共有する長明と近しい歌人として、仮名の日記『源家長日記』を書き記した源家長も存在する。『源家長日記』については、後鳥羽院の寵姫尾張の死の場面に、『源氏物語』桐壺巻における桐壺更衣の像が反映していることも思い浮かぶ。[32]光源氏の姿を作中主体に二重写しにする、あたかも本歌取り・本説取りのごとき叙述方法と、『法門百首』を媒体とする保証の方法は、長明の歌人としての側面――特に後鳥羽院歌壇における経験――から醸成された可能性が高いと見てよいだろう。これらの作品との関連は改めて視野に入れて考察すべきものである。

さらに、精巧かつ周到な叙述、用いられた『源氏物語』と『法門百首』の享受状況を考える時、『方丈記』の対他性に思いを致さざるを得ない。長明は第三段において、日野の庵の内外の様子、四季の景物、仏道修行に加えて管絃や遊行を楽しむ穏やかな暮らしの様を、多くの漢詩文や和歌を下敷きにして綴った後、「イハムヤ深ク思ヒ深ク知ラム人ノタメニハ、コレニシモ限ルベカラズ」と書き記した。ここには、自らのような、或いは自分以上にその興趣を理解する遁世者たちとの意識の共有を読み取ることが可能であろう。続く第四段でも、その閑居の気味を述べた後に、「住マズシテ誰カサトラム」、閑居の趣は実際の経験なしには理解できないという、草庵生活の実践者たちの共感に訴えるような一文が置かれている。

長明が『方丈記』当該箇所において採った方法とは、読み手の理解無しには成立しにくいという点において、このような対他性と密接に関連していよう。それは、享受者の問題を解く一つの鍵となり得る。外部徴証から、この作品の享受者や執筆動機を明らかにするのは難しく、大福光寺本が醍醐寺西南院に伝えられたことが直近の享受の一端を物語るものであった。[33]しかし、このような方法と、自らと立場を同じくする遁世者への視線を考え合わせると、そのような読みを可能にする素養を持つ者、草庵に暮らす遁世者や彼らに近い存在、というような享受者像を改めて考えるべきではないか。具体的な享受の様相には、当該箇所以外の叙述方法や大原・日野といった場の問題等、検討すべき課題が多い。享受者像とその具体的様相については、続く第三章・第四章で改めて取り上げることとしたい。

注

（1）山田孝雄『方丈記』（岩波文庫、昭和三年）。

（2）代表的なものとしては、永積安明『方丈記序論』（『文学』四―五号、昭和一一年五月）・西尾実「方法論的にみた方丈記の作品研究」（『文学』一九―四号、昭和二六年四月）をはじめ、伊藤博之「方丈記の思想と文体」（「日本文学」一〇―一号、昭和三六年一月）、簗瀬一雄『方丈記解釈大成』（大修館書店、昭和四七年）、貴志正造「『発心集』から

『方丈記』へ」（『国語と国文学』五五―三号、昭和五三年三月）、安良岡康作『方丈記全訳注』（講談社学術文庫、昭和五五年）等。概ね昭和四〇～五〇年代までの研究では、方向性の違いはあれ、特に最終段の懊悩を極めて思想性を帯びた長明の転換点の現れだと考えるような、『方丈記』を一種の告白の書と見る説が大勢である。

（3）第一部第一章「自らを物語る――「セミノヲガハノ事」から――」、第二部第二章「『正治後度百首』の構想」。

（4）第三部序章「『方丈記』の諸本と全体の構成について」。

（5）佐竹昭広校注・新日本古典文学大系『方丈記　徒然草』（岩波書店、平成元年）。

（6）虚構性・作為性については、細野哲雄「『方丈記』における詩と真実――「都遷り」について」（『国語国文』三五―一〇号、昭和四一年一〇月）や桜井好朗「隠遁と文学――『方丈記』の略本および広本と関連して――」（『日本文学』一九―九号、昭和四五年九月）などが嚆矢。『方丈記』の構想や構成意識については、後に『方丈記』と仏教思想―付『更級日記』と『法華経』』（笠間書院、平成一七年）に収録される今成元昭の「蓮胤方丈記の論」（『文学』四二―二号、昭和四九年二月）等の一連の論考、シンポジウム・日本文学『中世の隠者文学』（学生社、昭和五一年）における大曽根章介・三木紀人の発言等がある。また、『方丈記』のレトリックに作品の構想や長明の表現意識を読み取るものとしては、三木紀人「「大原山ノ雲」など――発心集作者遠望――」（『説話文学研究』一〇号、昭和五〇年六月）、稲田利徳「『方丈記』の文体――歌語的措辞の融解――」（『国文学解釈と鑑賞』五九―五号、平成六年五月）、浅見和彦「鴨長明　妄執をめぐって」（『国文学解釈と鑑賞』六四―五号、平成一一年五月）など。

（7）新潮日本古典集成『方丈記　発心集』（新潮社、昭和五一年）。

（8）シンポジウム・日本文学『中世の隠者文学』（注6）。また、佐竹前掲注釈（注5）も同様の見解を取る。

（9）巻九に収められる長明の出奔譚。

（10）「仮名に物書く」例として「歌の序」「日記」「和歌のことば」「物語」と、それぞれがならうべき先行の作品が挙げられる。さらに、いずれも「かまへて真名の詞を書かじ」、「対を好むべからず」と述べ、対句を頻用すると「真名に似て仮名の本意」ではないと説く。

（11）前掲論文（注6）。なお、『方丈記流水抄』の本文は、「光源氏須磨へ退隠の時もさるべきふみども文集など入たる箱、さては琴ひとつぞ持しめらると云々」。

(12)『源氏物語』で「違ひ目」と隠棲が関連するもう一人の人物として明石入道がいる。若菜上において、入道は明石の君と尼君に最後の消息を送り、山深くに跡を絶つ。その話を聞いた光源氏は入道を回顧して、その先祖の大臣に「ものの違ひ目」があった報いで子孫が衰えたとの世間の噂を口にする。また、使者の僧が尼君に伝えた入道の最後の様子には、「年ごろ、行ひの隙々に寄り臥しながら掻き鳴らしたまひし琴の御琴、琵琶」を何度も弾いて御寺に施入したというものがあった。この「違ひ目」は「先祖の大臣」のものであること、『方丈記』では仏道修行の合間に琴・琵琶の演奏をする箇所で「源都督」（源経信）の名を挙げること、加えて「世」や「捨テ難キ」といった言葉の対応を考えると、『方丈記』の叙述から直接的に喚起されるのは入道ではなく、光源氏の姿であろう。しかし、入道が琵琶の使い手であったことは長明その人と重なり、仏道修行の合間の琴・琵琶の演奏は『方丈記』の叙述とも響き合う。明石入道の像が『方丈記』に揺曳している可能性は考えてよいと思う。

(13)久保田淳『藤原定家とその時代』（岩波書店、平成六年）に収められる「源通親の文学(一)――散文――」（初出は昭和五三年二月）「源通親の文学(二)――和歌――」（初出は昭和五三年一二月）「平家文化の中の『源氏物語』」（初出は昭和五七年七月）や、水川喜夫『源通親日記全釈』（笠間書院、昭和五三年）。

(14)『安元御賀記』の伝本については、現在、広本は略本の増補とする考え方が定説である。久保田淳「平家文化の中の『源氏物語』」（注13）、伊井春樹「『安元御賀記』の成立――定家本から類従本・『平家公達草紙』へ――」（『国語国文』六一―一号、平成四年一月）、春日井京子「『安元御賀記』と『平家公達草紙』――記録から〈平家の物語〉へ――」（『伝承文学研究』四五号、平成八年五月）などに詳しい。増補時期については、春日井論文が承久の乱後にまで引き下がる可能性があることを指摘する。

(15)小川剛生「『高倉院厳島御幸記』をめぐって」（『明月記研究』九号、平成一六年一二月）。

(16)久保田淳「平家文化の中の『源氏物語』」（注13）。

(17)第二部第二章「『正治後度百首』の構想」。

(18)日野の庵で長明の傍らにあった箱に収めた書物・琴・琵琶の取り合わせは、『源氏物語』の作者、紫式部の日記にも登場する。『紫式部日記』では、消息的部分とされる箇所の、「心のうちにはつきせず思ひ続けられ」る我が身の述懐に際して、その傍らに、立てかけた「箏の琴」「和琴」「琵琶」と、「古歌」「物語」「書（漢籍）」を納めた一対の大きな「厨子」があったことが記されている。長明は、『無名抄』「式部赤染勝劣事」で「紫式部が日記といふものを見侍りしかば」と出典を記して、同じく消息的部分の和泉式部・赤染衛門評を引用した。『源氏物語』との関連も合わせると、『紫式部日記』も『方丈記』の叙述を形成する母胎の一つと考えられよう。

(19)　新潮日本古典集成『方丈記　発心集』(注7)。

(20)　『発心集』の用例としては、巻四―八「或人臨終不言遺恨事　臨終隠事」(神宮文庫本では巻五―五)で、建久年間に没した長明の知己(中原有安と目される)が、「殊ニカナシウナンスルムスメ(姫君)」を死後に残すことに対して、「ミナシ子ニナレル事ヲ哀」れんで、婿を取ろうと沙汰する様を記す。

(21)　家長と長明の関係については、第二部第三章「予言する和歌――「くもるもすめる」詠をめぐって――」。

(22)　川上新一郎「『法門百首』の考察」(『王朝の和歌と物語』、昭和五五年)。惟方については仁安・嘉応の頃(一一六六～七〇)の成立とする。

(23)　山本章博『寂然法門百首全釈』(風間書房、平成二二年)。同時代では、後鳥羽院の『正治後度百首』釈教・五六番歌に寂然の『法門百首』九一番歌と酷似する歌が見られたり、定家が慈円勧進の「四季題百首」の釈教題において『法門百首』題をそのまま用いて詠む(『拾遺愚草員外』六〇三～六〇六番歌)などの享受例も指摘されている。

(24)　山田昭全「鴨長明の秘密(下)」(『大法輪』四四―一二、昭和五二年一二月)は、『方丈記』序段の「澱ニ浮カブウタカタ」「朝顔ノ露」の喩えに、『法門百首』八二・八四・八五番歌との関連を見る。ただし、無常の表現としてのこのような喩は同時代までの他の和歌や歌学書等にも多く見られ、『法門百首』のみが下敷きとなっているわけではない。

(25)　山本章博「恋と仏道――寂然『法門百首』恋部を中心に――」(『上智大学国文学論集』三三号、平成一二年一月)。

(26)　賢木巻において、桐壺院は朱雀帝に、源氏を帝の補佐役として大切にするよう遺言を残す。しかし、崩御の後、弘徽殿大后は「いちはやく」源氏方への報復を画策、藤壺宮は「世のはしたなく住みうからむ」と悲観し、源氏は「事にふれてはしたなきこと」ばかりが出来する「世のうさ」を思う。傍線部は先述の須磨巻の表現と重なり合い、源氏は別れに訪れた桐壺院の山陵の前で父院の遺言が守られぬことを嘆くのである。

(27)　三角洋一『源氏物語と天台浄土教』所収「『法門百首』の法文題をめぐって」(若草書房、平成八年。初出は平成二年三月)、山本前掲書の当該歌注(注23、初出は平成一九年七月)。

（28）諸注釈の中では、佐竹前掲注釈（注５）が、『往生要集』との関連を指摘する。
（29）久保田前掲論文（注13）や五味文彦『中世社会史料論』所収「『源家長日記』と『無名草子』――仮名の書物史――」（校倉書房、平成一八年。初出は平成一五年一二月）、松薗斉「中世の女房と日記」（『明月記研究』九号、平成一六年一二月）。
（30）前掲論文（注15）。
（31）「院政期の行事絵と〈仮名別記〉・試論」（『文学』一〇―五号、平成二一年九月）。
（32）河内山清彦「紫式部日記の源家長日記への影響――首欠説の一傍証――」（『国語国文』四五―四号、昭和五一年四月）。五味前掲書（注29）や『中世日記紀行文学全評釈集成』第三巻（勉誠出版、平成一六年）も同様の見解を取る。
（33）今村みゑ子『鴨長明とその周辺』（和泉書院、平成二〇年）所収「成賢および醍醐寺と大福光寺本『方丈記』」は、醍醐寺内に『方丈記』が入ったルートを、醍醐寺僧深賢から師の成賢へと推定する。

第三章　終章の方法

はじめに

『方丈記』の読みを最も難解にするもの。それが「結語」や「終章」と言われる以下の箇所、すなわち『方丈記』の終わらせ方にあることは、衆目の一致するところだろう。

抑、一期ノ月影カタブキテ、余算ノ山ノ端ニ近シ。タチマチニ三途ノ闇ニ向カハントス。何ノワザヲカカコタムトスル。仏ノ教ヘ給フ趣キハ、事ニ触レテ執心ナカレトナリ。今、草庵ヲ愛スルモ、閑寂ニ着スルモサバカリナルベシ。イカヾ要ナキ楽シミヲノベテ、アタラ時ヲ過グサム。シヅカナルアカ月、コノ事ハリヲ思ヒツヾケテ、ミヅカラ心ニ問ヒテ言ハク、世ヲ遁レテ山林ニ交ハルハ、心ヲ修メテ道ヲ行ハムトナリ。シカルヲ、汝、スガタハ聖人ニテ、心ハニゴリニ染メリ。栖ハスナハチ浄名居士ノ跡ヲケガセリトイヘドモ、タモツトコロハワヅカニ周利槃特ガ行ニダニ及バズ。若コレ、貧賤ノ報ノミヅカラナヤマスカ。ハタ又、妄心ノイタリテ狂セルカ。ソノトキ、心更ニ答フル事ナシ。只、カタハラニ舌根ヲヤトヒテ、不請阿弥陀仏両三遍申テヤミヌ。

于時、建暦ノ二年、弥生ノ晦コロ、桑門ノ蓮胤、外山ノ庵ニシテ、コレヲ記ス。

この箇所（以下、「終章」とする）は、それまでに述べてきた草庵への愛着・閑寂への執着が執心を戒める仏教の教えに反するものであるとして、自らの心に自らが問いを発するものである。しかし、心は答えない。結果、「心」はその傍らに「舌根ヲヤトヒ」、「不請阿弥陀仏」を二三返唱えることで問答は終わり、『方丈記』もまた終結する。方丈の庵での充足を謳った直前までの筆致とは対照的な印象を与えること、さらに、「不請阿弥陀仏」の意味が作品中最大の論争となっていることに起因して、その位置付け・解釈について様々な論が存在し、決着を見ていないのが現状である。

この終章を読み解くには、いくつかの問題を解決しなければならない。『方丈記』の先行研究中、終章を論じるものは非常に多いが、大きく分類すると、論点は以下の二つに集約できるだろう。第一は、終章を長明の内心の懊悩の告白と見るか、作品構想上あらかじめ準備された方法と見るか。第二は、問答の結果としての「ソノトキ心更ニ答フル事ナシ。只カタハラニ舌根ヲヤトヒテ、不請阿弥陀仏両三遍申テヤミヌ」という事態が何を意味するのか、である。

一　「謙辞」「問答」という方法

先行研究をたどると、『方丈記』終章は、長明の告白だとされてきた期間が長い。研究史上代表的なものとしては、戦前から戦後にかけての永積安明と西尾実の論争により（永積 1936・1958／西尾 1951）、この作品には二つの見方が示されることとなった。永積説は、『方丈記』をリアリズムの文学とし、否定的世界観と狭隘さ故の現実への失望、宗教生活にも徹底し得ない自己をはげしく追求した結果が終章の懊悩であったとする。対して西尾説は、この世の観察と自己凝視への追究、無常の世をいかに生きるかという問題探求の記録が『方丈記』だという。中でも終章は、宗教的真理に対する不徹底の原因を社会に帰すか個人に帰すかという自答不可能な問題提起であり、それこそが歴史的人間としての真実の発言だとした。この両者の見方は、『方丈記』の世界観が否定的視線に基づく文学的限界を露わにしたものか、積極的自己探求によって文学的真価に至ったものかという点では対極的でありながら、それが作者の内面的真実を映し出した自己の告白と見る点においては一致する。すなわち終章とは、方向性の違いはあれ、極めて思想性を帯びた長明の懊悩と転換点の現れなのであった。この観点は、その後の多くの研究に踏襲されている。

しかし、永積・西尾両者ともに、さらには一般的にも『方丈記』が極めて整然とした論理構成の下に書かれているという認識は共有されている。それは近代以降の『方丈記』の注釈書が、概ね五段構成に基づいて作品を分割することにも明らかだろう[(1)]。ならば、終章もまた、作者の構想の内にあったという考え方が導かれる。そのような視点からの論としては、終章を長明の韜晦のポーズと解する桜井好朗の研究が嚆矢であろう（桜井1960・1970）。他にも、維摩経との関係から仏教文学（法語文学）と捉えて最終段を一つの大団円だとする今成元昭の論（今成1974）や、「記の文学」であることを重要視して、その構成から終章を謙辞・予定されたレトリックだと考える大曽根章介や三木紀人の発言がある（大曽根・三木1976）[(2)]。山田昭全も、講式類の終結の仕方に着目し、それらに定着していた自己反省の型を応用したとの見方を示す（山田1980）。

『方丈記』が論理的に構成された作品であることを思えば、終章に至って、ここまで展開してきた自らの論と仏教的な価値観との相克が忽然と高まり、彼の苦悩が作品に露呈したと考えるのは不自然だろう。まず、『方丈記』とは、『池亭記』に倣って作られた「記」の文学なのである。佐竹昭広が指摘するよう、その筆は徹頭徹尾、「人ト栖」の有り様に寄り添っており、そこから離れることはない（佐竹1989）。『方丈記』に様々な読み方とそこから導かれる作品の魅力があることは承知の上だが、まず『方丈記』とは、家居の記として読むべきものだと考える。

　さて、長明がその構成・形式を襲った『池亭記』の掉尾は、次のように閉じられていた。

予及二暮歯一、開二起小宅一。ア取二諸身一、量二于分一、誠奢盛也。上畏二于天一、下愧二于人一。亦猶下行人之造二旅宿一、老蚕之成中独繭上矣。其住幾時乎。嗟乎、聖賢之造レ家也、不レ費レ民、不レ労レ鬼。以二仁義一為二棟梁一、以二礼法一為二柱礎一、以二道徳一為二門戸一、以二慈愛一為二垣墻一、以二好倹一為二家事一、以二積善一為二家資一。居二其中一者、火不レ能レ焼、風不レ能レ倒、妖不レ得レ呈、災不レ得レ来、鬼神不レ可レ窺、盗賊不レ可レ犯。其家自富、其主是寿。官位永保、子孫相承。イ可レ不レ慎乎。ウ天元五載孟冬十月、家主保胤、自作自書。

作者である慶滋保胤は、晩年に建てた自らの家を分不相応の贅沢なものとし、旅人が仮の旅宿を造り、老いた蚕が繭を作ることに喩えて、老いた自分がどれほどの時間、その家に住まうことができるのかと嘆息する（傍線部ア）。そして、聖賢の家が徳目によって造られることを述べ、そのような家が災害にも遭わずに富み栄え、主は長寿にして永く官位を保ち、子孫が代々受け継いでいくことを記して、それに非ざる自らは慎んで行動しなければならないと謙遜の言葉で結んだ（傍線部イ）。その後ろに擱筆の日付が記されているが（傍線部ウ）、これは『方丈記』の奥書の方法――「于時、建暦ノ二年、弥生ノ晦コロ、桑門ノ蓮胤、外山ノ庵ニシテ、コレヲ記ス」――と合致する。このような謙辞と擱筆の日付で「記」を閉じることは、菅原道真の『書斎記』や兼明親王（前中書王）の『池亭記』においても同様であった。(3) つまり、家居の記の文学史において、謙辞という作品終結の方法は十分に存在した。むしろ、そのような方法が倣うべき先蹤であったと考えられるのであり、大曽根や三木の謙辞説に従いたいと思う。

さらに、『方丈記』が用いた問答という形式に着目してみたい。問いと答えとが連続して展開するこの形式は、古来、様々な領域の作品で用いられてきた文体である。終章で問題となった「仏ノ教へ給フ趣キ」を記す仏書の領域では頻繁に使用されており、例えば、彼が生涯の座右の書とした『往生要集』は各所に問答体を用い、大文第十は「問答料簡」として問答による一章で著作を結ぶ。また、他の領域では、藤原清輔の『袋草紙』や藤原俊成の『古今問答』といった歌論書・歌学書の類にも見え、長明自身も『無名抄』「式部赤染勝劣事」「近代歌躰」で問答体を用いている。また、『方丈記』よりも成立は下るが、長明と同時代人であった慈円は『愚管抄』の閉じ目に問答体を採用し、「物ノハテニハ問答シタルガ心ハナグサムナリ」、すなわち問答によって心が晴れるのだと記す。

このように見てくると、作品に展開される問答とは、問責・追及の手段というよりも、論を展開し事の理を明らめるための叙述方法の一つだと考えられよう。『方丈記』が「ミヅカラ心ニ問ヒテ言ハク」「心更ニ答フル事ナシ」と記す以上、自問自答ではあっても、明文化された答え（と思われるもの）が存在しなくても、やはりこの箇所は問答なのである。従って、『方丈記』終章とは、仏道心の不徹底さという「謙辞」の枠組みの中で展開される言説空間なのであり、そこに用いられた形式が「問答」であったと考えたい。それはもちろん、あらかじめ準備された方法であり、作品の構想の内にあったものである。

二　選び取られた「沈黙」

謙辞の中で問答を仮構することによって、長明は何を述べようとしているのだろう。まず、問答に先立って述べられた仏の教えは、「事ニ触レテ執心ナカレ」すなわち執着の否定という実に一般的な仏教上の課題であった。『発心集』が巻一を中心として多くの断執説話を収めている事実は、長明自身がこのことを自らの課題とし悩んだ人であったこと、さらにそれが同時代の共有された課題であったことを示していよう。終章直前まで述べてきた草庵生活の興趣と閑居の気味、それを愛することは取りも直さず執着であり、罪障に結びつくものである。長明は、それを「サバカリナルベシ（諸本、障りなるべし）」「イカヾ要ナキ楽シミヲノベテ、アタラ時ヲ過グサム」と自ら否定してみせる。

時代は下るが、念仏行者らの法語類を集録した『一言芳談』には、信西の子で高野山蓮華三昧院の開基である明遍（一一四二～一二二四）の以下の言が載る。

有云く、「高野の空阿弥陀仏の、御庵室のしつらひの便宜あしげにて、『少し、か様にしたらばよかりなむ』と御たくみありける間、『さやうしつらひなさん』と人申しければ、『いや〳〵あるべからず、是又厭離のたよりなり。よしと思ひて心とめては、無益なり』とおほせられける」。

草庵を住み心地がよいようにに便宜良くすることは「心とめ」ることを生む、すなわち「栖」への執着であった。だからこそ、それは「無益」と否定されたのである。同じく『一言芳談』において、称名念仏を行じて浄土門に帰依した比叡山東塔の僧・明禅（一一六七〜一二四二）は、「居所の心に叶はぬはよき事なり。心に叶ひたらんには、我らがごとくの不覚人は、一定執着しつと覚え候ふなり」と言う。

『一言芳談』は一四世紀初頭の成立かと推定されるが、収載された言説の多くは一二世紀末から一三世紀前半にかけての浄土門系の遁世者たちのものであり、この時期の遁世者たちの意識の一面をそこに見出すことは可能である（小島1995）。おそらく、草庵への執着とは、長明の同時代、彼らに広く共有された課題であったのだろう。『方丈記』で草庵の閑居の気味を賛美した長明が、そのことに無関心であったとは到底考えられない。そして、それが自身の課題でもあったからこそ、謙辞の枠組みの中で、問答という方法を取って、己れへの批判を展開してみせたのである。穿った見方をすれば、それは、事実、否定すべきことであると同時に、読み手の批判を先回りして封じる役割をも果たしていようか。(4) そして、自らが自らに向けた批判は、それを課題として共有する読み手の共感を導き出すだろう。

その自己批判の内容とは、「世ヲ遁レテ山林ニ交ハルハ、心ヲ修メテ道ヲ行ハムトナリ。シカルヲ、汝、スガタハ聖人ニテ、心ハニゴリニ染メリ。栖ハスナハチ浄名居士ノ跡ヲケガセリトイヘドモ、タモツトコロハワヅカニ周利槃特ガ行ニダニ及バズ」、すなわち仏道修行のために山林に跡を隠しながら、姿は聖人で心は濁りに染まっていると自らを問責するものだった。それは、「草庵ヲ愛」し「閑寂ニ着スル」自らの執心と、そのような「要ナキ楽シミヲノベ」る口業とでも言うべき罪障故であろう。だからこそ、次に用いられた喩えが「浄名居士ノ跡」と「周利槃特ガ行」なのである。「浄名居士ノ跡」が当該箇所に用いられた理由は、現在の問題の焦点が「ヒロサハワヅカニ方丈」とした「草庵」への執着にあるからだ。この喩は、長明が維摩詰の方丈を意識していることを明示すると同時に、読み手に長明と維摩詰を重ね併せてイメージさせ、後述の「維摩の一黙」を引き出す伏線となっていよう。そして、続く「周利槃特ガ行」とは、「タモツ」という教えや戒めを守り続けるという語が用いられたことからも、仏弟子中愚鈍で知られる周利槃特が、「守口摂意身莫犯、如是行者得度世」（口を慎んでみだりにしゃべらず、正しい思いを保ち、身体による罪を犯してはならない。このように行ずる者は生死を離れ涅槃に達することができる）という一つの偈を信じ行じて阿羅漢果を得たことを指すと考えられる。(5) 草庵に愛着を持ちそれを言葉で披露してみせる長明が、偈に表れる三業（口業・意業・身業）をたもち得ていないことは明らかである。このあたり、終章の冒頭と呼応して、問いの呼吸は実に一貫していると言うべきだろう。長明は、そういう自身の有り様を、卑しく貧しかった前世の報いなのか、煩悩に汚れきった挙げ句に狂ったのかと問うてみせたわけだ。

対して、問われた「心」の対応は、「更ニ答フル事ナシ」であった。つまり、決して答えなかったのである。ここで注意したいのは、「答えることができない」のではなく、「答えない」ということだ。当該箇所を不可能で取る先行研究は多いが、副詞「更に」が否定表現と呼応する場合に持つ意味は、不可能ではなく、強い否定である。『無名抄』と『発心集』における用例を見ても、「更に」と否定語が結びついて自動的に不可能の意となるものは見出せず、不可能を表現したい場合には可能の意を持つ語が配されている。(6) ならばここは、「答えない」という行為を「心」が選び取ったと考えるべきだろう。その理由の第一は、この問答を引き起こした原因は「要ナキ楽シミヲ延べ」てきたこと、すなわち「周利槃特ガ行」のうちの「守口」を破っているからではないか。「心」が沈黙を選んだのは、「守口」＝「口業を守る」ためでもあった。長明は、日野の方丈の庵での生活において、「コトサラニ無言ヲセザレドモ、独リヲレバ、口業ヲ、サメツベシ」と述べていたが、決して答えないとは、「口業」を修めるための「無言」であったとも考えられようか。そして、第二の理由は、いくつかの先行研究が指摘するごとく（豊田1929／神田1965・1971・1995／今成1974・1981）、ここに維摩の一默を模したからであろう。「浄名居士ノ跡」を倣った方丈の庵に座する主体が、問答の答えとして「更ニ答フル事ナシ」という行為を選んだのである。そこに、「維摩経」における多くの菩薩たちと維摩詰の問答、及び文殊菩薩の問いに対して維摩詰が取った「默然無言」という構図を重ね合わせることは、むしろ自然である。それは、長明が意識的に用いた叙述の仕掛けだったと見るべきだろう。

なお、当該箇所における維摩の一默の援用に関して、稿者は、今成元昭の一連の研究に見える『方丈記』の全てが「維摩経」に基づいて解釈されるべきだという説には従わない。もちろん、長明の方丈の庵が維摩詰の方丈に倣うものである以上、「維摩経」が『方丈記』の叙述に影響を与えるのは当然である。しかし、例えば『方丈記』冒頭で、はかなさの喩として用いられる「ウタカタ」についても、「維摩経」方便品「是身如レ泡不レ得二久立一」のみが下敷きとなるわけではなく、先行の和歌や歌学書等にも多く見える、同時代に広く共有された表現であった。また、我が身の来歴を語る箇所（第三段）には、『源氏物語』須磨巻における光源氏の姿を自らの背後に二重写しにするような方法が用いられている。[7] 日野の庵の生活を述べる箇所が漢詩文や和歌を多く踏まえて綴られることも、周知の事実であろう。『方丈記』は「人ト栖」の様を述べることについては終始一貫しているが、用いられる叙述方法は実に多彩だ。作品の基盤が、「維摩経」によって一元的に構成されると見るべきではないだろう。

三　清浄なる「舌」

「心」の行為は、「更ニ答フル事ナシ」では終わらなかった。「カタハラニ舌根ヲヤトヒテ、不請阿弥陀仏両三遍申テ」、事態は終結するのである。従って、「心」の答えは、沈黙に帰結すると見るべきではないだろう。「心」が傍らに自らの「舌根」を借りてきて「不請阿弥陀仏」と二三度唱えたことこそ、「心」の答えだったとは考えられないだろうか。

まず、「舌根ヲヤトヒテ」であるが、長明は終章の直前、閑居の気味を自讃する箇所において、「只ワガ身ヲ奴婢トスルニハシカズ。イカヾ奴婢トスルトナラバ、若シナスベキ事アレバ、スナハチヲノガ身ヲツカフ」、「今一身ヲワカチテ、二ノ用ヲナス。手ノヤツコ、足ノ乗物、ヨクワガ心ニカナヘリ」と記している。自らの存在を身と心とに分けて二元的に捉えるこの発想は、和歌をはじめとして古くから見られる考え方であり、長明自身も若年時、「あれば厭ふ背けば慕ふ数ならぬ身と心とのなかぞゆかしき」（鴨長明集・九〇）と詠じた。和歌においては、身と心が分裂する現状を見つめ、実現不可能なことは承知しながらも身と心が一体化することを庶幾するものが多いが、『方丈記』における身と心の関係は、心が身を使役し、それが心の思う通りになっている状態において、幸福な関係にあると言える。そして、『方丈記』における特徴とは、心にとっての身が傍線部のような他者性を強める語で表現される、つまりは認識されているということだろう。従って、「心」が「舌根」を雇い、「不請阿弥陀仏」と申すというあり方は、『方丈記』全体を通して見れば不自然なことではない。

しかしそれでも、この表現がなにがしかの違和感を醸し出していることは間違いあるまい。その理由の第一は、用いられた「舌根」という語が迷いの根源となる汚れたもの、修行によって清浄に保たねばならぬ存在であり、仏の名を唱える行為に用いるにはそぐわない語であること、第二は、「心」が「カタハラニ舌根ヲヤト」うという行為が、心からの念仏ではなく、仕方ないかりそめの行為に見えることであろう。

ここで、読経や念仏時における「舌根」すなわち「舌」がいかなる存在と捉えられていたかを確認してみよう。平安時代中期に成立した『大日本国法華経験記』には、以下のような話が見える。

沙門壱睿、受二持法華経一年序尚久矣。参二詣熊野一宿二完背山一。臨二中夜一有下誦二法華経一声上。其声極貴、聞銘二骨髄一。思下念若復有二人宿一歟上。誦二一巻一竟、礼二拝三宝一、懺二悔衆罪一。尽誦二一部一既至二天暁一。明朝見有二死骸骨一。身体全連、更不二分散一、青苔纏レ身、逕二多年月一。見二髑髏一、其口中有レ舌。赤鮮不レ損。壱睿見レ之、起居礼拝、不レ堪二感悦一。……（後略）……

（巻上―一三「紀伊国完背山誦法華経死骸」）

法華経持者であった壱睿という僧侶が、熊野に参詣した際、宿した完背山（鹿瀬峠）において、夜中、法華経を読誦する声を聞く。その声の貴さの余り、壱睿は一晩中読誦を聞き続け、明朝辺りを見てみると、骸骨一体を発見する。青苔を身に纏った白骨はすでに多くの年月を経ていると思われたが、その骨を全てつながっており、髑髏の口中には生きている人のもののような赤い舌があった（傍線部）。それを見た壱睿は、この骸骨が法華経を読誦していたことを理解し、深い感動を覚える。翌朝、壱睿はその骸骨の霊と対話し、比叡山の東塔の住僧・円善という者が、六万部の法華経転読の願を立てるが半分を読み終えたところで死去し、残りの半分を読誦していること、それが成就すれば兜率天に転生することを知る。後年、壱睿が再びこの地を訪れた時、骸骨は消えていた。これが話の概要であり、『今昔物語集』巻一三―一一にも同話が載る。法華経持者の舌が死後も朽ちずに残り、骸骨（あるいは体の一部）が法華経を読誦するという説話は、他にも『日本霊異記』下―一（同話に『今昔物語集』巻一二―三一）や『今昔物語集』巻七―一四等があり、このようなあり方が法華経読誦の功徳の一例として広く知られていたことがうかがわれよう。

注意すべきは、これらの説話において直接的に法華経を読誦するのは朽ちずに残った「舌」であり、人々はその「舌」を見て奇瑞に気付くという点である。すなわち「舌」とは、読誦という行為において、それを象徴する身体器官と認識されていたということだろう。(8)言うまでもなく、長明は、それを認識する者のうちにいる。ならば、その認識は法華経読誦という範囲を超えて、念仏にも及ぶ可能性があるのではなかろうか。その如何を、『発心集』巻三―四「讃州源大夫俄発心往生ノ事」に探ってみたい。

話の大略は以下のようになる。讃岐国の源大夫は、仏法の名も知らず、殺生・殺害の罪をも怖れぬ悪人であった。ある時、狩猟の帰り道で仏供養を行っている家の前を通りかかり、興味を惹かれて導師に事の意味を尋ねる。導師は説法をとどめて、阿弥陀仏の四十八の誓願や極楽や現世の様などを説き聞かせたところ、源大夫は途端に発心し、その場で出家して、声の限り「南無阿弥陀仏」と唱えながら西方に向かっていった。その後、源大夫は西海に臨む山の端の岩上に座して阿弥陀仏の名を呼び続け、海の彼方からかすかなる声を聞く。それを阿弥陀仏の答えと考えた彼は、心配して追ってきた山寺の僧を返し、七日ほどの後に自分の様子を見に来るよう告げた。その僧が仲間と様子を見に行くと、源大夫は合掌して西に向かい、眠ったような様で亡くなっており、彼の「舌ノサキヨリ青キハチスノ花ナン一房ヲヒ出」ていたという。青蓮華は源大夫の極楽往生を証し立てるものだが、それは「舌ノサキ」から生えていたというのである（神宮文庫本巻二―三「讃州源大夫発心往生事」においても、「舌ノサキヨリ青蓮花一房生出デタリケリ」と同様）。

この話は、『今昔物語集』巻一九―一四、『宝物集』三・七巻本の各最終巻にも見えるもので、当時広く知られていた往生譚である。しかし、『発心集』に先行するこれらの作品においては、「色形たがふ事なくして、口より青蓮花おひて、かうばしき匂ひ有て、往生の相を現ぜり」（宝物集・七巻本）のごとく蓮の花は「口」から生えるのであり、「舌」には限定しない。このような状況を見る限り、青蓮華が咲き出た場所を「舌ノサキ」としたのは長明その人である可能性が高いだろう。「舌」とは、様々な罪障を生む「舌根」である。しかし同時に、長明にとっては、「舌」こそが念仏を唱える行為を象徴する身体器官であり、往生の証拠となる蓮の花が咲く清浄な場所となり得るものでもあった。(9)それが、この改変の意味するところだろう。『方丈記』終章において、長明はその「舌」を汚れや罪障を纏う「舌根」の語で表現して、「不請阿弥陀仏」と仏の御名を唱えさせている。しかも、「両三遍申テヤミヌ」と二三度の口称で止まったまま事態が放置されたような終結の仕方、「舌根ヲヤト」う＝「他者に頼む」というような表現とも相俟って、心からの積極的な念仏という印象を削いでいるのは事実だ。(10)しかし、そのような自嘲めいた物言いにこそ、終章の謙辞たる所以があると考えられるのではなかろうか。(11)汚れた「舌根」を用いることしかできないが、それこそが、自分にとって唯一、阿弥陀仏の名を唱えることができるものであり、結果として往生を可能にするもの。そのような重層的な意味を、この箇所に見出せると思うのである。(12)

ならば、「カタハラニ舌根ヲヤトヒテ不請阿弥陀仏両三遍申」す行為とは、展開してみせた批判が帰着するところ、いわば一つの解決の形だったと捉え直すことができよう。以下、このことを、長明の周辺に展開する言説から検証してみたいと思う。

四　念仏行者たちの言説

長明における如上の認識は、一つには先述の法華経持者の説話群から導かれたものであったろう。そして、もう一つ、このような認識と関連して、念仏行者たちの言説を視野に入れてみたい。

すでに山田昭全が指摘するところだが、永観の『往生拾因』（康和五年〈一一〇三〉成立か）では、「動二口舌一」だけで「不レ発レ声」という念仏が「動二彼舌根一」という意味において口業を犯すものではないかという問いが発され、答えの中には、「向レ西合掌澄レ声称念。随二数遍之積一専念漸以発」として、「励声念仏の前駆的念仏として数遍の口称念仏」が勧められている（山田1977）。山田は「舌根」「数遍」等の語が『方丈記』終章の表現を誘い出しているとするが、『往生拾因』の『発心集』への影響等を鑑みれば、蓋然性は十分に高い。

また、『方丈記』擱筆の二ヶ月前、建暦二年（一二一二）正月二五日に、往生の行として専修念仏を解き、後に浄土宗の開祖とされる法然房源空が亡くなった。長明と法然の直接の関わりをうかがい知る資料は残っていないが、長明が後に『月講式』の作成を依頼した禅寂（俗名日野長親）は、『尊卑分脈』によれば「源空上人弟子」（異本表記）であり「大原如蓮上人」と呼ばれていたらしい。禅寂の出自である日野家の菩提寺は、日野の地に営まれていた法界寺であり、長明はその「日野ノ外山」に方丈の庵を結んでいる。『尊卑分脈』には禅寂が「外山建立」したとの記載もあり（異本表記）、現在では、長明を日野へと誘い、居住地などを斡旋したのは禅寂だと考えるのが定説である。長明の著作に直接の言及を見出すことができない以上、慎重に検討すべき問題ではあるが、禅寂との交流を通じて法然の言説に触れていた可能性は斟酌しうるものであるし、この時代の知識人が法然の言説と全く無関係なところにいると考えるのも不自然であろう。

この法然の消息文の中に、念仏に関する以下のようなものを見出すことができる。

・ただ心のよきわろきをも返り見ず、罪の軽き重きをも沙汰せず、心に往生せんと思ひて、エ口に南無阿弥陀仏ととなへば、声につきて決定往生のおもひをなすべし。（御消息）

・ただ御数珠をくらせおはしまして、オ御舌をだにも働かされず候はんは、懈怠にて候べし。…（中略）…御手に数珠をもたせ給て候はば、仏これを御覧候ふべし。御心に念仏申すぞかしとおぼしめし候はば、仏も衆生を念じ給ふべし。されば仏に見えまいらせ、念ぜられまいらする御身にてわたせら給はんずる也。さは候へども、カ常に御舌の働くべきにて候也。三業相応のためにて候べし。三業とは身と口と意とを申候也。しかもキ仏の本願の称名なるがゆへに、声を本体とはおぼしめすべきにて候。（往生浄土用心）

念仏行において口称念仏が肝要であると解くものだが、「口にとなへ」る・「声につきて」（傍線部エ）、「声を本体」とする（傍線部キ）のように、声に出すという行為そのものに重点が置かれており、その行為は「御舌」が「働く」こと（傍線部オ・カ）によってなされるのだという考え方が看取できる。このような言説と『方丈記』終章には、明らかに重なるものがあろう。

両者とも、文永年間（一二六四〜七五）に成立した『黒谷上人語灯録』（和語灯録）に収められるものである。『選択本願念仏集』等の法然の著作には、声を念仏の本体とする考え方は見られるが、[13]「舌」を働かす・「舌」が働くという表現を見出すことはできない。しかし、教説を述べる仏書と教団の外に位置する出家者を教化するための消息において、用いられる言葉が異なることはあり得ようか。また、『往生拾因』の用例を見れば、法然在世時にこのような表現が存在すること自体には問題はない。先述の『発心集』巻三―四「讃州源大夫俄発心往生ノ事」の改変を考えれば、逆照射的ではあるが、同時代に傍線部オ・カのような考え方が享受されていた可能性は否定されるものではないだろう。

注意を要する問題ではあるが、このような言説が念仏行者たちの間で共有されていたならば、『方丈記』終章との距離はかなり近いものになる。それは、長明その人の信仰の様相とも大きく関連しよう。今村みゑ子は、『発心集』巻二―一〇「橘大夫発願往生事」が原拠となった『拾遺往生伝』に見える橘守助の法華兼修を切り捨て、その行を念仏専一（十念念仏）へと改変したこと等から、長明は十念念仏を自身の臨終正念祈願の思想と目しており、『方丈記』における「両三遍」の念仏も十念を念頭においてなされたものだと論じた（今村2008）。この説話の改変をも併せ見る時、「カタハラニ舌根ヲヤトヒテ」なされ、それで「ヤミヌ」という自嘲的な物言いの中に織り込まれた行為、すなわち「不請阿弥陀仏両三遍申」すという念仏こそが、長明の求めた答えを示す可能性は非常に高いと考えられるのである。

五　「不請阿弥陀仏」の解

如上の観点から考えると、「不請阿弥陀仏」の語はどのように解釈すべきであろうか。以下、「不請阿弥陀仏」に関する先行の諸説を概観しておきたい。他に例を見ないこの語は、「方丈記」中最大の難語とされてきた。本文についても、広本・古本系最古写本の大福光寺本では「不請阿弥陀仏」だが、諸本によって「不請」

の部分が「不祥」「不浄」「不情」「不軽」などと割れており、流布本系では「不請の念仏」となる。[14] おそらく、流布の早い段階で解釈ができなくなったものと思われる。

先行研究の整理は瓜生等勝・草部了円・三木紀人・簗瀬和雄・芝波田好弘が行っており（瓜生1963／草部1967／三木1969／簗瀬1972／芝波田2011・2013）、また、手崎政男はそれらに対して、「阿弥陀仏自体の本具するはたらきを言う」か「阿弥陀仏を唱える主体の心又は態度を言う」かという二分的整理を行った（手崎1988）。本章ではそれらを参看しつつ、以下のように分類を施す。[15]

（1）「不請」を「阿弥陀仏」にかかる連体修飾語とし、「衆生が請わずとも救いの手を差しのべる阿弥陀仏」の意。

（2）「請」を「請く」（受ける）と解し、「仏も請けない念仏」とする。

（3）「不請」は「不承」（不承不承）の意で、「自分の心から望むものではない（口先だけの・申し訳程度の）念仏」とする。

（4）「請」を「請う」（求める）と解し、「他者から請われることのない・自発的な念仏」とする。

（5）「不請」は「奉請」の誤りで、「阿弥陀仏を招き請じる」の意。

（6）「不請」は「不奉請」の略で、「阿弥陀仏を奉請する儀式を整えぬまま（取るも取り敢えず）行う念仏」の意。

（7）「不請」は「口称」または「口唱」の誤りで、「阿弥陀仏の名を口に唱える」の意。

（8）「不請」は「不勧請」の略で、「勧請（十方法界の無量仏に対して久住世間・転法輪の二事の希求）を行わない念仏」の意。

諸説の検討については、（1）説を採る山田昭全と（3）説の貴志正造による論争があり（山田1969・1980／

貴志1977）、直近では芝波田好弘が諸説一つ一つの妥当性を検証している（芝波田2011）。

これらの諸説に手崎の整理を援用すると、（1）のみが「不請」を連体修飾語と考え、「不請阿弥陀仏」を「阿弥陀仏」の名（名号）と解釈する。（2）～（8）は、「不請」が阿弥陀仏の名を唱える行為（念仏）の様相を表すことになろう。この点については、すでに、貴志への反論として提出された山田の論文が豊富な用例を挙げて説明している（山田1980）。すなわち、仏教の経典類においては、「不請（之）友」「不請（之）法」「不請（之）師」のように「不請」はしばしば連体修飾格となり、直後に置かれた「友」「法」「師」などと結びついて美称の慣用修飾語となっている。また、そのような用法は『普賢講作法』（源信著、永延二年〈九八八〉成立）や『続遍照発揮性霊集補闕抄』（承暦三年〈一〇七九〉に済暹によって再編集された『性霊集』巻八～一〇の末尾三巻）といった日本の文献にも見出せることを指摘し、『普賢講作法』の例（不請師）は人々が参会する法会の席でこのような語が聞き知られる機会があったことを示すと注目する。

大福光寺本では「不請阿弥陀仏」という表記であるが、広本・古本系諸本では、「請」の部分の異同は激しいものの、全て「阿弥陀仏」の前に連体修飾格の「の」を補う形で書写されている。ならば、これらの書写者において、「不請」（異同はあるが）の部分が連体修飾格となって「阿弥陀仏」を形容すると捉えられていた可能性は高いのではないか。[16] すでに山田の指摘があるが、大福光寺本において、連体修飾格となる格助詞「ノ」については、「世中」「世人」「其外」「其間」等、多くの例を認めることができるのである。

対して（2）～（8）説の場合、「不請」は、「不請に」「不請ながら」阿弥陀仏の御名を「両三遍申」すというような、副詞的な用法になる。大福光寺本の本文には、このようなサ変動詞の名詞形が副詞的な修飾語となる例は見出せないが、類例として、名詞が副詞的に用いられる箇所を見てみると、「心念々ニウゴキテ」「齢ハ歳〳〵ニタカク」と、格助詞の「ニ」は省略されていない。副詞「忽（たちまち）」を「忽ニ」とする箇所も同様だ。これらの状況を鑑みると、「不請」は「阿弥陀仏」を形容しており、連体修飾格の「ノ」が省略されたものと考えるのが自然であろう。ならば、（1）以外の説は妥当性を欠くことになる。

従って、（1）説のごとく「不請」は「阿弥陀仏」を修飾する美称であり、「不請阿弥陀仏」とは「衆生が請わずとも救いの手を差しのべる阿弥陀仏」の意であるとしたい。ここまで検証してきた終章の文脈から考えても、選び取った「沈黙」の先の解決の形として、また、清浄なる「舌根」が唱えるものとして最も相応しいのは、阿弥陀仏への帰依の言葉なのではないか。それは、念仏行を修する遁世者たちと問題意識を共有する長明の思想や、十念念仏による臨終正念を願った長明の信仰のあり方（今村2008）とも齟齬しない。「不請阿弥陀仏」の解については、以上のように考えておく。(17)

終わりに

以上、作品の方法と文脈という観点から、『方丈記』終章を謙辞として読み解いてきた。謙辞とはしたが、緻密に構成されたこの終章には、謙辞を擬装して現れる長明の思想の一端を垣間見ることができよう。謙辞である以上、ここには読み手の存在が強く意識されているはずだ。ならば、この問題意識と答えを共有し共感する者を、作品の読み手として想定し得るのではないだろうか。先に第二章において、作品の享受者像に対し、

・草庵の遁世者ないしは彼らに近い存在
・本歌取りや本説取りといった作品の方法を読み解く素養を持つ存在

という性格付けを行った。ここに本章で導き出したものを付け加えるならば、彼らが修するものは――長明と同時代の遁世者を考える上では当たり前のことだが――念仏行だということだろう。享受者の問題については、第四章でさらなる検討を行いたい。至極当然のことではあるが、『方丈記』とは、開かれた作品なのである。

注

（1）　第三部序章「『方丈記』の諸本と全体の構成について」。

（2）　大曽根・三木1976において、大曽根は、漢文の「序」の形式との符合を指摘して、鎌倉時代の『王沢不渇抄』が「序」を五段に書くとすることを指摘した。その方法は、一段に時候や詩会（あるいは歌会）の場所が勝れていたことを書き、二段目は前を承けて発展させ、三段目が表題の言葉を用いて書く中心の段となり、四段目はこれを承けて華麗な対句を並べ、最後の五段目は謙遜の言葉で結ぶとし、三段目に「方丈」の語を用いて方丈の庵の様相を述べる『方丈記』がこの形式に適うことを述べる。後に大曽根は、文末に「雖レ見二江翰林序一、今亦記二其余一而已」と記す大江匡房の『遊女記』が、内容も大江以言の「見二遊女一序」に類似した文章であること等を挙げ、「記」と「序」が関連した文体であると指摘する（大曽根1990）。

（3）　『書斎記』の結びは、「殊慙闔外不レ設二集賢之堂一、簾中徒設二闖入之制一。為二不レ知レ我者一也。唯知レ我者、有二其人三許人一。恐二避燕雀之小羅一、而有二鳳凰之増逝一矣。悚息々々。癸丑歳七月日記レ之」。門外に来客用の建物を設けず、小人が乱入することを禁ずる制を敷いたことに慚愧の念を感じ、そのために真の友人の足が遠のくことを心配し、「悚息々々」（おそろしいおそろしい）と結ぶ。また、『池亭記』（兼明親王）の末尾は、「塵積雨淋、字銷点壊、誠謂二之宜一。後之観者、与レ我同レ志、無レ隠焉。不レ知レ我者、不レ可レ見レ之。己未之歳一二月二日記レ之」。ここまで述べてきたことが、塵や雨に犯されて消えるならば実に好ましいことであり、自らと志を同じくする者が見るならばよいが、自分（の志）を知らぬ者は見てはならぬとした。この二書もまた、謙辞＋擱筆の日付で作品を終わらせる。

（4）　小島1995は、「サバカリナルベシ」の本文について、「長明は聖たち（＝浄土門の遁世者たち、稿者注）との交渉もあったと思われるので、どのような批判を浴びるかは承知していたろう。前もって批判をかわす意味では「障りなるべし」が相応しいか」とする。

（5）この話は『増一阿含経』巻一一「分別功徳論五」や『法句譬喩経』等に見える。また、時代は下るが、『沙石集』巻二―一・巻一〇末―一三に引用が載る。

（6）例えば、『無名抄』「貫之躬勝劣」で、藤原実行（三条の大相国）と藤原俊忠（二条の帥）が紀貫之と凡河内躬恒の優劣を争った時、一向に決着を付けることが出来なかった場面は、「さらに事きるべくもあらざりければ」とされる。ここでは助動詞「べし」が可能で用いられ、全体が不可能の意を持たされている。なお、『発心集』巻一―九「神楽岡清水谷仏種房事」において、仏種房の住み処に入った盗人が逃げようとしても元の場所に戻ってしまう場面で、「彼水ノミノ湯屋ヲメグリテ更ニ外ヘサラズ」（神宮文庫本巻一―九、傍線部は「更ニ外ニハ不ㇾ去」）とする箇所が、盗人の心情を汲んだ「離れ去ることができない」という不可能の意訳も可能だが、他に不可能になる用例がないことから推せば、「湯屋の周辺から他所へと全くもって離れ去ることがない」という盗人の客観的な状態を言うと考えるべきだろう。

（7）第三部第二章「『方丈記』が我が身を語る方法」。

（8）『今昔物語集』巻一二―三四「書写山性空聖人語」では、性空の法華経読誦の様を「日夜ニ法華経ヲ読誦スルニ、初メハ音ニ読ム、後ニハ訓ニ誦ス。舌ニ付テ早キニ依テ也」とし、読誦の際の舌の回転が特筆されている。

（9）『発心集』巻八―五「盲者、関東下向ノ事」は、「或記云」として、唐で「朝夕念仏申僧」の「念仏ノ声ヲ聞キナラ」って「口マネヲシツヽ、常ニ『阿弥陀仏』ト鳴」いていた鸚鵡を、死後、埋葬したところ、「ソノ所ヨリ蓮華一本生タリ。驚ナガラ掘テ見レバ、彼鸚鵡ノ舌ヲ根トシテナム生出タリケル」、即ち念仏を唱えていた鸚鵡の舌を根として蓮華一本が生えた話を記す。ただし、この話は神宮文庫本には存在せず、また後代の増補が疑われる巻七・八中のものであるため、取り扱うには慎重を期するべきだろう。

（10）『日本霊異記』下―一三「法花経を写さむとして願を建てし人、断えて暗き穴に入り、願の力によりて命を全くすること得る縁」において、鉱山の落盤事故で坑内に取り残された男の妻子が、観音の像を図絵して写経し、追善供養などを行って、男の救出を祈ったところ、男のもとに一人の沙弥が現れ、男に馳走を与える。その沙弥が去った後に救出口が開くのだが、沙弥が男に語った言葉は、「汝が妻子、我に飲食を供し、吾を雇ひて勧め救はしむ」というものだった。すなわち、この沙弥は観音の化身であり、そのような存在を「雇ふ」対象と表現することは興味深い。

(11)　佐竹1989は、この一文自体が「何よりも的確な「自謙句」「卑下詞」であることの明証」とする。ただし、後述の「不請阿弥陀仏」の解釈については、稿者は見解を異にする。

(12)　作品の末尾に自らへの卑下を置き、そこに自負を込める表現のあり方に関しては、長明の和歌の師・俊恵の父親で、金葉集撰者である源俊頼の「恨躬恥運雑歌百首」が想起される。この掉尾には、「佐藻古曽歯無智文盲荷生計和布人非人庭可成畢哉［さもこそは無智文盲に生まれけめ人非人には成りはつべしや］」（散木奇歌集・一五一七）という、自らを「無智文盲」「人非人」と卑下する歌が置かれている。俊頼の極官は従四位下木工頭であり、正二位大納言に至った父・経信に遙かに及ばない。「無智文盲」即ち漢学の才がなく、立身出世がかなわなかった我が身への自嘲ではあるものの、その一首は、万葉仮名の様々な表記法（佐藻古曽歯—音仮名、庭—訓仮名、和布—熟字訓）を駆使し、「無智文盲」「人非人」と歌詞らしからぬ漢語を読み込んで仕立て上げられており、自らの歌才への強烈な自負と矜恃が窺われるものとなっている。木下・君嶋亜紀・五月女肇志・平野多恵・吉野朋美『俊頼述懐百首全釈』（風間書房、平成一五年）の当該歌の項参照。

(13)　一例を挙げれば、『選択本願念仏集』「弥陀如来不以余行為往生本願、唯以念仏為往生本願之文」にも「問曰、経云二十念一、釈云二十声一。念声之義如何。答曰、念声是一。何以得レ知。観経下品下生云、令二声不レ絶具三足十念一称二南無阿弥陀仏一、称二仏名一故於二念々中一除二八十億劫生死罪一。今依二此文一声是念々則是声、其意明矣」と見出すことができる。また、『一言芳談』には、「松蔭の顕性房」の「心の専不専を不レ論して、南無阿弥陀仏と唱ふる声こそ詮要と、真実に思ふ人のなき也」という言が載る。散心の念仏であるかどうかは問題ではなく、念仏を声に出して唱えることこそが肝要だと述べる顕性房とは、六条入道太政大臣藤原頼実（一一五五～一二二五）だと考えられており、長明と同時代の念仏行者の考え方の一端を捉えるものであろう。

(14)　青木伶子『広本略本方丈記総索引』（武蔵野書院、昭和四〇年）に拠ると、広本・古本系で「不請阿弥陀仏」とするのは大福光寺本のみ。他の諸本は、「不惜」（前田家尊経閣蔵本）、「不情」（山田孝雄旧蔵本・伝龍山公筆本）、「不軽」（三条西公正氏旧蔵本）、「不祥」（正親町家本・日現本・保最本・学習院大学本）、「不浄」（氏孝本・名古屋図書館本）である。

（15）分類を施す先行研究のうち、先行研究の網羅を企図して列挙を行うのは簗瀬1972・芝波田2013である。重複を避けるため、簗瀬1972が載せる先行注釈・研究論文については呈示を略し、それに漏れたもの・それ以降の研究を以下に挙げることとする。従って、掲出順は簗瀬1972に準拠した。なお、分類方法については、瓜生1963が七、簗瀬1972が七、流布本系の「不請の念仏」の本文での語釈も含めた分類を行う芝波田2011が九つに分ける。その後、芝波田2013は一〇通りに再分類を行った。本章では、「不請の念仏」及び「無精の念仏」（野村八良の独自本文、野村1922）については検討から外し、八つに分類することとした。また、瓜生・簗瀬・芝波田2013との分類の対応については［　］内に記している。

（1）［瓜生②・簗瀬①・芝波田⑤］
大隅1965・2004／森下1968／今成1974・1981／山田1980／今林1983／水原1994／芝波田2005・2011／岡山2009

（2）［瓜生⑤・簗瀬②・芝波田②］

（3）［瓜生③④・簗瀬③・芝波田③⑥］

豊田1929／安良岡1975・1980／貴志1977・1978／手崎1988・2009／佐竹1989

（4）［瓜生①・簗瀬④・芝波田①］

（5）［瓜生⑥・簗瀬⑤］

（6）［瓜生⑦・簗瀬⑥・芝波田⑦］
唐木1962・1970／益田1962／永井1964／神田1971・1995／桜井1970

（7）［簗瀬⑦・芝波田⑩］

（8）［芝波田⑧］
鈴木1973

（16）中前正志「京都女子大学図書館所蔵『方丈記』伝本略目録稿」（『東山中世文学論纂』、平成二六年三月）は、広本古本系を基本としながらも流布本系本文の特徴を併せ持つ京都女子大学図書館蔵「元亨」「文亀二年」本奥書写本『方丈記』（九一四・四二／Ａ６　００８５１０５０６―６）において、当該箇所が「不時に阿弥陀仏両三反申て止ぬ」という本文となり、これが、「「阿弥陀仏」に上接する措辞が明らかに、「阿弥陀仏」のさらに下の「両三反申て」へと副詞的に連用修飾する形の、初めての出現」になることを指摘する。当該本の実際の書写年代は江戸時代中期であり、本奥書の信憑性や本文の改変の問題は存在するものの、大福光寺本における「不請阿弥陀仏」の箇所が、「時ならず（予定外に・咄嗟に）阿弥陀仏を二、三遍申して終わった」と理解する事例が出現したという事実は興味深く、今後の課題としたい。

（17）　芝波田2013は、文法的に正しいのは⑤説（本章での分類における（1）説）とした上で、文法という重要な点が看過された理由として、「解釈者が、庵の生活の記述に修行者として消極的な態度、即ち文人隠遁者としての域を出ない姿を読み取ろうとし」、「修行者として消極的ならば、唱えられる念仏も消極的な意味しか持たないであろう、という意識が働いた」ためかとする。また、流布本系に見える「不請の念仏」の本文については、衆生を救済する主体が念仏となり、阿弥陀仏ではなく念仏そのものへの帰依を表現したものとなると考えた上で、このような思想が成立するには親鸞や一遍の登場を待たねばならず、本文としては「不請阿弥陀仏」（大福光寺本）よりも後発のものだと結論する。

『方丈記』に関して本文・注で取り上げた論文と略称は以下の通り。
・市古1989――市古貞次校注『新訂方丈記』（岩波文庫、平成元年五月）
・今成1974――今成元昭「蓮胤方丈記の論」（『文学』四二号、昭和四九年二月）
・今成1981――今成元昭「『方丈記』の末文をめぐって」（『文学部論叢』六九号、昭和五六年二月）
　＊両者ともに、今成元昭『『方丈記』と仏教思想――付『更級日記』と『法華経』――』（笠間書院、平成一七年）に所収。
・今林1983――今林順子「『方丈記』終章の意味」（『藤女子大学国文学雑誌』三〇号、昭和五八年一月）
・今村2008――今村みゑ子「『発心集』「橘大夫、発願往生事」の成立と成賢の享受」（『鴨長明とその周辺』、和泉書院、平成二〇年一二月↑「鴨長明晩年の思想及び醍醐寺との交流について――『発心集』橘守助説話の成立と受容を中心に――」（『国文』六七号、昭和六二年七月）を改稿）
・瓜生1963――瓜生等勝「方丈記の「不請阿弥陀仏」考」（『解釈』九―三号、昭和三八年三月）

・瓜生1964――瓜生等勝「再び方丈記の「不請の阿弥陀仏」について」(『下関商業高校八十周年記念論叢』、昭和三九年一〇月)
・大隅1965――大隅和雄「遁世について」(『北海道大学文学部紀要』一三―二号、昭和四〇年三月)
・大隅2004――大隅和雄『方丈記に人と栖の無常を読む』(吉川弘文館、平成一六年二月)
・岡山2009――岡山高博「方丈記末尾の「不請阿弥陀仏」の主意について」(『名古屋大学国語国文学』一〇二号、平成二一年九月)
・大曽根1990――大曽根章介「「記」の文学の系譜」(『解釈と鑑賞』五五―一〇号、平成二年一〇月)
・大曽根・三木1976――シンポジウム日本文学『中世の隠者文学』(学生社、昭和五一年六月)
・唐木1962――唐木順三注・訳　古典日本文学全集『枕草子・方丈記・徒然草』(筑摩書房、昭和三七年一月)
・唐木1970――唐木順三注・訳　日本の思想五『方丈記・徒然草・一言芳談』(筑摩書房、昭和四五年八月)
・神田1971――神田秀夫校注・訳　日本古典文学全集『方丈記　徒然草　正法眼蔵随聞記　歎異抄』(小学館、昭和四六年八月)
・神田1995――神田秀夫校注・訳　新編日本古典文学全集『方丈記　徒然草　正法眼蔵随聞記　歎異抄』(小学館、平成七年三月)
・貴志1977――貴志正造「方丈記「不請」の解」(『國學院雑誌』七八―二号、昭和五二年二月)
・貴志1978――貴志正造『『発心集』から『方丈記』へ』(『国語と国文学』五五―三号、昭和五三年三月)
・木下2012――「『方丈記』が我が身を語る方法」(『国語と国文学』八九―五号、平成二四年五月。第三部第二章「『方丈記』が我が身を語る方法」として本書に所収)。
・草部1967――草部了円『大原・小野・方丈記』(初音書房、昭和四二年九月)
・小島1995――小島孝之「草庵文学の展開」(『岩波講座　日本文学史』五、平成七年一一月)
・桜井1960――桜井好朗「隠者の発想」(『日本歴史』一四二号、昭和三五年四月→『中世日本人の思惟と表現』、未来社、昭和四五年)
・桜井1970――桜井好朗「隠遁と文学――『方丈記』の略本および広本と関連して――」(『日本文学』一九―九号、昭和

四五年九月）

・佐竹1989――新日本古典文学大系『方丈記　徒然草』（岩波書店、平成元年一月）

・芝波田2005――芝波田好弘「『方丈記』終章試論――「不請阿弥陀仏」と三諦説において――」（『日本文学研究』四四号、平成一七年二月）

・芝波田2011――芝波田好弘「『方丈記』の「不請阿弥陀仏」について」（『仏教文学』三五号、平成二三年三月）

・芝波田2013――芝波田好弘「「不請阿弥陀仏」評釈考」（『日本文学研究』五二号、平成二五年二月）

・鈴木1973――鈴木久「『方丈記』密勘（Ⅱ）」（『福島大学教育学部論集』二五―二、昭和四八年一一月）

・手崎1988――手崎政男「方丈記「不請（の）阿弥陀仏」臆断――方丈記方法論序説――」（『国語と国文学』六五―九号、昭和六三年九月↓『方丈記論』、笠間書院、平成六年）

・手崎2009――手崎政男『通読方丈記』（笠間書院、平成二一年一〇月）

・豊田1929――豊田八千代「維摩経と方丈記」（『国語と国文学』六―二号、昭和四年二月）

・永井1964――永井義憲「仏教文学史の問題点」（『文学』三二―九号、昭和三九年九月↓『日本仏教文学研究』二、豊島書房、昭和四二年）

・永積1936――永積安明「方丈記序論」（『文学』四―五号、昭和一一年五月）

・永積1958――永積安明「方丈記と徒然草」（『岩波講座日本文学史』四、岩波書店、昭和三三年四月）

＊両者ともに、永積安明『中世文学の成立』（岩波書店、昭和三八年）に所収。

・西尾1951――西尾実「方法論的にみた方丈記の作品研究」（『文学』一九―四号、昭和二六年四月）

・西尾1957――日本古典文学大系『方丈記　徒然草』（岩波書店、昭和三二年六月）

・野村1922――野村八良『鎌倉時代文学新論』（明治書院、大正一一年）

・益田1962――益田勝実「フダラク渡りの人々」（『日本文学古典新論』、河出書房、昭和三七年一二月↓『火山列島の思想』、筑摩書房、昭和四三年）

・三木1969――三木紀人「方丈記の末尾」（『講座日本文学の争点』三、明治書院、昭和四四年二月）

・三木1976――三木紀人校注　新潮日本古典文学集成『方丈記　発心集』（新潮社、昭和五一年一〇月）

・水原1994――水原一「方丈記」（『岩波講座日本文学と仏教』四、平成六年一一月）
・森下1968――森下敏行「『方丈記』不請の阿弥陀仏について」（『国文学論叢』一四輯、昭和四三年一二月）
・安良岡1975――安良岡康作「『方丈記』末尾の解釈」（『中世文学』二〇号、昭和五〇年九月）
・安良岡1980――安良岡康作『方丈記』（講談社学術文庫、昭和五五年二月）
・梁瀬1967――簗瀬和雄『方丈記　付現代語訳』（角川書店、昭和四二年六月）
・簗瀬1971――簗瀬和雄『方丈記全注釈』（角川書店、昭和四六年八月）
・簗瀬1972――梁瀬一雄『方丈記解釈大成』（大修館書店、昭和四七年六月）
・山田1969――山田昭全「「不請阿弥陀仏」私見――方丈記跋文の解釈をめぐって――」（『古典の諸相』、昭和四四年一一月）
・山田1977――山田昭全「鴨長明晩年の思想と信仰――宝物集とのかかわりから――」（『大正大学大学院研究論集』一号、昭和五二年三月）
・山田1980――山田昭全「「不請阿弥陀仏」再論――『方丈記』終章部の解釈――」（『大正大学研究紀要』六五輯、昭和五五年三月）

第四章　成立の場と享受圏をめぐって

はじめに

『方丈記』は不思議な作品である。作者は鴨長明（蓮胤）、成立は建暦二年（一二一二）三月下旬、執筆場所は作者が住まう日野の外山の草庵において。作り手側の輪郭ははっきりしているのだが、読み手の側にその像を結ぼうとすると途端に困難になる。

確実な『方丈記』の享受例として最も早いものは、『方丈記』の最古写本たる大福光寺本であろう。この写本一巻は、醍醐寺西南院に伝わり、寛元二年（一二四四）二月に醍醐寺の学僧である親快によって書かれたと思われる識語を持つ。また、そこから八年後の建長四年（一二五二）に成立した『十訓抄』は巻九に長明の遁世譚を載せ、『方丈記』を「仮名ニテ書キ置」いたものだと解説する。直近のものとしては、慶政の『閑居友』の跋文、「その時は承久四年の春、弥生の中の頃、西山の峯の方丈の草の庵にて記し終りぬる」が、『方丈記』の「于時建暦ノ二年弥生ノ晦コロ、桑門ノ蓮胤、外山ノ庵ニシテ、コレヲ記ス」を踏襲したとする指摘もある。(1)『方丈記』は成立から数十年の間に、広範囲に流布していたと考えて良い。しかし、醍醐寺西南院の代々の僧侶も、(2)『十訓抄』の編者である六波羅二﨟左衛門入道も、慶政上人も、『方丈記』の最初の読者ではない。長明から彼らに辿り着くには数次の段階が必要だろう。ならば、長明が直接に意識した『方丈記』の読者とはどのような人々なのだろうか。

そのような意味での読者を、外部徴証から導くことは難しい。しかし、作品とは、読者ないし享受される文化圏を考慮しつつ生み出されるものであろう。それを全く考慮せずに作者がことばを綴るということも想定しにくい。稿者は、ここまでに、『方丈記』が様々な叙述方法を駆使していることを明らかにしてきた。五大災厄における災害叙述には、同時代に共有された仏教説話画との重なる視覚的な方法が見られ[3]、本歌取り・本説取り的方法を用いて自らの来歴を語る[4]。日野の庵の有様を述べるに際しては、著名な漢詩文や和歌を多く盛り込み、作品の掉尾には自己批判を装った謙辞を置く[5]。これらに共通するのは、そのような方法を理解する（ことが期待される）他者への意識であろう。その他者とは、すなわち読者である。

長明が直接に意識したと思われる読者像を可能な限り明確にしてみたい。それが本章の目的である。その際、『方丈記』が読者の理解を前提とする様々な叙述方法が用いていること、この作品が慶滋保胤の『池亭記』を踏襲する家居の「記」として成ったことは、具体的な読者の輪郭を描く上で大きな要因となるはずである。

一　「旅人ノ一夜ノ宿」たる住まい

『方丈記』の読者像については、先の第二章・第三章において、1「草庵に暮らす念仏行の遁世者、ないしはそれに近い存在」、2「本歌取り・本説取り的方法を共有できる素養を持つ」という二つの条件を推測した。本節から三節にかけては、1の補強を試みたい。

1のように推測した理由は、以下の四点にある。

・「住マズシテ誰カサトラム」（第四段末尾）等、草庵生活の実践者たちの共感に訴えるような言説が見られる。
・終章（第五段）における草庵への執着の否定は、『一言芳談』に見える念仏行の遁世者たちの言説と重なる。
・終章末尾の「カタハラニ舌根ヲヤトヒテ不請阿弥陀仏両三遍申」す口称念仏への姿勢が、永観や法然の言説と共通する。
・終章が謙辞である以上、終章が持つ問題意識と答えを共有する他者が、読者として強く意識されている。

では、これら以外にも、そのような要素は存在するだろうか。ここで、作品内の現在において長明が暮らす日野の草庵に目を向けてみよう。

　コヽニ六ソヂノ露消エガタニ及ビテ、更ニ末葉ノヤドリヲ結ベル事アリ。Aイハヾ、旅人ノ一夜ノ宿ヲツクリ、老タル蚕ノ繭ヲ営ムガゴトシ。a是ヲ中ゴロノ栖ニナラブレバ、又百分ガ一ニ及バズ。トカク言フホドニ齢ハ歳々ニ高ク、栖ハ折々ニ狭シ。bソノ家ノアリサマ、世ノ常ニモ似ズ。広サハワヅカニ方丈、高サハ七尺ガウチ也。B所ヲ思ヒ定メザルガ故ニ、地ヲ占メテツクラズ。土居ヲ組ミ、打覆ヲ葺キテ、継目ゴトニ掛金ヲ懸ケタリ。若シ心ニカナハヌ事アラバ、Cヤスクホカヘ移サムガタメナリ。

傍線部Aによると、長明が日野に結んだ庵は、旅人が一晩のために宿を造るようなものであった。この表現が、直後の「老イタル蚕ノ……」とともに、『池亭記』の「猶下行人之造二旅宿一、老蚕之成中独繭上矣」を念頭に置いていることは、多くの先行研究が指摘する通りである。しかし、ここには、摂取以上のものがあるのではないか。『池亭記』は旅人が旅宿を作るようなものだという謙辞に終始しているが、『方丈記』では、Aの表現から導き出される旅人のイメージがBCのような定住を意図しないという表現に敷衍する。そして、「旅人ノ一夜ノ宿」だからこそ「思ヒ定メ」ずに「ヤスク外ヘ移」すことができるという肯定的な文脈を生み出しているのである。(6)

住居を旅宿に擬するこのような考え方は、他にも存在する。成立は少し下るが、一二世紀から一三世紀にかけての念仏行の遁世者たちの法語を収める『一言芳談』には、敬仏房という人物の以下の発言が載る。

後世者はいつも旅にいでたる思ひに住するなり。雲のはて、海のはてに行くとも、此身のあらんかぎりは、かたのごとくの衣食住所なくてはかなふべからざれども、執すると執せざるとの事のほかにかはりたるなり。つねに一夜のやどりにして、始終のすみかにあらずと存ずるには、さはりなく念仏の申さるる也。

極楽往生を願う者は、旅に出ている思いで過ごすものであり、住居は常に一夜の宿であって生涯のものではないという意識が、念仏行にとって大切だという。敬仏房とは、江戸時代に成立した『一枚起請文梗概聞書』等では、「まかべの敬仏房」と呼ばれ、法然・明遍の弟子とされる人物である。『方丈記』との先後関係を決することは困難であるし、敬仏房に仮託した後世の言説である可能性も否定できない。しかし、『方丈記』が成立した一三世紀初頭は、西行に代表される漂泊の遁世者がすでに存在し、勧進を行う高野聖の活動が全国に拡がっていた時代である。(7)自らを旅人になぞらえ、定住の意識を排除しようとする遁世者たちの考え方は、十分に存在し得るだろう。『方丈記』の住居意識は、同時代の念仏行の遁世者たちと共有されるものであったと考えたい。

二　「世ノ常ニモ似」ざる庵

しかし、長明の草庵は、遁世者たちのものとは大きく異なっていた。先に示した箇所のうち、点線部を見てみよう。bによれば、日野の草庵は「世ノ常ニモ似ズ」、つまり普通のものではなく、わずか一丈四方の広さ・七尺の高さだという。一丈は約三メートルであるから、維摩の居室に倣ったこの庵は九平方メートル程度の狭小の住居ということだ。この時、「世ノ常」と意識されているものは何だろう。古注釈以来、多くの先行研究が「世間一般の家」という理解を示すが、『方丈記』は少し前の箇所で、長明が賀茂川沿いに「ミソヂアマリニシテ、更ニワガ心ト一ノ庵ヲ結」んだことを記す。三〇代から庵に住まい、遁世者が多く集まる洛北大原を経由して[8]日野に辿り着いた長明である。ここに至って、「末葉ノヤドリ」たる現在の「家」を世間一般の家屋と対照するのは不自然だろう。この箇所には、家の広さを比べる一文（点線部a）があるが、対象は「中ゴロノ栖」、すなわち三〇代で結んだ庵なのである。また、先に見たように、長明の住居意識は、同時代の遁世者たちのものと重なり合う。ならば、「世ノ常」とは、同時代の遁世者たちが住まう一般的な庵を指すのではないだろうか。

では、「世ノ常」の庵とはどの程度の規模のものなのだろう。すでに浅見和彦が指摘するが、『一言芳談』に「伝教記文に云く、後世者の住所は三間に不㆑可㆑過。謂く、一間は持仏堂、一間は住所、一間は世事所也」という言説がある。[9]この「間」は、区画とも柱間（柱と柱の間隔）とも解し得るが、持仏堂・住所・世事所という三種類の空間が呈示されているため、区画や部屋としての「間」とするのが自然だろうか。例えば、『今昔物語集』には、書写山の性空上人の「三間ノ庵室」が登場する。

①其ノ後、聖人、背振ノ山ヲ去テ、播磨ノ国飾磨ノ郡書写ノ山ニ移テ、三間ノ庵室ヲ造テ住ス。……持経者ノ房ニ行テ見レバ、水浄キ谷迫ニ三間ノ萱屋ヲ造リ。一間ハ昼ル居ル所ナメリ。地火炉ナド塗タリ。次ノ間ハ寝所ナメリ。薦ヲ懸ケ廻ラカシタリ。次ノ間ハ普賢ヲ懸奉テ他ノ仏不在ズ。行道ノ跡板敷ニ窪ミタリ。

（巻一二―三四・書写山性空上人語）

この庵室は、昼間の居所・寝室・普賢菩薩の画像を懸けた板敷の持仏堂という三間から成る。持仏堂では行道を行うという。遁世者の一般的な住居がこのような三区画からなるのならば、相応の広さがイメージされるだろう。

庵に冠される「間」が柱間を指すこともある。用例としてはこちらのほうが多い。

②後到二播磨飾磨郡書写山一、造二一間草庵一住レ之。結構卑微。

（朝野群載・書写山上人伝）

③見次ニ行クニ、河ニ副テ上様五六十町許登ル。見レバ、僅ニ庵見ユ。近ク寄テ見レバ、三間許ノ庵也。持仏堂及ビ寝所ナド有リ。

（今昔物語集・巻二〇―三九・清滝河奥聖人成慢悔語）

④北山ノ奥ニハル〳〵トワケ入テ、人モカヨハヌ深谷ニ入ニケリ。一間バカリナルアヤシキ柴ノ庵ノ内ニ入テ、物ウチ並テ、……

（発心集・巻一―一二・美作守顕能家入来僧事、神宮文庫本巻五―九）

⑤猿沢ノ池ノカタハラニ一間ナル庵リ結テ、イトヾ他念ナク念仏シテ……

（発心集・巻三―二・伊予大童子頭光現事、神宮文庫本巻二―五）

⑥今ハ二三百町モキヌラント思程ニ、アル谷ハザマノ、松風ヒビキ渡テイサギヨクコノモシキ所ニ、一間バカ

リナル草ノ庵アリ。

（発心集・巻四―二・浄蔵貴所飛鉢事）

⑦驚カレテ声ヲ尋テ行テ見レバ、僅ニ一間バカリナル庵アリ。

（発心集・巻六―一二・郁芳門院侍良住武蔵野事、神宮文庫本巻四―八）

⑧その時、水瓶につきて行きて見るに、水上に五六十町上りて庵見ゆ。行きて見れば、三間ばかりなる庵あり。持仏堂別にいみじく造りたり。

（宇治拾遺物語・清滝川聖事）

⑨ある人の申ししは、「……この女は尼になりて、この山の中に庵結びて、おもひ澄まして侍りしが、此廿余年の先に往生して侍るなり。その庵のかたち今にあり。見よ」と申し侍りしかば、彼の人とともなひて、山の奥に入り侍りて見るに、口三間なる屋の、神さびて、かたばかり残りし……

（撰集抄・巻二―六・陸奥国平泉郡石塔事）

②は先の①が依拠した性空上人伝の一節であり、こちらの草庵は「一間」である。区画・柱間のどちらにも解せるが、「卑微」という語からは、小さな狭い庵とイメージされていることがわかる。③⑧は同一の話で、「三間」は水瓶を飛ばす僧が清滝川を上流にのぼって庵を発見した際の視線が捉えた情報であるから、庵の外側の様すなわち柱間だろう。④は、藤原顕能の家に乞食に訪れた僧を尾行した顕能の家臣が、僧の住処を突きとめた際のものだ。家臣は、庵の外から様子をうかがっているわけだから、③⑧同様、「一間」は柱間と考えられる。⑥は浄蔵が上空から見た庵の様子、⑦も西行が野原の中に見た庵の様であり、柱間と解してよい。⑨も同様で、「口三間」とは間口三間の庵の意になろうか。⑤は区画の意味にも解し得るが、『発心集』の他の用例が柱間であること、文脈に区画とする必然性がないことから、柱間と考えておく。

庵の広さを表記する例が少ないため、傾向を見るのは難しいが、②「卑微」や④「アヤシキ」⑦「僅ニ」という表現から見ても、「一間」の庵には小さいという意識が働いている。さらに、「一間」の庵の用例五件のうち四件が『発心集』であり、「三間」の庵は様々な作品に分散して見られることを考えると、「三間」程度の庵はそれなりに多かったのではないか。[10] 穿った見方をすれば、長明その人は、「一間」の庵に対して、何らかの意識があったのではないかとも思われるのである。

実際、これらの庵はどの程度の広さなのだろう。平安時代の一間は一〇～一二尺（約三～三・六メートル）程度で不定、鎌倉時代の一間は八尺（約二・四メートル）程度と考えられる。[11] 長明の同時代、一間が何尺だったのかを正確に定めるのは難しいが、⑥と同話である『古事談』を参考にしてみよう。当該話は『古事談』巻三―一九話と同文性が高く、所々の表現にかなりの一致を見る。両者の相互関係は不明だが、取材源は同一と考えて差し支えないだろう。『古事談』は、この庵を「方丈之草庵」と記す。出典の表記が「方丈」ならば、長明は「一丈（一〇尺）＝一間バカリナル」と考えたことになり、「一間」ならば、源顕兼が「一間＝一丈（一〇尺）」と置き換えたことになる。なお、④も『古事談』巻三―一〇四話と同話の関係にあるが、こちらも『発心集』では「一間バカリナルアヤシキ柴ノ庵」であるのが、『古事談』では「方丈ノ庵室」となっている。これらの例からは、長明・顕兼という同時代人が、一間を一丈（一〇尺）の長さ、およそ三メートル程度のものと理解していたことが窺われよう。

ならば、一間の庵は日野の庵と同じ約九平方メートル、三間の庵は方三間と考えると約八一平方メートルとなる。間口三間と解しても住居の前面の幅は九メートル程度、方三間ではなくても、それなりの奥行きがなければ住居として不自然だ。奥行きを二間（六メートル）程度と考えても、三間の庵の広さは約五四平方メートル。方丈の庵がいかに狭いかということがわかる。

長明自身は、終章の直前で、日野の庵を「ヒトマノイホリ」と記す。この「ヒトマ」は一部屋の意にも解し得るが、日野の草庵は一室内を障子（衝立か）で区切り、持仏堂と寝所という性質の異なる二つの空間を作っている。(12)『古事談』と『発心集』における「一間＝一丈」という互換性から見ても、この「ヒトマ」は柱間であり、「広サハワヅカニ方丈」と同じ意味を持つのではないだろうか。先の解釈を当てはめれば「一間」はおよそ三メートル、まさしく方丈の庵の一辺の長さと一致するのである。『発心集』における出家者たちの庵に「一間」のものが多いということには、出典からの踏襲は当然のこととしても、そこに、自らが住まう「方丈」すなわち「ヒトマ」の庵への意識がいくばくか投影されているのではなかろうか。そして、長明が「ヒトマノイホリ」と記した時、その意識の背後には、遁世者たちが住まう三間程度の庵の存在があるように思われるのである。

ここまで、遁世者たちの庵の規模を、区画・柱間の両面に渡って検討してきたが、長明が自らの庵を「世ノ常ニモ似ズ」と記すに際して念頭にあったのは、このような広さを備えた庵だったと考えられる。前節で見たように、長明の方丈の庵は、庵に住まうという意識においては、同時代の遁世者たちと同質のものであった。しかし、その規模においては相当に異質なのである。『方丈記』の言う「広サハワヅカニ方丈」とは、決して誇張ではなかっただろう。長明は自らの周囲に存在する遁世者たちに対して十分に意識的であり、そのような自覚と自らを相対化する視線が、作品の表現を導き出しているのである。

三　独居への希求

第一・二節では、庵そのものに纏わる表現について検討したが、その庵における長明の生活の様相は、どのように位置付けられるのだろうか。日野での暮らしを綴る箇所を見て行くと、以下のように、独居を強調する表現が多いことに気付く。

・若シ念仏物ウク読経マメナラヌ時ハ、ミヅカラ休ミ、身ヅカラ怠ル。サマタグル人モナク、又恥ヅベキ人モナシ。コトサラニ無言ヲセザレドモ、独リ居レバ、口業ヲ修ツベシ。

・芸ハコレ拙ケレドモ、人ノ耳ヲ悦バシメムトニハアラズ。ヒトリ調べヒトリ詠ジテ、ミヅカラ情ヲ養フバカリナリ。

・タヾ仮ノ庵ノミ長閑ケクシテ、恐レナシ。ホド狭シトイヘドモ、夜臥ス床アリ、昼居ル座アリ。一身ヲヤドスニ不足ナシ。

・世ノ人ノ栖ヲツクル習ヒ、必ズシモ事ノタメニセズ。……ワレ、今、身ノ為ニムスベリ。人ノ為ニツクラズ。故如何トナレバ、今ノ世ノナラヒ、此ノ身ノアリサマ、伴ナフベキ人モナク、頼ムベキ奴モナシ。

・ワガ身ヲ奴婢トスルニハシカズ。……人ヲ悩マス、罪業ナリ。イカヾ他ノ力ヲ借ルベキ。

・人ニ交ハラザレバ、姿ヲ恥ヅル悔モナシ。

独居の要素そのものは、『池亭記』の「近代人世之事、無㆓一可㆑恋。人之為㆑師者、先㆑貴先㆑富、不㆓以㆑文次一。不レ如レ無レ師。人之為レ友者、以レ勢以レ利、不二以レ淡交一。不レ如レ無レ友。予杜レ門閉レ戸、独吟独詠。」とする箇所に拠るのだろう。しかし、『方丈記』は、『池亭記』の「独吟独詠」を直接に引用する「ヒトリ調べヒトリ詠ジテ」の箇所以外にも、自らが一人であり、それが日々の充足をもたらしていることを繰り返し記しており、ここにも摂取以上の意味を見出せる。このような傾向は日野以前には見えない。「住マズシテ誰カサトラム」と自足する長明の「閑居ノ気味」を支える要因の一つは、独居にあると考えられよう。

長明はなぜ、ここまで独居を強調するのか。その理由を長明個人の資質に還元することも可能だが、ここでも同時代の遁世者たちの動向に目を配ってみたい。もう一度、『一言芳談』を見てみよう。

・有云く、「釈摩訶衍論の中に、『一室に二人とも住むべからず。たがひになやまし、道を損ずるがゆゑなり』といへり」。

・敬日上人云く、「遁世に三の口伝あり。一には同宿、二には同体なる後世者どもの庵をならべたる所に不レ可レ住。三には遁世すればとて、日来の有様をことごとく不レ可レ改」云々。

両者ともに、遁世者の同宿を禁じ、後者では互いの庵を並べて住むことも良くないとする。後者の敬日上人は、法名を円海と言い、はじめ天台に学んだが、後には、法然の高弟で長楽寺義を説いた隆寛（一一四八～一二二七）の門弟となった人物である。敬日の師であった隆寛は、長く東山長楽寺の来迎房に住んでいたため、敬日自身も東山周辺に住する乃至は訪れることが多かったと思われるが、この東山は遁世者の止住地として大原と並ぶ名高い場所であった。少し前であれば、西行が出家後に身を寄せたのは東山であったし[13]、二条天皇の近臣であった藤原惟方も、出家後は東山に隠棲したことが知られる。(14)長明自身、『発心集』に東山周辺を舞台とする遁世者の説話を多く収載する。後の時代になるが、『閑居友』最終話で、「近きほど」に念仏往生を遂げた「賤しの下種女」は「東山なる聖」に仕えていた。『十訓抄』の編者は、自らのことを、「草の庵を東山のふもとにしめて蓮の台を西土の雲にのぞむ翁」と記す。

東山一帯には、当然、彼らの庵が数多く存在しただろう。一戸一戸が孤立する庵もあっただろうが、いくつかの庵が集まって隣居するものも多かったのではないか。長明が日野に移住する前に身を寄せた大原も同様だったかもしれない。東山や大原の例ではないが、『発心集』巻三―九「樵夫独覚ノ事」(神宮文庫本巻四―一〇)には、「ムゲニ近キ世ノ事」として、樵夫の父子が深山に「少キ庵二ツ」を結び、それに一人ずつ住んだ話が載る。また、説話内の時間は同時代ではないが、巻六―一三「上東門院女房住深山事」(神宮文庫本巻二―一三)では、上東門院彰子に仕えた二人の女房は、出家後、北丹波の深山の奥で「並ル庵ノ内ニ、窓ヲアケテ、僅ニトブラヒ侍ヲタヨリニテ、只明暮ハ念仏シ侍ルナリ」という生活の様が記される。遁世者の隣居がある程度一般的であるからこそ、「さびしさにたへたる人のまたもあれな庵並べん冬の山里」(山家集・五一三／新古今集・冬・六二七)のような、同じ境遇の者と庵を並べることへの希求が生まれるのではないか。

『一言芳談』が収めるこれらの発言が、長明と同時代の遁世者たちの状況を反映したものだと考えることは十分に可能である。後世を願う者同士が肩を寄せ合って暮らすことは、寂しさや修行に耐える仲間意識や支え合いを生む反面、互いの存在が修行の妨げとなる一面もあったのだろう。「有」の言う「たがひになやまし、道を損ずる」ということである。長明もまた、自らの独居を評価するに際し、「サマタグル人モナク」「人ヲ悩マス。罪業ナリ」と記す。このような長明の眼差しは、遁世者の同宿や隣居を肯んじない『一言芳談』の二人の立場に重なり合うものだろう。

長明が独居を称え、自足する理由は、個人の資質のみに求められるものではない。ここでも、『方丈記』の表現は、長明と同時代の草庵の遁世者たちの状況を反映し、その中で自らの立場や志向を標榜するものなのである。そして、長明が想定する読者とは、このような『方丈記』の相対的位置を理解し得る人々であろう。それはやはり草庵に暮らす遁世者、もう少し範囲を拡げると、そのような経験を持つ乃至は遁世者たちの状況をよく知る出家者なのではないか。そして、その出家者が修するのは、すでに考察したように、念仏行だと考えられるのである。

四　日野家と法界寺──『方丈記』を成立させる場──

長明が意識した読者は、念仏行の遁世者（またはそれに近い人物）であると同時に、二つ目の条件「本歌取り・本説取り的方法を共有できる素養」を備えていると思われる。第三部第三章では、長明が『方丈記』で自らを演出するに際して下敷きにした素材に『源氏物語』と『法門百首』があることを指摘したが、他にも、この作品が著名な和歌や漢詩文を多く摂取しているのは周知の事実だ。また、日野の草庵における「蕨ノホドロ」や「竹ノ簀子」「竹ノ釣棚」に着目した稲田利徳は、「蕨」は隠遁した賢人としての伯夷・叔斉、「竹」は竹林の七賢に代表される中国の隠遁者たちの清廉潔白な精神を象徴し、長明の表現意図が「自分の庵室が、まさしく古来の優れた遁世者の精神に通うものであることを暗示」することにあると読み解く[15]。このような『方丈記』の表現意図を理解し得るための素養とは、和歌・漢詩文・物語といった、同時代の貴族たちが和歌や漢詩文を作る際に必要な教養であろう。

貴族的な教養を持つ念仏行の遁世者と言っても、それを持つ者の範囲は相当に広いが、読者像を絞り込むに当たり、『方丈記』が慶滋保胤の『池亭記』を踏襲したことに着目したい。長明の保胤への私淑は夙に言われている。『方丈記』と『発心集』が保胤の『池亭記』と『日本極楽往生記』に符合する、長明の法名「蓮胤」の「胤」の字は「保胤」から取った可能性もある、などが理由だろう。(16) 保胤は、陰陽道の賀茂氏の出でありながら、父の跡を継がずに紀伝道に進み、仏道に深く帰依して出家を果たした人物である。そのような保胤に、親の跡を踏んで下鴨社の禰宜になることが叶わずに和歌や音楽の世界を生き、出家者となった長明が、自己を投影した可能性もあろう。長明が、いつ頃から保胤に興味を抱いたのかはわからない。「蓮胤」が保胤の一字を継承するのならば、出家前から強い思い入れがあったと思われるが、出家後の長明の周辺にも、保胤への興味や尊敬の念を増幅させる場を見出せるのである。

そのような環境として考えてみたいのが、方丈の庵の程近くにある日野の法界寺と、その法界寺を氏寺とし、代々の別当職を継承してきた日野家だ。この家は、藤原北家冬嗣の兄であった真夏を祖とし、六代目に当たる有国の子の広業・資業兄弟以降、菅原家・大江家・藤原式家・同南家とともに、大学寮紀伝道の教官たる文章博士を世襲した儒家官人の家である。(17) 勅撰集入集者となった者も多く、歌人としても重代の家であった。氏寺である法界寺は、真夏の孫であった家宗の創建とも言われるが、永承六年（一〇五一）に資業が薬師堂を建立し、家に伝来した最澄作の薬師如来像を安置したことが大きな画期であろう。この家が「日野」を家名としたのも資業に始まると言う。長明が大原から日野へ移住する手助けをしたと考えられ、長明の依頼によってその死後に『月講式』を作成した禅寂（日野長親）は、資業から六世の子孫に当たる。彼は大原来迎院の長老であったため、[18] 常に日野に住していたわけではないだろうが、法界寺との縁は強かったはずだ。『尊卑分脈』には、異本表記ではあるが「外山建立」ともあり、長明が庵を結んだ日野の外山（法界寺の別院か）は禅寂が建立したものかとも考えられる。

日野家略系図

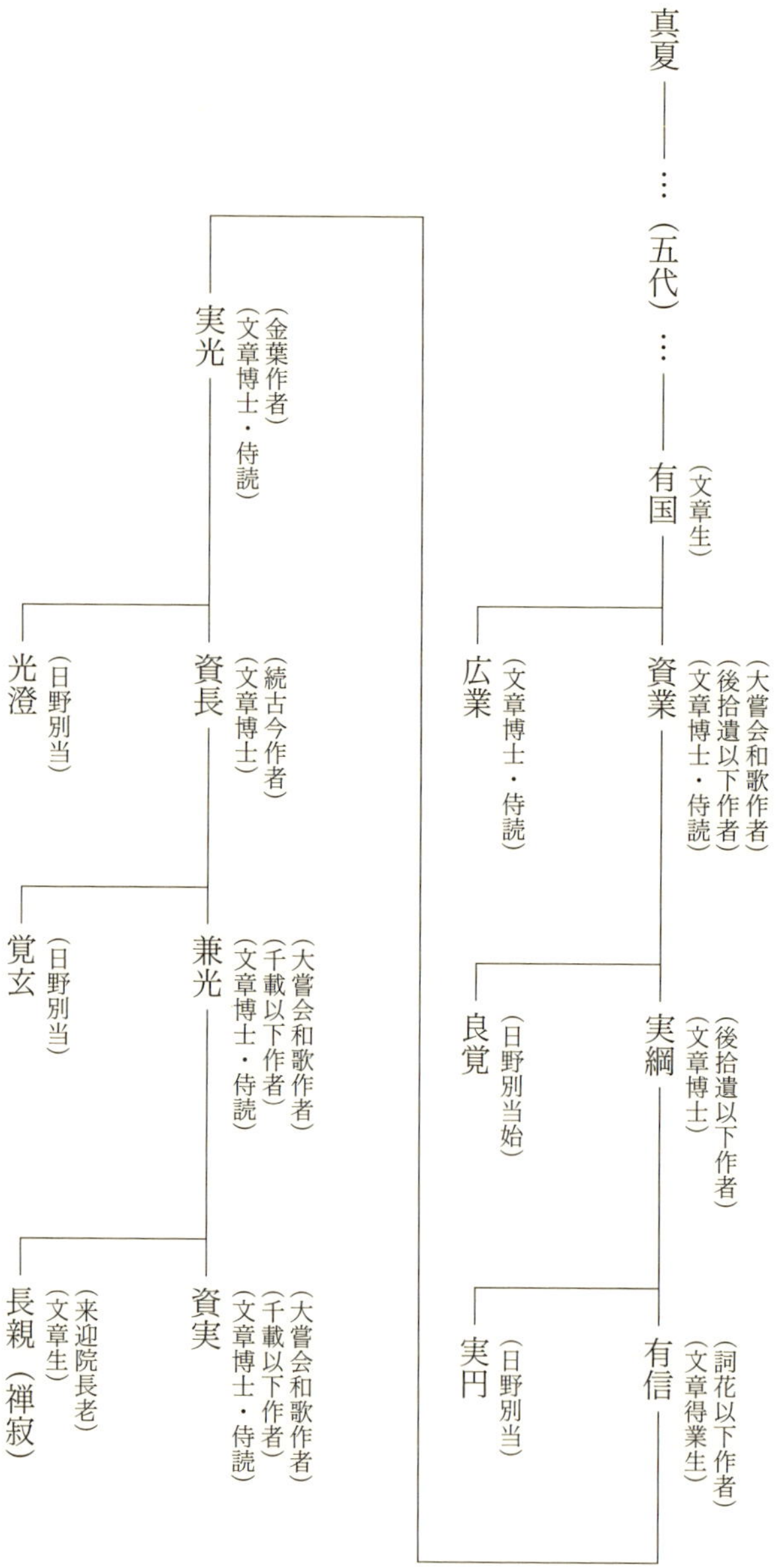

（『尊卑分脈』を参照）

長明と日野家の接点は、禅寂以外にも見出せる。禅寂の同母兄である資実と長明は、正治二年（一二〇〇）後半に開催された「石清水若宮歌合」と元久二年（一二〇五）六月の「元久詩歌合」の作者であった。父の兼光とも、建久二年（一一九一）に源光行が勧進した「石清水若宮社歌合」で出詠歌人に名を連ねている。

また、『玉葉』に拠ると、兼光は九条兼実の家司を勤めた時期がある。資実・長親は文治二年（一一八六）以降、兼実の家司となっており（長親は文治四年に出家）、父子ともども九条家とは縁が深い。[19] 一方、長明であるが、彼が琵琶を教わった中原有安は、九条兼実の琵琶の師であるとともに情報源としての役割も果たしていた。和歌の師である俊恵も、安元・治承年間に開催された「右大臣家歌合」[20]や治承二年（一一七八）の「右大臣家百首」の参加歌人であり、九条家との関わりがある。養和二年（一一八二）頃に成立したと見られる『鴨長明集』の一首が九条家に関係した場で詠進された可能性も指摘されており[21]、長明が有安・俊恵の弟子であった二〇代の頃、九条家を介して日野家の人々と出会っていた可能性もあろう。

さて、日野では、長明が移住する三〇年程前に往生伝が作られていた。禅寂の祖父である資長は『高野山往生伝』の編者・如寂であることが、近年の研究によってほぼ確定している。[22]『高野山往生伝』は高野山一山の三八人の往生伝を載録したものであるが、その序文には「寛和慶内史、広検二国史一以得二四十人一。康和江都督、又諮二朝野一以記二四十人一。今限二一寺一且載二四十人一」として、往生伝を編むという営為の先蹤に慶滋保胤の『日本極楽往生記』と大江匡房の『続本朝往生伝』を挙げる。保胤を往生伝の祖と仰ぐ姿勢は、『続本朝往生伝』『後拾遺往生伝』『三外往生記』『本朝新修往生伝』も同様だが、今村みゑ子は、『高野山往生伝』序文の「予外雖レ纏二下界之繁機一、内猶修二西土之行業一」に注目し、官吏としての外面と仏道帰依の内面を両立させる生き方を記したこの箇所が、保胤の「家主雖レ在二柱下一、心如レ住二山中一」（池亭記）などを踏襲したものであり、その根底に資長の保胤への敬慕と自己同一化を見出している。

このような敬慕は、日野家の歴史とも関わるだろう。兄弟揃って文章博士となり、日野家という一家を成した資業の父・有国は、大学寮紀伝道に学んで従二位参議勘解由長官に至り、後に日野家の祖として仰がれた人物である。有国と保胤は、ともに菅原文時の門下であり、同時期に文章生として学んでいる。康保元年（九六四）に保胤が中心となって催した勧学会の参加者には、有国も名を連ねていた。また、二人の生年は同じ天慶六年（九四三）との指摘もあり、有国と保胤は多くの経験と時間を共有した同い年の仲間・同門の友人だったのだろう。(23)それは、後年、彼が自らの漢詩文の中で、保胤を「康保年中」の「文友廿有餘輩」（定員二〇名の文章生を暗示）の一人に挙げたり、(24)「旧日詩友」と称したりしたことからも、(25)十分に理解される。

紀伝道に学ぶ文章生は、文章院の東西両曹に分属することになる。一〇世紀半ば頃から、東曹は大江家、西曹は菅原家が管理しており、藤原氏についても両曹のどちらに属するかは門流によってあらかた定まっていた。保胤・有国の師である菅原文時は西曹、保胤の甥の慶滋（善滋）為政も、有国の子孫の日野家出身の文章生もみな西曹である。(26)有国・保胤も西曹に属したであろう。文章院の同曹者たちは強い仲間意識で結ばれていたらしい。(27)そのような意識は、有国・保胤の間のみならず、西曹に属して学んだ日野家の子孫たちにも受け継がれ、保胤への敬慕や共感を深めることに作用したのではないだろうか。(28)

日野家と保胤の結びつきは、信仰の面にも見出すことができる。有国の甥である慶命（天台座主、一〇三八年没）は、有国が参加した第一期・第二期の勧学会が中絶した後、第三期勧学会の再興に尽力した人物であった。(29)また、氏寺である法界寺には、『中右記』によると、永久六年（一一一八）時点ですでに阿弥陀堂が建立されていたが、院政期の日野の地は、この阿弥陀堂のみならず、その周辺に、一族の藤原知信や日野実綱女を母に持つ中御門宗忠らによって相次いで阿弥陀堂が建てられており、浄土信仰の一つの中心地をなしていたとされる[30]。日野家の浄土信仰への関心は早くから強いものであった。儒者官吏でありつつ仏道への深い信仰を携えた人生を送った慶滋保胤は、重代の文章博士の家である日野家にとって、生き方の姿勢を共有し、敬慕の対象となる人物だったのではないか。そのような敬慕と共感は、法界寺周辺や早くに出家を遂げた禅寂にも共有されており、長明がそのような環境に影響を受けた可能性は十分に斟酌できるように思う。

さらに、『方丈記』が「記」という形式の作品として成ったことを考えると、ここでも日野家という環境が浮かび上がってくる。『本朝文粋』等に収められて現存する「記」の作品群を確認すると、その作者は、ほぼ、大学寮紀伝道出身者で占められるという傾向を見出せるのである。

作者	紀伝道の身分	作品名　＊（）内は出典
都良香	文章博士	富士山記（本朝文粋）
菅原道真	文章博士	書斎記（本朝文粋）、左相撲司標所記・崇福寺綵錦宝幢記（菅家文草）、宮滝御幸記（扶桑略記）
紀長谷雄	文章博士	亭子院賜飲記（本朝文粋）、昌泰元年歳次戊午十月廿日競狩記・法華会記・仁和寺法華会記（紀家集）
三善清行	文章博士	善家秘記（扶桑略記）、善家異記（政事要略）
兼明親王		池亭記（本朝文粋）
慶滋保胤	文章生	池亭記（本朝文粋）
藤原明衡	文章博士	比叡山不断経縁記・宇治宝蔵袈裟記（本朝続文粋）、新猿楽記
藤原実範	文章博士	園城寺龍花会縁記（本朝続文粋）
惟宗孝言	文章生	納和歌集等於平等院経蔵記（本朝続文粋）
藤原敦光	文章博士	白山上人縁記（本朝続文粋）、中禅寺私記（本朝文集）

大江匡房	文章得業生	暮年記・狐眉記（本朝続文粋）、詩境記・対馬貢銀記・遊女記・傀儡子記・筥崎宮記・洛陽田楽記（朝野群載）、永置僧六口於宇佐御許山勤修法華三昧記（本朝文集）
菅原為長	文章博士	舎利報恩会記（本朝文集）
不明		勧学会之記（朝野群載）

紀伝道の教科書は、『文選』『爾雅』及び三史（史記・漢書・後漢書）であり、文章生たちは、これらの教科を修め、漢詩文の作成等を学ぶ。『文選』には「記」の類は収められていない。しかし、承和年間に伝来して以降、文壇を席巻し、講書としても採用されることになる『白氏文集』は、巻二六に「江州司馬廳記」「草堂記」「冷泉亭記」などの作品を収める。また、藤原明衡が『本朝文粋』の編纂に際してその名に倣ったという『唐文粋』は、唐代に流行を見ることになった八七篇の「記」の作品を、古跡・陵廟・堂楼亭閣などの一七項目に分類して収録している[31]。紀伝道を経て任官した者は、当時の貴族の中で、このような漢詩文集に最も精通していた存在だろう。それらに学んで、自らも漢詩文を作るわけだから、如上の傾向も当然のことではある。日野家の人々の「記」は確認できないが、文章博士の世襲家たる日野家が、「記」という形式への意識やそれを執筆するような環境を持っていたことは間違いない。

長明が『方丈記』の執筆を思い立ったのがいつかは明らかではないが、少なくとも現実に形を結び始めたのは、作品内であれほどに自足する日野の草庵に暮らし始めてからだろう。日野移住から建暦二年（一二一二）の『方丈記』擱筆まではおよそ五年である。長明が保胤の『池亭記』を踏襲する家居の「記」という形式を選び取って作品を書くに当たり、五年の歳月の中で、日野家と法界寺の文化圏が、その意識を醸成する環境として大きな役割を果たしたのではないだろうか。

五　享受圏としての日野

第一・四節の冒頭で確認したように、『方丈記』が用いた様々な叙述方法は、読者の理解を前提とする。作品の骨格として「記」という形式を選び、慶滋保胤の『池亭記』を踏襲したことも同様だ。ならば、それを十分に理解し得る日野家と法界寺の文化圏内の人々は、『方丈記』の最初の享受者として想定し得るのではないか。

文章博士を世襲し、重代の歌人の家でもある日野家の人々は、和歌や漢詩文、物語等に関する教養を十分に備えているはずである。また、法界寺を日野家の氏寺とした資業は、永承六年（一〇五一）に日野で出家したとされるが、『公卿補任』は出家後の在所を「日野山庄」とする。『高野山往生伝』を編んだ資長についても、「於日野山庄出家」と記されている。『尊卑分脈』を見ると、法界寺の別当は資業の息・良覚を始めとし、日野家の当主とは父子・兄弟の関係にあることが確認できる。すでに今村みゑ子が指摘するが、法界寺は「強力な組織の下に日野一族の菩提寺として確立」しており、弟が別当を勤める菩提寺の傍らに住した出家後の資長（如寂）は、「寺院組織体制そのものには実際的役割を有しない、自由な遁世者としての立場を確保し得た」存在であったのだろう。[32] 日野家には、出家した当主が日野で遁世者的な生活を送るという先例があったわけである。[33]

そのような日野家と法界寺の周辺で、長明が意識した読者として具体的な一人を挙げるならば、やはり、自らを日野に誘ってくれた（と思われる）禅寂が相応しいだろうか。[34] 彼の俗名は長親、日野資実（初名は家実）の同母弟であり、文章生を経て蔵人に補され、[35] 刑部少輔・民部大輔を歴任した人物である。九条兼実の『玉葉』によると、文治二年（一一八六）以降、兄である家実とともに九条兼実の家司を勤め、同四年に出家を果たしたようだ。[36] 家司の件については、『玉葉』文治二年八月六日条に、

今夜加補二余家司二人一〔皇后宮大進家実、散位長親、已上共左大弁兼光卿息也、件卿於レ余残孽之人也、然而先年兼光補二余家司一了、聊似レ謝二其恐一、其後挙二申長親一、置レ兄挙レ弟、無レ謂之故不二聞入一、而両人共可レ被レ補之由、切々令レ申、仍随レ宜補二両人一了〕。

とあり、父の兼光は、兼実の家司として、先に弟の長親を推挙したらしい。しかし、兼実は受け入れず、結局、兄弟ともに取り立てられた。池田利夫は、この記事から、二人を年齢の近い兄弟と推定するが、応保二年（一一六二）生の資実に対して、長親はその二～三年後の生まれであろうか。[37] 年齢の近さ・同母兄弟・ともに文章生という状況からは、長親は兄と同様の教育を受け、漢詩文や和歌についての十分な素養を持っていたと考え得る。それは、何よりも、『月講式』の式文が、仏典のみならず、『和漢朗詠集』『白氏文集』などの漢詩文集を典拠に踏まえた美文となっていることに明らかであろう。[38] また、禅寂は和歌も詠んでおり、『万代集』に一首を見出すことができる。[39] 遁世者を多く受け入れてきた大原の来迎院長老だった彼は、草庵に住まう遁世者の動向にも詳しかったであろう。『尊卑分脈』に見えるような「源空上人弟子」であった確証は得られないが、禅寂が住した大原は、天台浄土教の中心地・念仏の聖地であり、来迎院長老の先達である本覚房縁忍や本成房湛斅は広く念仏勧進を行ったことが知られている。[40] 彼らに連なる禅寂自身の信仰・修行の中核が、浄土信仰と念仏行であったことは想像に難くない。

外部徴証が存在しない中での推論ではあるが、『方丈記』は、禅寂とその背後にある日野家や法界寺に連なる存在を、最初の読者として想定しつつ執筆されたと考えてみたい。冒頭で、『方丈記』が成立からかなり早い段階で広範囲に流布したことを述べたが、日野家や法界寺を経由すれば、そのような状況も理解しやすくなるように思う。

終わりに――法界寺文庫のことなど――

最後に、日野の地にあったという「法界寺文庫」に触れて、筆を擱こう。

江戸時代の資料であるが、黒川道祐の『雍州府志』（貞享元年〈一六八四〉開板）は、法界寺薬師堂を建立した日野資業について次のように記す。

……其後従三位式部大輔資業再㆓興薬師堂㆒。永承六年二月隠㆓日野山庄㆒。是称㆓日野三位㆒。此人聚㆓群書㆒置㆓文庫㆒。毎冊貼㆓法界寺文庫之朱印㆒。而文庫絶、書冊今偶存在㆓処々㆒。

永承六年（一〇五一）の出家後、資業が日野の山荘に隠棲し、群書を集めて文庫を作り、その蔵書に「法界寺文庫」の朱印を押していたというものだ(41)。明治期の古典学者である小杉椙邨に拠ると、田中勘兵衛（教忠）所蔵の「琵琶譜」一紙に「法界寺文庫」の印が押されており、この「琵琶譜」は後徳大寺実定によって治承二年（一一七八）八月二七日に校合墨点が加えられたものだという(42)。

学者の家が典籍を収蔵し文庫を構える例としては、大江家の江家文庫が著名であろう。菅原道真の紅梅殿も書斎兼文庫であったし、慶滋保胤も『池亭記』に「池東開㆓小閣㆒納㆓書籍㆒」と記す。日野家が文章博士の家となるのは資業の代に始まる。東宮学士・文章博士・大内記・式部大輔などを歴任した儒家官吏であった資業が自らの蔵書を収める文庫を持つならば、洛中の自宅が相応しいだろうが、資業の自宅であった中御門宅は治安三年（一〇二三）一二月二三日に群盗によって焼亡、室町宅は長暦二年（一〇三八）一二月一四日に雑舎が火事になっている。(43) 洛中を離れた日野の地は火事による蔵書の焼失を避けるのにも好都合だったかもしれないし、法界寺を氏寺として整備した資業が、改めて、一族の象徴たる日野に文庫を持ったとしても不自然ではない。

想像の域を超えるものではないが、元暦元年（一一八四）頃、資長が『高野山往生伝』を編む際に先蹤とした往生伝の類も、この文庫に伝えられたのではないだろうか。また、日野家は重代の歌人の家でもあったから、勅撰和歌集を始めとして和歌に纏わる書物も収められていただろう。日野移住が禅寂の計らいによるものだったならば、長明が法界寺文庫の蔵書を披見していた可能性も考えられる。もちろん、往生伝の類は大原在住の折にも触れたであろうし、歌集や歌学書・歌論書に関しては和歌所の寄人であった時に十分に目にしていただろう。『無名抄』も『発心集』も、日野在住時のみならず、長い時間をかけて作られたものと考えられるが、このような文物に恵まれた環境は、作品の執筆を側面から支える要素となり得るのではないだろうか。(44)『方丈記』の成立を促し、その最初の享受圏と想定し得る日野の地は、『無名抄』や『発心集』が形となっていく上でも、大きな意味を持つと考えられるのである。

注

（1）今村みゑ子「略本・流布本『方丈記』をめぐる――一条兼良のこと、および享受史――」（『鴨長明とその周辺』、和泉書院、平成二〇年。初出は平成九年一月）。

（2）今村みゑ子「成賢および醍醐寺と大福光寺本『方丈記』」（注1前掲書）は、醍醐寺内に『方丈記』が入ったルートを、醍醐寺僧深賢（もしくはその周囲の僧）から師の成賢（西南院主）へと推定する。

（3）第三部第一章「「世ノ不思議」への視線」。

（4）第三部第二章「『方丈記』が我が身を語る方法」。

（5）第三部第三章「終章の方法」。

（6）「思ひ定む」は、和歌において多く「宿」に対して用いられる表現でもある。旅題で詠まれたものとしては、「かへりゆかん程をも人に頼めばやいづくを宿と思ひ定めて」（御室五十首・三四五・季経）など。

（7）五来重『増補　高野聖』（角川書店、昭和五〇年）は、西行もまた、勧進聖であったとする。

（8）『方丈記』の「ムナシク大原山ノ雲ニフシテ、又五カヘリノ春秋ヲナン経ニケル」については、「大原山」が西山だという異説が存在した（草部了円『大原小野方丈記』、初音書房、昭和四二年）。しかし、

・「大原山ノ雲」という表現が、炭竈の名所である大原において、炭竈から昇る煙の果てに広がる雲を指す可能性が高い（三木紀人「『大原山ノ雲』など――『発心集』作者遠望――」（『説話文学研究』一〇号、昭和五〇年六月）。

・長明の琵琶の師である中原有安は「大原魚山声明相承血脈譜」にも名前が載る声明家であり、彼が大原に持っていた地縁と人脈の名残が、長明にも有利に働いたと思われる（池田利夫「鴨長明の大原と日野――禅寂伝に関する新資料管見――」（『日本古典文学会々報』一二九号、平成九年七月）。

・長明に依頼されて『月講式』を著した禅寂（日野長親）は、洛北大原の来迎院五世長老であり、長明の日野への移住は禅寂を媒介にしたと考えられる（池田前掲論文）。

等の理由から、「大原山」とは洛北大原と断じて差し支えない。長明が大原を去った理由について、三木紀人は、建久五年（一一九四）の「南海漁夫北山樵客百番歌合」に見える慈円の「このごろはもとすむ人やいとふらむ都にかへるおほ原の里」（拾玉集・一八七三）などから、延暦寺の堂衆の争闘による喧噪や俗化が閑寂の地であった大原を変え、長明の期待を裏切った可能性を挙げる。

（9）『カラー版方丈記・伊勢記』（おうふう、平成一三年）。

（10）⑧について、新日本古典文学大系『宇治拾遺物語　古本説話集』で三木紀人・浅見和彦は、「間口三間の庵。……修

行者の住居として三間ほどのものが多かったか（今昔十二ノ三十四）」と注する。また、いわゆる庵とは異なるが、草堂や礼拝堂・持仏堂などが「三間」である例もある。「其ノ後、惟高、忽ニ三間四面ノ草堂ヲ造テ、六地蔵ノ等身ノ綵色ノ像ヲ造奉テ、其ノ堂ニ安置シテ、法会ヲ設テ開眼供養シツ」（今昔物語集・巻一七―二三・依地蔵助活人造六地蔵語）。「今昔、長谷ノ奥ニ滝蔵ト申ス神在マス。其ノ社ノ前ニ、簷合セニ、三間ノ檜皮葺ノ屋アリ。……而ルニ、正月ニ人多ク参リ集テ、七八十人許、其ノ前ノ屋ニ有テ、或ハ、経ヲ読ミ、礼拝シ、各行ヒ合タル」（今昔物語集・巻一九―四二・滝蔵礼堂倒数人死語）。「爰建立三間四面堂、安置一丈六尺像。千手弥陀不動等也」（高野山往生伝・九）。「後於当山、建立三間四面堂一宇、安置金色丈六仏五体……」（高野山往生伝・二八）。

（11）　小泉袈裟勝『ものさし』（ものと人間の文化史二二、法政大学出版局、昭和五二年）、『国史大辞典』の「柱間」「間面記法」の項目、及び『日本国語大辞典』の「間《けん》」の項目を参照。

（12）　「ホド狭シトイヘドモ、夜臥ス床アリ、昼居ル座アリ」という表現もあるため、文飾であることを考慮に入れても、草庵内が二区画と意識されている可能性があろう。

（13）　『山家集』一〇四番歌の詞書に、「世を逃れて東山に侍りける頃」とある。

（14）　『粟田口別当入道集』には、「ひむがしやまにさぶらひしころ、二月十日ころに兵衛殿のもとより……」（一一）、「東山に侍りしころ、右京権大夫頼政朝臣、たづねまうできて……」（一四四）など、惟方の隠棲地が東山であることを示す詞書を持つ歌が散見する。なお、「弥生の一日ころ、大原に侍るに雪のふる日、鶯のなけば」（一六）、「同じ頃、ひむがしやまにありし時……」（一七）という連続する詞書を見ると、惟方は東山のみならず、大原にも逗留したようだ。

（15）　「『方丈記』の庵室考――隠遁者の視点から――」（『岡山大学国語研究』六号、平成四年三月）。

（16）　三木紀人校注・新潮日本古典集成『方丈記　発心集』解説（新潮社、昭和五一年）。

（17）　桃裕行著作集第一巻『上代学制の研究』第三章二節「博士家家学の発生」（思文閣出版、平成六年。初出は昭和一三年一一・一二月）。

（18）　『来迎院如来蔵聖教文書類目録』所収「来迎院長老次第」（文化庁文化財保護部美術工芸課、昭和四七年）。

（19）　禅寂と長明の関係に九条家を介在させる指摘は、山岡英彦「大原から日野へ――隠遁地移動の宗教的背景――」（『鴨長明の研究』第一集、昭和四九年五月）や池田前掲論文（注8）に見える。

(20) 安元元年（一一七五）七月二三日、同年閏九月一七日、同年一〇月一〇日、治承三年（一一七九）一〇月一八日開催の歌合に、俊恵は出詠している。

(21) 兼築信行「「玉寄する三崎」考――『鴨長明集』の左注歌をめぐって――」（『国文学研究』一六七集、平成二四年六月）は、「玉寄する三崎が沖に波間より立ち出づる月の影のさやけさ」（三七）が下総国三崎荘に産出する琥珀を詠むこと、詠作時点において三崎荘が皇嘉門院領ないし九条家領であったことから、当該歌の最も効果的な披露の場として九条家周辺を推定する。

(22) 志村有弘「『高野山往生伝』と如寂」（『相模女子大学紀要』五一号、昭和六二年二月）、田嶋一夫「『高野山往生伝』の編者如寂をめぐって――日野資長説の可能性――」（『中世説話とその周辺』、明治書院、昭和六二年一二月）、今村みゑ子「『高野山往生伝』作者考」（注1前掲書、初出は平成元年三月）など。

(23) 佐藤道生「慶滋保胤伝の再検討」（『説話文学研究』四八号、平成二五年七月）は、保胤の生年が通説よりも一〇年遅く、有国と同年であるとする。保胤と有国の関係については、佐藤論文の他、大曽根章介「康保の青春群像」（『日本漢文学論集』一巻、汲古書院、平成一〇年。初出は昭和六一年一〇月）にも指摘がある。

(24) 天元五年（九八二）の「初冬感李部橘侍郎見過懐旧命飲詩序」（本朝麗藻・懐旧部）。

(25) 「秋日会宜風坊亭与翰林善学士吏部橘侍郎御史江中丞能州前刺史参州前員外源刺史藤茂才連頁士懐旧命飲」（本朝麗藻・懐旧部）の自注。

(26) 桃裕行前掲書（注17）第二章四節「文章院及び大学別曹」（昭和一二年一二月初出）。例えば、藤原氏については、南家・北家のうち在衡と経臣の子孫・式家のうち明衡と公方の子孫が東曹に、日野家を含む北家の大部分・式家のうち佐世の子孫が西曹に属す。

(27) 対策（方略試）では問頭博士が対策者と異なる曹の出身者から選ばれるのが習わしであり、これは試験の公正を期するためかと言われる。桃裕行前掲論文（注26）、久木幸男『日本古代学校の研究』（玉川大学出版部、平成二年）。

(28) 大曽根章介は、『本朝文粋』において江家の朝綱と匡衡の作品が最も多く収録された理由の一つに、編者の藤原明衡が大学寮で江家と同じ東曹に属していたことを挙げる。『本朝文粋』作者概説」（注23前掲書、初出未詳）。

(29) 桃裕行前掲書（注17）第三章四節「勧学会と清水寺長講会」（昭和一七年五月初出）。

(30) 井上光貞『日本古代の国家と仏教』中篇第一章「天台浄土教と王朝貴族社会」（岩波書店、昭和四六年）。
(31) 大曽根章介「「記」の文学の系譜」（注23前掲書、初出は平成二年一〇月）。
(32) 注22前掲論文。
(33) 五来重前掲書（注7）は、日野について、その西北に位置する山階の勧修寺とともに念仏聖が多く集まる地であったとする。
(34) 資長（如寂）は建久六年（一一九五）、資長の息である兼光は建久七年没。現在の当主である資実の出家は承久二年（一二二〇）。
(35) 『山槐記』治承四年七月二七日条、「今夜蔵人……藤長親［文章生、兼光祖子《ママ》］、被レ補云々」。
(36) 『玉葉』文治四年二月一七日条、「伝聞、兼光卿二男長親、出家入道云々、有情之人歟、可レ感可レ憐」。
(37) 池田利夫前掲論文（注8）。
(38) 今村みゑ子「長明企画禅寂作成『月講式』の意図」（注1前掲書、初出は平成五年三月）。
(39) 「行末を思ふも同じ夢なれど昔といへば濡るる袖かな」（万代集・雑・三七四三）。
(40) 井上光貞『日本浄土教成立史の研究』第三章一節「院政成立前後の教団と浄土教」（山川出版社、昭和三一年。新訂版、昭和五〇年）。
(41) 小野則秋『日本文庫史研究』上巻（大雅堂、昭和一九年）。
(42) 「日野法界寺文庫」（『東洋学会雑誌』三篇五号、明治二二年五月）。当該資料は、昭和九年に関靖も実見し、「残簡の大きさは縦横約一尺、立派な懸軸に仕立てゝあった」という。関靖『金沢文庫の研究』第三章五節（昭和二六年。平成四年に日本教育史基本文献・史料叢書一七として再刊）。川瀬一馬編『田中教忠蔵書目録』（自家版、昭和五七年）、国立歴史民俗博物館資料目録1『田中穣氏旧蔵典籍古文書目録［古文書・記録類編］』（国立歴史民俗博物館、平成一二年）及び4『田中穣氏旧蔵典籍古文書目録［国文学資料・聖教類編］』（同、平成一七年）では確認できず、現在の所在は不明。
(43) 『小右記』治安三年一二月二三日条の「子刻許丹波守資業中門（御カ）門宅焼亡、騎兵十餘人来放火、宅人相挑、而群盗力強所為云々、国司在国云々」、及び、『春記』長暦二年一二月一四日条の「有火事、資業室町宅雑舎也」に拠る。

(44)　後世のものではあるが、『平家物語』によれば、興福寺の大衆によって奈良坂で斬首された平重衡の遺体は、俊乗房重源によって日野に運ばれ、法界寺で供養されたと言う。遺体は火葬された後、遺骨を高野山へ送り、墓は日野に設けられたらしい。日野と高野山の勧進聖の結び付きを示す一例であるが、このような環境は、大原や東山一帯と並び、『発心集』の説話の収集地の一つとしても考え得る。

第四部

鴨長明と文学史

第一章　『発心集』の泣不動説話

はじめに

鴨長明の手に成る仏教説話集『発心集』は、流布本・異本ともに、いわゆる泣不動説話を収める。三井寺の僧・智興が重病に陥った際に、陰陽師安部晴明の勧めで弟子の証空阿闍梨が師の身代わりとなって病苦を引き受けるが、証空の守り本尊であった不動尊（絵像）が更に証空の身代わりとなり、証空・智興ともに助かるというものだ。

当該説話は、平安時代末期から鎌倉・室町時代にかけて、様々な作品に収められており、広く流布したものと考えられる。本章では、一連の泣不動説話群において『発心集』の当該話がどのような位置にあるのか、さらに神宮文庫本に代表される異本系の本文がいかなる意図の下に作り出されたのかを考察したいと思う。

一　『発心集』収載の泣不動説話

『発心集』における泣不動説話は、流布本では慶安四年板本・寛文一〇年板本ともに巻六―一、異本では神宮文庫本・山鹿積徳堂文庫本ともに巻三―一に配置される。両者の本文には、文脈に関わるような大きな差はないが、異本系の本文は、流布本には見えない和歌一首を持つ。この点を鑑み、本章では神宮文庫本の本文をもとに、当該説話の位置を考えることとする。以下に全文を引用する（濁点・カギ括弧等を補うなど、任意に表記を改めた箇所がある。また、本文中の傍線・符号などは全て稿者による）。

証空阿闍梨、師匠ノ命ニ替ル事

A中比、三井寺ニ **a** 智《興イ》空内供ト云フ尊《キ》人有ケリ。年闌《タケテ》如何ナル宿業ニテカ有ケン、世ノ心地ヲシテ限リナリケレバ、弟子共集テ歎キ悲ム。其時、晴明《セイメイ》ト云テ神ノ如クナル陰陽師《ヲンヤウジ》有ケリ。是ノ病《ヒ》ヲ見テ云フ様、「此度コソ限リ有ル定業ナレ。如何ニモ不レ可レ叶フ。但シ、其レニ取リテ志シ深カラン弟子ナドノ彼ノ《ヒ》命ニ替ラント思フ人《ヒ》ト有ラバ、祭リ替奉リテン。其外ハ力《ラ》不レ《ト》及ナン」云ヒケル。多ク弟子共サシツドヱル程ニ、此事ヲ聞《ク》。智空内供、苦ミノタヘガタキマヽニ、「若シ替ラント云フ者ヤ有ル」ト、双居タル弟子ドモノ気色ヲ見レバ、詞ニコソ云イタレ、真ニハ捨《テ》難《キ》命ナレバ、**b** 皆々色ヲマサヲニナシテ、キモツブラシ目ニ成テ、一人トシテ「我レ替ラン」ト云フ人無シ。

B爰ニ証空阿闍梨ト云人、トシ若クテ弟子ノ中ニ有リ。弟子ニ取リテモ末ノ人也。誰モ思ヒ寄ヌ所ニ、進出テ内供ニ云フ様、「我レ替リ奉ント思フ。其謂ハ、法ヲ重クシテ命ヲ軽クスルハ、師ニ仕フル習也。争カ此事聞ナガラ身命ヲ惜マン。徒ニ捨ベキ身ヲ、今三世ノ諸仏ニ奉ツテ、人界ノ思ヒ出《ニモ》セン。但、八十ニナル母侍リ。我レヨリ外ニハ子無シ。若シ、ユルサレヲ不レ《ンバ》蒙《ラ》、身《自》ヲ捨ルノミニ非ズ、二人ガ命尽スベシ。能々理リヲ申聞セテ暇ヲ請テ帰参ラン」ト云テ、座ヲタチヌ。内供ヨリ始テ諸ノ弟子ドモ、泪ヲ流シテ憐ム。

C証空、母ノ許ニ至テ此事ヲ語ル。「願ハ歎キ給事無レ。縦ヒ御跡ニ残リ居テ、後世ヲ訪ヒ奉トモ、是程ニ大キナル功徳ヲ作クラン事ハ有難シ。今ノ師ノ恩重シテ其命ニ替ラン事、三世ノ諸仏モ哀ミ給ヒナン。天衆地類モ驚キ給フベシ。c其功徳ヲ統《フサネ》テ、母ノ後世菩提ニモシ奉ラン。是レ誠ノ孝養ナレバ、則アヤシキ身一ヲ捨テ、二人ノ恩ヲ報ジ奉ラン。況ヤ老少不定ノ世界也。若シ、徒ニ命尽テ、母ヨリ先事《サキダツ》モヤ有ン。其時ハ、悔テモ何ノ甲斐カ有ン。何ヲカ此世ノ思出ニセン」ト泣々申ス。母此事ヲ聞テ、泪ヲ流シテ驚悲ム。「我レ、愚カナル心ニハ、功徳ノ大キナル事モヲボヱス。君ヨウチナリシ時ハ我ニ育《ハゴ》クマレキ。我年闌テハ君ヲタノム事天ノ如シ。然ルヲ、残ノ命今日トモ明日トモ知ヌ時ニ至テ、我ヲ捨テ先立ン事コソ最悲シケレ。然レドモ、其志ノ深事ヲ思ニ、師ノ命ニ替リナバ君ガ後世ニ至リテモ疑ベカラズ。若シ此事免《ユルサズハ》仏モ愚カ也ト見玉ヒ、君ガ心ニモ違ヌベシ。誠ニハ老少不定ノ世也。思ヘバ夢幻シノ前后也。早ク君ガ心ニ任《マカ》ス。トク浄土ニ生テ我ヲ助ヨ」トゾ、涙ヲ押ヘテ云ケル。

　d如何ニセン蓮ノ露トナルベクハ別レノ涙色深《ク》トモ

D其時、証空泣々悦テ帰ヌ。則チ名乗ナド書付テ、晴明ガ許ヘ進ツ。今夜命ニ替リ奉ルベキ由ヲ云ヘリ。カクテ夜漸ク深ケ行程ニ、此証空、頭痛ク心地悪ク、身ホトヲリテ堪難ク覚ウレバ、我房ニ行テ見苦シカルベキ物ナド取調ツヽ、年来持《チ》奉リケル絵像ノ不動尊ニ向ヒ奉テ申ス様、「年若ク身盛ナレバ、命《チ》惜カラヌニハアラザレドモ、師ノ恩ノ深事ヲ思ニ依リテ、今已ニ彼命ニ替リナントス。然ルニ、勤メ少ナケレバ、極メテ後世恐ロシ。願クハ、大聖明王哀ヲ垂レ給テ、悪道ニ落シ給フ十《ナ》。重病已ニ身ヲ責テ、一時モ堪ヘ忍ブベカラズ。本尊ヲ拝ミ奉ラン事、只今計也」ト泣々申ス。

E其時、絵像ノ御目ヨリ血ノ涙ヲ流シ給ヒテ、「汝ハ師ニ替ル。我ハ又汝ニ替ベシ」ト宣ベ玉フ。御声、骨ニ通リ肝ニ染ム。アナイミジ、掌ヲ合テ念ジ居タル間ニ、汗流ヌル身サメテ、則サワヤカニ成ニケリ。

F内供ハ其夜ヨリ心地ヨク成ケレバ、此事ヲ聞テナノメナラズニ覚テ、後チニハ余人ニモ勝レテ、タノモシク思ハレタル弟子ニテ侍ル也。

Gサテ、彼本尊ハ伝ワリテ、後ニハ白河ノ院ニヲハシケリ。常住院ノ泣不動ト申ハ是也。御目ヨリ涙ノコボレタル方ノアザヤカニ見ヘ給ケルトゾキコウ。

Hサテ、証空阿闍梨ト云ハ、空也上人ノ臂ノ折レ給ヒタリケルヲ、余慶僧正ノ祈リ直シ給タリケル時、法器ノ者ナリトテ、空也上人ノ奉ラレタリケル証空也。


当該話の梗概は以下の通りである。A三井寺の僧・智興が重病になった際、安部晴明が「身代わりの僧を出して病を移し替える以外に、智興が助かる術はない」と診断する。Bただ一人、智興の弟子である証空阿闍梨が身代わりを申し出る。ただし、証空には八十になる母がおり、老母に道理を言い聞かせて暇乞いをしたいと願う。C証空は老母に懇ろに別れを告げ、老母は泣く泣く納得して証空を送り返し、一首の和歌を詠んだ。D帰参の後、証空は晴明の祈祷によって師の病をその身に引き受ける。病苦の余りの耐え難さに、証空は長年、守り本尊としていた絵像の不動尊に向かい、一身に祈った。Eその時、不動尊は血の涙を流し、「自分が証空の身代わりになる」という声が響き、証空・智興ともに助かる。F智興は、これより後、証空を重用した。Gその絵像は、後に白河院に伝わり、今は常住院の泣不動と呼ばれているもので、絵像の目から涙がこぼれた様子も鮮やかにうかがわれるということだ。Hこの証空は、空也上人の骨折した臂を余慶僧正が祈祷で治した際に、法器の者だとして空也が余慶に送った人物である。

二　流布本と異本の本文について

『発心集』において、流布本である板本と異本とされる神宮文庫本の本文は、どちらかが古態性が強いとすることは難しく、異同の箇所によって性質が異なるのが実状である。今回、神宮文庫本（以下、神宮本）の本文で考察するにあたり、慶安四年板本（以下、慶安板本）との異同で目立つところを検討しておこう。なお、以下の四箇所において、山鹿積徳堂文庫本は、神宮本と同じ本文を持つことを付記しておく。

［1］「智興」の名について、神宮文庫本は本行本文で「智空」と表記し、最初に「智空」が登場するAの冒頭では「空」の右に「興イ」と傍書する（傍線部a）。慶安板本は「智興」である。神宮本ないしはその親本の段階で、『発心集』の他の書写本との校合が行われていたことを示す例だが、『発心集』に先行して泣不動説話を収める『宝物集』なども「智興」と表記するため、もとは「智興」だったものがどの段階かで誤写されたと考えられる。従って、この箇所は板本のほうが古態をとどめていよう。本章でも、以下、「智興」で話を進める。

［2］Aの最後、智興の弟子たちが師の身代わりとなることに怖じ気づく箇所（傍線部b）では、

・皆々色ヲマサヲニナシテ、キモツブラシ目ニ成テ　（神宮文庫本）

・各色ヲツクリテフシ目ニ成ツヽ　（慶安四年板本）

となっている。皆が顔色を変えたという前半部は、「顔色を真っ青にして」という意の本文を持つ神宮本に対し、慶安板本は「化粧する」「顔作りをする」という「色ヲツクリ」となっており、意味が通じない。「怖じ気づいて色を変じたその顔を整えて」という意味に解釈できないこともないが、そうすると後半の「フシ目ニ成」ったとのつながりが希薄になる。また、「色を作る」という表現そのものは、江戸時代の浮世草子あたりから用いられる語であり、(1)中世に遡る用例を見いだせない。「顔色を変じる」という意の「色を作《な》す」という表記が「色を作る」に変化した可能性もあるが、「色を作《な》す」場合、通常は怒りの文脈で用いられるため、こちらも不審だ。後半部に目を移すと、神宮本の本文は「肝をつぶしたような目」という意で解釈できるが、「ツブラシ目」という他に例を見ない表現となっており、神宮本以前の段階での誤写が疑われる。板本は「伏し目になった」で意味は通りやすいが、整合性を付けた本文と考えることもできようか。この箇所は、神宮本のほうに古態が見出せるように思われる。

[3] Cの、証空が老母に師の命に替わるという大きな功徳を母の後世菩提に廻向したいと言う場面で、神宮本は「其功徳ヲ統《フサネ》テ」（傍線部c）、慶安四年板本は「其功徳ヲカサネテ」である。「束ねる」「総合する」という意の「ふさぬ」は、古くは「朕総《ふさね》臨《ミテ》而御寓《あめのしたしらス》」（日本書紀・孝徳天皇白雉元年）などと用いられるが、平安時代以降の用例は少なく、管見では以下のようなものがある。

・東や香山の山に熟るなる花橘を八房ふさねて手に取ると夢に見つ　（梁塵秘抄・四五三）

・さまざまに掌なる誓ひをば南無の言葉にふさねたるかな　（山家集・一五四一）

・伊豆国伊東・河津・宇佐美、この三ケ所をふさねて、𦰩美庄と号するの本主は、𦰩美入道寂心にてぞありける。

（仮名本曽我物語・巻一）

・出羽の国十二郡を総ねて、両国六十六郡にて候。（義経記・巻一）

・その上、天下の公物とて立てられたるは和歌、筆道、有職、この三つの外なし。これをふさねて家になりたる人、貫之、又定家等なり。（雲玉集・序）

・……かしこきや　君の国内の　まつりごと　ふさねまをせる　臣たちの……（八十浦乃玉・三一四・尾関正義）

対して、慶安板本の「カサネテ」の場合、用例は数多あり、文意も取りやすい。どちらが先行するかということは定め難いが、『発心集』当該話を出典とする『三国伝記』巻九―六では、この箇所は「惣《フサネテ》」と記される。神宮本の「統《フサネ》テ」は、少なくとも、中世の読みを反映した本文だと判断できよう。

［4］Cの末尾、神宮本は「如何ニセン蓮ノ露トナルベクハ別レノ涙色深《ク》トモ」（傍線部d）という和歌一首を載せる。板本はこの和歌を持たない。他の泣不動説話のうち、当該歌を持つのは、『不動利益縁起』（東京国立博物館本、鎌倉時代成立）のみである。そもそも存在した和歌、しかも数首の連続の中に置かれたわけではない一首のみの和歌が、転写の過程で脱落するとは考えにくい。先述の『三国伝記』巻九―六も当該和歌は持たないため、中世における『発心集』の伝本には、和歌がないタイプのものが確実に存在したと思われる。当該歌を持つ『不動利益縁起』は、室町期書写の神宮本よりも成立が早いことを併せると、泣不動説話が様々な作品の中で流布していく過程において、和歌が増補された形が作られ、その和歌がどの段階かの『発心集』に流入して神宮本のような本文になったと考えるのが妥当だろう。

以上、［1］～［4］の異同を見たが、慶安板本と神宮本のどちらかが古態性が強いとは断言できない。先行研究と同じ見解に留まるが、当該説話においても、両者はそれぞれに古態を残しているということを、改めて確認しておきたい。

三　泣不動説話の成立と展開

『発心集』以前、すでに泣不動説話は流布していたと考えられる。その成立と展開については簗瀬一雄・南里みち子・中前正志らによってかなり明確な道筋が示されているが、(2)それらを参看しつつ、『発心集』に至るまでの泣不動説話がいかなるものであったのかを見ておこう。

平安時代から室町時代にかけての同話・類話・引用をおおよその成立時期によって並べると、次のようになる。

①『今昔物語集』巻一九―二四［保安元年（一一二〇）頃か］
②『宝物集』（三巻本では巻中、七巻本では巻四）［治承三年（一一七九）以後数年間］
③『発心集』巻三―一（神宮本）、巻六―一（慶安板本）［建保四年（一二一六）までに成立］
④『三井往生伝』［建保五年（一二一七）七月成立］
⑤『雑談抄』［弘安八年（一二八五）の書写奥書を持つ］
⑥『八幡愚童訓乙』［正安年間（一二九九～一三〇二）頃の成立か］
⑦『とはずがたり』巻一・巻五［徳治元年（一三〇六）頃の成立か］
⑧『不動利益縁起』［東京国立博物館蔵本、鎌倉時代製作とされる］
⑨『元亨釈書』巻一二［元亨二年（一三二二）成立］

⑩『真言伝』［正中二年（一三二五）成立］
⑪『曽我物語』巻七［南北朝時代頃の成立か］
⑫『園城寺伝記』六［鎌倉末から南北朝初期の成立か］
⑬『寺門伝記補録』第一五［応永年間（一三九四～一四二八）成立］
⑭『三国伝記』巻九［応永十四年（一四〇七）～文安三年（一四四六）成立か］
⑮謡曲『泣不動』
⑯『塵添壒嚢鈔』［天文元年（一五三二）成立］

先行研究が示す通り、実に「知名度の高い説話」であることがわかるが[3]、本章では特に、『発心集』に先行して成立する①『今昔物語集』②『宝物集』と、成立は『発心集』に少し遅れるが説話自体は先行していたであろう④『三井往生伝』を中心に整理を行うこととする。それぞれの話の流れと相違点は、次の表のようになる（A～Hは、第二節において、『発心集』の内容を整理した際の符号に一致）。

	①『今昔物語集』	②『宝物集』	③『発心集』	④『三井往生伝』
A	高徳な僧が重病になり、安倍晴明が、「身代わりの僧を出せば、泰山府君に起請して助かるかもしれない」と勧める。	三井寺の智興が重病になり、安倍晴明が、「身代わりの僧を出せば、祭り替えることで助かるかもしれない」と勧める。	三井寺の智興が重病になり、安倍晴明が、「身代わりの僧を出せば、祭り替えることで助かるかもしれない」と勧める。	智興が重病になり、安倍晴明が、「身代わりの僧を出せば、病を移し替える秘術によって助かるかもしれない」と勧める。
B	多くの弟子が黙る中、一人の弟子が身代わりを申し出る。	多くの弟子が黙る中、証空が身代わりを申し出る。	多くの弟子が黙る中、証空が身代わりを申し出る。	証空が身代わりを申し出る。

C	D	E	F	G	H
	晴明が都状に弟子の名を記して祭ると、師僧は快復し、弟子も無事だった。	(編者の評)これは、身代わりとなった弟子の僧の心を、泰山府君が哀れんだからだろう。	師僧は弟子の僧をかわいがり、重用。		
証空は、老母に暇乞いに行って事の次第を話すが、母は許さず。証空は、生死輪廻の次第を説いて、泣きながら寺へ戻る。	晴明が祭り替えると、証空は病苦に責め苛まれる。	証空が、守り本尊である絵像の不動尊に対し、「臨終正念にて殺し給へ」と額を地につけて礼拝すると、不動尊が血の涙を流して証空の身代わりとなり、証空・智興ともに助かる。			
証空は、老母に暇乞いに行って事の次第を話すと、母は泣く泣く納得。証空に自らの往生の引導を頼み、和歌を詠む。証空は、泣きながら悦び、寺へ戻る。	晴明が祭り替えると、証空は病苦に責め苛まれる。	証空が、守り本尊である絵像の不動尊に対し、「勤めが少なく、後世が恐ろしい。自分を哀れんで悪道に落とさないでほしい」と泣く泣く訴えると、不動尊が血の涙を流して証空の身代わりとなり、証空・智興ともに助かる。	智興は証空をかわいがり、重用。	絵像の不動尊は、後に、白河院・常住院と伝来。	証空は、空也が余慶に送った人物である。
証空は、老母に暇乞いに行って事の次第を話すと、母は愁えることなく賛同。泣きながら母の家を辞し、寺へ戻る。	晴明が術を施すと、証空は病を得、師(智興)は快復した。	証空が、本尊である絵像の不動明王に対し、「南無帰命頂礼大聖明王臨終正念極楽往生」と高声にて三返唱えると、絵像の不動明王が病の様を呈して涙を連綿と流し、証空は快復。			

表を見ると、①と②③④には大きな違いがある。それは、(1)「三井寺」「智興」「証空」という説話の場と

登場人物の個人名の有無、（２）不動尊の霊験譚であるかどうか、（３）証空の老母の存在の有無、である。

　まず（１）であるが、②③は、棒線部のように「三井寺」「智興」「証空」という説話の場と登場人物の個人名を明記する。④は三井寺内部で作られた寺門の往生伝であるから、具体的な語がなくとも、場が三井寺であることは明らかだ。①『今昔物語集』は、「今昔、□ト云フ人有ケリ。□ノ僧也」として、他作品が「三井寺」「智興」とする箇所を欠字にする。「安部晴明」の名はあるのだが、「証空」についても「年来其ノ事トモ無クシテ相副ル弟子」として個人名は記さない。『今昔物語集』がわざわざ欠字にしたということは、編者が後に調べて補記しようと考えていたことを示す。ならば、「三井寺」「智興」「証空」の説話として存在していたものが、①の段階で固有名が落ちたとは考えにくい。先行研究が指摘するよう[4]、後に「泣不動説話」となる話の源流は、『今昔物語集』に見えるような固有の場や人物を伴わない安部晴明の呪術説話であった可能性が高いだろう。
　（２）についても（１）と同様、①と②以下では奇跡の位置づけが大きく異なる。①は、「此ヲ思フニ、僧ノ師ニ代ラムト為ルヲ、冥道モ哀ビ給テ、共ニ命ヲ存シヌル也ケリ」として、弟子の僧が助かったのは冥界の神である「冥道」（泰山府君）の哀れみによる奇跡だとするのに対し、②③④では波線部のように不動尊の霊験譚となる。天台宗寺門派の祖・智証大師円珍は、不動明王信仰に篤く、その教学や思想において不動明王信仰が重要な位置を占めていたことが知られ[5]、円珍が承和五年（八三八）に感得したとされる不動明王像（いわゆる黄不動像）は秘仏として三井寺に現存する。三井寺は、日本における不動信仰の一大拠点であり続けた。そのような宗教的背景を持つ三井寺の内部か近辺に①のような説話が取り込まれて成長する際に、不動尊の霊験譚として位置づけ直されたのだろう[6]。これと軌を一にして、説話は三井寺の僧である智興や証空という固有の存在を伴った形になり、それが喧伝とともに外部へと広まったと考えられる。

（3）の証空の老母についても、（1）（2）同様、①には無く、②以下に存在する要素である。これも、三井寺における不動尊の霊験譚として説話が位置づけられる過程で、新たに付け加わったのだろう。この老母については、②③④の中で、性格に違いが見られる。②③では老母は証空が命を落とすことを悲しむのだが、④では母は証空の決断を悦ぶ存在になっているのだ。

まず、「悲しむ母」であるが、②『宝物集』は、「母、此事ヲ聞テ、全クユルス事無トイヘドモ」（三巻本・七巻本）(7)となっており、母は証空の決意を許さない。これは、子に先立たれる悲しみ故に証空を制していると推測されよう。(8)③『発心集』の母は、「此事ヲ聞キテ、泪ヲ流シテ驚悲」しんだ後に、納得することになる。⑤以下では、このような「悲しむ母」が登場するものに、

⑧母これを聞きあえず、夢の心地して地に臥□、涙を流してぞ叫びける。（不動利益縁起）

⑪母聞もはてず、証空の袖に取つき、「思ひもよらず、師匠の御恩ばかりにて、母があわれみをばすてたまふべきか。御身をのこし、みづからさきだちてこそ、順次なるべけれ、思ひもよらぬ例」とて、証空の膝にたふれかゝり、涙にむせぶばかりなり。（仮名本曽我物語）

⑭母此ノ事ヲ聞テ涙流テ驚キ悲テ云ケルハ、（三国伝記）

がある。

続いて「悦ぶ母」だが、④『三井往生伝』が、「母聞不レ愁、還有二勧意一」とするのをはじめとして、

⑤母云、「不レ及二左右一。早可レ奉レ替」云々。（雑談抄）

⑨母曰、「我老命在二旦暮一、唯憑レ汝。汝其先レ我乎。然思、汝生替レ師。雖レ死不レ遺二妾於地下一矣。如二汝勇勤一、我欽二歆之一」。（元亨釈書）

⑫母聞不レ愁、還作二随喜一。（園城寺伝記）

となっている。このように、②③と④に見える母の人物造型の違いは、後続の作品群にも受け継がれていることがわかる。[9]

この点に関しては、「不動の涙」の形態移行をつぶさに分析した中前正志の「不動の涙——泣不動説話微考——」が参考になる。[10] 中前は、不動尊の流す涙の性質に注目し、泣不動説話における不動の涙が、証空の病苦を身代わりとして引き受けた「病悩苦痛の涙」と、証空の志に動かされた「感動哀憐の涙」という二系統に分類されることを見出した。「病悩苦痛の涙」の形を取る明らかな作品は、「如レ有二病気一自レ眼出レ涙、連々不レ止」とする『三井往生伝』をはじめとして『元亨釈書』『園城寺伝記』『寺門伝記補録』であり、確定はできないが解釈上の可能性があるものとして『雑談抄』『真言伝』と謡曲『泣不動』がある。対して、『宝物集』『発心集』『不動利益縁起』『三国伝記』には、不動尊が病を引き受けたとする表現は存在せず、その涙は証空の志に対する「感動哀憐の涙」であった。[11] 本来、不動尊の霊験譚としての身代わり説話であれば、身代わり・代受苦の証がその像に何らかの形で残されるというのが伝統的な定型であり、前者はまさしくその定型に則っている。しかし、後者のように、不動尊の涙が感動哀憐によるものであれば、身代わり説話としての定型は欠落し、話の重心は証空の殊勝な志や母との別離に傾くことになる。泣不動説話の重心を、前者のような純粋な不動の霊験譚（身代わり説話）に置くことを望むのは、三井寺の内部・近辺であろうし、実際、前者を収める作品群は、後者に比べて圧倒的に三井寺関係のものが多い。泣不動説話の発祥・伝承の場が、不動信仰の一大メッカである三井寺であることを鑑みると、不動の涙の形は、そもそも「病脳苦痛の涙」として三井寺の内部・近辺で出発し、後に寺外において「感動哀憐の涙」へと展開したと考えられる。これが、当該論文の結論である。

話を老母の人物造型に戻そう。「悦ぶ母」の形を取る作品群を見渡すと、中前の指摘する「病脳苦痛の涙」を流す不動尊を描く作品群とほぼ重なることに気付く。作品が成立した場については、④『三井往生伝』⑫『園城寺伝記』はもとより、⑤『雑談抄』も三井寺関係の雑録である。つまり、「悦ぶ母」の造型もまた、三井寺内部・近辺で行われた可能性が高いということだ。師の命に替わるという行為は仏法を重んじ、大きな功徳を作る善行である。子を失う悲しみの余りに泣いて善行を止めるのではなく、悦んで背中を押す母こそが、本来望まれるものだったのではないか。対して、子が先立つことを嘆き「悲しむ母」は、一世一代の善行を遂げようとする証空の絆しとなってしまう。仏教上望ましいものではないが、子を思う一般的な母の姿でもあろう。そのような「悲しむ母」の造型が育つのは、不動尊が「感動哀憐の涙」を流し始める三井寺の外が相応しい。母が悲しめば悲しむほど、証空の志は殊勝なものになり、それに打たれた不動尊の涙は「感動哀憐」のものになるからだ。すなわち、母の造型も、三井寺内部・近辺における「悦ぶ母」から、寺外における「悲しむ母」へと移行していったものと考えられよう。

以上、（1）～（3）で検討したことをまとめると、泣不動説話とは、『今昔物語集』に見えるような安部晴明の呪術説話を素材として、それが三井寺内部・近辺において不動尊の霊験譚へと成長し、智興・証空という固有の存在に託されて成立したものと考えられる。その説話が寺外に流布する過程において、「不動尊が証空の病脳を引き受けて苦しみの涙を流す」という身代わり説話の定型が崩れ、「不動尊が証空の殊勝な志に感動して哀憐の涙を流す」形へ展開した。これと同様に、寺内・近辺では、証空の決意を悦び背中を押す存在であった母が、子に先立たれることを嘆き悲しむ母へと移行したと思われる。

ここから、『発心集』所載の泣不動説話の位置を考えると、

（1）「三井寺」「智興」「証空」という固有の場と人物の話である。

（2）不動尊の霊験譚である。

（3）証空の老母が「悲しむ母」として登場し、不動尊は「感動哀憐の涙」を流す。

という特徴を備えた当該説話は、三井寺の外で展開した形――現存する先行作品の中では『宝物集』型――を享受したものと判断することができる。

四　『発心集』の特徴（一）

『発心集』の泣不動説話は三井寺外で広まった話型を受け継いでおり、先行する作品としては、すでに『宝物集』が存在する。ただし、両者の泣不動説話には同文性はほとんど見られず、『発心集』当該話の直接の出典が『宝物集』だったとは言い難い。しかし、『発心集』における『宝物集』との共通話は、慶安板本では全一〇二話中一〇話、神宮本では全六二話中八話となっており、一割程度の説話が重なることになる。『宝物集』を直接の出典と考え得る話もあることも指摘されており、[12]長明が『発心集』を編む際の素材とした先行書の中

に『宝物集』があったことは疑いないだろう。そのような状況を鑑みれば、泣不動説話の話型そのものについては、『発心集』が大きく手を加えたとは言い難い。

前節の表を確認すると、先行の諸書に比して『発心集』のみが持つ要素は、G絵像の不動尊の伝来のルート（証空→白河院→常住院）、H証空の出自（空也が余慶に送った）というものである。

Gに見える、伝来の情報――奇瑞を証明する絵像の不動尊が、三井寺の長吏を輩出する三門跡の一つ「常住院」に伝来し現存する――は、当該説話の真実味を増すと同時に、三井寺においてこの伝承と絵像の不動尊がいかに重要視されたかを跡付ける役割も果たしている。さらに、そのルートの途中に入る「白河院」（白河に設けられた藤原摂関家の別業で後に白河天皇の御所）の存在は、摂関家や白河天皇という貴顕によって説話内容が保証されたことを意味しよう。後の⑬『寺門伝記補録』において証空は常住院の始祖とされるが、Gは、常住院そのものが泣不動説話を自らの権威付けに用いる過程で生成された可能性もあろうか。

Hは、証空の出自を明らかにするものだが、それは証空の存在を保証すると同時に、空也・余慶という高名な僧と証空が関わることで、証空の価値を高める役割を果たしているとも考えられる。また、この箇所は、『宇治拾遺物語』（下―一四二）に収められる空也の臂折れ説話との関連がうかがわれる。空也の折れ曲がった左肘を、余慶（三井寺長吏・延暦寺座主）が加持祈祷で治し、その礼に空也が連れていた三人の聖のうちの一人を送ったというものだが、『宇治拾遺物語』では送られた聖の名は「義観」だ。『打聞集』二六「公野聖事」も同内容の説話だが、聖の名は「起経」となる。小島裕子が指摘するように[13]、問題は聖の名前が取り違えられたことではなく、空也の臂折れ説話によって、安部晴明・余慶・証空が「霊験あらたかな験者」という要素で繋がることにあろう。晴明については言わずもがなだが、余慶もまた、前述のような著名な験者である。後の作品であるが、⑤『雑談抄』において、証空は加持祈祷によって慶勝上人を蘇生させた「霊験殊勝」な人物であり、彼もまた高力の験者として説話世界に存在した。三井寺は加持祈祷の修法によって多くの貴顕の信頼・尊崇を得、修験道とも関係が深い。そのような宗教的世界への意識が、Hの背後に読み取れるものと思われる。

つまり、GHは、『発心集』以前の段階で流布していた説を『発心集』が取り込んだ可能性も高い。加えて、両者ともに説話内容に直接関わるというよりは、その真実性を保証し、権威付けを行う類いの情報だと考えられるのである。

五　『発心集』の特徴（二）――母の変貌――

ならば、泣不動説話そのものにおける『発心集』の特徴はどこに見出せるだろうか。ここで、Cにおける証空と老母の別離の場面を『宝物集』と比較してみよう。『宝物集』では、

・母、此事ヲ聞テ、全クユルス事無トイヘドモ、生死無常ノ有様ヲコシラヘイヒテ、イソギ帰来テ、已ニ師ニカハル。（三巻本）

・母、此事を聞きて、またくゆるす事なしといへども、生死の有様をいひて、泣く泣くかへり来たりて、すでに師に替はる。（七巻本）

となっており、証空が母を説得する場面は実に簡潔であり、母が証空の言葉に納得したかどうかも明らかでは

ない。さらに、三巻本では、「イソギ帰リテ」と証空が帰路を急ぐ様が記され、その心が母よりも師・智興に傾いていることが読み取れる。七巻本では、そのような急ぐ様子は消えており、証空は泣く泣く母の許から帰ることになるが、この涙は、母の理解を得られた安堵の涙とは解しがたい。母に先立つ不孝の悲しみ故の涙と捉えておくのがよいだろう。(14)

対して、『発心集』はどうだろう。証空が母を説得する言葉は、

願ハ歎キ給事無レ。縦ヒ御跡ニ残リ居テ、後世ヲ訪ヒ奉トモ、是程ニ大キナル功徳ヲ作クラン事ハ有難シ。今ノ師ノ恩重シテ其命ニ替ラン事、三世ノ諸仏モ哀ミ給ヒナン。天衆地類モ驚キ給フベシ。其功徳ヲ統《フサネ》テ、母ノ後世菩提ニモシ奉ラン。是レ誠ノ孝養ナレバ、則アヤシキ身一ヲ捨テ、二人ノ恩ヲ報ジ奉ラン。況ヤ老少不定ノ世界也。若シ、徒ニ命尽テ、母ヨリ先《サキダツ》事モヤ有ン。其時ハ悔テモ何ノ甲斐カ有ン。何ヲカ此世ノ思出ニセン。

であり、『宝物集』に比べるとその長さ・詳しさは圧倒的である。話の内容は、「自分が師の命に替わるならば、三世の諸仏も自らを哀れむだろうし、大きな功徳を作ることになる。それで母の後世を救うことができるのだから、これこそが真実の孝養だ。師の命に替わるならば、自分一人の命で師と母と二人に恩を報じることができるが、自分が何の功徳も作らずに母に先立ってしまったら、母の後世を救うことはかなわなくなる」というものであり、自らの行為が母を浄土に導くことになると訴え、母を安心させようとしていることがうかがえよう。また、証空の台詞には、「二人ノ恩ヲ報ジ奉ラン」というものがあるが、この時、母と師・智興は等

価であるように受け止められようか。つまり、『発心集』においては、母の存在が実に大きいものになっているのである。

続いて、母の言葉に目を向けてみよう。『宝物集』は母が納得したかどうかには全く触れないが、『発心集』は証空の語りかけに答える母の台詞を用意している。

母此事ヲ聞テ、泪ヲ流シテ驚悲ム。「我レ、愚カナル心ニハ、功徳ノ大キナル事モヲボヱス。君ヨウチナリシ時ハ我ニ育《ハゴ》クマレキ。我年闌テハ君ヲタノム事天ノ如シ。然ルヲ、残ノ命今日トモ明日トモ知ヌ時ニ至テ、我ヲ捨テ先立ン事コソ最悲シケレ。然レドモ、其志ノ深事ヲ思ニ、師ノ命ニ替リナバ君ガ後世ニ至リテモ疑ベカラス。若シ此事免《ユルサズハ》仏モ愚カ也ト見玉ヒ、君ガ心ニモ違ヌベシ。誠ニハ老少不定ノ世也。思ヘバ夢幻シノ前后也。早ク君ガ心ニ任《マカ》ス。トク浄土ニ生テ我ヲ助ヨ」トゾ、涙ヲ押ヘテ云ケル。

涙を流す母は、余命幾ばくもない老齢の自分を捨てて我が子に先立たれる悲しみを語るが、同時に、証空の志の深さ・師の命に替わる功徳によって証空が浄土に往生することを理解している。そして、「お前の思うようにせよ」と証空の背中を押し、自らの後世を救うように頼むのであった。だからこそ、続くDの冒頭、寺への帰途につく証空は、「泣々悦テ帰ヌ」と記されるのだ。証空の涙は、母と思いを共有することができた悦びと安堵の涙であろう。

この、母が証空の説得に応えて納得するプロセスの存在こそが、『発心集』の最大の特徴である。つまり、『発心集』は、先行する泣不動説話に比べ、母の存在と母子の情愛を最も強めた形になっていると言えよう。

証空の行為の仏教的意義を理解し、「早ク君ガ心ニ任《マカ》ス」と背中を押す母の姿は、第三節の（3）で見た三井寺内部・近辺で発生した「悦ぶ母」の造型を受け継いでいるのかもしれない。しかし、『発心集』の特徴は、享受の先に生成された、母の心情の推移——我が子に先立たれる哀しみに逡巡しながらも、互いの極楽往生を願って自らを納得させ、証空を送り出す——を具に書き出した点に見出すべきだろう。

さらに、第三節で述べたように、『発心集』の不動尊は、証空の志に感じて「感動哀憐の涙」を流す。『発心集』が母の存在と母子の情愛に一つの焦点を結ぼうとしているのであれば、不動尊による奇跡の原動力には、証空の師への思い・仏道への志のみならず、母子が互いを思いやる情愛の深さが据えられているのではないだろうか。

説話の配列を確認してみよう。当該話は、神宮本では巻三―一に位置するが、続く巻三―二「或女房、天王寺ニ参テ、入海事」は、娘を失った母が難波の海に入水し、極楽往生する話であり、この二話は母の子への愛情という点で連続する。慶安板本では巻六―一になるが、その前後は、

巻五―一四「勤操、憐栄好事」

［母］に自分の食事を分けて送っていた栄好が死に、隣の房の勤操は栄好の死を隠して自分の食事を送るが、ある日、その食事が遅れてしまい、栄好の死に気付いた母は頓死。その供養の法事が、後の法華八講の起源となった。

―一五「正算僧都母、為子志深事」

正算僧都の［母］は、貧しさの中、自らの髪を売って修行する我が子に食事を送っていた。

巻六―一　「証空、替師命事」

―二　「后宮半者、悲一乗寺僧正入滅事」
ある女房が捨て子だった自分を養ってくれた増誉僧正の死を悲しむ。

―三　「堀川院蔵人所衆、奉慕主上入海事」
堀河院を心から慕っていた蔵人が、院が龍に生まれ変わって西海にいると夢に見て、東風が強く吹く日に海に出て行方知れずになる。

―四　「母子三人賢者、遁衆罪事」
兄の妻の間男を弟が殺害。その母と兄（継子）・弟（実子）の三人が互いをかばい、兄弟は赦免。

となっており、母の子に対する慈愛、子の親（と思う恩人）への思い、と親子の関係で話が連続している。当該話については、両者ともに、母子の情愛を核と見て説話の配列を行っていると考えてよい。

『発心集』の泣不動説話は、「不動尊の霊験譚という枠組みを維持しつつも、証空の母の存在を強め、不動尊の奇跡の原動力に母子の情愛を据えるという形で再生されたもの」との位置付けを行っておきたい。その再生が長明個人の所産であるかどうかは断じがたいが、少なくとも、長明が目にしたであろう『宝物集』においては、母の存在は決して大きいものではなかった。如上の特徴が慶安板本・神宮本の両本文に共通する以上、この再生ないしは再生された泣不動説話の採録は、編者である長明の意識的な選択だったと考えておいてよいだろう。

六　神宮文庫本の和歌について

最後に、神宮本が有する和歌一首、「如何ニセン蓮ノ露トナルベクハ別レノ涙色深クトモ」について、多少の考察を試みておきたい。第二節で述べたように、当該歌は、⑧『不動利益縁起』にも見える。

和歌の位置は、Cの末尾であり、母の証空への言葉が「「……トク浄土ニ生テ我ヲ助ヨ」トゾ、涙ヲ押ヘテ云ケル」と記された後に、一首が置かれ、「其時、証空泣々悦テ帰ヌ」と後に続く。大意は、「どうしたものだろうか、いや、どうしようもないだろう。いずれは蓮の花の露となって極楽浄土に往生することができるのだから、今、あなたとの別れに流す涙の色が紅に染まったとしても」となる。

神宮本では和歌の詠み手が母なのか証空なのかは明示されない。『不動利益縁起』は和歌の前に、「……さりながら因果をわきまへ心□母なれば、涙をおさへてかくなん」という一文が置かれており、母が詠んだ和歌になっている。内容を見ると、初句の「如何ニセン」は、「どうしよう」という疑問よりも、「（涙が紅に染まっても）どうすることもできない」というあきらめを含んだ反語と解釈すべきだろうから、息子に先立たれる悲しみを抑えかねつつも極楽往生の縁だと自らを納得させる母の心情を詠んだものとするのが自然だろう。詠み手は証空の母と考えておく。

一首中に示される「色深」い「涙」とは、悲嘆の涙としての紅涙（血の涙）を意味する。和歌においては古くから詠まれる常套的な表現であるが、いくつか用例を挙げてみよう。

・紅に涙の色は深けれどあさましきまで人のつれなき　（久安百首・六五・崇徳院）

・色深き涙の川のみなかみは人を忘れぬ心なりけり

為家元服したる春加階申すとて、兵庫頭家長につけ侍りし

・子を思ふ深き涙の色にいでてあけの衣のひとしほもがな

（山家集・一二八三）

（拾遺愚草・二七二三）

「色深」い「涙」が、崇徳院・西行詠のように恋の嘆きによる場合もあれば、定家詠のように切なる親心をいう場合もある。当該歌もまた、血の涙を流すほどに深く切実な母の思いを表している。

一首中の表現は、あくまでも「別レノ涙色深ク」である。しかし、この歌から喚起される「紅涙」「血の涙」のイメージは、説話のクライマックスである不動尊の奇跡――「絵像ノ御目ヨリ血ノ涙ヲ流シ」た不動尊が証空の身代わりになる場面――に通じるものであろう。つまりこの和歌は、事態を先取り、予言する役割を持つ「予言歌」として捉えることも可能なのである。(15)そして、この和歌の詠み手が証空の母であるということは、母が後の奇跡を予言する役割を担わされていることを意味する。つまり、神宮本の本文とは、母の和歌を挿入することにより、「証空の母の存在を強め、不動尊の奇跡の原動力に母子の情愛を据える」という、そもそもの『発心集』の意図をより強めた形になっている。そのように理解することができよう。

終わりに

以上、『発心集』の泣不動説話を、先行作品との関係および伝本間の異同から読み解いてきた。『発心集』においては、証空の母の存在感が増し、母子の情愛が説話の核となった理由の一端を探るならば、同時代に一世を

風靡した澄憲と彼にはじまる安居院流の唱導が母の恩愛を重視する説法を行っていたという、宗教的潮流との関係も視野に入ってこようか。

田中徳定の研究に拠ると、中世、亡母追善供養法会などの場においては、母親の子に対する絶対的な愛が説かれたという(16)。例えば、寿永元年（一一八二）一一月二八日に九条兼実邸で催された法会の導師は澄憲であったが、『玉葉』同日条によると、彼の説法は以下のようなものであった。

寅刻懺法了。書始之、余・大将已下旧臣之男女陪従等廿余人、手自書ㇾ之、書手皆三日潔斎、読二懺法一（各於ㇾ家。読ㇾ之也）申刻書了。酉刻、導師参上、（澄憲。僧都）即事始、説法優美、衆人拭ㇾ涙。於二澄憲一可ㇾ謂ㇾ得ㇾ曰、誠珍重也。此中釈云、「ア一切女人ハ、三世諸仏真実之母也。一切男子ハ、非二諸仏真実之父一。故何者、イ仏出世之時、必仮宿二胎内一、縦為二権化胎生一之条無論。於ㇾ父者無二陰陽和合之儀一、身体髪膚不ㇾ□（受イ）二其父一。仍無二父子之□（道理イ）一之故也。依ㇾ之言ㇾ之、ウ□（女者勝イ）ㇾ男歟」云々。エ□（此事尤可イ）謂□（珍事有興々々イ）。

この法会は、前年に無くなった兼実の姉皇嘉門院聖子の追善供養のための懺法であったと考えられている。兼実の長男良通は皇嘉門院の養子であり、兼実もまた猶子であった。田中は、そのような関係から、法会において、澄憲は皇嘉門院を母として讃える懺法を行ったと解く。澄憲は経釈の中で、「一切の女人は三世諸仏の真実の母なり。一切の男子は、諸仏真実の父にあらず」（傍線部ア）とし、故に「女は男に勝るか」（傍線部ウ）と結論している。その根拠として用いられたのが、釈迦は仮に母である摩耶夫人の胎内に宿ってこの世に生まれ出たのであり、母と父（浄飯王）には和合の儀は行われていないため、釈迦の身体は父から受けたものではない（傍線部イ）というものであった。澄憲の説教に対して、兼実は珍しくも面白い（傍線部エ）という感想を述べているが、このような母の恩愛を取り立てて賞揚する唱導の方法は、澄憲一人のみならず、安居院流の説教師たちに共有されていたものだったらしい。

澄憲が自らの説草を編集した『釈門秘鑰』は、「親族死亡報恩」という内題を持ち、追善供養法会で用いられた唱導文の集成であるが、これには「母恩勝父恩釈」という箇所があり、母の恩と父の恩を比較して、以下のように述べる。

> 二恩之中、聖教母恩、外典父恩為レ勝。此相違如何。尤深可二得心一。外書其心浅、内典其至深也。父《ハ》不レ愛二悪子一、母猶愛レ之。即、心地観云、子若愚癡、人所レ悪、母又憐愍不二棄遺一文。人父習、君《ニモ》被二採用一、人《ニモ》被レ称二美子一《ヲハ》愛レ之、翫レ之。若天性頑魯、為人悪猒《レバ》、父又随猒棄。母不レ然。尚恩憐レ之、不二棄遺一。……（後略）……
>
> （仁和寺蔵『釈門秘鑰』(17)）

世間に認められる優秀な子だけが我が子である父に対して、母は愚かで悪い子であっても我が子として愛情を注ぎ、その子を捨て去ることはない。澄憲は「心地観」（大乗本生心地観経）を根拠としてそのように説く。他にも、『澄憲作文集』『言泉集』といった安居院流の唱導集が、しばしば「母乳百八十斛」の文言を引用し、「乳房の恩」によって母の恩を説くことも報告されている。このような状況は、安居院流の説教師たちが母の恩愛を重んじる趣旨の唱導を各所で行っていたこと、それが聴衆となる多くの人々に受け入れられていたことを示すものであろう。

当然のことながら、長明は安居院流の唱導に接していた。『発心集』には以下のような例を見出すことができる。

・安居院に住む聖が京に出た際に、一人の老僧に出会い、善知識となる。（神宮本・巻五―一〇「或上人、隠居京中、独行事」、慶安板本・巻二―一「安居院聖、行京中時、隠居僧値事」）

・ある片田舎の男の妻が、産後のひだちが悪く無くなるが、夫が妻を恋いて泣く泣く暮らしていると、ある夜、妻が夫の寝所を訪れ、枕を交わす。その証拠に、臨終の際に妻の髪を結ってやった反古のきれはしが落ちていた。これは近き世の不思議であり、決して嘘ではないと、澄憲が人に語ったという。（神宮本巻二―一〇、慶安板本・巻五―四「亡妻現身、帰来夫家事」）

如上の唱導のあり方と、泣不動説話において母の存在が説話の核へと成長するという変化は、軌を一にする可能性があるのではないだろうか。『発心集』泣不動説話が成立する背景については、このような見通しを立てておきたい。

注

（1）『日本国語大辞典』（第二版）は、初出の用例に、井原西鶴『好色一代男』（一六八二刊）三―三「色つくりたる女、肌には紅うこんの絹物」を挙げる。

（2）梁瀬一雄「『泣不動』の説話」（『説話文学研究』、三弥井書店、昭和四九年）、南里みち子「泣不動説話の成立と展

開」（『今井源衛教授退官記念文学論叢』、昭和五七年）、中前正志「不動の涙――泣不動説話微考――」（『国語国文』六五―四号、平成八年四月）。

（3）三木紀人校注『方丈記　発心集』（新潮日本古典集成、昭和五一年）。

（4）梁瀬・南里前掲論文（注2）。

（5）中野玄三『不動明王像』（『日本の美術』二三八、至文堂、昭和六一年）、小島裕子「証空の泣き不動伝承の諸相と三井寺の伝承世界」（『仏教説話の世界』、かたりべ叢書三四、平成四年）、中前前掲論文（注2）。

（6）小島前掲論文（注5）、中前前掲論文（注2）。

（7）『宝物集』の伝本は、一巻本・二巻本・平仮名古活字三巻本・平仮名製版三巻本・片仮名古活字三巻本・第一種七巻本・第二種七巻本と実に多様であるが、小泉弘・山田昭全の先行研究に従って整理すると、一巻本・片仮名古活字三巻本・第二種七巻本の三種を基本とする。一巻本は草稿本、これに大幅な増補と改訂が施されたのが片仮名古活字三巻本であり、そこからさらに増訂されたのが第二種七巻本である。ここまでが著者・平康頼の所産であって、康頼は第二種七巻本をもって『宝物集』の完成本としたとする説が、現在有力である。この他の伝本については、平仮名古活字三巻本は第二種七巻本の省略本、二巻本は平仮名古活字三巻本を底本として改変を加えたもの、第一種七巻本は片仮名古活字三巻本・平仮名古活字三巻本・第二種七巻本の三本を江戸時代に至って混合させた本である。本章では、主として、『発心集』以前に成立を見た片仮名古活字三巻本と第二種七巻本の本文を考察の対象とし、特に断らない限り、片仮名古活字三巻本を「三巻本」、第二種七巻本を「七巻本」と呼称する。

（8）平仮名古活字三巻本の当該箇所は、「母のありけるが、是を聞きて、「八十に余りたる母を振り捨て先立たん事はいかに」と制しければ」となっている。二巻本も多少の異同はあるがほぼ同文。こちらは、子に先立たれる悲しみ故の制止というはっきりとした表現になっている。

（9）⑥『八幡愚童訓乙』⑦『とはずがたり』（以上は泣不動説話の一部引用）、⑩『真言伝』、⑬『寺門伝記補録』、⑮謡曲『泣不動』、⑯『塵添壒嚢鈔』には、証空の老母は登場しない。

（10）中前前掲論文（注2）。

（11）中前は、「感動哀憐の涙」のパターンに、不動尊が証空に「身代わりに病を受けよう」と告げる前に涙を流すという特徴を見出す。

(12) 流布本巻二―一一「或上人、不値客人事」・神宮文庫本巻一―一四「或上人、客人ニ不会事」は、『宝物集』と『往生拾因』をあわせ参看して構成したものとする説がある（新潮古典集成『方丈記　発心集』頭注）。

(13) 小島前掲論文（注5）。

(14) 平仮名古活字三巻本『宝物集』では、当該箇所は、以下のようになる（二巻本・第一種七巻本もほぼ同文）。

母のありけるが、是を聞きて、「八十に余りたる母を振り捨てて先立たん事はいかに」と制しければ、証空が云く、「流転三界中、恩愛不能断、菩薩恩入無為、真実報恩者と云要文を引きけり。此の心は、『三界のうちに流転すれば、恩愛絶ゆる事なし。恩を捨てて無為に入る者は、真実の恩を報ずる者なり』と仏の説き給へるなり。されば、親の恩は、三界を離れざる恩愛なり。師匠の恩は三界を離れて無為に入る、真実の恩なり。我すでに師匠の命に替はりなん。此の功力によりて、母も必ず無為の都に入り給ふべし。心やすく思ひ給へ」といひて、たちまちに師匠の命に替はりぬ。

証空は「流転三界中……」と、出家時に多く誦される著名な偈文を用いて自らの行為を仏教的に意義付け、その功徳によって母もまた救われると説く。しかし、その言葉は、「親の恩は、三界（衆生が生死輪廻する欲・色・無色の三種の世界）を離れ得ない恩愛」「師の恩は悟りの境地に至らしめる真実の恩」というもので、母の恩は真実の悟りを妨げる煩悩の一つという位置づけだ。母の納得の有無については語られず、証空の帰路の様も、「たちまちに」（平仮名古活字三巻本・二巻本）、「云捨テ、急ギ帰リ来リテ」（第一種七巻本）であって、証空の心は、母ではなく師・智興にあると読み取れよう。

(15) 予言歌については、第二部第三章「予言する和歌――「くもるもすめる」詠をめぐって――」で取り上げている。

(16) 田中徳定「中世唱導資料にみる高僧と母の物語をめぐって」（『駒沢国文』四八号、平成二三年二月）、「中世唱導資料に見る母性」（『国語と国文学』八八―七号、平成二三年七月）。以下、『玉葉』の記事や『釋門秘鑰』については、全てこれらの論文に導かれたものである。

(17) 阿部泰郎「仁和寺蔵『釈門秘鑰』翻刻と解題」（国文学研究資料館文献資料部『調査研究報告』一七号、平成八年三月）。

第二章　鴨長明の「数寄」

はじめに

院政期から鎌倉初頭に見られた「数寄」という精神現象の高揚については、すでに、先学によって多くの研究が積み重ねられてきている。(1)その共通理解を簡潔にまとめれば、「数寄」とは、広義には物事に対して一途に熱中していくような愛好精神、狭義には、そのような愛好精神が世俗的価値観を超越するような、平たく言えば常軌を逸した行為となって現れ出た「嗚呼」とも称すべき側面を持つものを言う、(2)ということになろうか。

このような数寄者たちが『袋草紙』や『発心集』といった作品に登場するのは、彼らの死後およそ一世紀の後であるが、(3)ここには大きな問題が潜んでいる。「数寄者」たちは、自ら「数寄」を標榜し、実践していたわけではない。他者が、ある行為や主体に対して、常軌を逸する程の愛好精神があると判断し、「数寄」という意味合いを施す。それがおよそ一世紀のタイムラグの意味であり、「数寄」とは、他者による判断、作られた概念なのである。しかも、時間的に隔てられた他者が判断を下す以上、同じ愛好精神が表出した行為全てが「数寄」とされるわけではなく、それらの中でも記憶にとどまりやすい先鋭的な行為が「数寄」として記録されていくのではなかろうか。そうなると、現在、私たちが目にする「数寄」は氷山の一角にすぎず、実態としての「数寄」は、そのような言葉（判断）を施されないところでも、日常的に展開していたのではないかと考えられるのである。

長明は、「数寄者」を認知し概念化を行う記録者でありながら、自らも「数寄者」とされた人物であった。長明に施された「数寄」という判断は、『十訓抄』が長明を評して「数寄ノホド、イトヤサシケレ」と言い、『文机談』が「鴨長明と聞へしすき物」といったことに確認できるが、(4) その「数寄」の実態は、もっと別な形で展開していたとも考えられる。また、本人が「数寄」を概念化している以上、その概念と実態とは少なからず関連していよう。本章は、長明における概念としての「数寄」が、いかなる実態として結実するのか、その現場を明らかにしようとするものである。

一　『無名抄』における数寄

まず、長明における「数寄」の概念を確認しておこう。『無名抄』は、①「マスホノス丶キ」（第16話）、②「ヰデノ山ブキ並カハヅ」（17）、③「俊頼歌ヲクヾツウタフ事」（28）、④「頼実ガスキノ事」（80）、⑤「業平本鳥キラル丶事」（81）において「数寄」の語を用いているが、長明自身の評語は①②④であるため、(5) 特にこの三話を中心に考察を行う。

①「マスホノス丶キ」（16）は、「ますほの薄」という歌語に関心を寄せていた登蓮法師が、その実態を知る人間の存在を知るやいなや、「年比いぶかしく思ひ給へし事を知れる人ありと聞ゝて、いかでか尋ねに罷らざらむ」と言って、「雨やめて出で給へ」という周囲の制止も聞かずに、摂津渡辺へ急いだというものであり、

それに対して長明は「いみじかりけるすき物なりかし」と評している。

これに続く②「ヰデノ山ブキ並カハヅ」(17)では、「ある人」が井手の地に赴いた際に土地の古老から聞いたという「井手の山吹」の現状と「井手のかはづ」の実態についての話が紹介される。長明は、この話を「心にしみて、いみじくおぼえ」ていたのだが、三年経っても井手を訪れることはなく、歌枕に対して興味を抱いた自らの思いを実行に移さぬままに終わる。それは「雨もよに急ぎ出でけん」という①の登蓮の実行力とは比べものにならない自らの有様であった。そこから、後世には井手の地に赴いても「かはづ」の声を聞こうとする人は少なくなるだろうとし、その理由を、時代が下るに従って「数寄と情け」が衰微することに求めている。

この二話に共通するのは、歌詞・歌枕についての関心を「実際の見聞」(以下、このことを「実見」と称する)によって充足しようとする姿勢である。そのことが「数寄」という評価に収斂していく流れを見ると、実見とは、長明の意識する「数寄」を成立させる重要な要素だと考えられないだろうか。この時、⑤「業平本鳥キラル、事」(81)は、実に興味深い用例となる。「或人」の話として、いわゆる『伊勢物語』の東下りの話が語られるのだが、二条の后の兄たちに髻を切られた業平が、髪を生やすために引き籠もる間、「歌まくらどもみんとすきにことよせて東の方へ」行ったというのだ。「或人」の口を借りたとはいえ、それを書き留めたのは長明自身である。この例は、まさに歌枕への実見を「数寄」と言い表したものとして考えられよう。

続いて、④「頼実ガスキノ事」(80)を見てみよう。

左衛門尉蔵人頼実はいみじきすき物なり。和歌に心ざしふかくて、「五年が命をたてまつらん。秀歌よませ給へ」と住吉に祈り申しけり。その後、年経て、重き病を受けたりける時、命生くべき祈りどもしける時、家にありける女に住吉の明神つき給ひて、「かねて祈り申す事をば忘れたるか。

木の葉散る宿は聞き分くことぞなき時雨する夜も時雨せぬ夜も

といへる秀歌詠ませしは、汝が信をいたして我に心ざし申しし故なり。されば、この度はいかにも生くまじき也」とぞ仰せられける。

和歌六人党の一人である源頼実（一〇一五〜一〇四四）が、秀歌を得るために五年の寿命を捧げると住吉明神に祈誓する。五年後に重篤に陥った際、延命の祈祷を行ったところ、頼実の家の女に住吉明神が憑いて、「木の葉散る宿は聞き分くことぞなき時雨する夜も時雨せぬ夜も」の一首は自分への祈誓によって五年分の命と引き替えに詠ませた秀歌なのだから、今回はもう助からないと告げたという内容である。『袋草紙』にも同話が載る著名な話であるが、「左衛門尉蔵人頼実」を「いみじきすき物」と紹介するこの章段の「数寄」は、和歌への強い情熱が、自らの命と秀歌を引き替えにする行為となったものであり、常軌を逸する、いわば典型的な「数寄」の有り方である。この④自体には実見的な要素は見出せない。しかし、『無名抄』の章段は後人の手によって付されたものである。先に見た①と②は明らかに連続しており、その連続性が読解の鍵となっていたが、本章段も、周辺の話から見えてくるものはないだろうか。

この頼実の話の直前には、「五日カツミヲフク事」、「為仲ミヤギノ、萩ヲホリテノボル事」として、橘為仲（?〜一〇八五）の話が位置している。為仲は頼実と同じ和歌六人党の一員であり、七八〜八〇話は、章段間の連続を念頭に置いて考えることができそうである。

・第七八話「五日カツミヲフク事」

或人云、《橘為仲、陸奥国の守にて下りたる《ママ》ける時、五月五日家ごとにこもを葺きければ、怪しくてこれを問ふ。その時庁官云、「この国には昔より、今日さうぶ葺くと云ふことを知らず。しかるを、故中将の御館の御時、『今日はあやめ葺く物を、たずねて葺け』と侍りければ、この国にはさうぶなき由を申し侍りけり。その時、『さらば浅香の沼の花かつみといふ物あらん。それを葺け』と侍りしより、かく葺き初めて侍る也」とぞ言ひける。中将の御館といふは実方の朝臣也。

・第七九話「為仲ミヤギノヽ萩ヲホリテノボル事」

この為仲、任果てゝ上りける時、宮城野の萩を掘り取りて長櫃十二合に入れて持て上りければ、人あまねく聞ゝて、京へ入りける日は、二条の大路にこれを見物にして、人多く集まりて、車などもあまた立てりける》とぞ。

七八話は、為仲が陸奥守として任地に下った際、五月五日に家々に薦を葺く理由を尋ねたところ、菖蒲のないこの地では、藤原実方の命によって「浅香の沼の花かつみ」を葺くことになったのだという。『能因歌枕』などに見えるよう、「かつみ」は「こも」の別名とされていたが、いわゆる、在地の「かつみ葺き」の風習の由来を明らかにするものだ。続く七九話は、為仲が陸奥守の任が終わって帰京する際に、歌枕として名高い宮城野の萩を都に持ち帰り、評判になったというものである。この両話については、古善本とされる梅沢本をはじめ、ほとんどの『無名抄』伝本が二話に章段を分割する。しかし、二重傍線を付したように、七八話冒頭の時の行為を並記したものと読むことができる。

「或人云」を受けるのは、七九話末尾の「とぞ」であり、「或人」の話の内容は《橘為仲……あまた立てりける》と読むべきであろう(6)。そうなると、この一連の為仲譚は、傍線部の対比から、橘為仲の陸奥下向時と上京時の行為を並記したものと読むことができる。

さらに、この前半部（78話）について、他作品との比較を行ってみよう。「花かつみ＝こも」説を取り上げる先行作品の中で、『無名抄』に見えるような「かつみ葺き」の故実に触れているのは、『俊頼髄脳』『和歌童蒙抄（巻七）』『今鏡』『袖中抄』であるが(7)、これらの書が取り上げる言説には、「かつみ葺き」の故実が見出される経緯に大きな違いが見られる。『俊頼髄脳』では「かつみ葺き」の風習が紹介されるのみで、為仲も実方も登場しない。『和歌童蒙抄』は、五月五日に「こも」を葺いてるのを見て腹を立てた為仲が、その由来を聞いて恥じ入ったという話であり、故実を知らなかった為仲の失態に焦点が当たっている。『袖中抄』は、前掲の二書を引用するが、顕昭の私見では、肥後守盛房が歌枕について尋ね、為仲が答えた形になっており、歌枕に関心をもったのは為仲ではない。また、実方も登場しない。では、『今鏡』についてはどうだろうか。

陸奥守為仲と申ししが(8)、国に罷り下りて、五月の四日、館に庁館とかいふ者、年老いたる出で来てあやめ葺かするを見れば、例の菖蒲にはあらぬ草を葺きけるを見て、「今日はあやめこそ葺く日にてあるに、これはいかなるものを葺くぞ」と問はせければ、「伝へ承るは、この国には、昔五月とてあやめ葺く事も知り侍らざりけるに、中将の御館の御時、『今日はあやめ葺くものを、いかにさる事もなきにか』と宣はせければ、『国の例、さることも侍らず』と申しけるを、『五月雨の頃など軒の雫もあやめよりこそ今少し見るにも聞くにも心澄むことなれ。はや葺くべきなり』と侍りけれど、『この国には生ひ侍らぬなり』と申しければ、『さりとても、いかでか替ひなくてはあらむ。安積の沼の花かつみといふものあり。それを葺け』と宣はせけるより、こもと申ものをなむ葺き侍る」とぞ、武蔵入道隆頼と申すは語り侍ける。……

（巻十「敷島の打聞」）

為仲が「かつみ葺き」の故実を見出す経緯。故実の発生における実方の存在。いずれを取っても、『無名抄』は『今鏡』に最も近い。つまり、長明は、先行する諸書の中から、為仲が疑問をもって問うたという、為仲の好奇心が最も顕わになる形を選び取ったことになる。直後の頼実譚（80話）もまた、『今鏡』「敷島の打聞」に収められていることから考えても、『無名抄』は『今鏡』に拠ったのであろう。しかし、『無名抄』は『今鏡』の単なる書承にとどまらなかった。両者の表現を見較べると、『今鏡』では「問はせければ」（傍線部）と使役の助動詞が使われ、為仲が従者に命じて在地の者に尋ねさせているのに対し、『無名抄』は「怪しくてこれを問ふ」と為仲が直接尋ねた形になっているのである。使役の助動詞が落ち、「怪し」という形容詞が入ることによって、誰をも介さずに自ら在地の者に疑問を発する為仲、好奇心を自らの行為で充足するという行動的な為仲像が浮かび上がってこよう。つまり、前半部（78話）は、「かつみ葺き」の故実と「花かつみ」の実態が為仲の実見と好奇心によって明らかになったこと、為仲の主体的な行動に焦点を当てたものと考えられるのである。

続く後半部（79話）は、上京の折に為仲が「宮城野の萩」を持ち帰ったというものだ。「宮城野の萩」は、「宮城野のもとあらの小萩露を重み風を待つごと君をこそ待て」（古今集・恋四・六九四・読人不知）の歌以来、歌枕である宮城野を代表する景物として享受されてきた。そのような伝統的な歌材を都へ持ち帰るという為仲の行為は、当然、和歌への強い情熱に支えられたものであるが、ここからは、為仲の「宮城野の萩」に対する関心の高さが実見を促し、加えて都へ持ち帰るという尋常ならぬ行為に結実したことがうかがわれよう。すなわち、一連の為仲譚は「数寄」の要素である実見性を共通の基盤とし、さらに、話の前半（78）から後半（79話）へかけて、為仲の行為の非日常性が一挙に顕わになる展開をとっているのである。後半部の非日常性は、「京へ入りける日は、二条の大路にこれを見物にして、人多く集まりて、車などもあまた立てりける」という一文に明らかであろう。

この後半部（79話）の非日常性は、続く第八〇話、自らの命と秀歌を引き替える頼実の行為に通底しており、後半部（79話）から八〇話にかけては、和歌への執心とその行為の非日常性を軸として話が展開していると考えられる。つまり、これら三話は、実見性（78↓79）、和歌への執心と行為の非日常性（79↓80）と、「数寄」を成立させる二つの要素が絡み合って話が展開し、そこから「いみじきすき物」としての頼実の行為が語られる、というつながりになっているのである。

『無名抄』から確認される概念としての「数寄」は、登蓮や頼実のように、和歌への強い情熱が、歌枕・歌語への興味、秀歌願望という形を取り、現実に常軌を逸脱するほどの行為として結実したものである。しかし、「数寄」という言葉の周辺を探り、その概念を支える基盤に目を凝らすと、そこには実見という要素が色濃く立ち現れてくる。「キデノ山ブキ並カハヅ」（17）において、長明は、「思ひながらいまだかの声を聞かない自らを、「雨もよに急ぎ出でけん」登蓮に引き比べ、「たとしへなくなん」と嘆いた。その慨嘆の原因は、井手の蛙の声を聞きに行かない、実見と実見への情熱を欠いた自身のあり方である。そして、そのような我が身の有様は、「人の数寄と情けとは年月をそへて衰へゆく」という表現へと一般化されていく。つまり、実見性とは、長明が我が身を振り返って「数寄」の有り様を考える際に、大きな存在となる要素だったと思われるのだ。以下、実見性という視点をもとに、長明自身の「数寄」の実態を、『無名抄』の表現に探ってみたい。

二　歌枕・歌人の旧跡に関する叙述の検討

『無名抄』は、次に挙げるように、歌枕や歌人の旧跡に関する言説を多く採録している。

関ノ清水（18）／貫之家（19）／業平家（20）／周防内侍家（21）／アサモガハノ明神（22）／関明神（23）／中将ノ垣内（25）／人丸墓（26）／猿丸大夫墓（37）／黒主神ニ成事（38）／喜撰ガ跡（39）／エノハ井（40）

章段番号にも明らかだが、これらの記事は連続する流れの中にまとめられており、長明がこのような言説を意識的に筆録したことがわかる。これらの章段の執筆動機を大きく捉えると、久保田淳が「和歌及び歌仙に関係の深い名所に関心を抱くことがとりもなおさず数寄であり、和歌上達の必要条件であると考えた」と指摘する通りであろう(9)。記された内容については、先行の歌学書や同時代の家集の詞書などにも見られるものであり、このような記事の筆録行為のみをもって『無名抄』独自の「数寄」の実態とすることはできない。しかし、これらの章段と先行する歌学書の表現を比べると、『無名抄』の特殊性がまざまざと浮かび上がってくるのである。それは、長明の「数寄」とどのように関わってくるのか。まず、他資料との比較が可能な「関ノ清水」（18）・「人丸墓」（26）を見てみよう。

・第一八話「関ノ清水」

或人云はく、「逢坂の関の清水と云ふは、走り井と同じ水ぞと、なべて人知り侍るめり。しかにはあらず。清水は別の所にあり。今は水もなければそことも知れる人だになし。三井寺に円実房の阿闍梨といふ老僧たゞ一人その所を知れり。かゝれどさる跡や知りたると尋ぬる人もなし。『我死なん後は知る人もなくてやみぬべきこと』と、人にあひて語りける由伝へきゝて、彼阿闍梨知れる人の文をとりて、建暦の始めの年十月廿日余りの比、三井寺へ行きて阿闍梨対面して、『かやうに古きことを聞かまほしうする人もかたく侍るめるを珍しくなむ。いかでかしるべ仕らざらむ』とて伴ひて行く。関寺より西へ二三町ばかり行きて、道より北の面に少し立ち上がれる所に、一丈ばかりなる石の塔あり。その塔の東へ三段ばかり下りて窪なる所は、すなはち昔の関の清水の跡也。道より三段ばかりや入りたらん。今は小家の後になりて、当時は水のなくて見所もなけれど、昔の名残面影に浮かびて優になん覚え侍りし。……」。

本章段は、「或人」からの聞き書きとして、歌枕「関の清水」の位置とその現状を記したものであるが、傍線部に見られるように、その位置についての叙述は非常に事細かで詳しい。では、他資料はどうだろうか。

・『和歌初学抄』（藤原清輔・仁安年間〈一一六六～六九〉以前の成立。）

近江あふさかの関　ハシリヰアリ、カケヒノ水アリ、セキノシミヅトモ　……

・『拾遺抄註』（顕昭・寿永二年〈一一八三〉、守覚法親王に注進。建久元年〈一一九〇〉に再注進。）

……関ノシ水ハ、大嘗会和歌ニ走井トミエタリ。江帥歌歟、可レ考。或ハ走井ニハアラズ、関ノ東ニアリトゾ案内者ハ申侍シカド不審ナリ。(10)……

これらと比較すれば、『無名抄』の叙述の詳しさは明らかだが、その詳しさは、「関の清水」の所在地を頭の中で知識として認識するためのものではない。傍線部は、阿闍梨がある人を「関の清水」に「伴ひて行く」という実地踏査時の視点に基づいた表現になっており、そこにうかがわれるものは、「関寺」を基点としてどの方向にどれだけ足を動かせば「関の清水」にたどりつくのか、という実地上の詳しさである。これを読んだ者が「関の清水」を実際に尋ねることが想定されているような書きぶりではないだろうか。この「関ノ清水」(18)は、「マスホノス、キ」(16)・「ヰデノ山ブキ並カハヅ」(17)という、歌詞・歌枕への関心を実見によって充足することを「数寄」として賞揚する章段の直後に位置している。となると、本章段にも歌枕に対して実見を重視する姿勢が及んでおり、このような特徴的な表現も、長明の「数寄」意識から生み出されたと考えられよう。

さらに、眼を外に転じて、本章段執筆の外的必然性を探ってみたい。本章段は、冒頭に、「関の清水」と「走り井」が混同されているという当時の状況を示す。事実、『和歌初学抄』は「走り井」と「関の清水」を同一のものと認識し、『拾遺抄注』は、両者は別物との説を紹介しながらも「不審ナリ」として同一説に傾いている。

「走り井」と「関の清水」は、そもそもは対極的な景を持つ歌詞であった。「走り井」は、「この小川霧そ結べるたぎちたる走井の上に言挙せねども」（万葉集・巻七・一一一三・読人不知）、「走り井のほどを知らばや相坂の関引き越ゆる夕かげの駒」（拾遺集・雑秋・一一〇八・清原元輔）のように、勢いある湧出の様を主眼として歌に詠み込まれてきた。対する「関の清水」は、人口に膾炙した「相坂の関の清水に影見えて今や引くらん望月の駒」（拾遺集・秋・一七〇・紀貫之）にうかがわれるように、駒の影が映るような清らかで静謐な清水としてイメージされている。しかし、両者は逢坂の関近くの湧き水という点では同じであり、加えて、元輔詠や貫之詠に見えるように、双方、駒迎えとともに詠み込まれている。両者は歌詞として似通った類型をもつようになり、「引く駒は相坂山の走り井に千代の影こそまづうつりけれ」（江帥集・五〇七）、「走り井の水には影のやどれども立ちこそなづめ望月の駒」（林葉集・五〇八）のように、「走り井」が駒の影を映すもの、すなわち「関の清水」のイメージで詠まれる歌がでてくる。『林葉集』は、長明の和歌の師である俊恵の歌集だ。しかも、『林葉集』五〇八番歌は「駒迎をよめる　歌林苑」の詞書を持ち、長明も参加していたと思われる歌林苑での詠である。ならば、「関の清水＝走り井」という混同は、長明の周辺にも及んでいたと考えられよう。

ところが、これらの趨勢に対して、長明は「或人」からの聞き書きという体裁を取るとはいえ、「しかにはあらず。清水は別の所にあり」と新説を打ち出し、実に事細かにその位置を書き記す。新説を裏付けるものは、まさに現地の景であろう。傍線部の表現も、現地へ赴き、「関の清水」を実見することで自説の正しさを確認してほしいという思いの反映であったとも考えられる。それに加えて、二重傍線部に記される状況にも注目したい。「水もな」く、「清水」という状態さえ保つことができず、「跡」となってしまった歌枕。その実態と場所を知るものは「老僧たゞ一人」であることに加え、「さる跡や知りたると尋ぬる人」もない現状。実在する景としての歌枕、それを知る人、歌枕への関心、全てが失われ行く中、歌枕への手掛かりが残されているうちに、長明が人々の実見を促そうとしたと考えるのは不自然なことではあるまい。本章段の直前の「ヰデノ山ブキ並カハヅ」(17)にも、井手大臣（橘諸兄）の堂の焼失や下臈による草の刈り入れによって、歌枕「井手の山吹」が姿を消したことが書かれていたが、このような歌枕を取り巻く切迫した状況も、実地的な表現を生み出す強い動機になったと考えられるのである。

このような表現は、他の章段においても多く見出すことができる。一九〜二一話の「貫之家」「業平家」「周防内侍家」では、「勘解由小路よりは北、富小路よりは東の角」(「貫之家」)のように、旧跡の位置を京の東西と南北の大路・小路の交差点と方角によって書き表すという、具体的な地理表示を行っている。また、「或人」からの一連の聞き書きである三七〜三九話の「猿丸大夫墓」「黒主神ニ成事」「喜撰ガ跡」では、田上の下の曽束にある猿丸大夫の墓は「庄の境」に、志賀の郡の黒主の明神については「大道よりすこし入りて山際に」、喜撰の旧跡は「三室戸の奥に廿余丁ばかり山中に入」った場所にあると、現地での動き方に即して書かれている。これらの旧跡への言及が、「これら必ずたづねてみるべきなり」という一文で締め括られていることからも、このような表現が実見を前提としたものであることは明らかだろう。実地的な表現とは、『無名抄』の歌枕・歌人の旧跡に関する章段群を支える大きな特徴となっていると考えられるのである。

さらに、もう一つ、これらの章段とはタイプを異にする特徴的な表現として、「人丸墓」(26)が挙げられる。院政期、六条藤家の顕季に始まる人麻呂影供を大きなきっかけとして、人丸は歌道における信仰の対象となっていき、その中で、人丸墓を訪ねるという文学踏査的な行動が歌人たちの間で流行する。『無名抄』の本章段も、そのような流れの中に位置付けられるものだが、ここでも、その位置を記す表現に注目してみよう。

・第二六話「人丸墓」

人丸の墓は大和の国にあり。初瀬へ参る道なり。人丸の墓と言ひて尋ぬるには知る人もなし。かの所には歌塚とぞ言ふなる。

・『柿本人麻呂勘文』「墓所事」（顕昭・寿永三年〈一一八四〉成立。）

…清輔語云。下㆓向大和国㆒之時。彼国古老民云。添上郡石上寺傍有㆑杜。称㆓春道杜㆒。其杜中有㆑寺。称㆓柿本寺㆒。是人丸之堂也。其前田中有㆓小塚㆒。称㆓人丸墓㆒。其塚霊所而常鳴云々。清輔聞㆑之。祝以行向之処。春道杜者。有㆓鳥居㆒。柿本寺者只有㆓礎計㆒。人丸墓者四尺計之小塚也。無㆑木而薄生。仍為㆓後代㆒。建㆓率都婆㆒。其銘書㆓柿本朝臣人丸墓㆒。其裏書㆓仏菩薩名号経教要文㆒。又書㆓予姓名㆒。其下註㆓付和歌㆒。

世をへてもあふべかりける契こそ苔の下にも朽せざりけれ。

帰洛之後。彼村夢咸云。正衣冠之士三人出来。拝㆓此卒都婆㆒而去云々。其夢風㆓聞南都㆒。知㆓人丸墓決定由㆒云々。……

『柿本人麻呂勘文』は、大和国石上で、土地の古老から人丸墓の存在を伝え聞いた清輔が、墓を発見し卒塔婆を建てて、人丸墓と標榜した経緯を細かに記すものである。[11] ここには、傍線部に見えるように墓の所在地とその様子が事細かに述べられている。対して、『無名抄』は非常に簡潔であり、先の「関ノ清水」(18)とは対照的な叙述のように感じられる。しかし、ここでは「初瀬へ参る道なり」（棒線部）という一文に注目したい。時代が遡るが、『更級日記』によると、長谷寺参詣の途上に石上があることが確認できる。[12]『無名抄』のように「初瀬へ参る道」と書いた場合、イメージされるのは、現地までどの道筋を辿ればいいのかという大まかな行き方であろう。しかも長谷寺参詣の道筋であるから、当時の人々にとって思い描きやすいものと考えられる。また、『無名抄』は、点線部に、現地では「人丸墓」と言って尋ねても誰も知らず、「歌塚」と言うらしいとの情報を記している。この箇所は、現地で人丸墓に首尾よく辿り着くための情報と言えよう。

なお、『寂蓮法師集』にも、三輪明神や石上神宮周辺から人丸の墓へと探訪した際の詠歌がある。

三輪の社にまうでてしるしの杉に書付けける

・三輪の山あはれいく世に成りぬらん杉の梢にやどをまかせて（七四）

磐余の池を過ぎけるに、水鳥の多く鳴きければ、彼けふのみ聞きて詠みけんもあはれに覚えて

・ももつてに聞きても袖のぬるるかないはれの池の《にカ本ノママ》かものなくこゑ（七五）

儀の上寺にまうでて拝みければ、かやを結びたる庵のわづかに小石据ゑばかりぞ昔の跡も見えける

・いそのかみふるのなかみちかき分けて浅茅が末に花たてまつる（七六）

人丸の墓たづねありきけるに、柿の本の明神にまうでてよみける

・古き跡を苔の下まで忍ばずはのこれるかきのもとをみましや（七七）

かくてぞ思ひもかけずたづねまかりたりける

・おもひかねむかしの末にまどひきぬとどめし道の行へしらせよ（七八）

傍線部に見える「人丸の墓たづねありきけるに」（七七）、「思ひもかけずたづねまかりたりける」（七八）、「まどひきぬ」（七八）等の表現を参照すると、この時代、現地でも、人丸墓は探しにくいものだったのかもしれない。つまり『無名抄』の表現からは、大まかな道筋と現地での探し方という実地的な視点がうかがわれるのだ。所在地を明確にする『柿本人麻呂勘文』と、道筋・探し方を提示する『無名抄』。この表現上の差は、知

識としての詳細さに重きを置く前者と実見に重きを置く後者という、その志向性に根ざすものであろう。本章段もまた、実見を志向する長明の「数寄」意識が、表現に結実したものと考えられるのである。

このような表現は、直前に位置する「中将ノ垣内」（25）にも見出すことができる。

河内の国高安の郡に在中将の通ひ住みける由は、かの伊勢物語に侍り。されど、その跡いづくとも知らぬを、かしこの土民の説に、その跡定かに侍りとなん。今中将の垣内となづけたる、すなはちこれなり。

業平が通った女の家の跡は、現地では「中将の垣内」と呼称されているので、高安の郡に赴いた際には、「中将の垣内」と称されている場所を探せばいいことになる。これもまた、簡潔にして実地的なアドバイスと言えよう。

ここまで、「関ノ清水」（18）と「人丸墓」（26）の二章段を中心に考察を進めてきた。これらに見られる表現は、その質を異にするものではあるが、いずれも実見を前提としたものであり、歌枕・歌人の旧跡に関する章段群のほとんどに展開している。歌枕や歌人の名所旧跡への関心は、「数寄」のあり方の一つと考えられてきたが、もはや、これらの章段群に見出されるものは、関心の高さや知識の豊富さといったものに止まらない。「喜撰ガ跡」（39）における「必ずたづねてみるべきなり」という一文が端的に示すように、これらの章段では、その関心を実見によって充足させようとする意識が明らかであり、さらに、その意識は、実地的な表現という明らかな形を取って現れている。このような実見への志向が表現のレベルで結実するという『無名抄』の特徴は、長明の「数寄」意識の反映として捉え得るのであり、実態としての「数寄」そのものなのだ。『無名抄』のこれらの章段は、長明の「数寄」の実態を映し出す、実に重きをなす章段だと考えられるのである。

三　作品を横断するもの（一）――『方丈記』――

さて、このような形であらわれる長明の「数寄」は、他の著作にも見出しうるのだろうか。

まず、『方丈記』を見てみよう。『方丈記』には「数寄」という語は用いられていない。しかし、ここまで見てきたような長明における実見の重要性を考えると、第三段の後半に示される以下の箇所などが想起されようか。

> 若シウラヽカナレバ、峰ニヨヂノボリテ、遥カニ故郷ノ空ヲ望ミ、ア木幡山、伏見ノ里、鳥羽、羽束師ヲ見ル。勝地ハ主ナケレバ、心ヲ慰ムルニ障リナシ。歩ミワヅラヒナク、心遠ク至ル時ハ、コレヨリ峰続キ、イ炭山ヲ越エ、笠取ヲ過ギテ、或ハ岩間ニ詣デ、或ハ石山ヲ拝ム。若シハ又、ウ粟津ノ原ヲ分ケツヽ、蝉歌ノ翁ガ跡ヲトブラヒ、田上河ヲ渡リテ、猿丸大夫ガ墓ヲタヅヌ。

傍線部アに見える木幡山・伏見の里・鳥羽・羽束師は、いずれも歌枕である。傍線部イの笠取山も歌枕であり、さらに『和歌初学抄』には「炭竈　大原山　ヲノ山　カサトリ山」とあるため、炭焼きで著名な土地だったらしい。「笠取の山に世を経る身にしあれば炭焼きもをる我が心かな」（金葉集・恋下・四九七・読人不知）の歌もあり、直前の「炭山」はそのような縁が導いたものとも考えられようか。石山寺も、古来多くの歌に詠み込まれた地であろう。傍線部ウに移ると、粟津の原もまた歌枕である。「蝉歌ノ翁ガ跡」は『無名抄』「関明神」

（23）に叙述のある蝉丸の旧跡、「猿丸大夫ガ墓」は同じく『無名抄』「猿丸大夫墓」（37）と響き合う。これらは前節までに見た実見への志向を、長明自身が行動に移していたことがうかがわれる箇所と言えよう。

また、そのような彼の志向が実地的な表現に結実していた『無名抄』同様、表現の有り様に着目してみると、治承四年（一一八〇）の福原遷都にまつわる箇所が思い浮かぶ。

ソノ時、ヲノヅカラ事ノタヨリアリテ、ツノクニノ今ノ京ニイタレリ。所ノアリサマヲミルニ、（その地、程狭くて、条理を割るに足らず。北は山にそひて高く、）南ハ海近クテ下レリ。ナミノヲトツネニカマビスシク、シホ風コトニハゲシ。内裏ハ山ノ中ナレバ、彼ノ木ノマロドノモカクヤト、ナカ〳〵ヤウカハリテ、イウナルカタモハベリ。

＊（　）内は、大福光寺本にはない本文。流布本系の嵯峨本を引用した。

この福原の地に対する表現、特に流布本系の本文に見られる（　）内の叙述は精緻なものとなっており、多くの長明論において取り上げられ、福原往還の原因を長明の好奇心に求める説、(13)新都造営に関わる用件で福原を訪れたと見る説(14)の二説が呈示されてきた。今、この問題には立ち入らないが、少なくとも当該箇所は、「所ノアリサマヲミル」実地的な視線に根ざし、その視線が直後に続く景の描写を生み出していると考えられる。福原行きの原因がどちらにあったかに関わらず、「所ノアリサマ」を詳述しようとする表現のあり方は、長明の実見を重視する姿勢と大きく関わっていよう。つまり、「数寄」という言葉が明確に用いられた箇所ではないが、『方丈記』の表現の根底にあるのは、『無名抄』の「数寄」を支えていた実見性と同様のものだと考えられるのである。

四　作品を横断するもの（二）――『発心集』の前提――

続いて、多くの数寄者説話を採録する『発心集』であるが、『発心集』中、「数寄」「数寄者」の語を持つ説話は、以下の五話となる（巻・話数は慶安四年板本に拠る）。

・巻五―八「中納言顕基、出家籠居事」
・巻六―六「侍従大納言、幼少時止験者改請事」
・巻六―七「永秀法師、数奇事」
・巻六―八「時光・茂光、数奇及天聴事」
・巻六―九「宝日上人、詠和歌為行事　并蓮如参讃州崇徳院御所事」

しかし、これらの数寄者説話は、流布本とされる八巻本（慶安四年板本・寛文一〇年板本。以下、板本と呼称）には収められるものの、五巻本の異本（神宮文庫本・山鹿積徳堂文庫本、室町末から近世初期の写本。以下、神宮本・山鹿本と呼称）には見えない。旧稿ではこの点について触れておらず、甚だ不手際であった。以下、概略的ではあるが、板本と神宮本系写本における数寄者説話の有無の問題について整理し、その上で当該説話の考察に移ることとする。

周知の通り、八巻一〇二話から成る板本に対して、神宮本系の写本は五巻六二話であり、うち四話は板本には見えない独自説話（新羅明神と日吉山王社関連の神明説話）である。さらに、神宮本系が収める板本との共通話

（五八話）のうち、板本第七・八巻の説話（二七話）と重なるものは一切存在しない。この現象と、板本巻七・八が収める神明説話の割合が巻六以前に比べて突如高くなるという収載説話の性質の変化（巻六以前では七五話中二話程度、巻七・八は二七話中七話で巻八は一四話中六話）、巻八の跋文に見える朝鮮半島への言及が文永・弘安年間の元寇を踏まえて出現する蓋然性が高いと考えられる等の理由から、板本の巻七・八が後代の増補であるとする説が大勢である。(15)

神宮本系の写本については、二二話が板本には見られない独自の評語を持ち、(16)その評語の内容は「志シ深ク弥陀ヲタノミ奉ル心、二心無ケレバ、ワヅカ三七日ノ念仏ノ行功ニ依リテ大往生ヲ遂グ。南無阿弥陀仏」（巻三―二「或女房天王寺ヱ参テ海ニ入リタル事」）のごとく、説話の享受者を仏道へ導こうとする説示性が非常に強い。さらに、全六二話のうち一二話は最末尾に「南無阿弥陀仏」と記されており、これらの説話が口唱の場で機能していたことを強く示唆するものでもあろう。(17)このようなことから、現存の神宮本系『発心集』は、原『発心集』の成立より後に唱導の具として再編され、いわゆる説草（説教用の手控え）として利用されていたものと考えるのが通説となっている。(18)なお、現存する二本の伝本の成立時期は室町末から江戸初期とかなり遅いものであるが、神宮本系の独自説話四話は、以下のように『十訓抄』（建長四年〈一二五二〉成立）、『私聚百因縁集』（正嘉元年〈一二五七〉成立）、『沙石集』（弘安六年〈一二八三〉成立のち改訂）に見える説話と、ほぼ同文の関係にある。

・巻三―六「新羅明神、僧ノ発心ヲ悦給フ事」＝『沙石集』巻一
・巻三―七「桓舜僧都、依貧往生事」＝『私聚百因縁集』巻九―二四、『沙石集』巻一
・巻四―二「或ル禅尼、山王ノ御託宣ノ事」＝『十訓抄』巻六―三八
・巻四―三「侍従大納言ノ家ニ、山王不浄ノ咎メノ事」＝『私聚百因縁集』巻九―二三

すなわち、長明の死後三〇～四〇年の間には、神宮本系の独自説話を有する『発心集』が存在したと考えておいてよいだろう。

ここで、『発心集』を書承したと考えられる説話集のうち、『私聚百因縁集』巻九について詳しく見てみよう。浅見和彦の研究(19)を参照すると、直接関係を持つと思われる説話は一四話である。

『私聚百因縁集』（巻九）	『発心集』板本	『発心集』神宮文庫本
5　花園左大臣事	巻五―一〇	巻四―一五
6　后宮半物悲僧正入滅事	巻六―二	ナシ
7　蔵人所衆為主上入海事	巻六―三	ナシ
8　成通幼少時止験者改請事	巻六―六	ナシ
15　平等供奉捨名利往生事	巻一―三	巻一―三
16　千観内供遁世事	巻一―四	巻一―四
17　筑紫聖発心事	巻一―六	巻一―六
18　高野林慶上人偽語妻事	巻一―一一	巻一―一一
19　僧相身没後返袈裟事	巻二―七	巻四―一
20　讃岐源大夫事　悪人往生	巻三―四	巻二―三
21　肥州僧妻為魔事　付可恐悪縁事	巻四―五	巻五―二
22　山王詣僧担死人許事	巻四―一〇	巻四―四
23　成通卿家山王咎忌事	ナシ	巻四―三
24　桓舜僧都依貪往生事　付神明大悲	ナシ	巻三―七

『私聚百因縁集』巻九は全二五話であり、六割程度に当たる一四話が『発心集』と共通することになる。この表からは、現存の板本・神宮本系がもつそれぞれの独自説話がともに『私聚百因縁集』に取り込まれていることがわかるが、この現象は、浅見が指摘する通り、『私聚百因縁集』の編者・住信の手許に系統の異なる二種類の『発心集』があったということではなく、彼が説話を書承するに際して参照した『発心集』は、現在の板本と神宮本系の両者の性質を併せ持つものだったということを意味しよう。[20] さらに、『私聚百因縁集』の6～8話は板本『発心集』の巻六収載説話をほぼ配列順に採録し、それらは神宮本が持たない板本独自説話である。このことに加え、15～22話も板本『発心集』の巻一～巻四の説話と配列順序が一定していることから、浅見は、住信が利用した『発心集』は、現在の板本と基本線では一致しながらも、そこに現在の神宮本系にのみ見られるいくつかの説話を併せ載せていた本であったと述べる。板本『発心集』の巻一については、神宮本系と説話内容・配列順がほぼ一致するため、『私聚百因縁集』の15話以降の配列をもって、住信が見た『発心集』が現存板本と基本線を同じくするものであったとは言い切れない部分も残る。しかし、6～8話と板本『発心集』独自説話との関係を見ると、住信が利用した『発心集』は、まず、現存板本（巻一～六）と神宮本系の両者の説話を併せ持ち、さらに現存板本の巻六にかなり近い性質を備えたものだったということは確実であろう。つまり、そのような形の『発心集』が、長明の手になる原『発心集』成立後から数十年のうちには存在していたということである。そして、この板本巻六とは、先に述べたように、数寄者説話を多く含む箇所であり、そのうちの一話である巻六―六「侍従大納言、幼少時止験者改請事」は、『私聚百因縁集』巻九の8「成通幼少時止験者改請事」に取り込まれている（当該説話は、現存の説話集では『発心集』以外に同話・類話を見出せない）。

前置きが長くなったが、『発心集』数寄者説話の問題に戻ろう。これらは、板本の巻五・六に位置し、特に巻六の中盤に連続した形で置かれている。そして、この五話は、神宮本系には存在しない四〇話から板本巻七・八の二七話を除いた残り一三話（板本巻一～六にはあって神宮本系には存在しない説話群）の中にすっぽり含まれるというわけだ。この現象は、以下のような二つの可能性を導き出すだろう。

①数寄者説話群は、原『発心集』に存在したが、神宮本系のような形態の『発心集』が再編・利用される際に、何らかの理由によって抄出の対象から外れた。

②数寄者説話群は、原『発心集』には存在せず、後に増補され、その結果、現在の板本のような形態の『発心集』が出来上がった。（巻一～六が一旦増補され、その後に巻七・八という段階的な増補が行われたのか、巻七・八を併せた一連の増補の中に含まれるかは判断できない。）

近年、千本英史によって、『十訓抄』編者が見ていた『発心集』は、板本ではなく神宮本に近い形態のものだった可能性が指摘されたが[21]、これは、数寄者説話が原『発心集』に存在しないことを即座に意味するものではない。先に見た『私聚百因縁集』の成立は『十訓抄』の五年後の正嘉元年（一二五七）である。その時期に、少なくとも神宮本の独自説話を持ちつつも板本巻六にかなり近い性質を備えた『発心集』が存在したわけである。つまり、『十訓抄』『私聚百因縁集』双方の編者が見た『発心集』は、形態の異なるものであった。これだけ近接した時間の中で、系統の異なる『発心集』が参照されたということは、成立直後から、『発心集』は様々な形で抄出・再編され、利用されていたことを意味するのではないか。例えば、唱導の場においては、法会の目的等、用途に応じて説話が選び出され、利用されていただろう[22]。そのような形での享受の跡を残す神宮本系の伝本が、板本とは異なる説話の配列意識・連想意識を持つことは、山部和喜によって報告されている[23]。

『発心集』の再編者・書写者が「数寄」や「数寄者往生」を説くという必要性を持っていなければ、いわゆる数寄者説話群がまとめて抄出の対象から外れるということも十分に想定できよう。ならば、数寄者説話群が神宮本系にないという現象の理由は、先に挙げた①「抄出の対象から外れた」からだという可能性が高くなる。(24)

ここまで、『発心集』享受の側面から考察してきたが、数寄者説話群が原『発心集』に存在し得るか否かについて、説話内容の側面からも考えてみたい。まず、数寄ないしは数寄者という意識が長明の同時代に存在したか・共有されていたかであるが、このことについては、

・長明も確実に享受していた藤原清輔『袋草紙』（保元二年〈一一五七〉から翌年にかけて成立）が多くの数寄者説話を収める。

・「数寄」という言葉は用いないが、藤原俊成『古来風躰抄』などに見えるよう、和歌が狂言綺語としての性質を克服し、いかに仏道と繋がりうるかは、当時の歌人たちにとって大きな問題であった。この意識は、『発心集』巻六―九に見える「和歌ハ能クコトハリヲ極ムル道ナレバ、是ニヨセテ心ヲスマシ、世ノ常ナキヲ観ゼンワザドモ、便リアリヌベシ。彼ノ恵心ノ僧都ハ、和歌ハ綺語ノアヤマリトテ読ミ給ハザリケルヲ、…（中略）…「聖教ト和歌トハ、ハヤク一ナリケリ」トテ、其ノ後ナム、サルベキ折〳〵、必ズ詠ジ給ヒケル」などの言とも大きく共通する。

などの点から見て、問題はあるまい。また、長明その人が「数寄」に対して強い興味・関心を抱いていたことは、本章一・二節で取り上げた『無名抄』において十分に証明されている。

説話内容の面で付け加えると、巻五―八「中納言顕基、出家籠居事」は、多くの先行文献に見え、多くの人々に愛され、広く流布した説話だと考えられるものである。今村みゑ子は数多くの文献のうち、『発心集』

当該話と津軽家本『中納言顕基事』のみが、「イミジキスキ人ニテ、朝夕琵琶ヲヒキツヽ」として顕基が琵琶を弾じる数寄者に造型されていることに着目し、『発心集』当該話に琵琶の達人であった長明の自己投影を見、津軽家本『中納言顕基事』は『発心集』を享受したものとの見解を取る。(25)源顕基にそのような造型を施す必然性を持つのは誰かと考えた時、その改変を行ったのは長明その人である可能性が限りなく高いだろう。すなわち、数寄者説話の採録を行った編者像と長明像は相当に近いということになる。

さらに、数寄者説話のうち、板本巻六―七「永秀法師、数奇事」は『発心集』とほぼ同時期に成立した『古事談』巻六―一五と類話の関係にある（第五節で後述）。『古事談』は永秀を「数寄者」と評するものではなく、両者の出典は異なると思われるものの、永秀にまつわる説話が、長明の同時代にはすでに成立していたことが十分にうかがわれよう。また、板本巻六―八「時光・茂光、数奇及天聴事」は『今鏡』巻九「昔語」中の一話と共通し、こちらはかなり同文性が高い。(26)『今鏡』は長明の座右にあった書と思しく、本章第一節で見たように、『無名抄』七八〜八〇話は『今鏡』巻一〇「敷島の打聞」を直接の出典としている。『発心集』においても、板本巻二―三「内記入道寂心事」（神宮本二―八）・同二―四「三河聖人寂照、入唐往生事」（神宮本二―七）・同五―六「少納言公経、依先世願作河内寺事」（神宮本ナシ）が、『今鏡』巻九「昔語」と同文の関係にあり、直接の出典は『今鏡』だと考えられる。このような『今鏡』との関係を鑑みると、板本巻六―八「時光・茂光、数奇及天聴事」が、長明その人によって『今鏡』から引用され、数寄者説話として作り上げられたと考えても不自然ではない。

以上、『発心集』享受における形態の問題・数寄者説話の同時代性と生成過程の問題、このような観点から考えた際に、現存板本が収める数寄者説話は、長明の手になった原『発心集』に存在したと仮定しても大きな問題は生じないと思われる。もし、後代の増補であったとしても、編者の志向するところは長明その人の志向と大きく重なり、『発心集』の享受者たちがそれを長明の所産だと受け止めても何ら不自然はないレベルのものと考えられよう。[27]よって、次節では、そのような視座の下に、『発心集』数寄者説話の考察を行うこととする。

五　作品を横断するもの（三）――『発心集』の数寄者説話――

『無名抄』と『発心集』に現れる「数寄」の違いは、従来、論じられてきたものであり、[28]和歌への執着が明らかな『無名抄』の数寄者に対して、『発心集』の数寄者は、名利への執着や世俗の価値観を超越する存在だと言われてきた。確かに、『発心集』では、笛以外には全く関心を示さない永秀（巻六―七）や、楽の演奏に熱中して天皇の命を無視する時光・茂光（巻六―八）のような、いわゆる常軌を逸した「数寄者」であっても、「カヤウナラン心ハ、何ニツケテカハ深キ罪モ侍ラン」（巻六―七）として、心の清澄さが重視される。しかし、彼らの対象への思い入れの深さは、『無名抄』の数寄者と同じ、執着そのものと言ってよい。執着とは見方を変えれば、一つの対象への思い入れの度合いが高まり、そこに絶対的な価値をおくほどになった時に、それ以外のことを意識から排除するものであろう。実際、『発心集』は、彼らの排他的な性質を強める方向へ向かっている節がある。巻六―七「永秀法師、数奇ノ事」の冒頭部を、『発心集』とほぼ同時期に成立した『古事談』の記事と比較してみよう。

・『発心集』巻六―七

八幡別当頼清ガ遠流ニテ、永秀法師ト云フモノ有リケリ。家貧シクテ、心スケリケル。夜昼、笛ヲ吹クヨリ外ノ事ナシ。カシカマシサニタエヌ隣リ家、ヤウ〳〵立チ去リテ後ニハ、人モナクナリニケレド、更ニイタマズ。

・『古事談』巻六―一五

保延五年正月二十六日、六条大夫基、参二入礼部禅門一、語申云、「八幡所司永秀古時無二左右一笛吹也。正近同時者也。永秀常吹レ笛、隣里悪レ之、四隣無レ人。如レ此之間、避二人里一移二住男山南面一。件近辺不レ生レ草。依二笛声一歟。……」

双方、隣家の者たちが永秀の笛をうるさがって退去してしまったという部分であるが、『発心集』ではそのことについて「更ニイタマズ」とし、永秀は隣家の迷惑を全く意に介していない。それに対して、『古事談』の永秀は人里を避けて、男山の南面に移り住んでおり、「隣里悪レ之、四隣無レ人」という状態を気にしていたことがうかがわれる叙述である。少なくとも、『発心集』の永秀は対他的な配慮を全く行わない人物として造型されていると言えよう。

もちろん、その造型は、後に頼清に「実ニ、スキモノニコソ」と賞される永秀の「数寄者」ぶりに起因するのだが、永秀の笛のように、一つの対象に思い入れるが故の排他性は、裏を返せば、精神が一つのことに集中し雑念が排除された状態と軌を一にする。それは俗事にかかわらぬ清澄な心の状態、すなわち、仏道修行における心の状態である。だからこそ、巻六―九「ヲノヅカラ生滅ノコトハリモ顕レ、名利ノ余執ツキヌベシ。コレ、出離解脱ノ門出ニ侍ルベシ」のような「数寄」を極楽浄土に赴くための方法とする論理が可能になるのだろう。つまり、『無名抄』と『発心集』の違いは、「数寄」の変容ではなく、長明が「数寄」のどの面を照射したかにあるのだ。仏教説話集である『発心集』の編纂目的に叶うように素材への光の当て方を変えたというのが、差異が生じた理由だと考えておきたい。

しかし、今のところ、『発心集』には『無名抄』に見たような実見性はうかがわれない。ここで、巻六―九「宝日上人、詠和歌為行事　并蓮如参讃州崇徳院御所事」をもう少し詳しく見てみよう。[29] 少し長くなるが、以下に全文を引用する。

（A）

中比、宝日ト云フ聖アリケリ。「何事ヲカツトムル」ト、人問ヒケレバ、「三時ノ行ヒ仕フマツル」ト云フ。重ネテ、「イヅレノ行法ゾ」ト問フニ、答ヘテ云フヤウ、「暁ニハ、

明ケヌナリ賀茂ノ河原ニ千鳥啼クケフモ空シク暮レントスラン

日中ニハ、

今日モ又ムマノ貝コソ吹キニケレ羊ノ歩ミチカヅキヌラン

暮ニハ、

山里ノ夕暮ノ鐘ノ声ゴトニ今日モ暮レヌト聞クゾ悲シキ

此ノ三首ノ歌ヲ、ヲノ〳〵時ヲタガヘズ詠ジテ、日々ニ過ギ行ク事ヲ観ジ侍ルナリ」トゾ云ヒケル。イ

トメヅラシキ行ナレド、人ノ心ノスヽム方、様々ナレバ、勤メモ又一筋ナラズ。潤州ノ曇融聖ハ、橋ヲ渡シテ浄土ノ業トシ、蘄州ノ明康法師ハ、船ニ棹サシテ往生ヲトゲタリ。

況ヤ、和歌ハ能クコトハリヲ極ムル道ナレバ、是ニヨセテ心ヲスマシ、世ノ常ナキヲ観ゼンワザドモ、便リアリヌベシ。彼ノ恵心ノ僧都ハ、和歌ハ綺語ノアヤマリトテ読ミ給ハザリケルヲ、朝朗ニハル〲ト湖ヲ詠メ給ヒケル時、カスミワタレル浪ノ上ニ船ノ通ヒケルヲ見テ、「何ニタトエン朝ボラケ」ト云フ歌ヲ思ヒ出テ、オリフシ心ニソミ、物アハレニオボサレケルヨリ、「聖教ト和歌トハ、ハヤク一ナリケリ」トテ、其ノ後ナム、サルベキ折〲、必ズ詠ジ給ヒケル。

又、近ク蓮如ト云ヒシ聖ハ、定子皇后宮ノ御歌、

夜モスガラ契リシ事ヲ忘レズハ恋ヒン涙ノ色ゾユカシキ

ト侍ルハ、カクレ給ヒケル時、御門ニ御覧ゼサセムタメトオボシクテ、帳ノカタビラノヒモニ結ビ給ヒタリケル歌ナリ。コレヲ思ヒ出デテ、限ナクアハレニ覚ヘケレバ、心ニ染ミツヽ、此ノ歌ヲ詠ジテハ、泣ク〲尊勝陀羅尼ヲヨミテゾ後世ヲトブラフ。又、詠メテハ、サキノゴトク誦ス。カクシツヽ、ヨモスガラマドロマズシテ、冬ノ夜ヲ明シタリケル。イミジカリケルスキ物ナリカシ。

大弐資通ハ琵琶ノ上手ナリ。信明、大納言経信ノ師ナリ。彼ノ人、サラニ尋常ノ後世ノ勤メヲセズ。只、日ゴトニ持仏堂ニ入リテ、数ヲトラセツヽ、琵琶ノ曲ヲヒキテゾ極楽ニ廻向シケル。

勤メハ功ト志トニヨル業ナレバ、必ズシモ是ヲアダナリト思フベキニアラズ。中ニモ、数奇ト云フハ、人ノ交ハリヲ好マズ、身ノシヅメルヲモ愁ヘズ、花ノ咲キ散ルヲアハレミ、月ノ出入ヲ思フニ付ケテ、常ニ心ヲ澄マシテ、世ノ濁リニシマヌヲ事トスレバ、ヲノヅカラ生滅ノコトハリモ顕レ、名利ノ余執ツキヌ

ベシ。コレ、出離解脱ノ門出ニ侍ルベシ。

（B）

保元ノ比、世ニ事アリテ、崇徳院讃岐ニウツロハセ給ヒニケル後、旅ノ御住居、アハレニカタジケナキ事云ヒ尽クスベカラズ。国ノ兵ドモ、朝夕御所ヲ打チカコミテ、タヤスク人モ参リカヨハヌ由聞コユレバ、彼ノ蓮如ト云フスキ聖、モトヨリ情フカキ心ニテ、イトカナシク覚ヘケレド、人遣フ事モナカリケリ。只、妹ナル人ノ候ケルユカリニ、御アタリノ事ヲモ聞キ、又、昔陪従ニテ公事ツトメケル時、御神楽ナドノ次ニ、希ニ見参ニ入ルバカリナレバ、サシモ深ク歎クベキニシモアラネド、ワザト只一人、身ヅカラ笈カケテ、讃岐へ下リケリ。

行キ著キテ見レバ、御所ノアリサマ目モ当テラレズ。伝へ聞キツルヨリモ侘ナリ。サレド、セチニ内へ入ラント思フ志深クテ、サルベキヒマヤ有ルト終日ニウカヾヒケレド、守リ奉ル者、イトハシタナクトガメテ、人隠ルベクモアラズ。ムナシク日モ暮レニケレバ、月ノアカヽリケルニ、笛ヲ吹キテナム、御所ヲ廻リアリキケル。イカサマニセント思フホドニ、ヤ、暁ニ及ビテ、黒バミタル水干バカリ打チカケタル人、内ヨリ出デタリ。イト嬉シクテ、此ノ便リニ御所ノ中ニ入リテ見レバ、草茂リ、露深クテ、コトサラ人ノ音モセズ。イミジウ物カナシキニ、トバカリ立チワヅラヒテ、板ノ端ニ書キテ、「見参ニ入レヨ」トテ、アリツル人ニナム取ラセケル。

朝倉ヤ木ノ丸殿ニ入リナガラ君ニ知ラレデ帰ルカナシサ

此ノ男、程モナク帰リ来テ、「コレヲ奉レト侍ル」ト云フヲ取リテ、月ノ影ニ見レバ、

朝倉ヤ只イタヅラニ帰スニモ釣スル蜑ノ音ヲノミゾ泣ク

トゾ書カヽレタリケル。イトカシコク覚ヘテ、コレヲ笈ノ中ニ入レツヽ、泣ク〳〵帰リノボリニケリ。

先に述べたように、「数寄」を概念化したもの（点線部）として著名な章段である。まず、（A）を見ると、宝日・蓮如・源資通の三人の行法の紹介し、点線部において「数寄」を浄土への道の一方法と位置づけて仏教的に意義付けている。ここで注意したいのは、三人のうち、一条天皇の皇后定子の遺詠を行法に用いた蓮如に対して、「イミジカリケルスキ物ナリカシ」（傍線部）と評している点である。和歌や琵琶といった常とは異なる方法――いわゆる「数寄」につながる風流事――で勤めを行っている点では、彼ら三人は同等であろう。しかし、『発心集』は何故、蓮如だけを「スキ物」と呼んだのだろうか。

この章段はここで完結しない。この後に、「スキ物」蓮如の、もう一つの逸話（B）が位置しているのである。「彼ノ蓮如ト云フスキ聖」は、崇徳院との関係は「希ニ見参ニ入ルバカリ」であり、その配流を「サシモ深ク歎クベキ」でなかったにも関わらず、「ワザト只一人、身ヅカラ笈カケテ讃岐ヘ下リ」、崇徳院と和歌を贈答して都へ帰ってきた。この蓮如の行為は、さほど流布もしていない歌語「ますほの薄」の意味を確認するため、「雨やめて出で給へと諫め」た周囲の常識的見解を振り切って渡辺に赴いた『無名抄』の登蓮の姿と重なってはいないだろうか。常識からの逸脱とわざわざ現地に赴くという行為のあり方が二人には共通しているのだ。この蓮如の行為は、長明が『無名抄』で提示してみせた「数寄」のあり形と、実によく似通っている。宝日・蓮如・源資通の三人のうち、蓮如ただ一人が「スキ物」「スキ聖」と呼称されていることを考えても、実見性の重みは、このようなところに顔をのぞかせていると思われるのである。

『方丈記』『発心集』をも併せ見ると、実見性に根ざす長明の「数寄」（乃至はそれが発露した表現）は、作品の枠を越えて見られるものと考えられる。つまり、長明の「数寄」は、時間を追って変化し、概念化された『発心集』がその到達点となるのではなく、作品を横断する基盤の一つに実見性という要素があり、作品の性格によってその現れ方が変化しているものだと言えよう。それは、長明という人間の著述活動における多面性ともつながっている。各作品の成立順が特定できず、それぞれの編纂時期が重なっている可能性が高い以上、長明の思想を作品毎に抽出し、その差異を思想の変遷（成長）とする見方には限界があろう。一人の筆者が、性格の異なる複数の作品において、それぞれに異なる立場を持つのは、むしろ自然なことである。長明もまた、そのような多面的な存在として考えられるべきであり、そうなればこそ、作品の性格や編纂目的の違いを乗り越え、作品を横断して現れ出る実見への志向が、長明の「数寄」における重要な基盤として理解し得るのではないだろうか。

終わりに

名所旧跡を尋ねる行為とは、同時代の特徴でもあった。『無名抄』の叙述と共通する、歌人たちの「跡を尋ぬ」という行為は、以下のように、彼らの家集等で多く確認することができる。

○第二一話「周防内侍家」
『今鏡』巻一〇「敷島の打聞」
　堀河の帝の内侍にて、周防といひし人の、家をはなちて他に渡るとて柱に書きつけたりける、

すみわびて我さへ軒のしのぶ草しのぶかたがたしげき宿かな

と書きたる、その家は残りて、その歌も侍るなり。見たる人の語り侍りし。いとあはれにゆかしく。その家は上わたりにや、いづことかや。「冷泉院堀河の西と北とのすみなるところ」とぞ人は申しし。おはしまして御覧ずべきことぞかし、まだ失せぬ折に。

『隆信集』

昔の周防内侍の家の柱に、われさへのきのしのぶぐさといふ歌かきつけたるところに、人人まかりて、古郷懐旧といふ事をよみしに(30)

・これやその昔のあとと思ふにもしのぶあはれのたえぬ宿かな（一一〇）

○第二五話「中将ノ垣内」／第二六話「人丸墓」

『殷富門院大輔集』

奈良の仏拝みにまゐりたるついでに、在中将の堂、おきつ白浪心にかけけるすみかなど見て、具したる人のもとへつかはしし

・しほれたる花のにほひをとどめけんなごり身にしむすまひをぞ思ふ（二一六）

返し　入道寂蓮

・いにしへのなごりもこひしたつた山よはにこえけん宿のけしきは（二一七）

人丸の墓にて経供養すとて、人人の御歌申しぐしてよみあぐるついでに、古きを思ふ心を

・いにしへの名のみのこれるあとに又ものがなしさもつきせざりけり（二三四）

法文

・数ならぬうき水茎のあとまでも御法の海に入るぞうれしき（二三五）

このついでに、在中将はなのころすみかなど、古き跡どもたづねゆきて、人人歌などよみてかへりて、この経供養しつる人のもとより　じちえいとくごふ

・昔をばこひつつ泣きてかへりきぬ誰かは今日をまたしのぶべき（二三六）

返し

・誰かまた今日をしのばんむれゐつるちけかう《（ママ）》へのともならずして（二三七）

親にせんなど語らひたる人、この墓のところへ、同じ心にさたし出で立ちて具せんとすれば

・もろともにかきのもとへとゆく人はこのみ取らんと思ふなるべし（二三八）

返し　ゑんき

・このみとるかきのもとへとたづぬれば君ばかりこそ道をしりけれ（二三九）

『寂蓮法師集』

昔、業平朝臣、河内国高安の郡に通ひける比、奥つ白波心にかけける故郷は、所の人中将のかき内となん申し伝へて今に侍るを、中の春の十日余り、諸共に見にまかりたりける人のもとより

・折る花のにほひのこれる故郷の心にしみし名残をぞ思ふ（七二）

返し

・いにしへの名残もかなし立田山よはに思ひし宿のけしきは（七三）

人丸の墓たづねありきけるに、柿の本の明神にまうでてよみける

・古き跡を苔の下まで忍ばずはのこれるかきのもとをみましや（七七）

かくてぞ思ひもかけずたづねまかりたりける

・おもひかねむかしの末にまどひきぬとどめし道の行へしらせよ（七八）

『楢葉和歌集』

柿本のまうち君のいそのかみの墓にて人人歌よみ侍りけるに　　前権僧正範玄

・吉野山桜を雲とみし人の名をばこけにもうづまざりけり（九二七）

元暦二年五月、奈良の人人殷富門院大輔にさそはれて、同じ人の墓にまかりて、卒塔婆たてて帰りけるに、大輔はやがて太子の御墓ざまにまうでけるが、かの高安の方ながめやりてうち休むほどに、実叡法師がもとより

・昔をばこひつつともにかへりきぬ誰かは今日をまたしのぶべき（九二八）

かへし　　大輔

・げに誰か今日をしのばむ群れゐつつ野辺の草葉の露のみにして（九二九）

○第三八話「黒主神ニ成事」

『楢葉和歌集』

志賀の山越えの方巡礼しけるに、大友王子の伽藍のほとりに黒主が墓といふ所ありければ、かきつけ侍りける
玄俊法師
・袂より苔の下までかよひつつうづもれぬ名にむすぶ露かな（九二六）

○第三九話「喜撰ガ跡」
『寂蓮法師集』
宇治山の喜撰あとなど云ふ所にて人人歌よみける、秋の事なり
・嵐吹く昔の庵のあとたえて月のみぞすむ宇治の山もと（一六〇）

「周防内侍家」（21）については『隆信集』一一〇番歌（広本では八六四番歌）と『今鏡』巻一〇「敷島の打聞」に、「中将ノ垣内」（25）は『殷富門院大輔集』二一六・二一七番歌と『寂蓮法師集』七二・七三番歌に確認される。また、「人丸墓」（26）は『殷富門院大輔集』二三四〜二三九番歌、『寂蓮法師集』七七・七八番歌、『楢葉和歌集』九二七〜九二九番歌に見え、「黒主神ニ成事」（38）は『楢葉和歌集』九二六番歌、「喜撰ガ跡」（39）は『寂蓮法師集』一六〇番歌に見える。(31)

これらの和歌の作者たちを見渡してみると、寂蓮・殷富門院大輔・藤原隆信は歌林苑周辺の歌人であり、長明の「数寄」もこのような環境のもとに育まれたと考えられる。また、『今鏡』は周防内侍の家について、「おはしまして御覧ずべき事ぞかし、まだ失せぬ折に」と書きとどめるが、これは、「喜撰ガ跡」（39）の「必ずたづねてみるべき事なり」と同じく、読み手に実見を促すものであろう。そして、『今鏡』の「まだ失せぬ折に」

に垣間見える危惧は、「ヰデノ山ブキ並カハヅ」（17）や「関ノ清水」（18）における歌枕が消えゆく現状、さらに「業平家」（20）の「世の末にはかひなくて、一年の火に焼けにき」という一文と響きあう。

その場に赴く、その空間に身をひたすという行為は、尊敬する歌人に思いを馳せ、彼らの生きた時間・空間を擬似的に体験し、わがものとする行為とも考えられる。この時期に「跡を尋ぬ」る行為が多く見られるのは、動乱の時代、仰ぎ見るべき歌人達に連なるための拠点が失われゆく切迫感が、彼らを突き動かしたからなのかもしれない。それは裏返せば、まだ今ならばそれらに連なる手掛かりが残っているという思いでもあろう。それこそが名所旧跡の価値であり、だからこそ、「跡を尋ぬ」という実見が、和歌への強い愛好精神に裏付けられた「数寄」の実態となるのだと思われる。これは広範囲にわたる同時代の傾向であり、長明もまた時代の子であった。

しかし、「在中将の堂、沖つ白波心にかけけるすみかなどみて」（殷富門院大輔集・二一六）、「宇治山の喜撰あとなど云ふ所にて」（寂蓮法師集・一六〇）という家集群の記述から確認されるものは、彼らの思いが「跡を尋ぬ」る行為に結実したという事実だ。対して長明の営為は、行為の有無、事実の記録という次元を越え、実見への志向が実地的な表現において結実している。これこそが長明の「数寄」の実態であり、そのような独自の表現を生むものが実見を志向する長明の「数寄」意識だと言えるだろう。長明の「数寄」は、時代の中で育まれながらも、それが実地的な表現を生み出すという独自性を獲得したものとして、時代の中に位置付けられるのである。

注

(1) 主なものに、唐木順三『中世の文學』(筑摩書房、昭和三〇年)、木村健「「すき」覚書――その擡頭・展開・終焉をめぐる一視点――」(『國學院雑誌』七五―五号、昭和四九年五月)、三木紀人「数寄者たちとその周辺」(『国文学　解釈と教材の研究』一五―一一号、昭和四五年八月)、横山一美「鴨長明の数寄――『発心集』と『無名抄』の関連において――」(『二松学舎人文論叢』一三号、昭和五三年三月)、湯之上早苗「数寄と求道(一)～(三)」(『文教国文学』一一～一四号、昭和五六年一二月～同五九年二月)、岡本敬道「鴨長明と数寄Ⅰ」(『宇部短期大学学術報告』二二号、昭和六〇年七月)、松村雄二「数寄に関するノート――和歌の数寄説話を中心として――」(『共立女子短期大学紀要』三二号、昭和六三年二月)、堀川善正『方丈記をめぐっての論考』(和泉書院、平成九年)等がある。

(2) 『袋草紙』は、「数寄者」の話として、帯刀節信と能因が、井手の蛙の干物と長柄橋の鉋屑を見せ合って共に感嘆する話を載せ、「今の世の人嗚呼と称すべきや」と評する。

(3) 木村前掲論文(注1)。

(4) 『十訓抄』巻九所載説話と『文机談』(巻三)所載の「秘曲尽くし事件」。

(5) 「俊頼歌ヲクヾツウタフ事」は、藤原忠実の前で傀儡たちが源俊頼の和歌を詠唱するのを聞いた永縁が琵琶法師に褒美を与えて自分の和歌をうたわせたところ、「時の人」が「有り難き数寄人」と評したというもの。「業平本鳥キラル、事」は「或人」の話として、業平が「歌まくらみんとすきにことよせて東の方へ」行ったというもの。

(6) 応安四(一三七一)年の書写奥書を持つ天理図書館蔵竹柏園旧蔵本は、この二話を一章段として掲出しており、七八・七九の二話を一つのまとまりとする読み方も存在していたことの証左となる。この伝本の書誌や系統については、第一部第三章「伝本研究」に述べる。

(7) 『能因歌枕』『隆源口伝』『綺語抄』『和歌童蒙抄(巻三)』『和歌色葉』は、説の指摘のみ。

(8) 日本古典文学影印叢刊二十一『今鏡』(日本古典文学会、昭和六一年)所収の畠山記念館所蔵本では「ためなり」とし、「り」の左に「かとも」と傍書。蓬左文庫本の本文「為仲」により、校訂。

(9) 日本古典文学大系『歌論集　能楽論集』(岩波書店、昭和三六年)「無名抄」補注六七。

(10) 「江帥歌」とは「ひく駒は逢坂山の走り井に千代の影こそまづうつりけれ」(江帥集・五〇七)を指す。

(11) 『柿本人麻呂勘文』本文の内容は『清輔集』四四四番歌に共通する。
(12) 永承元年（一〇四六）十月の初瀬詣では、長谷寺到着の前日に石上神宮を参拝しており、「石上もまことに古りにけること、思ひやられて、むげに荒れはてにけり」とある。
(13) 唐木前掲書（注1）。
(14) 三木紀人「情念の論――方丈記――長明の福原往還とその表現」（『国文学　解釈と教材の研究』一九―一四号、昭和四九年一一月）。
(15) ただし、近年、伊東玉美「流布本『発心集』跋文考」（『国語と国文学』九〇―八号、平成二五年八月）によって、跋文の表現が鎌倉時代前期の文章として矛盾がなく、巻七・八を書き継いだ人物の候補として鴨長明その人を加えられる必然性が高いとする説が提唱されている。
(16) 廣田哲通『中世仏教説話の研究』所収第二章第二節「『発心集』本文をめぐる諸問題」（勉誠社、昭和六二年。初出は昭和五四年六月）を参照。
(17) 廣田前掲論文（注16）。
(18) 早くに、貴志正造「ひじりと説話文学――「発心集」の世界――」（『日本の説話』3、東京美術、昭和四八年）が提唱する。
(19) 浅見和彦『説話と伝承の中世圏』Ⅲ―1「発心集の原態と増補」（若草書房、平成九年。初出は昭和五二年一〇月）。
(20) 早くに、簗瀬一雄は『発心集研究』所収「私聚百因縁集出典考――発心集と関係ある説話について――」（加藤中道館、昭和五〇年。初出は昭和一六年一〇月）で、「『発心集』の流伝を考へる上に、有る時（正嘉元年以前）の形として、この四条（＝神宮文庫本独自の四話。＊稿者注）を含み、しかも説話の順序が神宮文庫本よりは流布本に近いと云ふやうなものを考へざるを得ない」と指摘している。山内益次郎も、神宮古典籍影印叢刊9『西公談抄　発心集　和歌色葉集抄書』所収の「発心集」の解説（八木書店、昭和五九年）において、同様の見解を取る。
(21) 「鴨長明と数奇をめぐって」（『国語と国文学』八七―九号、平成二二年九月）。
(22) 国文学研究資料館創立四〇周年特別展示図録『鴨長明とその時代　方丈記八〇〇年記念』（二〇一二年）所収の山鹿本『発心集』の解題は、神宮系の本文について、「説教用の手控え（説草）として何話かがまとめて持ち出され、戻す時に元通りに閉じられなかったことが重なった結果、現在の形になったと推定されている」（新間水緒）とする。

(23)『発心集新考』所収「神宮文庫本『発心集』の構成」（おうふう、平成二四年。初出は平成四年九月）。

(24)山内益次郎（注20前掲書）は、神宮文庫本が数寄者説話群を含まないことについて、「編者（作者以外か）に数寄による往生を強調する意図が稀薄であったためであろう」とする。

(25)『鴨長明とその周辺』第二編第四章「『発心集』顕基説話の琵琶」（和泉書院、平成二〇年。初出は平成一一年一月）。

(26)田中宗博「『発心集』数寄説話への一視覚」（『仏教文学』二一号、平成九年三月）は、当該説話について、「おそらく『今鏡』から書承されたものだろう」とする。

(27)田中前掲論文（注26）は、『発心集』所収の数寄説話について、採録主体を「『発心集』の編者」とし、長明像を本文解釈に持ち込むことを慎重に避ける。しかし、「非仏教的な数寄説話」が仏教説話集たる『発心集』に採録されるに当たって取られた論法は、説話内で賛仰される主人公がその人物と対峙する「視点人物」の耳目に看取された情報によって詳述され、凡愚の人たる「視点人物」のある種「一人相撲」的な心の動きが主人公の脱俗性や清澄さを浮かび上がらせるという「対比的叙述法」であり、そのような叙述スタイルは、巻頭話の玄賓説話を筆頭に『発心集』中にかなり顕著に認められると指摘する。

(28)横山一美・松村雄二前掲論文（注1）、松下道夫「発心集における数寄と執心」（『文学・語学』一一三号、昭和六二年六月）等。

(29)千本前掲論文（注21）は、板本巻六―九について、その構成を、

（a）宝日上人、晨朝・日中・日没に和歌を詠じて行法とする
（b）聖教と和歌との関連（潤州の曇融、蒲州の明康）
（c）源信、満誓沙弥の和歌に心服する
（d）蓮如、追善に定子皇后の和歌を詠ずる
（e）源資通、琵琶を弾いて極楽に廻向する
（f）蓮如、讃岐に崇徳院を訪ねる

とし、『発心集』において当該話のような複数の登場人物の説話が一話の中に並列的に紹介される例は少なく、さらにそ

れが蓮如のように入り組んだ形で前後に振り分けて語られる例は他にないことから、巻六―九が当初の形から、後に増補されていった可能性を想定できるとする。これに対して、『発心集』中で複数の人物を一話中に並列して紹介するものを確認すると（天竺・唐の場合や、「或人云」などで始まる場合も含む）、以下のように巻六までには九話、巻七・八に六話、神宮文庫本のみがそのようになっているものが一話ある。（複数の登場人物がいる場合でも、一つの流れにまとめられるものを一話と数える。（）内は神宮本の巻話数を示す。）

板本巻一―七（神宮本一―七）＝2話、巻一―八（一―八）＝2話、巻一―一〇（一―一〇）＝2話、

巻三―三（二―六）＝2話［ただし源頼義・義家父子］、巻三―五（三―八）＝2話、巻三―七（四―九）＝2話、

巻五―九＝2話［成信・重家は一括りなので1話と数えた。そこに藤原高光の逸話が付加される］、

巻五―一二（五―七）＝4話、巻五―一五（三―五）＝3話、巻七―三＝4話、巻七―四＝2話、

巻七―五＝4話、巻七―一二＝2話、巻八―三＝2話［西尾の聖・東尾の聖は一括りなので1話と数えた。そこに唐の盗人の逸話が付加される。］、巻八―七＝3話。

板本巻二―一一・一二・一三は神宮本では巻二―一四に一括され、3話が並列される。

類例として複数の話が一つの説話内に収められるものについては、少ないとは言いがたい。板本巻六―九の場合、さすがに6話までは類例がないとするか、4話の例もあるのだから6話まで筆が膨らんだとしても不自然ではないとするか（しかも唐の例として挙がる曇融と明康は非常に分量が少ない）、明確な判断が下しにくいところではあるが、少なくとも、板本巻六―九はそれのみが逸脱しているという例ではないと言える。蓮如が二度登場する入り組んだ構造については、連想による筆の膨らみ以外の必然性が見出しにくいが、巻五―一二（五―七）のように三つの逸話が紹介された後に、編者による長い評語が置かれ、そのあとに一つの類話が置かれて、再び評語が来るという複層的な構成になっている話も存在する。巻六―九の複雑性については、現時点では、後代の増補とするだけの強い根拠とはなりにくいと考えておく。

（30）　掲出の『隆信集』は、寿永百首家集の一冊として自撰されたもの。元久元年（一二〇四）成立の広本『隆信集』八六四番歌では、詞書が、「昔、周防内侍の、ふる里の柱に、我さへのきの忍草といふ歌書き置きたる跡の、近頃まで破れゆがみながら有りしを、人人まかりて、故郷懐旧といへることを詠めりしに」となっている。

（31）『殷富門院大輔集』二一六・二一七番歌と『寂蓮法師集』七二・七三番歌は旧跡探訪に同行した際の二人の贈答。なお、『寂蓮法師集』は「むかし業平朝臣、河内国たかやすの郡にかよひける比、奥つ白波心にかけける故郷は、所の人中将のかき内となん申伝へていまに侍るを……」（七二）との詞書を有し、久曽神昇『顕昭・寂蓮』（三省堂、昭和一七年）は、長明も寂蓮や殷富門院大輔らとともに「中将の垣内」を訪れたものかとも指摘する。また、『殷富門院大輔集』二三六・二三七番歌に見える実叡との贈答は『楢葉和歌集』の九二八・九二九番歌と共通。

結語

鴨長明とその諸作品について、それらの表現・構想を総合的に解明し、その文学史的意義を明らかにすることを目指し、考察を行ってきた。最後に、全体を振り返り、その内容を概括するとともに、今後の課題を示して、結びにかえたい。

第一部は、歌論的随筆であり韻文と散文の両性質を併せ持つ『無名抄』を、多彩な文筆活動を展開した長明の文学活動の本質を体現する作品と位置付け、それに関する諸論考をまとめたものである。

第一章「自らを物語る――「セミノヲガハノ事」から――」では、筆者長明の体験談かつ自讃譚である「セミノヲガハノ事」の章段について、様々な資料や先行研究を再検討し、歌語におけるプライオリティーが自らの栄誉に直結するという長明の精神構造を明らかにした。さらに、作品中かなりの割合を占めるこのような体験談が、先行研究の視点やプロットを吸収して様々に演出を施された物語（虚構）という様相を呈していること、そのような執筆行為の意図が物語の中で「望むべき自己」を実現する「物語としての自己実現」であったことを考察し、長明研究においては等閑視されがちだった『無名抄』を長明理解の重要な鍵として位置付けている。

第二章「鴨長明の和歌観――「式部赤染勝劣事」「近代歌躰」から――」では、作品中最も長大な章段である「式部赤染勝劣事」「近代歌躰」を連続的に読解することで、長明の和歌観とその文学史的意義を明らかにした。「近代歌躰」はいわゆる長明の幽玄論として著名な章段であるが、従来、同時代の藤原俊成・定家らとの比較の視点から分析され、余情論の理解を超えないものとして見られがちであった。しかし、当該二章段はともに先行する歌論書・歌学書に典型的な文体を採っており、長明が「幽玄」について触れる箇所は「近代歌躰」の最後の一部分である。すなわち、これらの章段は、長明が「良き歌」とは何かということを問い、先行の歌論書・歌学書の教えや自らの体験をもとに答えを見出そうとしたものだと考えられる。まず、「式部赤染勝劣事」では長明の比喩の用い方に着目し、そこから歌に対する二つの認識――「分析的認識」と「一体的認識」――を見出した。さらに、長明はいずれかの立場を選択するのではなく、「歌を詠み出す際の心の働き・営為」と「一首そのものの価値」という二つの次元に分けて両立させていることを明らかにする。続いて「近代歌躰」では、長明の意図は「中比の躰」と「今の世の歌」の対立を解消することにあり、それが二者を『古今集』の下に位置づけることによって可能となることを読み取る。さらに、その際に重要な鍵となった「幽玄」の語が、①古風への志向と結びつけられ、「今の世の歌」が『古今集』から出たものであることを導く道標となる、②「月やあらぬ…」の業平詠を媒介として、俊恵の説と俊成の説とを結びつける蝶つがいの役割を果たす、の二つの機能を含み込んだ語として意識的に用いられていることを解明した。そして、このような自説の展開は、長明の鎌倉下向、実朝との会見を動機とする可能性を指摘し、『無名抄』執筆動機の一面を推測する。

第三章「伝本研究」は、いまだ体系だった伝本研究が行われていない『無名抄』について、主要な写本と板本を調査し、その系統と成立を明らかにしたものである。全体では一九本を対象として調査を行い、諸本を一～三類の三つの系統に大別した。一・二類は古写本系統、三類は一・二類の混淆態本文の系統である。三類本はさらに一～四群に分類できる。また、鎌倉期に遡る古写本である東京国立博物館蔵梅沢記念館旧蔵本（一類本）と天理図書館蔵呉文炳氏旧蔵本（二類本）については、本文の性質を分析し、前者に古態性が強いことを確認した。これらの調査・分析によって、『無名抄』をより信頼性の高い本文で読解することが可能になった。

第二部では、長明の和歌作品を分析し、表現の様相や和歌に込められた意図・企みを明らかにする。

長明の和歌の師は、『金葉和歌集』の撰者源俊頼の息・俊恵である。俊恵は白河の自坊を歌林苑と名付け、そこには歌人たちが集って歌会や歌合を行っていた。長明は二十代の後半には俊恵に師事し、歌林苑にも出入りしている。このような背景を踏まえ、第一章「始発期――俊頼・俊恵・歌林苑――」では、長明の和歌体験の始発期において重要な役割を果たした俊恵と歌林苑について、特に源俊頼の影響という観点から考察した。俊頼の和歌の大きな特徴に、新奇な表現や趣向といったものがあるが、俊恵がその独自性を十分に享受して自らの和歌に活かしていたことが家集『林葉集』所収の歌に窺われる。また、俊頼が生み出した新しい趣向を、俊恵や歌林苑歌人たち――長明を含む――が共通して和歌に詠み込んでおり、歌林苑という場において、俊頼が歌作の場の精神的紐帯となっていた可能性を指摘した。

長明が歌人として表舞台に立ったのは、正治二年（一二〇〇）、四〇代後半の時期である。人生の半ばを遥かに過ぎてからの活躍期の到来であった。第二章「『正治後度百首』の構想」では、正治二年冬に詠進された後鳥羽院の第二度百首こそが、長明が和歌所寄人に登用され、歌壇の構成員となるに至った最大の階梯だったと考え、その構想を解明する。当該百首は晴の応製百首にもかかわらず、多くの述懐歌を含むという特徴を持つ。その表現を分析すると、「不遇なる山住みの閑人」という作中主体が仕立てられ、そこに自らを投影するという表現方法を採っていることが明らかになった。長明は、不遇なる自己が後鳥羽院の恩寵によって救われ、和歌所寄人として登用されるというストーリーを百首中で展開し、零落者を拾い上げる趣味を持つ後鳥羽院の嗜好に訴えたのであり、その構想は後に和歌所の開闔となる源家長によってもたらされた可能性が高い。以上の論証により、和歌における長明の構想と表現、新古今前夜の院歌壇の様相を浮かび上がらせる。

第三章「予言する和歌――「くもるもすめる」詠をめぐって――」では、長明の代表歌として享受されてきた「夜もすがら一人み山の真木の葉にくもるもすめる有明の月」（新古今集・雑上・一五二三）を取り上げる。まず、古注釈以来紛糾する当該歌第四句の解釈について、同一主体である「月」に「くもる」と「すめる」という矛盾する現象が同時に起こっているものだと考え、そのような表現を生み出す背景には、「法華経」寿量品の「常在霊鷲山」「常住」の思想と、それを和歌に詠み込んできた釈教歌の歴史があることを指摘した。また、当該歌は、河合社禰宜事件による長明の出奔を語る『源家長日記』（以下『日記』）で大きく取り上げられるが、『日記』は、当該歌を長明出奔の予言歌として場面を構成している。このような当人の和歌が実人生を予言するという論理は、当時、広く共有されており、長明もその方向性の下に、河合社禰宜事件を予言歌の物語に仕立てたのだった。長明自身の納得に際し、そのような物語が要請された背景には、当時すすめられていた『新古今集』の切継との関係（長明の歌が対象になるかどうか・どれほど入集するか）をうかがうことも可能であろう。それはまた、後鳥羽院の朝恩による臣下の幸いという必然性の破綻を埋める論理を必要とする『日記』の思惑と一致するものであり、このような経緯から『日記』の長明譚は構想・執筆され、当該歌は長明の人生を象徴する代表歌の地位を獲得したのだと思われる。このことによって、文学史上の長明像の形成過程の一端が明らかになった。

第三部には、鴨長明の代表作であり、文学史上著名な『方丈記』に関する論考を収めた。

序章「『方丈記』の諸本と全体の構成について」は、第三部における諸論の前提である。本書における『方丈記』研究は、広本・古本系の最古写本である大福光寺本に拠り、章段構成は五段とする。また、広本・流布本系及び略本については、後発のものと考える。

第一章「「世ノ不思議」への視線」では、五大災厄と言われる同時代の災害を記した箇所を精密に読解し、災害の記録文学としての作品価値を支えてきたこの箇所が、俯瞰的・絵画的な表現をふんだんに用いて臨場性を作り上げることを指摘した。『方丈記』の絵画性は同時代の仏教説話画の享受と大きく関係し、臨場的な文章表現を生み出す母胎となっている。

家居の記の文学史の中で『方丈記』を捉え直すと、この作品には、作者長明が我が身を振り返り、人生を概括するという自らをめぐる叙述に紙幅を割く傾向があり、そこには長明の意識的な叙述方法を看取できる。第二章「『方丈記』が我が身を語る方法」では、まず、長明は自らの来歴を語るに際して『源氏物語』を鋳型として用い、光源氏の須磨流謫と自らを二重写しにする方法を用いていることを解明した。さらに、自らを「みなし子」とし、父の死を出家・遁世に至る人生の起点とする考え方に対して、寂然の『法門百首』七三・七四番歌が仏教的根拠と言葉を付与していることを明らかにした。このような方法は、和歌の詠作における本歌取り・本説取りの方法に通うものがあり、長明が『方丈記』を記す方法は、後鳥羽院の新古今歌壇における経験から醸成された可能性が高い。また、如上の方法は読み手の理解なしには成立し得ず、『方丈記』の強い対他性を証明している。本章では、そのような読みを行う素養を持った草庵の遁世者たちを『方丈記』の享受者とし得る可能性も併せて示した。

第三章「終章の方法」では、『方丈記』研究史において最も難解とされ、論争の対象となってきた終章について、解釈と思想史的位置付けを行う。先行例や同時代の作品との比較から、終章とは、家居の記の文学史において先蹤であった「謙辞」の枠組みを用い、物事の理を明らめるための「問答」という叙述方法を用いた言説空間だと考えられる。その「問答」では、自らを維摩詰と周利槃特に重ね合わせ、問答に沈黙することで「維摩の一黙」を彷彿とさせながら口業を破る自らを批判してみせ、阿弥陀仏への帰依の言葉「不請阿弥陀仏」をもって作品を終結させるという方法を取った。終章の表現は法然ら同時代の念仏行者の言説と通底し、『方丈記』に見える信仰・思想の様相は、それらと近い、または同じ圏内のものである。これは、「謙辞」という方法が用いられたことと併せ、「告白の文学」と見なされがちであった『方丈記』が、読み手に向けて開かれた作品であることを意味する。その読み手としては、草庵に暮らす念仏行の遁世者たちの可能性が高いと思われる。

第四章「成立の場と享受圏をめぐって」は、第二・第三章において想定してきた読者（長明が直接に意識した読者）の具体的な立ち上げを試みる。本章の前半では、第二・三章において呈示した読者像1「草庵に暮らす念仏行の遁世者、ないしはそれに近い存在」、2「本歌取り・本説取り的方法を共有できる素養を持つ」のうち、1について補強する。同時代における草庵の広さや草庵での独居に関する意識と『方丈記』を引き比べることで、長明が自らの周囲に存在する遁世者たちに対して十分に意識的であり、そのような自覚と自らを相対化する視線が、作品の表現を導き出していることを明らかにした。後半では、『方丈記』が慶滋保胤の『池亭記』を踏襲したことを起点とし、1と2が共存する文化圏として、方丈の庵の程近くにある日野の法界寺と、法界寺を氏寺として代々の別当職を継承してきた日野家に着目する。文章博士の世襲家である日野家では、その歴史の中で、慶滋保胤への敬慕が育まれてきた可能性が高い。加えて、漢文における「記」の作者は、ほぼ、大学寮紀伝道出身者で占められるという傾向がある。長明が、日野家出身の禅寂の斡旋で日野に移り住んだのであれば、『方丈記』が成立するに当たり、日野移住後の五年ほどの歳月の中で、日野家と法界寺の文化圏が、その意識を醸成する環境として大きな役割を果たしたと考えられるだろう。さらに、このような成立環境は、『方丈記』における第一次の享受環境として十分にふさわしく、禅寂とその背後にある日野家や法界寺に連なる存在を読者として想定しつつ執筆されたと考えることが可能になる。

第四部は、鴨長明の営為を文学史の中で問い直すものである。

第一章「『発心集』の泣不動説話」では、『発心集』板本・神宮文庫本に載る泣不動説話を取り上げて分析し、『発心集』の意図を明らかにした。泣不動説話の文学史の中に『発心集』を位置付けると、それ以前のものに比べ、証空母子の情愛（が不動尊の霊験を引き起こすこと）に説話の焦点が結ばれていることが明らかであり、それは筆者長明の意図的な改変あるいは選択だったと考えられる。さらに、『発心集』のような形の泣不動説話が成立する背景については、同時代に一世を風靡した安居院流の唱導が母の恩愛を重視する説法を行っていたこととの関連を指摘する。

第二章「鴨長明の「数寄」」では、院政期から鎌倉初頭に特徴的に見られる、世俗的価値観を超越した物事への愛好精神である「数寄」という概念に着目した。長明は後世、「数寄者」とされた人物であると同時に、『無名抄』『発心集』に数多くの数寄者説話を収め、「数寄」を仏教的に意味付けて概念化を行っている。まず、

『無名抄』における語の使用法を分析し、長明の「数寄」が同時代の一つの潮流であった実地見聞への志向と大きく連動し、その志向が、目的地にどう辿り着くか・その地でどう動くかという視点に沿った実地的表現を生み出したことを解明した。従来理念的抽象的に捉えられがちだった「数寄」を、現実との関わりの中で論じ、観念がいかなる実態として結実するのかという現場を具体的に立ち上げたものである。また、『方丈記』と『発心集』の数寄者説話群の表現を分析し、如上の様相がこれら二作品にも現れていることから、長明の思想的見地を考察するには三作品を総合的に検討する必要性を指摘した。ジャンル毎の作品研究で分断されがちであった長明研究に、新しい視点と可能性を拓くものと考えている。

以上、鴨長明というジャンル横断的な作者の営為を総合的に分析・考察し、その文学史的意義を考えてきた。第一部の『無名抄』、第二部の和歌作品の検討においては、今まで等閑視されがちであった歌人としての長明像を掘り起こし、その作品構想と戦略的な表現者としての姿を明らかにすることができたと考えている。第三部では、『方丈記』を家居の記の文学として読解することで、表現の諸相と作品構想に踏み込んだ。さらに、先行研究において「告白の文学」と考えられがちだった『方丈記』は、あくまでも作者から読者へと開かれた作品であるとの視座から、長明が想定した読者像を明らかにし、作品を成立させた具体的な環境を浮かび上がらせた。また、第四部で行ったように、できうる限り、作品のジャンルという枠組みを越え、韻文と散文の垣根を乗り越えて、様々な言説が相互交渉して表現を生み出す様を解明することに努めたつもりである。しかし、「鴨長明研究」と題しながらも、『発心集』はそれ自体で一部を成すことができず、触れることのできなかった問題が数多く残されている。この点については、後考を期したい。

思えば、鴨長明という作者は、不思議な存在である。紀伝道の家の生まれでもないのに家居の「記」を書く。歌道家に育った専門歌人でもないのに歌論・歌学書を残す。プロの宗教者でもないのに仏教説話集を編む。彼の立ち位置は実に曖昧であり、その「書く」行為には、環境的な必然性を見出すことが難しい。ならば、そこには、作品を「書く」上での意図・企み・戦略といったものが、より際立った形で現れるのではないだろうか。さらに、長明その人の立ち位置の曖昧さを、家ごとに世襲される独自の職能（家職）といった環境的必然性から解放されていると捉え直せば、長明の営為は、「書く」行為における普遍性を孕んでいると考えられないだろうか。

例えば、長明の文学的営為における大きな特徴として、「自らの物語化」「物語としての自己語り」が挙げられよう。第一部第一章で取り上げた『無名抄』「セミノヲガハノ事」に端的に現れるように、自らを語る際、散りばめられる素材一つ一つは事実であっても、それらが関連付けられる中で、巧みな演出を施され、明確な筋書きをもった物語（虚構）として叙述されるということだ。その筋書きとは、「自分がそうだと思いたいような」もの、「目的を達成するために有効に働く」ものである。前者は長明の自己確認欲求と、後者は対他的・功利的な目論見などと結びつくものであろうか。前者は『無名抄』の「自らが主人公になる話」に多く見られるものだろうし、後者の典型例としては、『無名抄』「近代歌躰」や『正治後度百首』が挙げられる。もちろん、今挙げた二つの動機は、明瞭な住み分けがなされているわけではなく、作品の中に併存するものだろう。また、書き手は異なるものの、第二部第三章で扱った『源家長日記』においても、長明の遁世は見事なまでに物語化されている。

さらに、この特質は、作品のジャンルという垣根を乗り越えて、展開する。第三部で考察したように、『方丈記』は、書き手の告白ではなく、読み手を強く意識した「開かれた作品」であったが、そこで用いられたのは、『源氏物語』や『法門百首』といった広く共有された作品を下敷きにして作品中に現れる自己を構築するという、本歌取り・本説取り的方法だった。巧妙な演出を施しつつ冷静な筆致の中に生み出されるこのような自己語りのあり方は、自らを物語化する意識と強く結びつくものである。本書では取り上げなかったが、『発心集』「貧男好差図事」（板本巻五―一三・神宮文庫本巻四―一七）もまた、同様の範疇に含めて考えてよいものである。第四部第二章で述べた「数寄」における「実見性」ではないが、ジャンルを横断しつつ様々な作品に現れるということは、このような特徴が、長明が作品を「書く」上での意図・企み・戦略と密接に関連する、重要な側面であることを示していよう。

様々な箇所で確認してきたように、作者自らが、ここまでの頻度で、自らの作品に登場するのは珍しい。従来、長明の諸作品は、『方丈記』終章の読みに代表されるよう、心情や懊悩の吐露・告白といった作為のない純粋さが眼目とされ、作品に現れる長明の体験は、伝記的な事実として、そのまま長明個人の人生や資質に還元されがちであったと思う。そのような読みを促した大きな要因は、如上の特殊性にあろう。しかし、あたかも純粋な告白によってもたらされたかに見える作者自身の登場という特質は、「物語としての自己語り」という作為的な方法によって、実にしたたかに戦略的に生み出されたものであった。まさに、表現者たる長明の面目躍如といったところだろうか。

「自らの物語化」とは、確かに、長明の特殊性・独自性として考え得るものである。しかし、同時に、自分がそうだと思いたいような筋の中に事実が織り込まれてゆくというのは、言葉による営為が孕む普遍的な性質であろう。また、長明が物語化において用いた技法やそれを支える価値観・論理は、和歌・言語観・仏教・遁世・念仏・唱導などといった中世初頭に共有された問題意識と深くつながっていた。長明の文学的営為に見えるものは、中世という時代、その時代を生きた人々の言葉による営みの特徴やそれを支える土壌へと拡がる可能性を持つ。

加えて、序説で述べたように、長明のようなジャンル横断的な作者は、決して珍しい存在ではない。むしろ、このようなあり方こそ、人が言葉を綴る際の一般的な方法ではないかとも思われる。言葉による営みにおいては、享受と創作は表裏一体である。人は、自らが外部から受け入れた言葉の数々を加工して、新たな言葉を、そして作品を生み出すものだろう。一つのジャンルに収まる作品を残した作者たちであっても、その作品を織りなす言葉は、作者たちが常日頃享受する様々なジャンルの作品と言葉を母胎として、生成されるものであったはずだ。そのような観点から見れば、鴨長明の諸作の総合的な検討は、人が言葉を綴り、作品を生み出す様相を掴むための、一つの指標となり得るように思う。

本書を書き進めるにつれて見えてきたのは、長明の営為が、「書く」行為におけるある種の普遍性を宿しているということであった。しかし、そのような問題をジャンルの枠組みを超えて総合的に論じるにおいては、中世における言葉の様相、言葉を紡ぐ作者たちの思惟、それらを支える思想や文化的背景を、より広範にかつ精確に読み解くことが必要だろう。今後は、こうした問題意識の下に、中世文学・中世文化を広く見据え、中世における言葉の生成と躍動の様、作者たちの「書く」行為の深層に迫っていきたいと考えている。

初出一覧

本書の初出は以下のとおり。全体にわたり初出稿には補訂を加えている。

序説　新稿

第一部

第一章　『無名抄』の再検討――「セミノヲカハノ事」から――（『国語と国文学』八〇―八号、平成一五年八月）

第二章　「鴨長明の和歌観――『無名抄』「式部赤染勝劣事」「近代歌躰」から――」（『中世文学』五八号、平成二五年六月）

第三章　「『無名抄』伝本考」（『東京大学国文学論集』五号、平成二二年三月）

第二部

第一章　木下華子・君嶋亜紀・五月女肇志・平野多恵・吉野朋美『俊頼述懐百首全釈』（風間書房、平成一五年一〇月）所収、木下担当解説論文「後世への影響――俊恵・歌林苑をめぐって――」。

第二章　「鴨長明『正治後度百首』の構想」（岩波書店『文学』六―四号、平成一七年七月）

第三章　「予言する和歌――鴨長明「くもるもすめる」詠をめぐって――」（『国語と国文学』八五―一二号、平成二〇年一二月）

第三部

第一章　「「世の不思議」への視線——『方丈記』の記憶と文学性——」
（国文学研究資料館「鴨長明とその時代　方丈記800年記念」展示図録、平成二四年五月）

第二章　「『方丈記』が我が身を語る方法」
（『国語と国文学』八九—五号、平成二四年五月）

第三章　「『方丈記』論——成立と享受圏をめぐって——」
（中世文学と隣接諸学一〇『中世の随筆　成立・展開と文体』、竹林舎、平成二六年八月）

第四章　「『方丈記』終章の方法」
（岩波書店『文学』一三—二号、平成二四年三月）

第四部

第一章　「『発心集』の泣不動説話」
（『清心語文』一六号、平成二六年九月）

第二章　「鴨長明の「数寄」——概念と実態と——」
（『国語と国文学』八二—二号、平成一七年二月）

結語　新稿

あとがき

鴨長明といえば『方丈記』なのだろうが、私の研究の原点は「ますほのすすき」、つまりは『無名抄』における数寄者の話だった。

様々な作品を熱心に読んで見出したわけではない。大学三年で本郷の専門課程に進学したその年、小島孝之先生の演習で取り扱った作品が『無名抄』、私が発表を担当した箇所が「マスホノス丶キ」の章段だったというものである。

とにかく、不思議で面白かった。どうして、雨の夜に、今で言うなら京都から大阪まで走って、「ますほのすすき」たった一語の意味を知らねばならないのか。どうしてそれが「いみじき数寄者」として賞賛されるのか。この「数寄者」とかいう人たちを突き動かしているエネルギーは何なのか。全くわからないわけではない。本を読みながら歩いて帰ったり、読む本を選ぼうとして、そのまま本棚の前に座り込んで読みふけってしまったりと、いわゆる本の虫だった私にとっては、数寄者という人々は心理的に身近な、共感できる存在だった。だからだろうか、理由など二の次で、ただ惹きつけられたというのに近かったと思う。

最初の発表で取り扱った素材で卒論を書くというのも何だか安直に思われ、いろいろと古典作品を読んではみたものの、結局は「ますほのすすき」に舞い戻ってしまい、卒論では「数寄者」を扱うことにした。私が考えた章立ては、一章「能因」、二章「西行」、三章「長明」。今となっては実現不可能な、何とも壮大な卒論である。これを、指導教員になっていただいた小島先生に、おそらくは意気揚々と告げに行くと、「いいよ、やってごらん」と一言。秋になって、もう少し細かい目次を持って行くと（もちろん章立ては壮大なままである）、またもや「いいよ、やってごらん」と一言。そんなわけでやってみたのだが、当然のことながら、結果は散々なものであった。「数寄」だと判断されている彼らの行為を並べてはみたものの、作品の文脈を読み込まずに、要素のみを抽出しているわけである。「数寄」というレッテルに踊らされて、土俵が異なるものを比較していたに過ぎないことは、さすがに気付いた。しかし、テーマを改めるには時期が遅すぎ、留年して一から書き直すほどの真面目さもなく、結局、そのまま卒論を提出。大学入試の二次試験である口頭試問に臨んだのである。

「何か新しいことは出た？」。これが、先生の最初の言葉だったと思う。すぐに悟った。最初から何もかもお見通しなのだと。私は、ちゃんと転ばせてもらったのだと。何も出なかったと答えたところ、二言目は「何が原因？」。作品の文脈を無視して土俵の違うものを比べてしまった、と言っただろうか。三言目は、「院に入れるとしたら、どうしたい？」。一つの作品に沈潜してきちんと読みたい、と答えたと思う。「わかってるならいいよ」でお終い。何とか、四月から、院生になることができたのであった。

言葉や話を、その作品の文脈や論理の中で徹底的に読み解く。それを無視したところには、何も生まれない。基本にして最も大切なことを、早い段階で、自分自身の失敗を通して学ばせてもらったわけである。まさしく、「ますほのすすき」に端を発した卒業論文は、私の原点であった。小島先生に見てもらっているところで、安心して転ぶことができたからこそ、私は、曲がりなりにも今まで研究を続けられているのだろう。

自分が学生を教える立場になって痛感したのだが、言わないことのほうがよほど難しい。こうしたほうがいい、こちらの方法のほうが安全だと、つい口に出してしまうのだ。それを言わずに、思うようにさせて失敗のチャンスを与え、学生自身に考えさせることこそ大切なのだが、なかなかそれができない。学部以来、修士・

博士課程を通して、小島先生にはご指導をいただいたが、生意気の限りを尽くす不肖の弟子に自由な環境を与え、今に至るまで、常に寛大に、あたたかく見守って下さっている。実に得がたく、本当に有り難い時間であり、どんなに感謝してもしきれない。

修士課程以来、渡部泰明先生にも、とてもお世話になっている。私の院生時代は、小島先生と渡部先生のお二人に、同時に指導をいただくという実に幸せな環境だったが、渡部先生の視点・切り口には刺激を受けることと大であった。韻文や散文といった領域（ジャンル）の垣根を超え、長明を歌人として研究するという姿勢を持つことができたのは、渡部先生の研究に触れ、研究発表や論文の準備に辛抱強く付き合ってもらい、多くの助言をいただいたおかげである。また、久保田淳先生には、ご著書・論文からの学恩はもとより、東京大学中世文学研究会などの場を通して、いつも背中を押していただいた。さらに、古典文学を読み解くに際しての和歌の重要性を教えてくださった故・鈴木日出男先生。学部・院を通して教えを受け、博士論文の審査に当たって貴重な助言をくださった多田一臣先生・藤原克己先生・安藤宏先生。同じく、学部時代から教えを受けた長島弘明先生・三角洋一先生・松岡心平先生。長明研究の大先達であり、研究発表や論文に対してあたたかい励ましを下さる三木紀人先生・浅見和彦先生。説話の面白さや奥深さへと導いて下さる池上洵一先生。先生方からのご学恩に、心から御礼を申し上げたい。

また、学部・大学院や研究会といった学びの場において、たくさんの先輩・友人・仲間に恵まれたことは、私のかけがえのない財産である。一人一人のお名前を挙げることはできないが、アドバイスや刺激、ともに研鑽を積むことができる楽しさと喜びをもらうことはもとより、悩み迷う時に寄り添い、支えてくれる方々と多くの場や時間を共有できたからこそ、今の私があるのだとつくづく思う。

現在の勤務先であるノートルダム清心女子大学に赴任して、四年になる。本書に収めた論文の半分ほどは岡山で形になったものだが、研究を進めるにあたり、この場所が与えてくれたものはとても大きかった。適切な助言と示唆によって、一歩前へと歩みを進めさせてくれる先達や同僚、ともに学ぶ中で、多くの喜びと救いをもたらしてくれる教え子たちに、どれほど助けられてきただろうか。本書の刊行は、ノートルダム清心女子大学の学内出版助成の恩恵を蒙っているが、このような助成に加え、考える機会・研究の場を与えてくれる現在の環境と、それを支えてくれる方々に、感謝を申し上げたい。

本書の出版にあたっては、勉誠出版の池嶋洋次会長・岡田林太郎社長と吉田祐輔氏にご高配を賜った。この場を借りて、御礼を申し上げる。また、編集の武内可夏子さんには大変お世話になった。二年前の学会の折、武内さんが声をかけてくれたことが、研究書を出そうかどうしようかと迷っていた私にとって、大きなきっかけとなった。初めての著書で何も分からない私を、武内さんが大らかに導いてくれたからこそ、何とかここまで漕ぎつけることができたのだと思う。篤く御礼を申し上げる。

良い環境と縁に恵まれ、多くの方々に育てていただいていることを、本当にありがたく、幸せだと思う。今までも、またこれからも、私に関わって下さる全ての方々へ、そして、どんな時も私を理解し、背中を押してくれる両親と家族へ、心からの感謝を込めて。

木下華子

明恵上人夢記　訳注

鎌倉仏教に異彩を放つ僧・明恵の精神世界を探る基礎資料。中世の歴史・信仰・美術・言語、ひいては広く日本文化を解明するための画期的成果。

奥田勲・平野多恵・前川健一 著・本体八〇〇〇円（＋税）

室町連環
中世日本の「知」と空間

多元的な場を内包しつつ展開した室町期の連歌を、言語・宗教・学問・芸能等の交叉する複合体として捉え、室町の知的環境と文化体系を炙り出す。

鈴木元 著・本体九八〇〇円（＋税）

もう一つの古典知
前近代日本の知の可能性

多面的な「知」の諸相やダイナミックに変容する「知」のありようを照射することで、豊穣なる日本の知の動態を捉える。

前田雅之 編・本体二四〇〇円（＋税）

集と断片
類聚と編纂の日本文化

断片を集成し、一つの著作や集にまとめる手法は、特筆すべき編成原理である。古代から近代にわたる知の再生産の営みに着目し、日本文化の特質を炙り出す。

国文学研究資料館／コレージュ・ド・フランス日本学高等研究所 編・本体八〇〇〇円（＋税）

称名寺聖教 **尊勝院弁暁説草** 翻刻と解題

近年の解読作業の結果、一三〇点余りもの、東大寺再建にかけた弁暁の熱弁が蘇ってきた。学僧弁暁の法会・唱導の実体を伝える根本資料。

神奈川県立金沢文庫 編・本体一二〇〇〇円（+税）

中世興福寺の門跡

南都寺院社会の中心に位置してきた興福寺。寺内の頂点に立つ「門跡」のあり方、寺院社会内での位置付けを各種資料から読み解き、中世寺院社会の実態を明らかにする。

高山京子 著・本体九八〇〇円（+税）

中世学僧と神道 了誉聖冏の学問と思想

のちに浄土宗第七祖として尊崇された高僧、了誉聖冏による「兼学」の様相をその神道関係著作に探り、中世日本の学問のかたちを明らかにする。

鈴木英之 著・本体九八〇〇円（+税）

中世書写論 俊成・定家の書写と社会

俊成・定家の書風や書写に対する意識を明らかにする。また、享受・継承され、カノン化されるまでにいたる「定家自筆」の問題を社会的背景から読み解く。

家入博徳 著・本体一二〇〇〇円（+税）

中世醍醐寺と真言密教

醍醐寺に所蔵される聖教や付法史料を博捜し、寺院社会の内部構造を明らかにする。また、中世社会において如何に真言密教が展開し受容されてきたかを考察する。

藤井雅子 著・本体九八〇〇円（＋税）

中世密教寺院と修法

聖俗両社会を結びつけた密教の祈禱、修法はいかなる仕組みで勤修・継承されていったのか——醍醐寺に伝わる聖教を活用し、修法勤修と相承の仕組みについて考察。

西弥生 著・本体九八〇〇円（＋税）

中世往生伝の形成と法然浄土教団

宗教思想の一大変転期であった中世に成立した「中世往生伝」の存在意義を思想史上に明確に位置づけ、中世の人々が認識していた往生伝の実像に迫る。

谷山俊英 著・本体九〇〇〇円（＋税）

室町時代の陰陽道と寺院社会

寺院史料や新出史料・未刊史料など、多角的な資料を積極的に活用。室町期の基礎的史料を広く提供し、総合的な分析から陰陽道研究における新たな視座を提示した。

木村純子 著・本体一二〇〇〇円（＋税）

一条兼良の学問と室町文化

兼良の学問を室町期の政治と文化のなかに捉える。また、室町期の「伝統」と「革新」という相反する文化潮流の並存が、統合・変容していく様子を再検討する。

田村航 著・本体九五〇〇円（＋税）

後京極殿御自歌合・慈鎮和尚自歌合 全注釈

藤原俊成の薫陶を受け、和歌史に新風を吹き込んだ九条家歌壇。その中枢を担う九条良経、慈円の自歌合を全注釈。韻文・散文研究双方の視角より注解。

石川一／広島和歌文学研究会 編・本体一〇〇〇〇円（＋税）

豫楽院鑑 近衛家凞公年譜

近衛家凞はどのような人的ネットワークの基に学問・芸道を修し、政治的・文化的営みを為したのか。陽明文庫所蔵の資料を博捜し、近衛家凞の足跡を再現する。

緑川明憲 著・本体九八〇〇円（＋税）

『玉葉』を読む 九条兼実とその時代

『玉葉』を詳細に検討し、そこに描かれた歴史叙述を諸史料と対照することにより、九条兼実と九条家、そして同時代の公家社会の営みを立体的に描き出す。

小原仁 編・本体八〇〇〇円（＋税）

著者略歴

木 下 華 子（きのした・はなこ）

1975年　福岡県生。

1998年　東京大学文学部卒業。

2006年　東京大学大学院人文社会系研究科博士課程単位取得退学。

現　職　ノートルダム清心女子大学文学部准教授。博士（文学）。

著　書　『俊頼述懐百首全釈』（風間書房、2003年、共著）

　　　　『慈円難波百首全釈』（風間書房、2009年、共著）

鴨《かもの》長《ちょう》明《めい》研《けん》究《きゅう》

——表現の基層へ

著　者　木下華子

発行者　池嶋洋次

発行所　勉誠出版㈱

〒101-0051 東京都千代田区神田神保町三―一〇―二

電話　〇三―五二一五―九〇二一㈹

二〇一五年三月三十一日　初版発行

印刷　太平印刷社

製本　若林製本工場

組版　一企画

ISBN978-4-585-29090-2　C3095

索　引

和歌初句索引

本書で引用した和歌・連歌の初句を、歴史的仮名遣いによる五十音順に配列した。各歌の初句が同一の場合は、第二句以降も掲げた。

【あ行】

【か行】

【さ行】

【た行】

【な行】

【は行】

【ま行】

【や行】

【わ行】

人名索引

・本書にあらわれる近代以前の人物名を、五十音順に配列した。
・近世以前の人物は、原則として通行の読みに従って名をあげ、（　）内に姓氏等を示した。近代の人物は姓名を掲げた。天皇・上皇・女院・僧は通行の読みで配列した。法名や別称を並記する際は、〈　〉内に示した。
・「鴨長明」は、多数に上がるので立項していない。

【あ行】

【か行】

【さ行】

【た行】

【な行】

【は行】

書名索引

・本書で論及した近代以前の書物の名を、通行の読みに従い、五十音順に配列した。
・『方丈記』『無名抄』『発心集』は、多数に上がるので立項していない。

【あ行】

【か行】

【さ行】

【た行】

【な行】

【は行】

【ま行】

【や行】

【ら行】

【わ行】